# La Condesa

# La Condesa

## Historia y Leyenda

### Josep Zalez Zalez

| Número de Control de la Biblioteca del Congreso de EE. UU.: | | 2012901721 |
| ISBN: | Tapa Dura | 978-1-4633-2019-5 |
| | Tapa Blanda | 978-1-4633-2021-8 |
| | Libro Electrónico | 978-1-4633-2020-1 |

**Para pedidos de copias adicionales de este libro, por favor contacte con:**
Palibrio
1663 Liberty Drive, Suite 200
Bloomington, IN 47403
Llamadas desde los EE.UU. 877.407.5847
Llamadas internacionales +1.812.671.9757
Fax: +1.812.355.1576
ventas@palibrio.com
381588

# Índice

Dedicado a todos aquellos que de boca en boca y a través de doscientos años, mantuvieron viva la leyenda.

# PRÓLOGO

L a Condesa."Historia y Leyenda" Es una novela donde se narra de manera ficticia la vida de María Magdalena Catalina Dávalos de Bracamontes y Orozco, quien fuera en vida la Tercera Condesa de Miravalle.

Tomando los pocos datos históricos que se conocen de este personaje que vivió durante el siglo dicciocho, y mezclándolos con la inmortal leyenda que ha perdurado hasta nuestros días, el autor ha plasmado sobre las líneas de este libro una historia llena de traiciones y crímenes, que fueron cometidos en nombre del amor y la avaricia.

La vida de la mujer es magnificada en cada capítulo, adornada con las leyendas y tradiciones locales, respetando en todo momento los hechos verídicos, así como resaltando los ficticios.

El lector podrá transportarse hasta aquellos tiempos de antaño, en los cuales, aquella mujer hermosa y de excelso encanto, anduvo altiva y arrogante, dejando una huella imborrable en las tierras que habito.

# CRONOLOGÍA DE HECHOS

1701.... Nace en la Cd. De México.

1710.... Huérfana de madre, Ingresa al convento de las Carmelitas descalzas en la ciudad de Puebla de Los Ángeles

1719.... Contrae matrimonio con Pedro Antonio Trebuesto yAlcantar, Caballero de la orden de La Santa Cruzada,

1734.... Enviuda y vuelve con sus hijos a la casa de su Padre en la Ciudad De México.

1737.... Toma posesión de las tierras heredadas por Madre en Michoacán.

1739.... Construcción del "Puente del Mayoral" en el Pueblo de Santiago Tuxpan.

1742.... Hereda el mayorazgo del Condado y se convierte En la Tercera Condesa de Miravalle.

1743.... Vuelve al pueblo dc Santiago Tuxpan.

1756.... Emparenta con Don Pedro Romero de Terreros "El Conde de Regla" y "Señor de la Plata"

1765.... Una epidemia de Viruela azota el pueblo de Santiago Tuxpan, y ese mismo año es Excomulgada por el Obispo de Michoacan.

1776.... Los frailes Franciscanos entregan el convento De Santiago Apóstol al clero secular.

1777.... Muere asesinada en el interior de la hacienda de La Santa Catarina en Santiago Tuxpan.

# Capítulo I
## Un extraño en el mesón

Corre el mes de Agosto del año de mil setecientos setenta y siete en el pequeño pueblo de Santiago Tuxpan, en las tierras de Michoacán, en la Nueva España.

Las nubes negras han cubierto por completo al pueblo, que ha sido trazado por los frailes franciscanos un siglo y medio atrás en torno al convento que ellos mismos construyeron y que ahora, es el templo de Santiago Apóstol.

Ese templo, monumento majestuoso de cantera, que domina todo el valle que algún día los naturales del lugar llamaban "valle de Anguaneo"

La tormenta parece inevitable y ni siquiera el más poderoso de los ventarrones podrá alejar tan abundante carga de agua, que se apresta a caer sobre los tejados de las casas y sobre las empedradas calles.

Mientras la oscuridad ha venido prematura a causa de las nubes, los habitantes del pueblo se refugian y se guardan de lo que parece será una prolongada lluvia.

Mientras tanto, en la posada de "Las Animas" la que está ubicada en el camino real y en cuyo interior se encuentra una cantina, los hombres han abarrotado el sitio para calentar sus cuerpos con un aguardiente que les haga mitigar los efectos que la tormenta traerá a sus cuerpos.

Entre esos hombres se encuentra un individuo bebiendo en solitario. Él lleva unas ropas viejas por vestimenta y un sombrero que cubre la mitad de su rostro.

Su apariencia es misteriosa y parece en extremo sospechoso. Es evidente que está ocultando su identidad.

El hombre se levanta lentamente de su mesa y se dirige a otro hombre que, al igual que él, bebe en soledad en otra de las mesas de aquel viejo mesón para mitigar el frio que hace esa nublada y ya casi lluviosa tarde.

El hombre misterioso se acerca a él y sin solicitar ningún permiso, se sienta en su mesa.

Entonces, las miradas de ambos hombres se cruzan. Una mirada, la del hombre que ebrio ya se encuentra es de temor y de incógnita. La otra, la mirada de aquel que se sentó y parece peligroso, es de angustia y de desesperación.

Habla el hombre misterioso a aquel hombre ebrio, diciéndole:

Comienza ya a caer la noche este muy frio día, en este bello sitio que durante mi ausencia eche tanto de menos.

¡No temas por la manera como me he acercado a ti buen hombre! ¡No temas a este completo desconocido que se ha acercado a ti suplicante de ser escuchado!

Se yo muy bien que mi apariencia es la de un bandolero que puede ser peligroso por mi evidente y misteriosa discreción. Más no temas buen hombre, te repito, porque no he de ocasionarle ningún daño a tu persona.

No es nada imposible de hacer lo que te solicitare hacer en breve, pues solo pido a ti buen hombre con una humildad infinita, que permanezcas aquí en este mesón sentado frente a mí, y me permitas hablar sin descanso, hasta que termine de liberar yo toda esta tormenta interior que me destroza el alma.

Has de saber buen hombre que hoy yo me encuentro en la antesala de mi propia muerte, revolviendo los acalorados recuerdos. Sí, todos los recuerdos, tanto los viejos como los recientes en el interior de mi mente.

Consciente soy yo que provoque y ocasione el castigo eterno para mi alma apenas me cubra con su negra sombra la próxima e inevitable muerte.

Más no he de irme de este mundo a recibir lo que merezco, según las autoridades celestiales, sin que antes sea conocida la verdad de la que fue mi historia.

Yo que sin derecho y sin vergüenza, puedo dignamente ofrecer un último perdón sincero al señor mí Dios, yo suplico con clemencia a ti buen hombre, que apenas deje de latir el corazón dentro mi cuerpo, eleves tu muy devotamente un sagrado padre nuestro en nombre mío al todopoderoso y le pidas un poco de misericordia por mi atormentado espíritu.

-Nada dijo aquel asustado y ebrio hombre ante la petición de aquel personaje de misterio, mas atendió a aquella petición desesperada moviendo su cabeza afirmativamente-.

Entonces, el hombre misterioso, saco de entre sus ropas un pequeño frasco de cristal. Una sustancia liquida y extraña se hallaba en su interior.

El hombre abrió con delicadeza aquel frasco y vertió un poco del líquido en su propio vaso para después hablar estas palabras:

Has de saber que el vaso de aguardiente que ahora mismo es fuertemente abrazado por mis manos, ya contiene al silencioso asesino que presto esta para arrebatarme la existencia.

Has de saber también, que este es un momento que parece eterno y a la vez tan efímero, tan cargado de nostalgia, que lastima en cantidad todo mi interior, pues bien sabido es por mis pensamientos, que no habrá para mí ya ningún mañana.

A ti buen hombre, que muy humilde y desinteresadamente te has prestado a escucharme decir estas mis últimas palabras, he de confesarte que yo soy poseedor de un gran tesoro, y que tu al escucharme atentamente en estas mis agonizantes y ultimas horas, habrás de heredar apenas yo muera.

¡Escucha con atención todas las cosas que voy a contarte! Y que guarde con fiero celo tu memoria las palabras que en breve saldrán de mi boca, pues habrás de ser tu quien las disperse a los cuatro vientos por estas muy valerosas tierras.

No habré yo de beber de este vaso envenenado, hasta que haya concluido de narrarte lo que enseguida comenzare a narrarte, y apenas esto haya sucedido, beberé del vaso y moriré inmediatamente, entonces, tú habrás recibido tu recompensa.

Ahora alista tus oídos y abre grande tu mente, pues la historia que voy a contarte, es una gran historia, una historia de amores y odios que comenzó hace ya algunos alejados tiempos…

# CAPÍTULO 2
## LOS ORÍGENES

Transcurría el año de mil quinientos veintiuno, el Real Ejercito Español había tomado por fin, después de un desesperante y fatigado asedio la ciudad capital del imperio mexica, la majestuosa ciudad de Tenochtitlán.

Apoderándose entonces de todo el vasto imperio al caer la gran ciudad y expandiendo sus dominios en poco tiempo en todo el territorio, donde a su paso, los españoles arrasando con la pureza y el misticismo incorrupto de poderosas y ancestrales culturas, terminaron siendo señores, apoderándose de todo, incluso de las vidas mismas de quienes habitaban estas tierras.

Despojando, cometiendo infinidad de abusos y atrocidades, trayendo nuevas leyes y costumbres, mientras que apunta de la filosa espada, imponían el culto a un nuevo Dios.

Al cabo de pocos años, todo el territorio que ocuparon grandes civilizaciones e imperios, ya no lo era más.

Habían caído las majestuosas ciudades y sus templos, y con los derruidos escombros, fueron tomando forma las nuevas ciudades que los conquistadores construían.

Aquellos descendientes de poderosas familias ancestrales de caciques y grandes señores, no eran ahora más que miles de esclavos sometidos por el ejército de la corona española.

Aquella fe de hombres, mujeres y niños fue con brutalidad sepultada junto con los templos que eran la morada de sus dioses, y fueron ellos mismos quienes se vieron obligados a levantar los majestuosos nuevos templos para rendir culto al nuevo y verdadero Dios, que había llegado junto a los verdugos de su libertad.

¡Oh situación extrema! El incendio de la gran Tenochtitlán aun estaba reciente en todas las memorias, cuando las costumbres y los ritos de los habitantes de estas tierras fueron con ferocidad obligados a desaparecer.

Mas hubo algunos, principalmente las mujeres, quienes tuvieron suerte con los conquistadores y celebraron con ellos matrimonios y tuvieron numerosas descendencias.

Pasaron pues largos años después de la invasión española a las Américas, un siglo y medio para ser precisos y ocurrió el hecho que es el motivo de esta historia.

Fue en el año de mil seiscientos noventa. Era el dieciocho de Diciembre de ese año. Aconteció entonces que su majestad, su Excelencia, el Rey Carlos II de España, mejor conocido como "El Hechizado". Otorgo a un pariente lejano suyo, Don Alonso Dávalos y Bracamontes, el título de Conde.

El beneficiado, era hijo de Don Alonso Dávalos y Bracamonte y de Doña María Uliberri de la Cueva.

El había nacido el veintidós de Enero del año de mil seiscientos cuarenta y cinco y era uno de esos descendientes de aquellos matrimonios celebrados enseguida de la conquista, pues era un descendiente directo de Isabel Tecuichpo, hija del emperador azteca Moctezuma Xocoyotzin II.

Un parentesco de Don Alonso con el rey Carlos II, por parte de su señora madre, le favoreció y facilito para que se convirtiera en el primer Conde de Miravalle, el cual, habría de ser un titulo que llevarían los portadores del apellido de su familia por perpetuidad, es decir, todos los descendientes de Don Alonso Dávalos y Bracamontes Ulaberri, serian Condes de Miravalle, hasta que muriese el último de ellos.

El Condado de Miravalle, es una enorme extensión de tierra localizada en las tierras del Reino de la Nueva Galicia, con casa principal en la Hacienda de San Juan, en el pueblo de Compostela de Indias.

Aquel condado era en un principio rico en tierras de sembradío, de tabaco y de pastura para el ganado, así como las minas de oro del Espíritu Santo y Santa María del oro, que eran la principal fuente de ingresos para la economía del primer Conde, y también de numerosas haciendas vaquerías y de labor de azúcar y alcohol.

Era el día dieciocho de Enero del año de mil seiscientos setenta y uno, cuando Don Alonso entonces contrajo matrimonio en la catedral de México con una ilustre mestiza de la ciudad de México de nombre "Catalina Espinosa de los Monteros e Hijar". A cuyo matrimonio se les conoció como "Los Primeros Condes de Miravalle". Siendo las propiedades importantes de la familia condal las haciendas de San Juan y San José, en el pueblo de Compostela de Indias, en el Reino de la Nueva Galicia, así como también las haciendas de San Juan de las tablas y San Idelfonso por parte de Don Alonso, y en la ciudad de México, las propiedades por parte de Doña Catalina.

Por aquellos días, Don Alonso mando construir una casa digna de su titulo en el centro de la ciudad de México. Fue en la calle principal del Espíritu Santo, en una propiedad de su señora esposa, y pronto en el lugar, la fama de los Condes de Miravalle creció como la espuma.

En Compostela de Indias, lugar donde residían la mayor parte del año, tuvieron a su hijo primogénito, el recién nacido fue llamado con el nombre de Pedro Alonso Dávalos y Bracamontes y Espinoza de los Monteros. Después de él, a los Condes les nacerían dos hijos mas, José Antonio

Dionisio, que desde muy joven se sintió atraído por la vida en la hacienda y fue un prospero productor de tabaco, y después, les nació María Sebastián, quien también desde joven, se sintió atraída por la vida religiosa e ingreso al convento del Señor San José de las religiosas Carmelitas descalzas.

Cuando joven, Pedro Alonso siendo caballero de la orden de Santiago, canciller y alguacil mayor del apostólico y real tribunal de la Santa Cruzada en México, hizo expedición a las tierras de Michoacán.

En el pequeño y recién fundado pueblo de Santiago Tuxpan, lugar donde los frailes Franciscanos habían levantado un Hospital convento para la evangelización de los indígenas autóctonos, apenas llegaron al lugar.

Ahí, en aquel lugar conoció a una bella mujer. Su nombre era María Francisca Antonia Orozco Rivadeneyra Castilla y Orendaín. Mujer mestiza, hija de un padre español, el capitán Don Manuel Orozco Tovar, y de una madre de origen indígena. Pero no de una indígena común, si no de la hija del señor del pueblo de Tochpan, nombre con el cual los naturales del lugar llamaban al recién nacido pueblo.

El amor que ellos sintieron apenas se miraron, logro consumarse meses después en un matrimonio que se llevo a cabo en la misma hacienda de la Santa Catarina en Santiago Tuxpan.

Ese fue un enlace que resulto conveniente en cantidad para los primeros Condes de Miravalle, ya que su hijo Pedro Alonso, heredero del condado, al haber contraído nupcias con María Francisca, haría que el condado creciera en gran extensión, anexionando las tierras que habían sido heredadas por su padre en las tierras de Michoacán a la nueva integrante de la familia.

Días después de celebrado el enlace matrimonial, don Alonso Dávalos y Bracamontes, primer conde de Miravalle moría repentinamente, heredando el mayorazgo del condado a su hijo Pedro Alonso.

Entonces, al matrimonio conformado por Don Pedro Alonso y Doña Maria Francisca Antonia se le conoció con el de "Los segundos condes de Miravalle".

De aquella unión habría de nacer una hija primogénita. Sucedió una noche, una extraña y quieta noche, cuando la suavidad de una ligera y tibia brisa bañaba el tranquilo valle de México.

Era el día dos de Junio del año mil setecientos y uno, y en la casa de los Condes de Miravalle, Don Pedro Alonso Dávalos y Bracamontes Y Espinosa de los Monteros, y Doña María Francisca Antonia Orozco Rivadeneyra Castilla y Orendaín, nacía una niña.

Por su primogenitura, heredera por derecho de sangre al condado de Miravalle era la recién nacida.

Criatura sutil e indefensa a la que en algún momento de su vida se le llamaría con el noble título de "Condesa".

Vaya si el conde Don Pedro Alonso se mostro agradecido con el Dios todopoderoso que habita en las alturas al nacer aquella criatura, pues era bien sabido el nerviosismo y el temor que reino durante todo el trabajo de parto de su señora esposa, la Condesa doña Antonia Francisca, esto debido al funesto antecedente de un hijo que nació sin vida apenas un año atrás.

"Saluden todos llenos de júbilo a los Segundos Condes de Miravalle, pues ha sido su casa llena de gracia, y asegurada su descendencia con la llegada de su hija primogénita".

Esas palabras pudieron escucharse aquella misma noche en los alrededores de la casa de los Condes de Miravalle en la ciudad de México.

"María Magdalena Catarina Dávalos de Bracamontes y Orozco". Ese fue el noble nombre que sus padres decidieron llevaría la recién nacida, la cual, sería la tercera en número que habría de poseer el titulo de Condesa al morir su padre.

"María" fue nombrada en honor a la santísima virgen, a quienes los segundos condes agradecían infinitamente por haberlos llenado de gracia con este nacimiento.

"Magdalena" fue nombrada por María Magdalena, haciendo alusión a las abundantes lágrimas derramadas en el anterior parto que resulto fortuito y mortal para el primer hijo que nació sin vida.

"Catarina" fue nombrada en honor al lugar donde sus padres se conocieron y se casaron, en el pueblo de Santiago Tuxpan, en las tierras de Michoacán.

Entonces, fue bautizada y presentada en sociedad en la ciudad de México, y hasta el Virrey, Don José Sarmiento y Valladares, Conde de Moctezuma y de Tula de Allende, y su señora esposa, acudieron a conocer a la pequeña durante la celebración que hubo en su honor, y que tuvo lugar en la hacienda de sus señores padres, "Los segundos condes de Miravalle".

La primera Condesa, Doña Catalina, quien fue la madrina, se mostraba en especial satisfecha con su hijo y con la esposa de este, por haber tenido a su nieta que según decía ella, era una imagen a semejanza suya cuando era infante.

El futuro se veía prometedor para aquella niña indefensa y vulnerable, que en todo momento de aquel día estuvo en los brazos de su madre.

# CAPÍTULO 3
## SANTIAGO TUXPAN

Aquella niña fue traída de tres meses de nacida al pueblo de Santiago Tuxpan, en las tierras de Michoacán, sitio donde se encuentra la hacienda solariega de los Segundos Condes de Miravalle.

La hacienda de "La Santa Catarina", que fue levantada sobre las ruinas del antiguo asentamiento del pueblo indio de Tochpan.

La hacienda, allí junto a lo que quedo del señorío indio de Tochpan, que un día fue solo montones de piedras y esqueletos de templos, monumentos que ofrecían a la vista de cualquiera las previas imágenes de la dura conquista del real ejército español, ahora, era una próspera hacienda, con una casa en demasía elegante.

Hacienda que fue levantada por los padres de la Segunda Condesa de Miravalle, Don Francisco Orozco de Tovar, hombre valeroso del lugar y su mujer Doña Teresa Rivadeneyra y Orendain, una de las indias de sangre real del pueblo, siendo utilizadas para aquella construcción, las piedras que aun manchadas de sangre y lágrimas indias, dieron forma a su noble morada.

Los segundos Condes de Miravalle acudían en numerosas ocasiones durante el año al lugar por aquellos días, ya que el Templo de Santiago Apóstol se hallaba en construcción, y era precisamente ellos, los segundos condes de Miravalle, los que financiaban aquella gran empresa.

El templo había sido comenzado a construir por el abuelo de Doña María Francisca Antonia, la obra paró, pero después de su muerte, fue su hijo, Don Manuel de Orozco y Tovar quien continuo la obra, pero con su prematuro deceso, la obra paro, hasta que fue retomada por su hija, quien fungía ahora como la segunda Condesa de Miravalle, y correspondería a ella, terminar aquella empresa que su abuelo había iniciado.

Por eso, en aquellos días, desde que el sol aparecía hasta que celosamente ocultaba al último de sus rayos, los pesados bloques de cantera eran colocados uno tras otro por las manos de criados y esclavos, que bajó las ordenes del Conde Don Pedro Alonso y su señora esposa, y vigilados en todo momento por los frailes Franciscanos, eran dirigidos por el afamado arquitecto Pedro de Arrieta, quien siendo amigo del Conde, vino a petición suya para concluir el tan añorado Templo.

Pero la madre naturaleza parecía estar poniendo a prueba la soberbia de los hombres ante la construcción de aquel majestuoso monumento, y entonces, ninguna afligida nube lloró en Santiago Tuxpan ni sus alrededores durante los meses de lluvia del año de mil setecientos dos, por consecuencia, la corriente de agua que fluía por el rio Tuxpan, fue disminuyendo hasta que ceso por completo.

Los nativos más ancianos temieron en sobremanera, ya que ni en la historia más remota del lugar, ni en los relatos de sus antepasados se contaba algo semejante.

Entonces, el temor se extendió en las gentes del pueblo, los malos augurios y las malas voluntades comenzaron a expandirse de boca en boca.

Bocas que muy pronto se secaron a causa de la sed que comenzó a amotinar a la gente a las puertas del convento franciscano.

En el interior de aquel sitio, justo en el claustro, un pozo rebosante de agua cristalina y fresca desataba las más acaloradas pasiones.

Los frailes resguardaron día y noche la entrada del convento, y soldados de la real caballería de la Santa cruzada, vinieron desde la ciudad de México para proteger el pozo de la vida.

Vaya si la sequia puso también en aprietos al arquitecto de aquella gigantesca obra, porque los cientos de esclavos y criados que trabajan sin descanso, tuvieron que parar de sus labores cotidianas a causa de la escasez del transparente líquido, que es indispensable para hacer la mezcla de cualquier obra arquitectónica, así como lo es también indispensable para el cuerpo humano.

Entonces, y ante aquella desafortunada situación, los Condes de Miravalle viajaron hasta Santiago Tuxpan para encontrar solución ante tan tremendo infortunio.

Apenas se supo de la presencia de los Condes en la hacienda de la Santa Catarina, las personas se congregaron alrededor con un sin número de quejas en contra de los frailes Franciscanos, a quienes acusaron de no querer detener la construcción del templo, obligando a los criados y esclavos a trabajar bajo el sol abrazador sin tener las condiciones vitales para su cuerpo.

Uno de los criados se atrevió a acusar a los frailes, de extraer agua del pozo que hay en el interior del claustro del convento, para que se hiciera la mezcla que debía servir de argamasa a los grandes bloques de cantera, y no para que la bebieran los trabajadores sedientos y casi enfermos, vigilando y amenazando en todo momento, valiéndose de la presencia de los caballeros de la orden de la Santa cruzada.

Ante tales aseveraciones, los Condes acudieron al caudal seco del rio para mirar con impotencia que en verdad se había secado, y enseguida se dirigieron al sitio de la construcción, y pudieron observar en su camino como el pueblo lucía desolado y como la gente comenzaba a enfermarse ante tal privación de agua.

La situación se volvió caótica en Santiago Tuxpan, y mientras el arquitecto y el Conde discutían por una solución con los esclavos y criados que trabajan en la obra, y con los frailes Franciscanos, Doña María Francisca Antonia, la segunda Condesa de Miravalle descendió de su elegante carruaje y se sentó frente a la inconclusa y detenida construcción.

Un criado sostenía una sombrilla que la protegía del sofocante sol, mientras ella tiernamente amamantaba a su pequeña hija María Magdalena Catarina.

Doña María Francisca Antonia miraba con atención y angustia la majestuosidad de la obra que corría peligro de parar y de no retomarse a corto plazo si no se encontraba ninguna solución pronta ante la situación.

Mas ese acto que ella muy naturalmente estaba cometiendo por propio instinto, "amamantar a su hija", habría de salvar a todos los involucrados.

Aun con su pequeña hija pegada en uno de sus senos, la señora Condesa comenzó a dar grandes voces que llamaban a su esposo con urgencia.

Apenas llegó Don Pedro Alonso a donde su esposa, la mujer abrió su boca y dejó salir aquellas insólitas palabras que habrían de dejar llenos de asombro a todos quienes la escucharon.

Enseguida, aquellas sus palabras que se habían vuelto órdenes, ya eran obedecidas.

Porque apenas cayó su boca, un mensajero salió enseguida de Santiago Tuxpan montado en su caballo y a todo galope atravesó el espeso y frondoso bosque que escondía muy bien un espacio despejado y libre de pinos y vegetación, para dar lugar a un sitio llamado el Agostadero.

El Agostadero, sitio donde las miles de cabezas de ganado propiedad de la señora Condesa de Miravalle, pastaban sin descanso durante todos los días del año, hasta que eran elegidas para ser sacrificadas.

Si, ese sitio de extremo clima frio casi durante todo el año por culpa de los altos y anchos pinos que sirven de hogar perpetuo a jilguerillos y carpinteros, y que se viste de fiesta cada primavera cuando los becerros recién nacidos comienzan a bramar como saludando a la vida.

Entonces, un desfile de cientos de cabezas de ganado levantó el polvo desde aquel hermoso sitio hasta el valle de Anguaneo. Vacas todas las bestias eran en total, ni un solo becerro ni toro salieron del Agostadero con rumbo a Santiago Tuxpan.

Un día después de iniciado aquel desfile vacuno desde el Agostadero, llegaron hasta Santiago Tuxpan aquellas vacas que bramando y ensuciando el camino, provocaron el asombro de los habitantes del pueblo.

Grandes y pequeños salieron de sus casas para contemplar aquel vacuno desfile que avanzaba levantando el polvo y desquiciando la calle de los frailes, y que también, parecía ser interminable.

En cuestión de horas, el sitio de la construcción del templo pareció haberse convertido en un establo gigantesco.

Nadie sabía lo que sucedía o mejor dicho lo que estaba por suceder. Entonces, una vez más la boca de la Condesa Doña María Francisca Antonia, se abrió para pronunciar otras insólitas palabras.

La orden había sido dada y todos aquellos quienes supieran ordeñar, tendrían que poner en práctica inmediatamente aquel noble y ancestral conocimiento.

Entonces, la leche comenzó a fluir en cantidad por las ubres de las vacas, y ante el asombro de todos los habitantes del pueblo, fue utilizada para hacer la mezcla que habría de unir a los pesados bloques de cantera.

Enseguida, el pozo en el interior del claustro en el convento, fue abierto para que la gente del pueblo, los criados y los esclavos la bebieran, y así, la construcción del templo no habría de detenerse un solo día más, pues el agua había sido sustituida por la blanca leche de las vacas traídas desde el Agostadero.

Vaya ingenio de la Segunda Condesa de Miravalle Doña Francisca, de aquel hecho se hablaba durante aquellos días con asombro por toda la región.

"Un templo construido con leche". Si, de cantera y de leche. "Porque de esos dos elementos es lo que está hecho el templo del Apóstol Santiago en el pueblo de Tuxpan". Eso decían por igual grandes y pequeños, hombres y mujeres, nobles y criados.

Vaya mezcla tan bizarra que a nadie debió habérsele ocurrido jamás. Pero todo fue gracias al instinto maternal y de supervivencia, pues mientras la pequeña María Magdalena Catarina, bebía de la leche de los senos de su madre, esta, al mirarla tuvo tan magnífica idea.

Aquella sequía concluyó dos semanas después, y las nubes llenas de sentimiento, desbordaron sus abundantes lágrimas sobre las montañas que circundan el valle.

Entonces, el agua descendió primero con lentitud, y horas después de iniciado el llanto descendió a toda prisa hacia el caudal de rio para retomar aquel curso que se había detenido.

Las vacas entonces, pudieron emprender su regreso hacia el Agostadero para retomar los lugares que se habían visto forzadas a dejar, ocasionado un gran vacío en los toros y becerros, que se quedaron sin entender porque habían sido abandonados.

Dijeron los que vivían por aquellos días en el Agostadero, que los toros bramaron durante todos aquellos días y todas aquellas noches en los que las vacas estuvieron ausentes.

Durante el día bramaban y se enfrentaban unos con otros, sin permitir siquiera a ninguno de los mayorales acercarse a ellos para sanar sus heridas, y durante las noches, parecían lamentarse con desesperación sin dejarlos dormir, como suplicando a la luna y las estrellas que les devolvieran a sus hembras.

La fama de los segundos Condes de Miravalle creció en cantidad por aquellos hechos sucedidos, y ese repudio y rencor que la gente de Santiago Tuxpan sentía hacia ellos por ser los ricos del pueblo, bajo de categoría.

En Santiago Tuxpan, los miembros de la familia Condal no solo encontraban la tranquilidad y la privacidad de la que carecían en la ciudad de México, sino que también el lugar les otorgaba la libertad de estar en absoluto contacto con la naturaleza en cada aliento, todas las horas de los días que aquí permanecían.

Aquella niña heredera del mayorazgo del Condado y que crecía rápidamente, pasaba los días de invierno y primavera en la ciudad de México. Pero cuando llegaba el verano, aquella estación del año y gran parte del otoño las pasaba al lado de sus padres en la hacienda condal de la Santa Catarina, en el pueblo de Santiago Tuxpan.

Educada en la privacidad por una institutriz y por su propia madre, aprendió a leer y a escribir a muy corta edad. Consentida y sobreprotegida por su abuela paterna en sobremanera, esto debido a que Doña Catalina, la Primera Condesa de Miravalle, sabía que ella sería la heredera del mayorazgo del condado en días futuros y quería influir lo suficiente en su nieta mientras el tiempo y la vida se lo permitieran.

Más mientras Doña Catalina, insistía en llevarla en verano al pueblo de Compostela de Indias, tierras originales del Condado, Doña Francisca insistía en llevarla a Santiago Tuxpan, su tierra natal. En aquellos casos Doña Catalina no tenía más remedio que acudir ella también a las tierras que había heredado su nuera.

Eran los primeros días del año de mil setecientos siete y la actividad constructora de los segundos Condes de Miravalle en Santiago Tuxpan era mayúscula.

Se habían descombrado las calles, se habían resanado las casonas más viejas, se repararon los puentes, se mejoraron los caminos, y las calles del pueblo fueron empedradas.

Los escombros y el material que no eran utilizados en el Templo de Santiago Apóstol, que ya casi estaba concluido, fueron utilizados para estas mejoras, y también las aprovecharon las gentes del pueblo.

En ese tenor, el Conde Don Pedro Alonso también participó, pues algunos de esos materiales fueron llevados a una pequeña casona que él, en calidad de gran devoto católico, había elegido para convertir en capilla condal y así, poder enaltecer aquel pueblo que amaba, y que pretendía convertir en gran asentamiento humano.

Aquel sitio en la parte alta del valle, fue bautizado por el mismo con el nombre de un Santo que él admiraba desde la infancia.

No era un santo que pudiera sentirse halagado por haber sido bautizado un sitio con su nombre, sino un santo que pudiera ser venerado ahí mismo por los devotos.

Ese lugar en lo alto del valle de Anguaneo y que desde aquel entonces comenzó a ser llamado "San Victoriano".

Entonces, un pintor que fungía como amigo cercano del conde Don Pedro Alonso, cuyo nombre era Cristóbal de Villalpando Facichat, y que tenía una reputación muy elevada en la Nueva España, fue elegido para decorar el interior de la capilla con un oleo monumental que dignificara aun mas al santo que esta albergaría.

El conde quería que se tratara de una obra magnífica, por lo que le encargó a su amigo Cristóbal aquella empresa.

Todo se pensó en conjunto, el Conde Don Alonso, el arquitecto Pedro de Arrieta, que era el mismo que dirigía la construcción del Templo del Apóstol Santiago, y el pintor Cristóbal, que habría de enaltecer el interior con su obra, se reunieron en la estancia principal de la casa de la hacienda de la Santa Catarina en Santiago Tuxpan, para dar forma en imaginación a su proyecto.

Por eso y desde un principio, el señor Conde encargó al arquitecto una capilla elegante pero discreta, con un altar sencillo que no pudiera opacar en ningún momento a la urna mortuoria que contendría los restos y reliquias de aquel Santo a quien pretendía traer para ser venerado.

El pintor Cristóbal de Villalpando, solicitó al arquitecto Pedro de Arrieta erigir una capilla de grandes alturas, para poder embellecer una de las paredes laterales con un inmenso lienzo que tenía en mente. Al conde Don Pedro Alonso, Cristóbal de Villalpando le contó acerca de la idea que tenía en mente. Le habló de un lienzo donde el martirio de San Victoriano de Cartago sería representado, cosa que agrado en sobremanera al Conde y, ese mismo día, un adelanto en oro y plata fue pagado por el segundo Conde de Miravalle al arquitecto y al pintor para que comenzaran a trabajar lo antes posible en sus respectivas encomiendas.

De esta manera ya todo estaba listo, Santiago Tuxpan sería una gran ciudad a la que no le faltaría nada, todo se había forjado en el interior de la mente del Conde Don Pedro Alonso para complacencia de su señora esposa, la Condesa Doña María Francisca Antonia.

Como consecuencia, se desató una repentina migración de personas de la ciudad de México y de otras partes de la Nueva España que comenzaron a comprar a los Condes de Miravalle propiedades en el valle de Anguaneo y que comenzaron a levantar sus haciendas solariegas, y algunos otros, casas grandes de descanso o de estancia permanente para vivir en contacto con la naturaleza una vejez tranquila.

Todos ellos antes habían sido convencidos por la promoción tan exhaustiva que el Conde Don Pedro Alonso había hecho a Santiago Tuxpan con sus amistades, prometiéndoles que un futuro cercano, el pueblo sería un lugar muy importante y él mismo puso el ejemplo, llevando a la familia condal a habitar permanentemente aquel sitio, cosa que fue en desagrado para su señora madre, la primera Condesa de Miravalle, Doña Catalina, quien reprochaba constantemente a su hijo la permanente ausencia de su persona en las tierras de del condado en el Reino de la Nueva Galicia y de la Ciudad de México a causa de esa necedad de engrandecer el lugar de origen de su esposa.

Mas al Conde Don Pedro Alonso, eso no pareció importarle ya que habiendo anexado las cercanas minas de casa blanca y Huirunio al condado, podía justificar ante su madre lo necesario de su estancia por los rumbos de Santiago Tuxpan, Además, debía permanecer en el sitio hasta que fueran concluidas las obras de la capilla de San Victoriano, pero sobre todo, hasta que se llevaran a cabo la consagración y la bendición del Templo monumental que se terminaba en honor a Santiago Apóstol en el centro del pueblo.

Así fue como un conjunto de casas y calles mal trazadas por los frailes Franciscanos un siglo atrás, fueron transformándose en un pueblo bien planeado y con un futuro prometedor.

Por aquellos días, junto con la correspondencia cotidiana, una carta de Cristóbal de Villalpando fue enviada con urgencia a Don Pedro Alonso, Conde de Miravalle.

En ella, el pintor y amigo le confesaba su incapacidad de realizar el trabajo solicitado anteriormente, ya que San Victoriano de Cartago no inspiraba en lo más mínimo a su imaginación, y ponía nuevamente a su disposición la cantidad antes pagada por dicho trabajo.

Apenas la termino de leer, el Conde Don Alonso monto en cólera, y mientras hacía pedazos la correspondencia, su pequeña hija María Magdalena Catarina de apenas seis años de edad, repetía un poema que su madre, la Condesa Doña Francisca le había recitado.

Esa voz dulce y libre de toda malicia que emanaba de su garganta, recitando aquellas muy suaves palabras en las que según el poema, Santa Teresa de Jesús, oraba por las almas de los pecadores, que atrapados en penitencia, permanecían cautivos y en amonestación en las ardientes, pero no mortales llamas del purgatorio.

Entonces, una vez más la pequeña niña inspiraba con su inocencia sin querer hacerlo a uno de sus padres para que de su cabeza surgiera una gran idea, y la correspondencia que el pintor Cristóbal de Villalpando Facichat había enviado al conde Don Pedro Alonso, fue respondida inmediatamente.

Un lienzo de iguales dimensiones, pero que tratara acerca del tema de aquel poema que inesperadamente fue escuchado por sus oídos, proveniente de la boca de su pequeña hija María Magdalena Catarina.

Si, donde Santa Teresa de Jesús, y el purgatorio repleto de sus almas suplicantes estuvieran presentes.

El pintor Cristóbal de Villalpando recibió la contestación de su carta y enseguida puso a volar su imaginación. El nuevo tema para aquel lienzo de grandes proporciones que decoraría la capilla condal de San Victoriano en Santiago Tuxpan y que había sido encargado por el Conde de Miravalle Don Pedro Alonso Dávalos de Bracamontes y Orozco, lo inspiraba en demasía.

El poder del segundo Conde de Miravalle en la Nueva España era muy grande. El oro extraído en las minas de su propiedad en Compostela en la Nueva Galicia, y las ganancias que le otorgaban las cientos de haciendas y propiedades que poseía, lo habían convertido en uno de los más influyentes hombres de su época y en gran amigo y consentido del virrey Francisco V Fernández de la Cueva Y Cueva, y por lo tanto y a distancia, del rey Felipe V del reino de España, a quienes sus súbditos conocían como el "animado".

Por tal motivo y por los compromisos tan numerosos con los que el Conde de Miravalle, Don Pedro Alonso, en calidad de capitán, cumplía con la santa cruzada y con la Santa Iglesia Católica Apostólica y Romana, él sabía que ningún favor que les solicitara le sería negado.

En efecto así fue, porque con la capilla en construcción y con el lienzo oleo siendo trabajado, Don Pedro Alonso Dávalos de Bracamontes y Orozco, solicitó a primero al obispo de Michoacán, Monseñor Manuel de Escalante Colombres y Mendoza, y por medio de este y posteriormente, a su majestad el rey Felipe V de España, que los restos de aquel santo que él tanto admiraba, fueran traídos a la Nueva España, especialmente a las tierras de Michoacán, al naciente pueblo de Santiago Tuxpan, para que ahí en un santuario apropiado y digno, fueran venerados por siempre.

Seis meses después de su petición, los restos mortales de un santo fueron trasladados desde el reino de España hasta la más próspera de sus colonias en las Américas, la Nueva España.

Un mártir de vida excepcional, que por cuya enaltecida fe fue martirizado en el pasado muy remoto en la ciudad pagana de Cartago.

Un mártir de antaño, que fue sometido a la humillación y a la tortura por su necedad de negar a Cristo como hijo del Dios verdadero.

Un mártir del que se había dicho y hablado de su valentía y de su grandeza durante siglos, y cuyos restos estaban olvidados y empolvados en el interior de un viejo ataúd en un convento de la muy lejana España, donde no podían ser venerados como se merecían.

Sí, un santo de nombre "San Victoriano de Cartago" que fue traído desde el otro lado del océano hasta Santiago Tuxpan, y cuyos restos y reliquias, fueron depositados en una urna de oro y cristal en la capilla condal en la Hacienda de la Santa Catarina, mientras en San Victoriano, era levantada la capilla que habría de resguardarlo por siempre, y donde podría ser venerado con respeto y dignidad.

Seis meses transcurrieron desde que los restos de San Victoriano llegaron a descansar serenos en la estancia de la Santa Catarina. La capilla de San Victoriano había sido ya entregada a los segundos Condes de Miravalle, y nada mas faltaba que el trabajo encomendado al pintor Cristóbal de Villalpando llegara concluido desde la ciudad de México para poder así, trasladar al santo al nicho que esperaba impaciente por él, en la capilla que había sido construida en su honor.

Por aquellos días eso fue lo que sucedió, porque en la ciudad de México, el pintor Cristóbal de Villalpando ya había concluido su obra pictórica. El nombre a aquel impresionante lienzo como "Cuadro de La ánimas" y enseguida, a lomo de mulas y asnos, fue trasladado hasta Santiago Tuxpan por el camino real de las provincias internas.

No tardó en llegar la caravana que transportaba el enorme lienzo con exagerado cuidado sorteando los peligros que el viaje suponía, incluso aquellos que lo llevaban a su destino suplicando con angustia a las nubes no llovieran hasta que la obra estuviera a salvo.

Llegó por el camino real una mañana soleada. La caravana de mulas y hombres empolvados se detuvo a las puertas de la recién construida capilla condal en San Victoriano.

Un capataz del Conde los esperaba, y apenas llegaron ante él, este les ofreció agua y alimentos.

Mientras bebían y comían bajo una frondosa jacaranda, el capataz les indicó que debían ingresar la obra pictórica en la capilla, mientras él en persona, iba a la hacienda de la Santa Catarina, para dar aviso a los señores Condes de su llegada.

Un hombre, el que parecía dirigir aquella caravana, entregó una carta al capataz, correspondencia que debía ser leída en cuanto antes por el Conde De Miravalle y su señora esposa.

Cuando el capataz llegó, los señores Condes ya se alistaban para la partida a San victoriano, pues desde la ventana de su habitación en la hacienda de la Santa Catarina, vieron muy de lejos a la caravana acercarse a San Victoriano.

La carta de inmediato fue entregada al conde Don Pedro Alonso. Eran aquellas letras del puño de su amigo pintor Cristóbal de Villalpando Facichat.

En aquella correspondencia le decía que su encomienda había sido cumplida.

La familia condal después del desayuno, acudió a toda prisa en su elegante carruaje hasta San Victoriano, en donde algunos curiosos congregados miraban desde la puerta de la capilla la obra maestra que recién había llegado.

Ingresó primero a la capilla el Conde Don Pedro Alonso, y le siguieron la señora Condesa y su hija. Los tres permanecieron mirando con asombro la magnífica pintura en oleo, la cual yacía en el suelo extendida, mientras algunos que venían en la caravana colocaban discreto pero elegante marco y soporte a la majestuosa obra de arte.

Don Pedro Alonso ordenó encender las velas que esperaban con ansias ser encendidas por primera vez en la capilla, y cuando el resplandor de su fuego iluminó el lugar, una exclamación de asombro pudo escucharse en el interior de la capilla de San Victoriano.

Esa fue una exclamación grande que salió de las bocas de todos los presentes cuando vieron iluminado el "cuadro de las ánimas"

El Conde entonces, se acercó y leyó en voz alta aquellas letras que imitaban vivas palabras y que habían sido plasmadas en color dorado en la parte inferior del lienzo.

"MISERE MEI VOS AMICI MEMI" (Consuélenme al menos ustedes que son mis amigos).

Don Pedro Alonso comenzó a hablar mientras caminaba lentamente y observaba con atención el oleo, sin poder disimular en ningún segundo transcurrido la inmensa emoción que le embargaba.

El entonces, dijo estas palabras:

Mi amigo Cristóbal de Villalpando Facichat, plasmó en oleo puro a los personajes celestiales que, haciendo uso de su autoridad, condenan a las almas de los difuntos a un castigo ejemplar en las ardientes, pero no mortales llamas del purgatorio.

A estos personajes los encabeza el más grande de los arcángeles, el Arcángel guerrero San Miguel, quien vigila que los pecadores purguen la condena antes otorgada, para después, ya redimidos de sus culpas, alcancen la vida eterna.

Los otros personajes que plasmó, a los que misericordiosos abogaban ante Nuestro Señor Dios el Todopoderoso por las almas que purgan su condena, y así, deciden quienes han borrado ya sus culpas, y son dignos de salir del lugar de su tormento.

La principal abogada de estos es Santa Teresa de Jesús, quien es imitada en oración devota por San Francisco de Asís y también por San Agustín, mientras una muy amorosa y compasiva Virgen del Carmen, escucha atentamente las alabanzas que los Apóstoles, los santos y los mártires, entonan jubilosos hacia la gloria eterna que emana de Nuestro Señor Dios el Todopoderoso y de su amado hijo Jesucristo resucitado.

Ese mismo día fue colocada la enorme pintura que ya no era más lienzo, sino cuadro, en el lugar que debía ocupar por siempre en la capilla de San Victoriano.

Una semana después, el día veintitrés de Marzo del año de mil setecientos ocho, contando con la presencia del obispo de Michoacán y de todos los frailes Franciscanos del convento, fueron trasladados los restos del santo Victoriano de Cartago sobre el techo de un elegante y adornado carruaje, para que todas las personas pudieran verlo.

La caravana salió muy por la mañana de la capilla condal de la hacienda de la Santa Catarina, y aquellos restos mortales y reliquias fueron llevados al pueblo y se pasearon primeo por la plaza del pueblo y después por la calle real, mientras los frailes franciscanos entonaban canticos religiosos.

El asombro en los rostros de los infantes era mayúsculo, incluida la pequeña María Magdalena Catarina que acompañaba la solemne caravana, incluso, algunos de esos infantes se escondieron detrás de los vestidos y las faldas de sus madres al contemplar aquel desfile que por su inocente edad, les parecía macabro. Cosa muy contraria sucedió con los adultos que, en señal de respeto, quitaron sus sombreros e inclinaron sus cabezas.

Días antes, los frailes Franciscanos, se habían dado a la tarea de dar a conocer a los habitantes de Santiago Tuxpan la vida y martirio de San Victoriano de Cartago, pregonando a grandes voces su historia en la plaza y los portales del pueblo, así como también a las afueras de la construcción del templo de Santiago Apóstol.

La caravana llegó fatigada hasta San Victoriano siguiendo el camino real y la urna que contiene las reliquias de aquel mártir de antaño, se colocaron finalmente en el lugar que había sido construido en su honor, y una misa fue celebrada por vez primera en la capilla.

Los intensos sentimientos se hicieron visibles en los Condes de Miravalle, quienes no pudieron contener las lágrimas ante tan importantes acontecimientos, mientras su pequeña hija María Magdalena Catarina, los miraba muy atentamente.

Un mes después de aquellos acontecimientos, el abandono y descuido en el que el Conde Don Pedro Alonso tenía sus propiedades en el lejano pueblo de Compostela de Indias, en las tierras del Reino de la Nueva Galicia, lo obligaron a ausentarse de Santiago Tuxpan en compañía de su señora madre, la Condesa Catalina, para asegurarse personalmente de que todo marchaba bien por aquellos lejanos rumbos.

Su esposa y su hija se quedaron en la hacienda de la Santa Catarina, lugar que no dejaría la familia condal hasta que fuera concluido el templo de Santiago Apóstol.

Fue en aquella ausencia del Conde Don Pedro Alonso, que el presbítero Francisco de Orozco y Tovar, tío paterno de la Condesa Doña María Francisca Antonia, hermano de su señor Padre, que era un presbítero activo en el convento de las hermanas carmelitas descalzas en la muy lejana ciudad de Puebla de los Ángeles, visitó su tierra natal.

Llegó a la hacienda de la Santa Catarina acompañado de toda su altivez y poca gracia que siempre le habían caracterizado. Apenas saludó a su sobrina Doña María Francisca y a su pequeña hija, este ocupó enseguida la habitación de huéspedes más cómoda de la hacienda.

Este presbítero que siempre se mostraba déspota y arrogante con los demás a espaldas de su sobrina, era el albacea de la misma.

Fue su difunto hermano Don Manuel de Orozco y Tovar, padre de Doña María Francisca, quien otorgo dicho cargo a su hermano, para que el en su calidad de presbítero, velara siempre por las propiedades y los bienes de su única hija. Más al morir el albacea, sería Doña María Francisca Antonia quien heredaría dichas propiedades y bienes.

La admiración que los segundos Condes de Miravalle sentían por él era mayúscula. Pues se trataba de un hombre recto y siempre respetable. Duro y siempre seguro de sus cometarios que en ninguna de las ocasiones que abrió la boca fueron inapropiados o equivocados.

Era en especial su sobrina Doña María Francisca, quien era una devota fiel de su religioso tío, habiendo traslado el amor que un día tuvo por su padre hacia este presbítero maduro que siempre la vio como si de su hija se tratase.

Esa admiración hacia aquel presbítero, siempre fue inculcada a la pequeña María Magdalena Catarina, quien aprendía rezos y alabanzas de su propia boca.

En aquella visita que el tío hizo a Santiago Tuxpan, la condesa y sobrina suya Doña María Francisca Antonia, lo llevó a las obras de construcción del templo que ya casi estaba concluido.

Caminaban por las afueras de la obra, sorteando piedras y escombros, así como pasando incluso por debajo de los andamios que eran utilizados por quienes esculpían a un apacible San Francisco de Asís en la puerta lateral y que de pronto se volvió en el objeto de atención de la condesa y los criados que los acompañaban.

Entonces, mientras todos miraban hacia arriba, la pequeña niña se percató de que su tío abuelo la observaba muy fijamente al rostro. Ella lo miró también y pudo ver dentro sus ojos a un hombre desconocido para ella.

Ella sintió miedo ante la inusual mirada y se ocultó temerosa detrás del amplio y rosa vestido de su madre, la cual, al estar mirando hacia arriba como los demás, no pudo enterarse de lo sucedido.

Entonces la niña María Magdalena Catarina le temió desde aquel día, porque su mirada se volvió oscura. Su madre la Condesa Doña María Francisca Antonia no pudo percatarse de lo oscuro que se había vuelto el interior de aquellos ojos que siempre habían sido claros como la luz, y la pequeña niña guardó silencio por miedo a ser reprendida.

Dos días después, aquella visita del presbítero Francisco de Orozco y Tovar, tío paterno de su madre, concluyó , miró. Fueron dos días en los cuales la niña lo miro con temor y no permitió que aquel hombre, que se había vuelto de pronto un extraño se acercara mas a ella y, al momento de partir este, pudo percatarse de lo inusual de su visita.

¿Cómo lo supo? Lo supo por la manera como su madre lo miraba desde la ventana de la habitación principal mientras este se marchaba por el.

Aquellos muy extraños hechos pronto fueron olvidados por la niña, porque por aquellos días era la época del año cuando un espectáculo natural sucede en estas tierras.

Entonces, la infante con red en mano no paraba de jugar todas las tardes en los alrededores de la hacienda de la Santa Catarina, persiguiendo siempre sin éxito una y otra vez a las incontables mariposas de alas con tintes naranja, blanco y negro, que dos veces al año atraviesan el valle con el rumbo de Angangueo y que son de procedencia desconocida. Ellas llegan en invierno para amontonarse en lo alto de los cerros, y se van en primavera.

Aquella ocasión era su partida, cuando ya han dejado atrás y en soledad los bosques de Angangueo. Era el mes de Abril del año de mil setecientos nueve. Y fue justo por esos mismos días, que el segundo Conde de Miravalle retornó a la hacienda de la Santa Catarina. Él lo hizo en solitario, pues su madre la primera Condesa Catalina decidió quedarse en la ciudad de México para vivir la vida que ya extrañaba.

La felicidad de la familia condal era evidente. Los paseos por los alrededores de la hacienda, en los cuales, mientras la señora Condesa Doña María Francisca Antonia y su hija María Magdalena

Catarina cortaban flores de múltiples colores y olorosas fragancias, el Conde Don Pedro Alonso y sus capataces cazaban liebres y conejos.

Esos eran buenos días, donde por las tardes contemplaban la corriente del rio pasar, mientras escuchaban a los más ancianos y naturales del lugar, contarles historias muy antiguas y leyendas referentes a la gloria de sus antepasados.

Los días soleados y las estrelladas noches transcurrieron en Santiago Tuxpan, a decir verdad, no muchas desde la visita del tío de Doña María Francisca Antonia, porque era el día sexto del mes de mayo de ese mismo año de mil setecientos nueve, cuando los señores Segundos Condes de Miravalle y su pequeña hija, fueron llamados por los frailes franciscanos al lugar de la construcción del templo de Santiago Apóstol justo cuando estaba próximo a caer el mediodía.

El carruaje que los transportaba salió a toda prisa de la hacienda de la Santa Catarina y el camino se hizo eterno para los Condes de Miravalle, quienes eran observados detenidamente por su hija que iba serena jugando con los guantes que recién le habían sido comprados en la ciudad de México por su padre y que le fueron dados como obsequio apenas este llegó de su viaje.

Cuando llegaron al pueblo vieron que una multitud se había amontonado frente a la construcción del Templo y apenas se detuvo el carruaje, Don Pedro Alonso y Doña María Francisca Antonia descendieron a toda prisa.

La pequeña María Magdalena Catarina fue testigo desde el interior de el carruaje de los gritos de júbilo que se escucharon en el lugar apenas ellos pusieron un pie en la tierra.

Entonces, una cruz de metal fue colocada en lo alto de la torre del campanario del templo que recién terminada lucia monumental y daba la bienvenida a los devotos, los cuales, descubrieron sus cabezas y las inclinaron apenas fue colocada la cruz.

El silencio reinó y el viento pudo escucharse pasar por ahí sin ser opacado por ningún otro sonido.

Aquel silencio fue de pronto interrumpido por el agudo repicar de las pesadas campanas que sonaban por primera vez en el valle de Anguaneo, y la pequeña María Magdalena Catarina tuvo que cubrir sus frágiles oídos ante tales repicares.

En aquel momento, su madre volvió por ella al carruaje y le dijo muy profundamente emocionada:

¡María Magdalena Catalina, observa muy detenidamente y escucha atentamente todo lo que acontezca este gran día!

Porque este es el día que contaras a tus hijos y a los hijos de tus hijos, y ellos a su vez a sus hijos y a los hijos de sus hijos.

Este es el día en el que tus padres, los Segundos Condes de Miravalle, construyeron nueva casa y santuario para el Apóstol Santiago, que santo y en gloria es por siempre.

Aun no terminaba de hablar Doña María Francisca Antonia, cuando sonaron nuevamente las campanas y no callaron durante largos minutos.

Entonces, los que vivían a los alrededores del pueblo y cerca de los verdes cerros que lo rodean comenzaron a llegar.

Los rostros que la pequeña niña veía eran los rostros del asombro, mientras los frailes Franciscanos satisfechos, convocaban en el amplio atrio del templo a una muy improvisada, pero emotiva celebración.

Los gritos que repentinos interrumpían constantemente a los frailes franciscanos en su celebración fueron iniciados por el propio Conde Don Pedro Alonso.

¡Que viva Santiago Apóstol! ¡Que viva Santiago Tuxpan! ¡Que vivan los Condes de Miravalle! Eso gritaban él y los demás presentes.

Ese día el pueblo dejo de ser un pueblo cualquiera gracias a su nuevo y monumental templo. Un templo digno para venerar a uno de los doce apóstoles que acompañaron a nuestro señor Jesucristo durante su ministerio y además, un templo único, sí, porque fue construido con leche.

Ese también fuc cl día en el que la pequeña María Magdalena Catarina entró por primera vez al santuario, que por sus dimensiones y majestuosidad parecía ser una basílica.

El caprichoso juego de las luces que ingresaban a través de las ventanas con dirección hacia las firmes paredes le ocasionó un gran temor, sí, uno que se acrecentaba en cantidad por el frio intenso que por culpa de la cantera, agredía su pequeño cuerpo.

Dos meses transcurrieron desde aquel día, dos meses en los cuales sus padres se encargaron de la decoración interior del nuevo templo. Sí, una decoración elegante pero sencilla, que pudo ser contemplada por primera vez el día veinticinco de Julio, cuando en presencia de importantes personalidades fue consagrado y dedicado el templo al Apóstol Santiago.

Aquel Apóstol Santiago venerado, debió haberse sentido realmente satisfecho y honrado desde los cielos, pues un templo y un pueblo se alzaban con su nombre.

No hubo limitación alguna en los gastos del festejo en aquella ocasión. Un festejo que fue costeado y presenciado por los Segundos Condes de Miravalle y su pequeña hija.

Estaban presentes también los familiares de la señora Condesa Doña María Francisca Antonia, quienes eran originarios todos ellos del lugar, incluso su tío, el presbítero Francisco, que vino desde la lejana ciudad de Puebla de los Ángeles a la consagración del Templo.

Estaban también presentes invitados importantes, como la representación especial del santo padre Clemente XII desde Roma y fue el Obispo de Valladolid, quien dirigió la solemne celebración eclesiástica, con la cual se llevó a cabo la consagración del templo.

El aroma de los inciensos y de la multitud de flores impregnó con prontitud el interior del santuario y en la primera fila de los presentes, estaban los segundos Condes de Miravalle y su pequeña hija.

La gloria en aquel momento era equiparable a la que reflejaba aquel sitio recién estrenado y que se encontraba iluminado por cientos de velas encendidas, mientras en el exterior el sonoro estruendo de las campanas recién forjadas podía escucharse por todo el verde valle de Anguaneo.

Un murmullo pudo escucharse cuando la celebración concluyó, era el murmullo de la elevación interminable de oraciones y plegarias por parte de la multitud de fieles que agradecían al unísono al Dios todopoderoso, pecadores todos ellos a excepción de los inmaculados infantes.

# CAPÍTULO 4
## EL CONVENTO

Eran los primeros días del mes de Mayo del año de mil setecientos diez, cuando la segunda Condesa de Miravalle, Doña María Francisca Antonia de Orozco y Rivadeneyra, apagó su vida para que se encendiera la de una recién nacida niña, que vino al mundo con tremendas dificultades.

Los lamentos del Conde Don Pedro Alonso se escucharon por toda la hacienda de la Santa Catarina, y en un acto de inconsciente injusticia rechazó a la recién nacida, culpándola a grandes voces por el fatal destino de su señora esposa.

María Magdalena Catarina, que era de once años de edad, observó con impotencia como su madre partió de este mundo repentinamente, siendo afectado su rostro por una tremenda palidez, y con espanto contempló la sangre roja y fresca que en abundancia escurría por las sabanas blancas que colgaban de la cama que le sirvió de lecho mortuorio.

Había muerto la señora Condesa, pero había muerto dando vida.

¡Vida y muerte! Vida y muerte entrelazadas en aquella habitación.

¡Vida y muerte! Que son el único objetivo de todas las existencias.

Aún sin poder comprender lo sucedido, ella fue testigo mudo de la rabia que su señor padre expresó en contra de la recién nacida. Criatura indefensa que fue colocada en la cuna mientras los presentes se olvidaban de ella para lamentarse por el destino fatal de la señora Condesa Doña María Francisca Antonia.

Aquella estampa que estaba siendo bien plasmada en su memoria de pronto le nublo la vista. Entonces, se dirigió a la cuna y tomó entre sus brazos a la recién nacida a la que envolvió en las acogedoras cobijas que por ella esperaban.

María Magdalena Catarina abandonó corriendo aquella muy dolorosa habitación sin siquiera ser vista.

Corrió sin rumbo llegando al amplio comedor, y posteriormente a la siempre concurrida y ajetreada cocina con su pequeña hermana en brazos. Los criados que alarmados y asustados por los gritos y llantos que provenían de la habitación principal, no hicieron nada para detener en su carrera desenfrenada a la desesperada niña que abandonó la hacienda ante los ojos de los criados que en silencio miraron su partida.

Sucedió una hora después de aquellos nefastos acontecimientos y para ese entonces, los tíos y las tías maternas de la recién difunta Condesa Doña María Francisca Antonia, así como casi todos los criados de la hacienda, llamaban dando grandes voces a la extraviada niña.

La primera condesa de Miravalle, su abuela Doña Catalina, no disimulaba la angustia y el dolor extenso que le ocasionaba la inesperada tragedia, y con un amargo llanto llamaba por su nombre a su querida nieta.

De pronto, cuando la condesa Catalina en compañía de dos de sus criadas se alejó de la hacienda con rumbo al rio, un llanto de recién nacido delató a la fugitiva.

Corrieron las criadas primero y Doña Catalina les seguía con dificultad por la empinada vereda.

Ahí estaba la niña María Magdalena Catarina ante sus ojos. Llorando desconsolada con su pequeña hermana recién nacida en brazos, la misma que lloraba enérgicamente también a causa de la primera hambre que sentía en su nueva vida.

Apenas vio a su siempre cariñosa abuela, la niña entregó a la recién nacida a las criadas y enseguida corrió a los brazos de su abuela para protegerse de la adversidad que se le avecinaba.

Aquel día aquella vida perfecta que los Segundos Condes de Miravalle tenían, terminó súbita e irónicamente en su lugar favorito, la hacienda de la Santa Catarina en el pueblo de Santiago Tuxpan. Sí, en ese lugar que tantas alegrías y bonitos recuerdos les proporcionaba, ahora sería un lugar donde comenzó la tragedia que dio paso a una tristeza infinita.

El Segundo Conde, Don Pedro Alonso, permaneció postrado a los pies de su fallecida esposa sin apartarse ni un solo segundo de ella. Incluso se negó a dejarla cuando los frailes del convento llegaron para ofrecerle la extrema unción.

No quiso el doliente hombre separarse del cadáver ni un solo segundo, parecía haber sido cegado a causa de la tremenda pena que había caído sobre él y su familia y cuando la comitiva familiar quiso llevar a la difunta a una habitación continua para que fuese preparada y vestida para su funeral, él se opuso muy violentamente.

Golpes e insultos lanzó en contra de quienes querían arrebatarle de sus manos a su amada esposa. Pero en aquella tan dolorosa disputa el conde fue derrotado y no tuvo más remedio que refugiarse en su habitación, solamente acompañado de grandes cantidades de vino y negándose a abrir la puerta incluso a su madre.

Aquel día el Conde Don Pedro Alonso, se negó a conocer a la recién nacida, que era alimentada con dificultad por las criadas la primera Condesa de Miravalle, Doña Catalina.

En tanto, la niña María Magdalena Catarina miró aquel día con asombro el comportamiento de su padre, que aunque pareciera comprensible por su dolor, no era justificable por su exagerado egoísmo demostrado y declarado para con la recién nacida.

Aquel trágico día, la vida le cambio a la infante María Magdalena Catarina, que parada con las manos detrás, observó el desfile de personalidades importantes que vinieron enseguida desde la ciudad de México y de los alrededores para las fúnebres exequias de su madre, quien en vida fue la Segunda Condesa de Miravalle.

De todos aquellos que vinieron a Santiago Tuxpan al funeral, la más destacada de las asistencias fue la del recién nombrado Virrey de las tierras de la Nueva España, Don Fernando de Alencastre Noroña Y Silva, quien aprovechó el desafortunado deceso para conocer el pueblo de Santiago Tuxpan y sus alrededores, moviéndose con absoluta discreción por las calles empedradas y los caminos polvosos, acompañado solamente por una mínima guardia virreinal.

En todo momento acompañada por su abuela, la niña María Magdalena Catarina fue testigo de la celebración de cuerpo presente en honor a su madre en el templo de Santiago Apóstol. Templo que ella misma había salvado en dos ocasiones de no construirse.

La señora Francisca de Rivadeneyra y Orozco, Segunda Condesa de Miravalle, al igual que sus tíos y padres, fue sepultada en la capilla condal del templo.

Fue llorada en abundancia y muy amargamente por su esposo, por su hija, por sus tíos, por sus tías, por sus parientes cercanos, por sus amigos, por sus conocidos y hasta por sus criados.

Ese mismo día, en medio de tales adversidades, los frailes del convento, compadecidos y temerosos por el bienestar de la recién nacida, la bautizaron en presencia de su abuela Catalina y de su tío abuelo paterno el Presbítero Francisco de Orozco y Tovar. Este último escogió para la criatura el nombre de María Teodora Francisca, nombre al cual la señora Condesa Catalina no se opuso.

Ese día el Conde Don Pedro Alonso cayó presa de la desesperación al sentirse sin su amada, y una vez más la niña María Magdalena Catarina vio como su padre había perdido el juicio de tal manera, que era como si quisiera agotar todas las reservas de vino que en la hacienda de la Santa Catarina existían.

Al día siguiente muy de mañana y con órdenes autoritarias, el señor Conde ordenó a su madre Doña Catalina y a su hija María Magdalena Catarina empacar sus cosas y emprender cuanto antes la partida con rumbo a la ciudad de México.

Él, ni siquiera mencionó a la recién nacida, mas fue la propia niña e hija primogénita suya quien le recordó de su existencia.

El Conde monto en cólera ante el atrevimiento, y le advirtió sobre su sentimiento de rechazo hacia la criatura, entonces, le prohibió enérgicamente siquiera intentar mostrársela.

Ese era un padre desconocido para la niña María Magdalena Catarina, que asombrada ante su comportamiento, no tuvo más remedio de desbordar las saladas lágrimas. Unas lágrimas que en lo más mínimo conmovieron a su devastado padre, y ese mismo día dejaron la hacienda de la Santa Catarina en Santiago Tuxpan.

Aquella gran idea que en tiempos pasados tuvo el Conde de convertir aquel pueblo en un sitio muy importante, fue arrancada del interior de su cabeza tajantemente por culpa de la tragedia.

Pobre del Conde Don Pedro Alonso, que perdió muy injustamente a su amada esposa Doña María Francisca Antonia. Sí, porque esa pena insoportable que sentía le comenzó a consumir el alma y el cuerpo.

Entonces, solitario y nostálgico, decidió vivir una vida de tragedia sin sentir las menores ganas de superar la adversidad. Encerrado todo el tiempo en su despacho de la casa de los Condes de Miravalle, sin probar bocado alguno durante días, incluso sin dormir durante noches enteras, acompañado únicamente por grandes cantidades de vino.

En eso fue en lo que se convirtió aquel hombre siempre fuerte y recto, de buen parecer y de extrema importancia en la Nueva España. De él, no quedaba casi nada, solo un ebrio que triste todo el tiempo reprochaba cada noche al Dios Todopoderoso por su desgracia.

La Condesa Catalina, madre del Conde miserable, se encargó en todo momento de sus dos nietas.

María Magdalena Catarina, había perdido ese brillo que siempre reflejaban sus ojos cafés, y las palabras salidas de su boca cada día se hicieron menos. Los juegos también disminuyeron, y la sonrisa en su tierno rostro se volvió un gesto sombrío de seriedad que parecía perpetua.

Un mes transcurrió desde la muerte de su madre, y desde su llegada a la ciudad de México. Un mes que parecían haber sido una vida vivida muy desdichadamente.

Pero ese mes en realidad para ella fue de gloria, pues su tío abuelo materno, el Presbítero Francisco Orozco de Tovar, llegó desde la ciudad de Puebla de los Ángeles para hacer valer los compromisos firmados por su sobrina, la difunta Condesa Doña María Francisca Antonia.

El Conde Don Pedro Alonso lo recibió en su despacho y en medio de una brutal embriaguez, le dio la bienvenida manteniéndose de pie con dificultad por los constantes tambaleos que hacía con su persona.

La Condesa Catalina y la niña María Magdalena Catarina estaban ahí presentes, avergonzándose a causa de tan nefasto espectáculo ofrecido por el señor Conde.

Entonces, los testamentos y los documentos fueron puestos en el escritorio junto a los vasos y botellas de vino vacías que en desorden estaban.

El Conde fue incapaz de leer su contenido y pidió a su señora madre que ella lo hiciera. La Condesa accedió enfadada y muy a disgusto comenzó con las primeras líneas.

Conforme fue avanzando en la lectura sus ojos se abrían grandes y en determinado momento cayó su boca y continúo leyendo en silencio.

El enfrentamiento verbal entre la Condesa Catarina y el Presbítero Francisco estalló enseguida en aquel despacho a causa del contenido de aquellos documentos.

No era para menos que la Condesa Catalina reventara en rabia cuando leyó la parte donde su nuera, la difunta Condesa Doña María Francisca Antonia, le había confiado al Presbítero Francisco la tutela de la pequeña María Magdalena Catalina, en caso de morir ella prematuramente y en caso también de que su padre se encontrara incapacitado.

Aquel enfrentamiento verbal derivó en forcejeos entre ambos por hacerse de aquellos documentos, situación que provocó la ira del Conde Don Alonso que aunque bajo los poderosos efectos del vivo, atendió en silencio a lo leído y también en silencio supuso lo no leído.

Abrió su boca de imprudente ebrio y solicitó le entregaran aquellos papeles. Se hizo como el dijo y, en un acto que la niña María Magdalena Catarina y su abuela la Condesa Catalina no podían entender el hombre dijo:

La firma de mi muy amada y difunta esposa, Doña María Francisca Antonia de Orozco y Rivadeneyra, Segunda Condesa de Miravalle, está plasmada en el papel y se hará como fue su voluntad que se hiciera.

Su madre, la Condesa Catalina arremetió en su contra y trato con suplicas de convencerlo para que se retractara. Mas lo dicho por el Conde dicho estaba, y no se retracto de aquellas sus palabras.

Lo que aquel Presbítero necesitaba era solamente eso, la aprobación de aquel que era el padre de la niña y, el cual ni siquiera pensó en detener su mano cuando mojando la pluma en el tintero, plasmo su firma de consentimiento en aquel documento.

María Magdalena Catarina en medio de un amargo llanto, recordó entonces la imagen de su madre cuando en aquella visita que su tío paterno el Presbítero Francisco de Orozco hizo a ellas en la hacienda de la Santa Catarina en Santiago Tuxpan.

Para ella quedo claro que esa fue la ocasión en la que el Presbítero convenció a su madre para firmar aquel papel nefasto donde confiaba a él su tutela y también lo ponía como albacea suyo de las tierras en Michoacán, así como de todo lo que se produjera en las haciendas que en ellas había.

Lo que estaba escrito en aquellos documentos y que había sido consentido por su difunta madre, era algo que debía cumplirse de inmediato.

Entonces, por órdenes del Presbítero, solo poca ropa de la niña fue empacada en un baúl mediano para emprender cuanto antes el viaje.

El Conde, su padre, no se despidió de ella y mucho menos le dio su bendición. La Condesa Catalina empero, no dejaba de abrazar y besar a su nieta mientras al oído le prometía traerla de vuelta a casa.

Abordaron el carruaje en el que su tío abuelo había llegado y miro con tremenda nostalgia su casa, que era la del número nueve en la calle del Espíritu Santo en la ciudad de México.

Las intenciones desconocidas por parte de aquel al que ahora veía como el peor de los hombres la aterraban y en ningún momento del viaje hasta que llegaron a la ciudad de Puebla de los Ángeles, el Presbítero y tío suyo volvió la vista para mirarla.

El carruaje se detuvo y la puerta se abrió para que la niña bajara primero, entonces, la niña María Magdalena Catarina se encontró de frente a una alta y ancha puerta de madera que era la entrada principal de la que sería desde ese día su casa.

En realidad no era una casa como tal, era el convento de las hermanas carmelitas descalzas.

Muy ventajoso y convenenciero era el plan de vida que el Presbítero Francisco Orozco tenía para su sobrina, pues la interno en un convento apenas arribo a la ciudad de Puebla de los Ángeles.

Recluida ventajosamente y con fines avaros por parte de su albacea en el convento de Nuestra Señora de la Encarnación en Puebla fue la niña desde aquel día.

Aterrada y muy nostálgica paso la primer noche en el convento de las Carmelitas descalzas, aun sin tener conciencia de la vida que la rodeaba, obligada por su tío a firmar y comprometerse a recluirse para siempre en aquel religioso sitio y no conforme, a renunciar a la herencia que le había dejado su madre en las tierras de Michoacán, condenándola aquel ambicioso tío y albacea suyo a la vida de hábito para siempre.

Transcurrieron los primeros dos meses de encierro para la niña en aquel convento y, cuando sus esperanzas de salir de ahí se habían extinguido, su señora abuela Catalina fue al rescate de su nieta María Magdalena Catarina.

Ella, Doña Catalina Espinosa de los Monteros Híjar no podría permitir por ningún motivo que la línea sucesoria de los Condes de Miravalle se perdiera de esa manera, así que asistió repentinamente al convento de las carmelitas descalzas llevando consigo una carta firmada por el padre de la niña quien exigía su inmediato regreso a la casa paterna donde él, se comprometía a educar a su hija, ofreciendo a cambio al presbítero Francisco de Orozco, no alegar ningún juicio futuro por las tierras y haciendas en Michoacán.

Las religiosas carmelitas descalzas rechazaron tal petición hasta que fuese mandado llamar el presbítero Francisco Orozco quien la había recluido ahí.

Pero la primera Condesa de Miravalle haciendo uso de su conocida tenacidad y carácter agresivo y arrogante, tomo a María Magdalena Catarina por la fuerza y se la llevo con ella.

Vaya error de Doña Catalina fue el no haber aguardado a que llegara el presbítero Francisco de Orozco antes de actuar, puesto que por este arrebato de ira, no se entero de todos los documentos que la niña fue obligada a firmar por el avaro tío de su madre y albacea de ella.

La Condesa en tanto, llevo consigo a su nieta a la casa de la hacienda de los Condes de Miravalle en Tacubaya, la Hacienda de la Santa Catarina, a las afueras de la ciudad de México, donde aguardaba por ella su padre el Conde don Pedro Alonso.

El hombre se mantuvo sobrio aquel día para recibir a su hija mayor, quien al llegar a la hacienda pudo ser testigo de que su padre cargaba con sus brazos a su pequeña hermana María Teodora Francisca.

María Magdalena Catarina comprendió que era el momento de perdonar a su padre por no haberla defendido y por haberlas ignorado a ambas desde la muerte de su madre.

A partir de aquel día, la familia de los Condes de Miravalle volvió a reunirse para el beneplácito de la primera Condesa doña Catalina.

En tanto, el Presbítero Francisco de Orozco, tío abuelo y albacea suyo, ventajoso y avaro, murió repentinamente y sin caer enfermo.

Habían transcurrido apenas dos meses después de que la niña fue sacada autoritariamente por su abuela del convento y, habían transcurrido casi seis meses después de que su sobrina, Doña María Francisca Antonia de Orozco, la Segunda Condesa de Miravalle había muerto.

La Condesa Catalina y su nieta se sintieron aliviadas al enterarse del deceso y agradecieron a Dios por haberlas librado de tan peligroso enemigo.

En la hacienda de la Santa Catarina de los arenales en Tacubaya, María Magdalena Catarina recibía una estricta y esmerada educación, siendo su abuela en todo momento la sombra que la acompañaba a todas partes.

Doña Catalina, en todo momento insistió a su nieta acerca de la continuidad familiar y le enseñó cómo vivir la vida sin estar bajo la merced de ningún hombre, poniéndose como ejemplo ella, debido a su viudez.

La ambición de la primera Condesa de Miravalle, Doña Catalina, era mayúscula, pues ella misma hizo los arreglos y negocios pertinentes para colocar a su hijo Don Alonso, el padre de María Magdalena Catarina, en una envidiable posición en la Nueva España, a pesar de su enraizado gusto por el vino.

Debido a que a María Magdalena le habían agregado el nombre de Catarina en el día de su nacimiento, su abuela firmo un decreto en el cual su nieta debía cambiar ese nombre de pila por el de "Catalina" en cuanto heredara ej mayorazgo del Condado de Miravalle, y no solo ella, sino que todas las mujeres de su familia que ostentaran al título, habrían de llevar su nombre.

Entonces, mediante un juicio legal a la niña se le cambio el nombre de Catarina por el de Catalina, el noble nombre de su abuela paterna, y por real disposición, este nombre no estaba excluido de la heredad

Impresionantes eran las fiestas que Doña Catalina organizaba en la ciudad de México, en especial las que eran en honor a San Nicolás Obispo en la Iglesia de los padres mercedarios, donde la familia condal tenía una influencia especial, su propia capilla y privilegios funerarios.

Estas fueron algunas de las actividades que inspiraron a la infante María Magdalena Catarina para sus días futuros, pues durante los años que vivieron juntas, abuela y nieta se mostraron siempre el gran afecto que sentían la una por la otra, un afecto reflejado en las actitudes y comportamientos de María Magdalena Catarina para con su abuela, complaciéndola en absolutamente todo lo que le era posible complacerla.

Esto como una muestra de agradecimiento por haberla criado y educado, desde que abandonó el convento de las carmelitas descalzas en la ciudad de Puebla de los Ángeles.

Pasados pues los años, aquella niña comenzó a convertirse en una señorita de hermoso rostro y muy finos modales.

Diestra en tocar como nadie el piano, deleitaba siempre con sus melodías a los invitados que constantemente acudían a la casa de los Condes de Miravalle en Tacubaya a las tertulias o celebraciones organizadas por su abuela.

Aquella joven era en forma de ser una pequeña replica de la primera Condesa de Miravalle, Doña Catalina. Todo parecía marchar bien con su vida, pero un día, esa felicidad concluyo abruptamente.

Una orden venida directamente de la máxima autoridad eclesiástica, ordenaba a María Magdalena Catalina a volver al convento, pues su tío, el Presbítero Francisco de Orozco, al morir había dejado a otro Presbítero de la Compañía de Jesús, un tal Don Lorenzo de Osorio todos sus bienes, incluidas las tierras y las haciendas en las tierras de Michoacán, haciendo uso de las firmas que años atrás y aun siendo niña, María Magdalena Catarina le había proporcionado.

Pero en realidad eso era lo que menos importaba, pues en su testamento, aquel tío y albacea suyo también hizo los arreglos legales y pertinentes para que ella volviera al convento de las carmelitas descalzas en la ciudad de Puebla de los Ángeles, alegando como primer punto en dicho documento, que esa habría sido la última voluntad de su difunta sobrina y que a él mismo en confesión ella se lo había solicitado.

En tanto, el Presbítero Lorenzo de Osorio, no estaba más que cumpliendo aquellas voluntades que el Presbítero Francisco de Orozco había solicitado en su testamento.

Habían transcurrido seis años desde que salió del convento y la joven María Magdalena Catarina que ahora era de dieciséis años, no tuvo más remedio que acatar el funesto mandato, mientras su abuela paterna movía cielo, mar y tierra para revocar aquella muy cuestionada orden, que más bien parecía una condena.

# Capítulo 5
## El joven Pedro Antonio

Entonces, pasaron los días y las noches. María Magdalena Catarina comenzó contándolas en desesperada espera hasta que su abuela la pudiera sacar de aquel convento nuevamente, pero transcurrieron tantos días y tantas noches que perdió la cuenta.

Un año había transcurrido en los cuales ella ya era una más de las hermanas religiosas en el convento de las Carmelitas descalzas. Un año en el cual solo le servían de consuelo las limitadas cartas permitidas que su abuela Catalina y su padre le enviaban, cartas en las cuales antes de firmar, le prometían algún día la harían volver a su lado.

Derramando una salada lágrima cada día que amanecía y otra lágrima cada noche que oscurecía. Orando en silencio y con una devoción infinita al Dios todopoderoso, con la mirada puesta en la ventana de su habitación, mirando hacia los cielos con la esperanza de un día ser rescatada de aquel insoportable encierro.

Pobre joven religiosa María Magdalena Catarina, que envidiaba la felicidad que evidenciaban las demás hermanas religiosas por haberse casado con Cristo. Una felicidad que buscaba en su interior pero que no podía encontrar. Solo una interminable infelicidad era lo que se encontraba en su interior. Infelicidad horrible que la hacían sentir la más miserable de las mujeres.

La vida en el convento siempre era rutinaria, sin nunca nada nuevo que hacer o que aprender. Inventando prosas y versos de poemas y poesías, haciendo voces que ella misma echaba a volar al viento en profundos pensamientos. También cantos de alegría y de esperanza entonados en su interior. Plegarias y oraciones de consuelo y de resignación dirigidas hacia el Dios Todopoderoso, sufriendo amargamente su tragedia y viviendo una vida que no quería vivir.

Cuanto rencor en contra de su señor padre se hallaba inflamando su corazón, porque de haber estado él sobrio aquel lejano día, ella jamás hubiera pisado ese lugar que aunque santificado, parecía para ella ser el mismo infierno.

Pero cuando se dio por vencida en esa su gran lucha interior. Cuando ya la esperanza parecía haber muerto y cuando abrió las puertas de su interior a la resignación sucedió lo inesperado.

Entonces, su desgastado corazón conoció esa extraña sensación que es capaz de transformarlo todo en este mundo. Si, esa sensación tan pura y a la vez tan vil a la que se le llama "amor".

Sucedió que cantidad de personas acudían al convento a realizar los donativos de costumbre, entre aquellas personas acudía un joven hombre que desde el primer momento robo el sueño de María Magdalena Catarina.

Sí, porque fue conmovido su pecho en cantidad a causa de las sensaciones que le ocasionaban las tímidas miradas que respetuosamente le lanzaba aquel joven de buen parecer y de impecables modales.

Su nombre era Pedro, más específicamente Pedro Antonio de Trebuesto y Alvarado. Hombre destacado y notable en la sociedad virreinal y caballero de la orden de Alcantar.

El había sido soldado y en aquel entonces era quien comandaba la caballería virreinal. Acudía cada mes a cumplir con sus compromisos morales para con la iglesia, compromisos morales que eran saldados con los donativos monetarios que realizaba al convento.

Entonces, María Magdalena Catarina no dudó ningún instante en renunciar a la vida que había sido obligada a vivir, y no tardó en demostrárselo al joven Pedro Antonio en su próxima visita al convento.

Fue justo al momento de la cotidiana y respetuosa despedida. Sí, porque al momento de darse la mano, la joven María Magdalena Catarina entregó en secreto un pequeño papel a manera de correspondencia al joven Pedro Antonio.

Él joven sorprendido y extrañado lo recibió, y supo disimular a la perfección lo sucedido, para que las demás religiosas presentes no se enteraran del hecho.

Apenas salió del convento, Pedro Antonio extendió el papel, el mismo que había apretado con fuerza para que no fuera descubierto, y leyó enseguida su breve pero revelador contenido.

Para él, en ese mismo instante todo quedó muy claro, y permaneció frente a las pesadas puertas del lugar sin saber cómo debía ser su actuar inmediato.

Aquel papel que parecía inofensivo y a la vez demasiado peligroso, decía así:

La vida que estoy llevando aquí en el resignado encierro, es una vida que no quiero seguir viviendo.

Yo se que nací para ser libre, no para vivir una vida de penitencia, a la que fui obligada. ¡Ayúdame joven Pedro Antonio! ¡Salva mi alma atormentada!

Aquella noche la joven María Magdalena Catarina no durmió nada mas de saber que su suplica había sido ignorada por el joven Pedro Antonio, mas también se desveló temerosa de que aquel joven, pudiese dclatarla ante las hermanas de la congregación o peor aún, ante su tío.

Llovía aquella noche intensamente en la ciudad de Puebla de los Ángeles y la lluvia fue su aliada para que su amargo y abundante llanto no fuera escuchado por nadie en el convento.

A la mañana siguiente, los estragos de no haber dormido ni un minuto en toda la noche fucron evidentes. Sí, porque la joven María Magdalena Catarina no podía sostenerse en pie mientras se celebraba la sagrada misa a las seis de la mañana.

El sueño terminó venciendo a la desvelada mujer y durmió profundamente durante casi toda la celebración de la santa misa.

Terminó la celebración y la hermana superiora se acercó hacia la que dormía serenamente y con la enérgica actitud que la caracterizaba propinó tremendo aplauso en su rostro ocasionando que el sueño fuera interrumpido abruptamente.

La mirada de todas las religiosas se clavó acusadora sobre María Magdalena Catarina y ella aun adormilada trató de disimular su espanto.

La hermana superiora le dijo con voz firme y enfadada:

¡Sígueme sin pronunciar palabra alguna, mas ten bien por seguro que recibirás un ejemplar castigo por tu comportamiento enseguida!

Salió María Magdalena Catarina tras la hermana superiora, siendo objeto de habladurías y criticas por las demás hermanas carmelitas y micntras el miedo crecía en su interior, una lágrima recorrió lentamente su mejilla derecha y al momento mismo de salir de la capilla con la cabeza inclinada y con la mirada en dirección al suelo, escuchó un cordial saludo dirigido hacia la madre superiora y de inmediato reconoció esa voz. Sí, ahí estaba Pedro Antonio a muy temprana hora en el convento.

Su corazón saltó apenas lo escuchó, y no pudo levantar el rostro para poder mirarlo.

La hermana superiora le ordenó entonces detener el paso y permanecer ahí cabeza abajo mientras ella recibía al joven Pedro Antonio en su oficina.

Ella entonces esforzó sus ojos para lanzar una mirada sin levantar la cabeza para mirar al joven, mas este pareció haberla ignorado y se marchó con la hermana superiora hacia el interior del convento.

Los pensamientos de la asustada María Magdalena Catarina comenzaron a revolverse en el interior de su mente, y una sensación extraña recorrió su cuerpo.

En aquel momento, sintió una tremenda incertidumbre acerca del asunto que le había llevado a esa temprana hora al joven Pedro Antonio al convento, y comenzó a temer imaginando, que aquel joven, en quien había puesto todas sus esperanzas, la estaba delatando.

María Magdalena Catarina en ese entonces sintió deseos de correr y tratar de escapar a toda costa, mas ese sería con toda seguridad un intento de fuga sin éxito y el castigo al que la someterían sería mayúsculo.

Más cuando todo el mundo parecía estar cayendo con todo su peso sobre su cabeza, apareció el joven Pedro Antonio frente a ella y le dijo en voz baja:

¡Tu castigo ha sido levantado! Puedes poner firme tu cabeza ahora mismo María Magdalena Catarina.

Ella, desconfiando de sus palabras buscó con la mirada a la hermana superiora y logró verla confirmándole lo dicho por Pedro Antonio asistiendo afirmativamente con su cabeza.

En aquel momento miró al joven a los ojos y le dijo emocionada:

¡Joven Pedro Antonio! ¿Qué es lo que ha hecho? ¿A que ha venido usted al convento a tan temprana hora del día? Si acaso es que mi atrevida carta le ha incomodado, me muestro muy arrepentida ante usted, y mil perdones le pido por tal atrevimiento.

Pedro Antonio de inmediato se enteró del nerviosismo de la joven María Magdalena Catarina y pronto le aseguró que su secreto estaba bien resguardado en su interior y que el verdadero motivo de su presencia no era otro más que poder hablar con ella.

Para lograr acercarse a María Magdalena Catarina, Pedro Antonio mintió a la madre superiora, diciéndole que tenía un recado importante de parte del señor Conde de Miravalle para su hija en el convento.

Motivos referentes a valiosas pertenencias de su difunta madre que María Magdalena Catarina había guardado y que su padre solicitaba poseer de inmediato para saldar un aprieto económico.

Esa fue la mentira que el joven Pedro Antonio inventó para poder verla. Solo de esta manera la hermana superiora accedió a ese encuentro.

Mientras la madre superiora observaba desde lejos, Pedro Antonio y María Magdalena Catarina no dejaban de mirarse el uno al otro. Miradas que dejaban entrever ese amor puro e inocente que había nacido inesperadamente en ambos y que les hacia sonrojarse constantemente, pues también se deseaban el uno al otro.

Ellos conversaron durante breves minutos, pero la conversación fue en exceso productiva, y los frutos que recogerían de ella, serian suculentos.

En aquella conversación el joven Pedro Antonio le dijo a la joven María Magdalena Catarina:

María Magdalena Catarina, desde aquel primer día que mis ojos te vieron, quede yo prendado de ti. Sí, quede prendado de tu encanto, y de la ternura que de ti emana.

Demasiados marianos rosarios he rezado yo para librarme de este imposible sentimiento, dada tu inmaculada condición. Más cada que debía acudir a este convento a cumplir con mis compromisos píos, también rezaba para que me fuera posible verte.

Entonces, cuando recibí ese recado de tu parte hace apenas dos días, supe que tal vez mi deseo de poder tener alguna posibilidad contigo llegó a los oídos de Dios.

No haré yo nada que tú no quieras que yo haga. Ese tu sentir solo lo saben mi corazón y el tuyo.

¡María Magdalena Catarina, vivir una vida que no quieres vivir, no está más que en tus manos!

Así que te ruego mujer me digas cual debe ser mi proceder inmediato, porque yo quiero y estoy depuesto a hacer lo que me pidas para ayudarte y de esta manera podre ayudarme a mí también, para de una vez por todas amarrarme o renunciar para siempre a este tan hermoso sentimiento que me consume en pensamientos durante el día y que extingue mis deseos de dormir por la noche.

María Magdalena Catarina lo miró fijamente a los ojos y le dijo profundamente emocionada:

¡Joven Pedro Antonio! Tenía tanto miedo a su reacción, esto debido a que creí que este sentimiento que tengo hacia usted y que me aflige en cantidad el alma no era bien correspondido.

Pero ahora que se que el sentimiento es mutuo, no tengo más remedio que reconocer ante usted que me he enamorado y que cuento los días para que vuelva al convento cada vez que se marcha y puedan mis ojos contemplarlo.

Se yo muy bien que estas nuestras sinceras palabras que estamos hablando y que provienen desde nuestros afligidos corazones, bien podrían condenarnos a ambos a un merecido castigo terrenal y celestial. Más estoy dispuesta yo a soportar tales castigos joven Pedro Antonio. Sí, estoy dispuesta a soportarlo todo por amor.

Pedro Antonio le sonrió y le contestó:

Yo estoy más dispuesto que tu María Magdalena Catarina. Ahora estoy yo a tu merced, por lo que es muy preciso me digas ahora, ¿qué es lo que debo hacer por nosotros?

Ella entonces le dijo:

Acude a la brevedad posible a la casa de los Condes de Miravalle con mi abuela Catarina en la ciudad de México y dile toda la verdad acerca de nuestros sentimientos. Ella joven Pedro Antonio, sabrá como liberarme de este inaguantable encierro.

Él habló nuevamente diciendo:

Acudiré a la casa de tu abuela Catalina apenas abandone el convento. Partiré hoy mismo de la ciudad de Puebla de los Ángeles muy apresuradamente para contárselo todo. Y mientras vaya camino a su morada, no dejaré ni un solo instante de pensar en ti.

¡Porque ahora para mí el pensarte, se ha vuelto una necesidad indispensable!

Volveré pronto María Magdalena Catarina, y te prometo que será para llevarte de aquí, para que vivas el resto de tu vida en libertad. Sí, en libertad, pero condenada a permanecer siempre a mi lado.

El joven Pedro Antonio se despidió cordialmente y con discreción como siempre, dejando a la joven mujer con un nudo en la garganta y al borde de las lágrimas de tanto sentimiento desbordado, después se dirigió hacia la madre superiora para agradecerle por los minutos concedidos con la joven María Magdalena Catarina.

Aquella dura y exigente hermana superiora no sospecho nada de lo acontecido, y despidió a Pedro Antonio como lo hacía cotidianamente, y después, se dirigió hacia la joven María Magdalena Catarina y le dijo:

En tu rostro es evidente que las noticias que Pedro Antonio ha venido a traer de tu padre no son muy buenas, mas es preciso que pospongas esa tu aflicción venida de la casa de tu padre, debido a que aquí tú tienes una aflicción propia porque permanecerás en penitencia hasta el anochecer debido a tu desobediencia.

A la joven María Magdalena Catarina no pareció importarle su castigo, pues ella sabía que muy próximo estaba el día en el que habría de abandonar aquel convento.

Y ella tenía razón, porque las cosas se hicieron como ella y el joven Pedro Antonio las planearon, y apenas este fue a la casa de la Condesa Catalina, los días en los que María Magdalena Catarina debía permanecer en el convento de las carmelitas descalzas ya estaban contados. Porque la Condesa Catalina no demoró en arreglar todo lo necesario legalmente para que su nieta volviera a la casa condal.

Dos días transcurrieron desde lo sucedido, dos días que para la recluida María Magdalena Catarina parecieron ser dos largos años. Dos cortos días, pero a su vez tan largos, que las horas parecían circular muy lentamente en el interior de su cabeza.

Era viernes muy temprano, la celebración de la santa misa matutina se realizaba como diariamente en la capilla del claustro. María Magdalena Catarina tenía el presentimiento de que ese sería el día en el que sería liberada en cuerpo y alma de aquel sitio, y mientras el sacerdote daba su bendición, ella se encomendó al Dios Todopoderoso para los días de tormenta que se le avecinaban.

Salieron una a una las religiosas de la capilla, el sol había salido ya y los pájaros lo saludaban con su alegre y armonioso canto. La joven María Magdalena Catarina cruzó la puerta de la capilla, levantó su mirada hacia el cielo azul y respiró profundamente.

Entonces, justo frente a ella miró a su abuela Catalina y al joven Pedro Antonio, los cuales, le mostraron una gran sonrisa apenas la vieron. Su corazón comenzó a latir tan rápido que parecía se le saldría del pecho en cualquier instante.

La hermana superiora salió de la capilla y lo primero que sus ojos vieron fue a la primera Condesa de Miravalle mirándola muy soberbiamente.

Doña Catalina llevaba una carta donde se le daba la orden a la superiora de dejar salir inmediatamente a la joven María Magdalena Catarina del convento. La firma era del mismísimo Virrey Don Baltasar de Zúñiga y Guzmán Sotomayor y Mendoza, quien en los dos años que llevaba fungiendo su cargo como virrey, gobernador y capitán general del reino de la Nueva España, había amarrado estrecha amistad con el Conde de Miravalle y su señora madre, los cuales, valiéndose de tan importante amigo, revocaron aquella orden dictada en el testamento del presbítero Francisco Orozco.

Aquel mismo día la joven María Magdalena Catarina abandonó el convento de las Carmelitas descalzas en compañía de su abuela y de su enamorado, y al momento mismo de atravesar las puertas que para ella eran la división entre la vida y la muerte, se volvió hacia atrás y suspiró profundamente.

La hermana superiora nada pudo hacer para retener a la joven ante tal orden dictada y se resignó a solo mirar impotente como aquella joven por fin se marchaba.

Ese mismo día en la noche, arribó a su casa en la hacienda de la Santa Catarina del arenal en Tacubaya. Su padre no pudo enterarse de nada de lo sucedido, debido a que se encontraba en las tierras de la alejada Compostela de Indias, en el Reino de Nueva Galicia, lidiando con un asunto importante que tenía que ver con la mina de oro de Santa María, pero a su regreso, tan solo muy pocos días de lo acontecido, pudo ver a sus dos hijas y a su madre aguardar por él en la estancia principal de la casa de la hacienda en Tacubaya, y sin ocultar su alegría, el Segundo Conde de Miravalle agradeció a su madre por haber traído a su primogénita de nuevo a la vida.

Desde el día que María Magdalena Catarina abandonó el convento de las carmelitas descalzas en la ciudad de Puebla y volvió a la ciudad de México, no se separó un solo instante de su abuela, la cual le permitió ser visitada diariamente por el joven Pedro Antonio, con quien un año más tarde habría de contraer matrimonio.

Transcurría el año de mil setecientos diecinueve, cuando a la edad de dieciocho años, la joven María Magdalena Catarina se casó con el joven Pedro Antonio de Trebuesto y Alvarado, caballero de la orden de Alcantar, con el consentimiento y beneplácito de su señor padre y su abuela.

La ceremonia religiosa se llevó a cabo en la capilla condal de la hacienda de la Santa Catarina de los arenales en Tacubaya. Asistieron el virrey y su señora esposa, asistieron los caballeros de la orden de la Santa cruzada en su totalidad, así como importantes personalidades de la ciudad de México, entre las que se encontraban importantes arquitectos, pintores y compositores.

El banquete posterior a la celebración religiosa se realizó en los jardines de aquella hacienda. Dos reses y un cerdo fueron sacrificados para alimentar a los numerosos comensales, así como importantes cantidades de los mejores vinos de la Nueva España, llenaron los vasos y copas de los que brindaban y se embriagaban en honor a los recién casados.

La música de los violines y los bajos no cayó, ni siquiera cuando llegó la noche, pues cientos de antorchas fueron encendidas, para que la oscuridad no fuera capaz de poner fin a tan importante acontecimiento.

La dote que su abuela Catalina le otorgó a Maria Magdalena Catarina al momento del matrimonio, fue valuada en pocos miles de pesos, y consistió en discretas, pero muy finas joyas, una vajilla de plata, así como diversos objetos de platería. También unos elegantes muebles hechos de caoba para la decoración de su casa, sabanas de seda y lino, así como unos elegantes colgadores de cama para la habitación nupcial, y algunos otros bienes dotales tradicionales.

Su padre añadió a esta dote bienes valuados en unos pocos miles de pesos. Objetos de plata y joyas también, ropa, una cama, espejos, colchas y una criada de nombre Jacinta

Pero ni su padre ni su abuela dieron a María Magdalena Catarina ni un solo real o doblón en efectivo.

Por parte del joven Pedro Antonio, solo se contribuyó al patrimonio de la pareja con un anillo de diamantes, que desde aquel día, adornó el dedo anular izquierdo de la elegante y atractiva novia. Si bien, el novio prometió con anterioridad unas arras de varios miles pesos, en el momento del enlace, estas no estuvieron presentes.

Enseguida del matrimonio, el ahora llamado Don Pedro Antonio, dijo a su esposa que tenía dinero en efectivo y bienes personales con un valor en varios miles de pesos, así como el derecho a heredar un mayorazgo en el lejano Reino de España, en las tierras de Andalucía, del otro lado del océano.

Enseguida de las fiestas y banquetes que celebraron aquel enlace, los recién desposados se mudaron de la ciudad de México, al pueblo de Compostela de Indias, en el Reino de la Nueva Galicia, donde habrían de administrar las tierras correspondientes al Condado de Miravalle, el cual, algún día ellos heredarían.

# Capítulo 6
## Compostela de Indias

Compostela de Indias, pueblo que era la propiedad moral de los Condes de Miravalle, y que Maria Magdalena Catarina, como heredera al mayorazgo, tenía que habitar el mayor tiempo posible.

Ellos llegaron al lugar y fueron recibidos con gran júbilo por las autoridades locales, y se organizo enseguida un gran banquete de bienvenida en "la casa grande"

La casa grande era el nombre con el que se referían los lugareños a la Hacienda de los Condes de Miravalle, y que estaba continua a la Mina de Oro del real, que era una de las fuentes principales de los ingresos económicos de la familia condal en aquellas tierras.

Esa opulenta hacienda que dominaba el lugar y que había sido la morada nupcial de sus abuelos, los primeros Condes de Miravalle, le resultaba en extremo grande y complicada a la mujer.

La instrucción y consejos de los negocios familiares a la recién casada por parte de su abuela por medio de la correspondencia, comenzaron enseguida a ser de su gran interés, cosa que resultaba lo contrario para su esposo.

La extracción del oro en las minas del Real, de Santa María y de San Lorenzo, así como las miles cabezas de ganado vacuno, las enormes y casi interminables plantaciones de tabaco y los cañaverales que incluían numerosos trapiches para fabricar azúcar y alcohol, fueron negocios que le quedaron grandes en demasía al esposo de María Magdalena Catarina.

Apenas habían transcurrido nueve meses de su matrimonio, y ella dio a luz un hijo varón, el cual fue llamado por su padre con el nombre de Pedro de Trebuesto y Dávalos, heredero al Condado de Miravalle, por ser el hijo primogénito.

La hacienda de los Miravalle se llenó de júbilo y se celebraron misas de agradecimiento en la capilla condal de "La casa grande", así como también en los templos de San Pedro en Lagunillas y en el de San José, en las tierras de la cercana hacienda de San José del Conde.

A ese nacimiento, le siguió otro de un segundo hijo varón, que nació en la hacienda de San José del Conde, razón por la cual, su nombre fue José Justo de Trebuesto y Dávalos.

Y fue durante los días de la cuarentena del nacimiento de ese, su segundo hijo, cuando terribles noticias llegaron a Compostela de Indias desde la ciudad de México.

Apenas le dieron la noticia a la mujer, ella rompió en un muy amargo llanto. Sí, pues la noticia de la muerte repentina de su señora abuela, la Primera Condesa de Miravalle, la llenó de pena. Una pena que hizo que huyera de ella la leche materna, con la cual amamantaba a su recién nacido hijo, quien desde esa muy temprana edad, fue alimentado con la gruesa leche de una vaca.

Los funerales de Doña Catalina se celebraron en la Ciudad de México, y María Magdalena Catarina no pudo asistir a ellos, debido a su cuarentena, y casi comete el mismo error que cometió su padre con su hermana María Teodora Francisca, pues en el interior de su corazón, sentía un gran rencor hacia el recién nacido, culpándolo muy internamente por no haber podido ir a despedirse de su abuela.

Su esposo en tanto, acudió a los funerales a la Ciudad de Mexico en representación de ella, y cuando este llegó cumplida la cuarentena, Doña María Magdalena Catarina volvió a concebir, y nueve meses después, daría a luz a una niña en la hacienda de los Miravalle, a la cual, su padre puso por nombre simplemente, Águeda.

Seguido de Águeda vinieron María Francisca y Joaquín Alonso, quienes vieron la luz del día con una año de diferencia en "la casa grande" Estos dos hijos fueron seguidos por María Josefa, Vicente y María Catalina, quienes también nacieron en la misma hacienda, y por último, habría de llegar a la vida de María Magdalena Catarina, una niña que recibió el nombre de María Antonia, que nació en medio de un polvoso camino en el interior de su carruaje, esto cuando se trasladaba de la hacienda de San José del Conde, hasta la casa grande en Compostela de Indias.

Nadie le auxilió aquel día en la labor de parir un hijo, labor en la cual ella ya era una experta, por lo que con sus propias manos recibió a su pequeña recién nacida y la envolvió entre su pesado y elegante vestido, mientras el carruajero aceleraba el paso ante lo sucedido.

Por aquellos días, la vida de la señora que vivía en "La casa grande" parecía ser plena. Heredera de enormes extensiones de tierra, ricas en minas, en pastos y sembradíos, madre de nueve hijos sanos y poco enfermizos, que la hacían sentir plena. Pero en el fondo, María Magdalena Catarina, no era feliz del todo.

Porque de pronto se dio cuenta que tenía un esposo falto de carácter y con mala suerte para los negocios, que solamente había realizado bien su trabajo llenándola de hijos.

Malas inversiones y pérdidas económicas por causa de los malos manejos del oro extraído de las minas de su propiedad, comenzaron a perseguir al matrimonio por la falta de imaginación de Don Pedro Antonio para administrar aquellas tierras en las haciendas que tenía a su cargo en Compostela de Indias.

Doña María Magdalena Catarina se sentía frustrada, porque debido a la crianza de sus nueve hijos, incluso aun amamantando a la más pequeña, se veía imposibilitada de tomar el control de aquella situación que parecía descontrolada.

Además, siendo ella mujer, no podría tomar el control de la economía familiar tan fácilmente, debido a los prejuicios tan firmes de aquel lugar en donde los hombres cabezas de familia, serian los indiscutibles responsables de llevar a los suyos al progreso o a la ruina.

La desesperación y el miedo a una inminente crisis económica en su familia, la hicieron armarse de valor para enfrentar a su despreocupado esposo, y esto sucedió cuando este había adquirido un muy costoso y elegante carruaje para el transporte familiar.

Ese carruaje de finas maderas y con asientos de terciopelo rojo, que pareció una inversión innecesaria a Doña María Magdalena Catarina, fue el detonante de la inevitable discusión.

Entonces, la mujer furiosa arremetió en contra de su esposo por aquella inversión, que no hacía más que mostrar en Compostela de Indias una apariencia ficticia acerca de la economía familiar, la cual, en verdad amenazaba con derrumbarse.

Así que, rompiendo las reglas que durante generaciones se habían respetado en los matrimonios de su familia, la mujer habló a su esposo con voz fuerte y poco respeto, diciéndole:

¡A ti insensato esposo que gastas más de lo que obtienes, y que también disfrutas más de lo que trabajas, hoy yo te pongo un límite!

Prometiste arras valiosas y un mayorazgo en el reino de la lejana España cuando celebramos nuestro matrimonio. Ahora yo, hablando no en mi papel de esposa, sino hablando en mi papel de madre, te exijo los muestres.

Porque quince años han transcurrido desde aquel entonces, y no has cumplido aquellas tus palabras.

Bien sabido es por ti, que esto que hay aquí, es por el trabajo de mi abuelo y de mi padre, un trabajo que se suponía debías seguir realizando tu como mi esposo. Más tal parece que habrá que esperar a que tú mueras, para que nuestro hijo primogénito haga ese tu trabajo.

Cansada estoy yo de escuchar a los capataces y a los criados de la hacienda murmurar por causa de tus malos negocios, y avergonzada me siento con las amistades que cambiaron sus visitas para hacer fiesta o banquete en nuestra hacienda, por incomodas visitas de cobros o reclamos.

¡Basta Pedro Antonio! No te harás mas cargo de esta que en verdad es mi hacienda y no la tuya a partir del día de hoy, porque yo, tomando muy obligadamente tu papel, tendré que rescatarla de este espeso fango donde la has hundido.

No te molestes ni siquiera en pedir perdón y ofrecer tu ayuda. En esta empresa yo me encuentro sola, y así he de salir adelante, para asegurar un buen futuro a nuestros hijos.

¡Si Pedro Antonio! Sola, porque mi padre me abandonó apenas murió mi abuela. Y tú esposo, ni siquiera recuerdo el momento en el que me abandonaste.

Don Pedro Antonio guardo silencio ante el reclamo y se puso frente a un gran espejo que se encontraba en la estancia principal de la hacienda de los Condes de Miravalle en el pueblo de Compostela de Indias.

Esa fue la primera vez que se sintió avergonzado por la situación. Porque mientras Doña María Magdalena Catarina se encontraba encadenada a la maternidad y a la crianza, él acudía despreocupado a los banquetes y a las fiestas, caracterizado por ser quien vestía las mejores ropas siempre.

Lleno de vergüenza miró a su esposa, después agachó la cabeza y dirigió su mirada al suelo.

Habló Don Pedro Antonio a su enojada esposa diciéndole:

María Magdalena Catarina, no existen las palabras que puedan salir de mi boca y que sean capaces de aminorar tu enfado.

Razón tienes en todo lo que me has dicho, y en deuda eterna me encuentro yo ahora contigo y con los hijos que me has dado.

Este es el día que tanto evite y que tanto temí llegara. Porque es el día en el cual yo te habré de confesar algo que debí confesarte hace mucho tiempo.

Dos meses después de nuestro matrimonio, mi familia cayó en la ruina. Viviendo solo de apariencias fueron mis padres hasta el día que partieron con rumbo al Reino de la lejana España del otro lado del océano, se fueron también mis hermanos, esto con la intención de reclamar el mayorazgo de las tierras que allá nos pertenecían.

Grandes extensiones de tierra en la región denominada Andalucía aguardaban para los que llevan nuestro apellido.

Más correspondencia recibí de parte de mi padre un año después de su partida.

Las tierras que por derecho eran nuestras, fueron tomadas por el reino, y nuestro mayorazgo no fue respetado.

Dijo mi padre, que mi madre murió de la angustia, y que mis hermanos se enfilaron con el real ejército, solo de esa manera podían seguir subsistiendo en aquellas tierras.

Para ellos, volver a la Nueva España, era algo que ya no estaba contemplado.

Entonces, supe que no podría darte nunca lo que te había prometido el día de nuestro matrimonio, y peor aún, que la vida que podía ofrecerte se había desmoronado, y no era ahora más que un bonito sueño no realizado.

Yo nunca fui el hombre de negocios de mi familia María Magdalena Catarina, siendo yo un caballero de la orden de Alcantar, me entregue en cuerpo y alma a la caballería.

Y cuando me vi a cargo de esta enorme empresa de mantener activas las numerosas haciendas de la propiedad de tu familia, y por consecuente tuyas en estas tierras de Compostela de Indias, yo acudí en secreto a tu padre.

En todo momento ha sido él quien me ha guiado en los negocios familiares hasta el día de hoy, porque yo no he firmado ningún documento sin antes habérselo consultado por correspondencia.

En verdad, si las cosas van bien o mal en este sitio, tu padre Don Pedro Alonso, el Conde de Miravalle, es el único que lo sabe. Yo solo soy la mano que firma lo que él decreta.

Ante la confesión, Doña María Magdalena Catarina monto en cólera y se aproximó hacia su esposo con los ojos inflamados a causa de saberse engañada y ofendida, no solo por él, sino también por su inconsciente padre.

Ella, se colocó frente a él y se acercó lo suficiente para sentir las respiraciones en los rostros. Entonces, una lágrima de decepción rodo por su mejilla derecha, y entre sollozos le dijo:

No eres nada de lo que creí que eras durante estos quince años. Yo creía que eras un mal administrador solamente Pedro Antonio, pero ahora sé, que ni siquiera eso eres.

Respetuoso y fiel esposo sí, en todo momento. Padre cariñoso y buen amigo, también. Pero nada eres ahora que pueda seguir cautivándome.

Sigamos así Pedro Antonio, vivamos con las apariencias ficticias que exige la sociedad en la que vivimos. Acude como siempre a las fiestas y banquetes, bebe vino y come en exceso como lo has hecho últimamente, mientras tanto yo, me ocupare de administrar y asegurar futuro a nuestros descendientes.

Don Pedro Antonio permaneció en silencio, mientras Doña María Magdalena Catarina lo dejaba en soledad, dirigiendo en varias ocasiones una mirada de frustración en cada escalón que subía por las amplias escaleras de la casa principal de la hacienda condal en Compostela de Indias.

Esa fue una tormentosa noche para la mujer, que llorando en voz baja mientras amamantaba a la pequeña Maria Antonia, liberaba esa tremenda decepción que le consumía el alma.

Esa fue una fría noche, porque el lecho que compartió durante quince años con Don Pedro Antonio, permaneció vacio. Porque él, no acudió a la habitación principal de la casa por vez primera en todos esos años de matrimonio, en cambio, se encerró en el despacho con una botella de vino, mientras tanto, la esposa decepcionada se quedó dormida en el sillón donde alimentaba a su hija.

Amaneció en Compostela de Indias al otro día, y Doña María Magdalena Catarina estaba desvelada, pero lista para cumplir las palabras que la noche anterior había dicho a su esposo.

Sí, era el momento de que ella se hiciera con el control de las haciendas y los negocios en aquellas tierras, antes de que su padre y su esposo acabaran con ellas.

Bajaba las escaleras Doña María Magdalena Catarina, pensando las palabras que diría su boca al ver a su esposo. Mas el solo hecho de tener que verlo le provocaba nauseas, a causa de tan lamentable situación matrimonial.

Aún no llegaba al último escalón, cuando de pronto, gritos y un gran escándalo provenientes del despacho le hicieron detener el paso abruptamente, mientras una helada sensación recorría lentamente su espalda.

Entonces, la criada Jacinta corrió hacia las escaleras, y se detuvo frente su señora, sin atreverse a decirle lo que había sucedido.

Doña María Magdalena Catarina al mirar el rostro de espanto de la criada Jacinta emprendió la precipitada carrera hacia el despacho, y mientras se acercaba, pudo ver a los demás criados aglomerados en la entrada de aquella habitación.

Los criados se fueron abriendo ante la carrera sin freno de su señora, y apenas llegó a la puerta, ella se detuvo y abrió grandes sus ojos.

Su rostro palideció por completo en aquel momento, y no pudo soportar lo que estaba mirando, como consecuencia, la mujer cayó inerte al suelo presa del desmayo repentino ante tan trágica escena.

Sentado en la silla del escritorio del despacho, y recargado su rostro sobre los últimos papeles firmados, correspondientes todos ellos a los negocios de las haciendas de San José, San Lorenzo y San Pedro, yacía Don Pedro Antonio sin vida.

Solo una copa de vino semivacía que estaba sobre el escritorio, un tintero rebosante de negra tinta, y una pluma que aun permanecía empuñada en su mano derecha, eran los únicos testigos de la muerte de Don Pedro Antonio.

Cuando ella volvió en sí de su desmayo, se aproximó serena para contemplar aquel frio y rígido cuerpo.

Lo primero que ella hizo, fue oler la copa de vino, pensando en que Don Pedro Antonio se había quitado a sí mismo la vida.

Motivo por el cual, y en un acto de desesperación, obligó a uno de los criados a beber el resto del contenido para asegurarse de sus sospechas.

El criado renuente y lleno de temor a morir, fue obligado por su señora a beber del vino, pero transcurrieron los minutos y el criado no sucumbió ante el poder mortal de ningún veneno.

Doña María Magdalena Catarina sospechó entonces en el asesinato, enseguida reviso detalladamente aquel cuerpo, el cual, libre de heridas o golpes se encontraba.

Entonces, observó la pluma que empuñaba la mano del difunto y se apresuró a mirar el texto que escribía mientras moría.

Se trataba de una carta dirigida a ella, por lo que se apuró a leerla buscando alguna pista de aquel fallecimiento.

Aquella muy trágica carta decía así:

A María Magdalena Catarina, el amor de mi vida:

A ti mujer, dirijo esta correspondencia, que aunque aun habitando ambos la misma casa, podría yo decirte con mi boca estas palabras que hoy escribo con mi mano. Pero avergonzado estoy en sobremanera de mostrarme ante ti, y mirar tus bellos ojos, por causa de la gran mentira que alimente durante tantos años.

Ahora que conoces la verdad, lo justo para ti es que suplique mil perdones sin esperar en ninguno de los intentos ser perdonado. Más me humillare ante ti de ser necesario hacerlo para que puedas perdonarme.

Porque han sido estos quince años de mentira los mejores que he vivido, y no por la cómoda vida que he llevado, sino por haberlos vivido a tu lado.

No podría yo jamás, tampoco callar mi boca, agradeciéndote por los hijos que de tu vientre me has dado. Porque junto a ti he encontrado amor, paz, y un tibio regazo, siempre dispuesto a proporcionarme el calor deseado.

Un cobarde, eso es lo único que soy, y una mujer como tú no merece estar con un hombre como yo. Mas fue cosa del destino encontrarnos y amarnos como hasta hoy lo hemos hecho. Y hoy, esta tan tremenda noche, yo le ruego al señor mi Dios, que nos permita por siempre seguir amándonos.

Yo, seré lo que tú quieras que sea María Magdalena Catarina, porque a partir de ahora, tú eres mi dueña.

Voy a recuperarte María Magdalena Catarina, lo hare por nuestro amor y por nuestros hijos, aunque sea lo ultim…

"Ultim" palabra inexistente en el diccionario, pero para Doña María Magdalena Catarina, resultó evidente que la palabra "ultimo", fue lo que Don Pedro Antonio intentó escribir. Incluso, en el interior de su cabeza pudo completarse aquella frase, la cual con seguridad diría así:

"Voy a recuperarte María Magdalena Catarina, lo hare por nuestro amor y por nuestros hijos, aunque sea lo último que tenga que hacer en esta vida".

Y en efecto, en ese intento por recuperar a su mujer, Don Pedro Antonio murió repentinamente. Tal vez fue la tremenda angustia que le había ocasionado aquel desafortunado encuentro con su amada, lo que le ocasionó la inesperada muerte.

El médico de la familia fue traído enseguida hasta la casa de la hacienda de los Condes de Miravalle en Compostela de Indias, y su diagnostico de aquel muy fallecimiento, fue un infarto repentino y fulminante.

Aquel médico interrogó a la viuda recién estrenada, acerca de algún disgusto o emoción reciente, capaz de ocasionar la muerte a Don Pedro Antonio.

Entonces, la mujer guardó silencio y no mencionó aquella dura conversación de la noche anterior, porque en su interior comenzó a sentirse culpable.

De decirle a alguien lo sucedido, ella sería señalada como la culpable de la muerte de su esposo, por eso guardó silencio, y temió por sí misma en el interior de sus pensamientos, hasta que uno de los capataces de la hacienda, comentó al médico de un dolor intenso en el brazo izquierdo, que tenia días aquejándole al difunto Don Pedro Antonio.

Ahí estaba la verdad de la misteriosa muerte. Se confirmaba así, que un infarto al corazón había privado de la vida al hombre.

Esa manera de beber vino en abundancia y de comer sin ningún límite, algún día tenían que cobrarle la factura al cuerpo de Don Pedro Antonio, eso fue lo que le dijo el médico a la recién viuda al momento de expresarle sus condolencias.

Enseguida, se conoció la noticia del fallecimiento en el pueblo de Compostela de Indias y sus alrededores, y un emisario salió con rumbo a la ciudad de Tepic, y otro con rumbo a la Ciudad de México, para avisar a las amistades y al padre de Doña María Magdalena Catarina las malas noticias.

La casa de la hacienda de los Condes de Miravalle en Compostela de Indias, comenzó aquella misma tarde a llenarse de gente importante de toda la región.

Doña María Magdalena Catarina se encontraba en la puerta de la estancia principal, recibiendo resignada a todo aquel que llegaba y le mostraba sus más sentidas condolencias.

Ella llevaba puesto aquel vestido negro y ese velo de igual color que utilizo muy constantemente durante los días de duelo que le guardo a su señora abuela Catalina años atrás.

El difunto Don Pedro Antonio era un hombre conocido por los nobles de aquellas tierras, pero también era un hombre sofocado en deudas a causa de su mala administración. Así que, los buitres cobradores y prestamistas, comenzaron a rondar por aquel velatorio, esperando apenas se diera sepultura al cadáver, para comenzar su asedio a la viuda, Doña María magdalena Catarina.

Antes de que el ataúd fuera levantado y sacado en hombros con rumbo al pueblo de Compostela de Indias, Doña María Magdalena Catarina se acercó muy resignada a la perdida y reposó su mano derecha sobre la fina tapa del ataúd de cedro rojo, donde yacía el cuerpo su esposo, y le dijo en pensamientos:

¡Pedro Antonio! Mi iracundo e incompetente esposo, que solo me otorgaste en herencia lo que de mi misma habías recibido. Siendo absolutamente nada lo venido de ti a nuestra casa.

¡Solo deudas! Eso fue lo único que de tu autoría ha quedado para mí y para mis hijos de tu parte.

¡Oh Pedro Antonio! Fue un amor fugaz el que me unió a ti en un principio. Un amor que con el tiempo, el cual fue corto, se volvió una pesada carga, pues nunca cumpliste las expectativas que yo exigía, y yo me entere de esto apenas nació el primero de nuestros hijos.

Más ahora que te has marchado prematuramente, no revelare yo nunca a nadie este mi sentimiento hacia ti. Mas aliviada soy en pensamientos, y recibo la viudez conforme, esto por haberme librado del que en vez de mi marido, parecía el mayor de mis hijos.

¡Descansa en Paz Pedro Antonio! Gracias te doy por haberme rescatado de aquel convento del que me rescataste. Te recordare por siempre cada que mire a nuestros hijos.

En aquel momento fue sellado el fino ataúd que guardaba los restos del que fuera el esposo de la heredera del Condado de Miravalle.

El funeral fue de exquisita elegancia, y por las calles de Compostela de Indias se paseó el ataúd que era llevado en hombros por los nobles del pueblo, y que era seguido por una elegante carroza, donde enlutada iba Doña María Magdalena Catarina en compañía de sus nueve hijos.

La misa fúnebre se celebró en el Templo de Santiago, muy emotiva y con la mayor pomposidad que fue posible, y al terminar la celebración, Doña María Magdalena Catarina entregó al sacerdote nueve candelabros de plata para que adornaran el altar. Esto como una petición que su esposo le decía constantemente en vida.

Eran nueve candelabros, y eran cada uno de ellos en agradecimiento por cada uno de sus nueve hijos.

Aquellos nueve hijos, los mismos que lloraban a su padre, conmovían los corazones, pero era la criatura más pequeña, aquella que la recién viuda mantenía en brazos, esa que desconocía lo acontecido por su muy corta edad, ella era la que inevitablemente encaminaba hacia el amargo llanto de quienes la miraban.

El cuerpo de Don Pedro Antonio fue colocado bajo tierra en la cripta condal del templo de Santiago en Compostela de Indias, y descendieron a aquella oscura cámara para ser testigos del hecho Doña María Magdalena Catarina en compañía de sus nueve hijos, su padre el Conde Don Pedro Alonso, su hermana María Teodora Francisca, y su esposo, Don Felipe Ignacio de Zorrilla y Cano.

Había concluido así su matrimonio. Quince años de estar ligada a un hombre que en un principio amó con locura, pero que conforme fueron pasando los años, a él solamente le guardaba gran estima y afecto, esto por ser el padre de sus hijos.

Apenas terminó el funeral de su señor esposo, María Magdalena Catarina muy astutamente tomó sus maletas y las de sus nueve hijos, tomó también a la criada Jacinta, y partió de Compostela de Indias en compañía de su señor padre, su hermana y su cuñado en secreto, esto para refugiarse y guardar el luto establecido de cuarenta días en la casa de los Condes de Miravalle, en la ciudad de Tepic.

Tuvo por necesidad salir tan de prisa del pueblo de Compostela de Indias, temiendo el inminente asedio de aquellos a quien su esposo había quedado a deber en vida.

Partieron entonces muy de madrugada, llevando consigo numerosas pertenencias en una caravana de carruajes, pero aun teniendo a la madrugada como aliada, fue imposible guardar la discreción al momento de la partida.

En aquel trayecto, el Conde Don Pedro Alonso tuvo que confesar aquella verdad que su hija Doña María Magdalena Catarina ya sabía, respecto a los manejos de las haciendas.

En aquel momento, por respeto a su luto que guardaba, no decidió hacer reclamo alguno a su padre, mas en cuanto los días de duelo se cumplieran tenía pensado hacerlo.

Llegaron a Tepic por la tarde, y cuando llegó aquella primera noche sin su esposo, la mujer no concilio el sueño a causa de los temores que le ocasionaba la recién estrenada viudez y en lo único que pensaba era en el bienestar de sus nueve hijos.

Al día siguiente, llegaron a la hacienda de los Miravalle en Compostela de Indias unas personas provenientes del pueblo de Sentispac, donde los Condes de Miravalle tenían grandes extensiones de humedales ricos en cañaverales, y que el difunto don Pedro Antonio, siguiendo las órdenes de su suegro, había llevado casi a la ruina.

Las grandes cantidades de azúcar y alcohol pagadas por adelantado no se lograron ni a la mitad, así que los hombres volvían por su dinero, ya sin ninguna oportunidad de recuperar el trato, pero cuando se enteraron de la ausencia de la viuda, se dirigieron a toda prisa a la ciudad de Tepic, para presentar sus quejas formalmente ante las autoridades.

Así como aquellos hombres de Sentispac, llegaron otros que venían desde Guadalajara, reclamando cientos de cabezas de ganado no entregado y también vino un acaudalado y conocido de la familia condal a quien el difunto había solicitado un gran préstamo.

Las autoridades de la Nueva Galicia no tuvieron más remedio que avalar aquellos reclamos y ratificaron un arresto domiciliario, el cual no habría de levantarse hasta que Doña María Magdalena Catarina pagara las deudas que dejó pendientes su recién fallecido esposo.

Esto no hacía más que poner en evidencia a la mujer lo drásticos que serian los funcionarios locales por encontrarse en una zona rural.

Salieron de la casa de los Condes de Miravalle en la ciudad de Tepic con rumbo a la ciudad de México, el Conde Don Alonso y su hija María Teodora Francisca y su esposo Don Felipe Ignacio de Zorrilla y Cano, pero fueron interceptados a las afueras de la casa por los guardias que las autoridades de la ciudad pusieron a vigilar que la mujer no saliera hacia ninguna parte.

Ellos, hicieron bajar de su carruaje, y después de asegurarse que María Magdalena Catarina no iba a bordo, los dejaron marcharse.

Ellos se iban hacia la Ciudad de México para conseguir con sus amistades el dinero suficiente para que fueran saldadas las numerosas deudas que tenían cautiva a María Magdalena Catarina y a sus hijos en aquellas tierras.

Desde una de las ventanas de la casa de los Condes de Miravalle, oculta detrás de una cortina, María Magdalena Catarina observó aquellos hechos y temió por los días venideros, pues consiente era de lo difícil que sería encontrar a alguien que le hiciera el préstamo a su señor padre, el cual ya no contaba con la misma reputación que contaba antes, motivo por el cual, la mujer se negaba a conformarse a esperar la ayuda que ni siquiera era segura sin ella poder actuar.

La mujer estaba consciente que de encontrarse en la ciudad de México, su derecho legal como viuda sería respetado sin cuestionamientos. Esto debido a que en la ciudad, si ella se presentaba como cabeza de familia sería beneficiada, ya fuera por lastima o por protección.

Entonces, presa de la desesperación, la viuda tuvo brillante idea, y escapó en compañía de sus hijos de ese arresto domiciliario de una manera muy astuta.

Un día antes de la huida, pidió a los criados de su casa que le dijeran si tenían hijos y también les preguntó sus edades. Se presentaron obedientes todos a contestar aquellas preguntas a su señora. Entonces, de entre todos escogió a aquellos quienes tenían hijos que coincidían con las edades de sus hijos.

El mayor era de trece años, el segundo de doce, la tercera de diez, la cuarta de ocho, el quinto de siete, el sexto de cinco, la séptima de cuatro, la octava de dos y la última y novena de apenas un año.

Muy de madrugada, mando traer con alta discreción a nueve niños y niñas, todos ellos hijos de la servidumbre de su casa.

Los mando traer de entre trece y un años de edad, tal como eran las edades de sus propios hijos.

Entonces, colocó a los hijos de los criados en las habitaciones de sus hijos e incluso, los vistió con sus finas ropas.

Mientras los pequeños hijos de los criados dormían inesperadamente en cómodas y arropadas camas, ella y los suyos huían de Tepic con la oscuridad de madrugada como aliada.

Fue una manera muy arriesgada la manera en como escaparon, pues desde la azotea de la casa y por una de las partes laterales, hizo bajar uno a uno a sus hijos hacia la calle, temiendo en todo momento que cayeran abruptamente y perdieran la vida a consecuencia del golpe, pero no había otra manera posible de huir, pues en la parte principal de la casa se encontraban los guardias que vigilaban de día y de noche que ella no escapara.

Ese fue un escape del que se hablaría durante meses en Tepic, pues ayudada por los criados de su casa, amarró la cintura de su hijo mayor Pedro con una soga y unas correas de cuero, después, muy lentamente y con cuidado lo bajó hasta la calle.

De la misma manera se hizo con sus hijos José Justo, Águeda y Joaquín Alonso, ya que ellos podían valerse por sí solos en el descenso que era demasiado peligroso ya que la casa es de dos plantas, lo que la eleva varios metros de altura.

Después, metió en un saco de cuero vacuno a su hijo Vicente, el cual se mostraba en cantidad temeroso, más cuando hubo llegado al suelo con sus hermanos, se sintió en extremo aliviado.

De esa misma forma bajaron María Francisca, María Catalina y María Josefa una a una. A ellas, por su corta edad y para ahuyentar sus miedos, su madre y sus hermanos mayores les dijeron que de un juego se trataba todo lo que habrían de hacer aquella madrugada.

Ya solamente faltaban María Magdalena Catarina y la pequeña María Antonia de bajar. Ese era el descenso más peligroso de todos, en verdad no lo era porque la madre tenía que bajar a su pequeña hija en brazos. En realidad el peligro era que la pequeña María Antonia despertara de su profundo sueño y, con su intenso y firme llanto delatara a la familia que escapaba.

Pero bien envuelta en un reboso y bien pegada al regazo de su madre, no fue interrumpido su infante sueño de la pequeña María Antonia, quien a causa del calor materno ni siquiera se percato de nada de lo sucedido.

Estando todos abajo, se desplazaron en silencio en medio de la oscuridad de la noche. Mientras Pedro y José Justo encabezaban dos hileras de cuatro hermanos cada una, donde tomados de las manos iba a toda prisa, seguidos por su madre y la pequeña María Antonia, hasta que llegaron a una calle no muy lejos de su casa, donde uno de los carruajes de la familia y la criada Jacinta, aguardaban para salir de Tepic, y así, consumar la arriesgada huida.

A la mañana siguiente nadie notó la ausencia de la numerosa familia debido a la algarabía y los juegos de los niños dentro la casa de los Condes de Miravalle en Tepic. Esto le dio a María Magdalena Catarina la ventaja y el tiempo suficiente para llegar a la ciudad de México a la casa de su padre.

Cuando en Tepic se enteraron del astuto engaño, la mujer y sus hijos ya estaban por llegar a la hacienda de la Santa Catarina de los Arenales en Tacubaya.

De esa manera, ella engaño a quienes la acosaban en el reino de la Nueva Galicia y logró evitar el juicio injusto que en aquellas tierras le estaban preparando a causa de las deudas que su esposo le heredo. Deudas que en verdad eran de su señor padre el Conde de Miravalle.

# Capítulo 7
## Ciudad de México

María Magdalena Catarina y sus nueve hijos arribaron a la casa de los Condes de Miravalle en la ciudad de México, y de inmediato contó a su padre como fue que escaparon de las tierras del Reino de Nueva Galicia.

Ambos movilizaron a sus influencias para que el caso fuese llevado en la ciudad de México, alegando que había sido ahí en esa ciudad, donde quince años atrás, la mujer y su difunto esposo, habían firmado los legales papeles del matrimonio.

Dos años transcurrieron desde su precipitada huida de sus tierras en el Reino de la Nueva Galicia, y en esos dos años logró demorar el arreglo de sucesión de su difunto esposo, dos años en los que permaneció junto con sus hijos en la casa de su señor padre, la casa dc los Condes de Miravalle, ubicada en la calle del Espíritu Santo con número nueve.

En este periodo de tiempo, ella pudo inspeccionar sus negocios para poder acumular el dinero para cubrir las deudas heredadas que le perseguían.

El éxito sobre los funcionarios del Reino de la Nueva Galicia le fue otorgado y entonces, la mujer comenzó a vivir su vida tal y como anhelaba empezar a hacerlo, haciendo uso de su titulo de mujer viuda y cabeza de familia, para comenzar a disfrutar de algunos derechos, privilegios, y responsabilidades propias de un hombre, como por ejemplo, actuar en lugar de su desaparecido esposo, nombrar intermediarios, exigiendo que los negocios se realizaran en su propia casa y, presentándose incluso en sitios donde estaban prácticamente excluidas las mujeres.

Esto ella lo tomó muy personal, debido a que con ese comportamiento, no tenia que temer mas la intervención de los hombres de la familia, en este caso, su padre y sus hijos adolescentes, en la administración de sus propiedades y tenía toda la libertad de ser ella quien manejara los negocios familiares.

En esta época sus compadres y sus sirvientes de más alta confianza comenzaron a hacerse cargo de sus propiedades, y la representaban legalmente ante los tribunales.

Por aquellos días, mudó junto con sus hijos y la criada Jacinta a la hacienda de la Santa Catarina de los arenales en la cercana Tacubaya, y pronto empezó a ser ella quien llevaba las riendas en el lugar, de tal forma que la mujer viuda que parecía llevar muy convenientemente el pesado luto sobre sus espaldas.

María Magdalena Catarina era una madre e hija ejemplar. Madre ejemplar pues en todo momento estuvo involucrada en la crianza de sus nueve hijos, rechazando casi siempre la ayuda que las nanas le ofrecían con sus cuatro hijas menores, y era una hija ejemplar porque fue ella quien se empezó a encargar de hacer y amarrar los negocios importantes, mientras el segundo Conde de Miravalle, Don Alonso, se sumía en un mundo de miseria corporal y emocional, donde su único compañero siempre fue el vino.

Esa manera de beber el vino que lo tenía atado y lo imposibilitaba de realizar cualquier buen negocio, a causa de las numerosas deudas que muy irresponsable e innecesariamente se había echado encima a causa de los malos manejos de su patrimonio, todo como consecuencia de su enraizado alcoholismo.

Ante tales situaciones, la mujer asumió el rol de un hombre. Sí, el de un padre de una cabeza de familia numerosa y con fuertes dificultades económicas.

Entonces, María Magdalena Catarina suplió por completo a su padre en los negocios familiares y, haciendo uso de su viudez, comenzó a pedir numerosos préstamos, para poder así amarrar algunos tratos y negocios que pudieran mejorar su situación económica.

Aquellos eran tiempos en los que la familia que encabezaba María Magdalena Catarina se encontraba en gran peligro de quiebra, puesto que aquellos prestamos que había solicitado a amistades y conocidos, no habían hecho más que aumentar las deudas familiares y, cuando ya no fue posible seguir manteniendo el elegante estilo de vida que llevaban los Miravalle, la mujer se acordó de las propiedades que su madre le había heredado en las tierras de Michoacán.

La mujer acudió con su compadre y amigo de altísima confianza, el abogado Don Pedro Vargas Machuca, padrino de bautizo de su hijo primogénito, para preparar la demanda con la cual, ella pretendía recuperar aquellas tierras que, por los enormes recursos económicos que generaban, habrían de sacar a la familia Condal de aquel abismo del que parecía no saldrían nunca.

Ese fue el motivo por el cual, la mujer concentró todas sus energías en encabezar la batalla legal en contra de la intocable Compañía de los frailes Jesuitas, que gracias a las firmas que su tío y albacea, el presbítero Francisco de Orozco y Tovar, la había hecho firmar en los días de su infancia, se habían apoderado de las propiedades que su madre le había heredado en las tierras de Michoacán.

La demanda entonces, fue en contra de la Compañía de Jesús, ya que su tío al momento de morir, heredo a la Compañía las tierras de los Orozco en su totalidad, así como también estableció capellanías y obras pías a determinadas iglesias, entre las cuales la mayor beneficiada era la Catedral de Valladolid, alegando en su testamento, que las ganancias generadas por los trapiches de azúcar y alcohol, la cosecha de lo sembrado en las fértiles tierras, así como todo lo concerniente a las cabezas de ganado existentes en las numerosas haciendas, serviría para mantener y dar sustento a la numerosa cantidad de hermanos religiosos jesuitas, que cumplían con su labor evangelizadora a lo largo y ancho del territorio de la Nueva España, pero sobre todo, en la región de Michoacán.

Eran los primeros días del año de mil setecientos treinta y siete cuando María Magdalena Catarina, abrió pleito legal en contra de la Compañía de Jesús.

El escándalo sacudió inmediatamente a sus más cercanas amistades en la ciudad de México, e incluso su padre y su hermana la reprendieron por tal atrevimiento.

Entonces, la mujer comenzó a ser criticada en cantidad, por tener aquel valor de declarar y hacer la guerra contra los muy respetados y estimados frailes Jesuitas, pero a María Magdalena Catarina no le importaron las criticas ni las habladurías que las gentes hacían a sus espaldas, pues para ella era más importante evitar la inminente ruina familiar

Había agitado con sus manos las siempre apacibles aguas de las relaciones de la familia condal con las autoridades eclesiásticas, cosa que en vez de hacer que su reputación cayera, la hizo mucho más popular.

La batalla legal comenzó encarnizada contra los guardianes de la fe Católica, alegando la mujer, que las haciendas ubicadas en el pueblo de Santiago Tuxpan, así como otras propiedades en las tierras de Michoacán, eran la herencia que su madre le había dejado al momento de su muerte.

El alegato incluía una declaración extensa y dramática por parte de la demandante donde relato a detalle aquellos años de encierro obligado en el convento de las carmelitas descalzas en la ciudad de Puebla de los Ángeles, así como también los engaños y malas voluntades que tuvo su tío, el Presbítero Francisco Orozco y Tovar con ella y con su abuela paterna, sin haberle importado en ningún momento sacrificar su vida en libertad a causa del temor que le ocasionaba que al crecer, aquella niña inocente, por derecho reclamaría las tierras heredadas por su madre.

Se trataba de extensas tierras de siembra y de pastura para el abundante ganado vacuno propiedad de los Orozco. Tierras bien distribuidas en las tierras de Michoacán, donde la familia contaba con numerosas haciendas y estancias, haciendas que eran importantes en labor de producción de azúcar y alcohol y, de las cuales, doce se encontraban en el pueblo de Santiago Tuxpan, lugar de origen de los Orozco, los familiares de su madre.

En aquella querella legal estaban en disputa las tierras fértiles y todo lo que en ellas había, incluyendo animales y criados.

Por la parte de los religiosos jesuitas, ellos se cobijaron bajo el manto de la Santa Inquisición, esto con la finalidad de salir vencedores en el pleito legal en el que estaban en juego numerosos e importantes recursos económicos.

Y es que más que importantes, aquellos recursos económicos en verdad eran vitales para ambas partes.

Por la parte de la demandante, María Magdalena Catarina, aquellos ingresos económicos provenientes de las minas de oro en Casa Blanca y Huiruino, así como las ganancias que producían en cantidad las haciendas apostadas en las tierras disputadas, serviría para salvar de la ruina a la familia condal, pues con dichos recursos económicos en sus manos, ella saldaría la cantidad de deudas y compromisos dejados por su difunto esposo y por su padre y, aun tendría suficientes recursos para asegurar la prosperidad de sus numerosos hijos a futuro.

Por la parte de los demandados, el oro extraído de las minas de Casa Blanca y Huirunio, así como las ganancias netas de las haciendas en disputa, les servía desde hacía ya treinta años como uno de sus mayores ingresos económicos, llegando incluso a utilizar las ganancias para financiar la expedición que la compañía de Jesús llevaba a cabo en la lejana Filipinas, así como la construcción de iglesias y palacios en la ciudad de Valladolid.

Ambos alegatos eran justificables, pero ante los jueces de la Santa Inquisición los motivos de los Jesuitas eran más validos, porque los ingresos gastados por aquellos, habían sido utilizados para fines piadosos, en cambio, el oscuro abismo en el que habían caído los Miravalle, era evidente ante todos en la ciudad de México, así que era de suponerse y no de adivinarse para que serian utilizados aquellos recursos por la demandante.

En tanto, su padre, el Conde Don Alonso y su hermana María Teodora Francisca, no fueron participes de aquella disputa e incluso, la relación con ellos se deterioro casi hasta la ruptura, debido a los reproches y reclamos que ambos hicieron a María Magdalena Catarina, alegando las desgracias que podían venir en contra de la familia por enfrentarse a la Compañía de Jesús.

Su padre, incluso se atrevió a decirle que prefería la ruina económica a la condena celestial por tal atrevimiento. Pero en verdad María Magdalena Catarina estaba dispuesta a todo a cambio de asegurar el futuro de sus hijos.

Entonces, debido a aquella disputa legal, la mujer comenzó no solo a ser apreciada, sino también admirada por propios y extraños, su fama creció hasta lo más alto, porque de su valentía y atrevimiento se hablaba en las plazas y en los mercados, en las fiestas, en las tertulias, en los funerales y hasta en las ceremonias religiosas, a no decir más, era la mujer más popular y estimada que el mismísimo señor Virrey.

Por consecuencia, la hacienda de la Santa Catarina de los arenales en Tacubaya, pronto comenzó a ver la luz después de un periodo tan oscuro y, haciendo imitación de su difunta abuela Catalina, las tertulias organizadas por ella comenzaron a hacerse frecuentes, y a sus banquetes y celebraciones todos los nobles de la ciudad querían asistir.

Esos días palidecían y se retorcían de envidia todas las suntuosas damas de la corte virreinal a causa de su belleza y elegancia.

Pero a pesar de su encumbrada fama, la situación económica de María Magdalena Catarina y su familia, permanecía sin mejoras y sin fecha para mejorar, pues la disputa legal en contra de la Compañía de Jesús, aun no concluía.

Y aun cuando su vida social era muy activa, María Magdalena Catarina se ocupaba de la educación de sus hijos, pero era en la educación de Pedro su hijo mayor, en la que insistía de manera especial.

Y es que Pedro sería el heredero en un futuro del mayorazgo del Condado de Miravalle, razón por la cual debía tener una educación impecable, para ser diestro en tan complicada empresa, y para no cometer los mismos errores que su padre y su abuelo cometieron un día.

Pero el joven Pedro, que tenia para ese entonces dieciséis años, no era lo suficiente atento y se esmeraba poco en lo concerniente con su educación, y se mostraba casi siempre indiferente con los mandatos de su señora madre.

Tal vez era por la edad rebelde en la que se encontraba, o tal vez era por saberse heredero del mayorazgo que el joven Pedro, hijo primogénito de María Magdalena Catarina, retorcía cada vez más su camino.

En cambio, su segundo hijo José Justo, parecía ser prudente y capaz de realizar cualquier tarea en la hacienda, incluso era hábil con los números, cosa que enfadaba constantemente a su madre, ya que en repetidas ocasiones lo reprendía por tratar de avergonzar a su hermano Pedro.

Y es que María Magdalena Catarina sabía que José Justo era diferente al resto de sus hijos, pues siempre jugaba en solitario y casi nunca expresaba sus sentimientos.

Ella en ocasiones pensaba que su comportamiento era debido a que no se había criado con su leche, pero no le daba demasiada importancia a lo que sucediera con ese hijo suyo, ya que muy en el fondo, ella siempre lo culpó por no haber podido asistir a los funerales de su señora abuela Doña Catalina.

Entonces, llego el día en el que las diferencias entre su hijo mayor Pedro y su segundo hijo José Justo eran mayúsculas, diferencias que eran notadas por todos los miembros de la familia condal, y que eran diferencias que casi siempre ponían en desventaja al hijo primogénito.

Mientras el joven Pedro pasaba grandes horas en las afueras de la hacienda perdiendo el tiempo, su hermano José Justo permanecía en el interior de esta, involucrándose por gusto propio en las actividades que ahí se realizaban.

Era el mes de Junio, del año de mil setecientos treinta y siete cuando esto sucedió, el mismo año en el que un brote de Matlazahuatl comenzó en las tierras de Tacubaya.

Los criados y esclavos de un obraje de algodón, ubicado allí en Tacubaya fueron los primeros en enfermar de tan terrible enfermedad.

Tres indios murieron primero, y al día siguiente, se supo de otros dos que lo padecían. La población como consecuencia, entro en pánico y la familia condal que vivían en la hacienda de la Santa Catarina del arenal en Tacubaya, no fue la excepción.

Salieron ese mismo día todos los miembros de la familia condal de Tacubaya con rumbo de la casa de su padre en la ciudad de México, y en la cual, también habitaba la recién casada María Teodora Francisca con su señor esposo Don Francisco Ignacio de Zorrilla y Cano.

Llegaron y se instalaron con rapidez, pero a las pocas horas de haber llegado, el joven Pedro comenzó a sentirse enfermo.

Por órdenes de María Magdalena Catarina, el joven fue aislado en una de las habitaciones más alejadas de aquella casa, y el médico de la familia vino enseguida solo para confirmar lo que tanto se temía.

El joven Pedro padecía matlazahuatl, y su estado de salud comenzaba a deteriorarse rápidamente.

El miedo se apoderó de María Magdalena Catalina, pues el matlazahuatl era una enfermedad cruel y caprichosa. Cruel por los síntomas con los que eran agredidos los que la padecían y, caprichosa porque ella misma era quien elegía a quien perdonaba o a quien quitaba la vida, muy a pesar de las medicinas y suspensiones otorgadas por el médico.

Mandó llamar a sus demás hijos la mujer en la capilla condal, y se arrodillaron ante el altar y rezaron en una sola voz muy devotamente a Dios y a la virgen María, para que le concedieran la recuperación al joven Pedro, quien convalecía en soledad en la habitación mas apartada de la casa.

No demoraron el Conde Don Pedro Alonso y su hermana María Teodora Francisca, en decirle a María Magdalena Catarina, que aquella enfermedad terrible que mantenía a su hijo postrado en cama, no era otra cosa más que la reprimenda que desde lo alto de los cielos, Dios y la santísima Virgen le enviaban por el pleito legal que mantenía en contra de la Compañía de Jesús, dándole como una prueba creíble que aquel brote de matlazahuatl había comenzado en los alrededores de su hacienda en Tacubaya.

Ella ante la acusación monto en cólera en contra de su padre y su hermana diciéndoles:

Necios e ignorantes son ustedes dos ante su muy equivocado juicio. Tal parece que son ustedes y no el Santo Oficio quienes me juzgan.

La gente esta enfermando por todas partes, si bien ha habido muertos en Tacubaya, también los ha habido ya aquí en la ciudad de México.

No pretendan culparme a mí por este que no es ningún castigo divino, sino una enfermedad terrenal.

Mas tu, padre, falto de dignidad y de vergüenza, que tienes el atrevimiento de echarme en cara mi proceder, debes de saber que ningún derecho tienes de hacer a mi ningún reclamo, pues no es más que por consecuencia de tus actos, que yo me vi obligada a hacer lo que he hecho. Porque llevaste imprudentemente al límite de la ruina a nuestra familia.

Y si en verdad como tú y mi hermana lo dicen, este es un castigo divino, que recaiga sobre ti lo que pueda suceder a mi hijo primogénito.

María Magdalena Catarina furiosa se alejó de la capilla condal, y llena de valor y sin ningún miedo a contagiarse acudió a la habitación donde se hallaba su hijo Pedro.

¡Pobre madre que acudió a su hijo arrepentida por haberlo dejado en solitario!

¡Pobre madre que abrió aquella puerta solo para ser testigo de la tremenda y delirante agonía del hijo primogénito, que un día con dolor y sacrificio había parido!

Aquella madre tomó a su hijo entre sus brazos, lo abrazó muy fuertemente, y sin decir palabra alguna, se miraron ambos a los ojos hasta que el último aliento salió del cuerpo de aquel joven hijo que moría muy prematuramente.

Pasaron algunos minutos, y al ver el señor Conde Don Pedro Alonso, que su hija había ingresado a la habitación donde convalecía su nieto, y que, esta no salía, fue a investigar.

El Conde Don Pedro Alonso pudo contemplar desde la puerta entre abierta lo sucedido. Aturdido por la sorpresa y el espanto, se aproximo a su hija y la tomó entre sus brazos.

Por fuera de la puerta estaban los demás hijos de la mujer, mirando acongojados lo que sucedía.

Mientras su cuerpo comenzaba a asimilar la perdida tan terrible a la que se estaba enfrentando mediante un temblor intenso, María Magdalena Catarina le dijo a su padre:

Dios te ha reprendido este día padre, y aunque ha sido a mí a quien ha quitado al muy querido y amado hijo, es a ti a quien castiga, pues no hace muchos minutos te responsabilice a ti frente al altar sagrado de lo que pudiera acontecerle a este inocente que ha muerto.

Tu castigo de ahora en adelante será eterno padre, porque pasaran los días y las noches hasta que también tú mueras, y siempre llevaras esta pesada carga contigo. En tanto yo, me condeno a la terrible y eterna pena, de la cual nunca podre resignarme.

La noticia se esparció como pólvora por la ciudad de México. Sí, el Joven Pedro Antonio de Trebuesto y Alvarado Dávalos y Bracamontes, heredero al mayorazgo del Condado de Miravalle, había muerto inesperada y trágicamente a consecuencia de la enfermedad que azotaba las ciudades de la Nueva España.

Entonces, en la casa de los Condes de Miravalle un velatorio comenzó a ser preparado por el segundo Conde de Miravalle, abuelo del difunto.

Esto debido a que las palabras de su hija habían hecho eco en su interior, y también porque ella se encontraba aun en un estado de sorpresa, inmersa en su habitación, acompañada de los ocho hijos que le sobrevivían.

Aquel fue el peor de los días en la vida de Doña María Magdalena Catarina. Nunca en ninguno de sus malos días del pasado, había sentido tanto dolor en el interior de su pecho.

El velatorio no se llevó a cabo según la costumbre, dada la causa del deceso que era el matlazahuatl, enfermedad que no conforme con matar, también ocasionaba que los cuerpos fueran consumidos por la descomposición con gran rapidez, motivo por el cual, el mismo Conde Don Alonso coloco el cadáver de su nieto en el ataúd sin siquiera cambiarlo apropiadamente.

Mientras tanto, la mujer se negaba a abandonar su habitación en la casa condal, pues ella quería evitar a toda costa ver a su hijo en el interior de un frio ataúd siendo tan joven.

La negación fue su único consuelo en aquellos momentos, y una sensación de vacío y tremenda soledad le sobrevino, precediendo a un sentimiento de culpa que había tomado por rehén a su corazón. Esto debido que ella comenzó a pensar que tal vez ella fuese la responsable de lo acontecido, tal y como su hermana y padre se lo habían dicho.

José Justo, su segundo hijo, fue quien caída la noche salió en representación de la familia condal y se encargó de llevar en orden aquel velatorio, y con apenas quince años de edad, presidió como todo un hombre adulto los funerales de su hermano mayor, recibiendo a los muy pocos que acudieron a presentar sus respetos al difunto, así como los pésames a la familia.

Fueron pocas las amistades y conocidos los que acudieron, pues la gran mayoría envió sus pésames y respetos por correspondencia, debido al intenso temor de ser contagiados de la enfermedad, un temor que corría por las calles de la ciudad de México a la par del viento.

Mas en un acto de tratar de resguardar la calma en la ciudad, el Señor Virrey Don Juan Antonio Vizarrón y Eguiarreta y toda su comitiva, asistieron al velatorio y tuvo que ser el joven José Justo quien lo recibió, porque el segundo Conde de Miravalle, su abuelo Don Pedro Alonso, había caído presa del vino nuevamente y fue enviado a su habitación antes de cometer alguna indiscreción ante tan importantes personalidades.

Trascurrieron los minutos y las horas, el café y los panecillos circulaban en abundancia, los rezos del mariano rosario y cantos religiosos eran entonados por los presentes, y debió haber sido la hora de la media noche de aquella terrible noche, cuando Doña María Magdalena Catarina decidió bajar para enfrentarse con su destino.

Caminó despacio y sostenida de ambos brazos por dos de sus criadas. No dirigió su mirada hacia ninguno de los presentes, y fue directamente hacia donde el elegante ataúd.

Fingió, durante algunos minutos estar fuerte y serena, mas al mirar consumirse con lentitud la cera de aquellos cuatro cirios que iluminaban en cada una de sus cuatro esquinas el pesado féretro de cedro, la mujer rompió en llanto.

El joven José Justo se aproximó a su madre, y ella viéndolo a los ojos, en voz baja pronunció estas palabras:

¡Este es un dolor inmenso, que me quita muy lentamente la vida, pero no arrebata el alma de mi cuerpo!

Porque no pueden abandonar mis pensamientos, aquel lejano alumbramiento que me cambio la vida hace diecisiete años en el pueblo de Compostela de Indias.

Y ahora, heme aquí, postrada en un amargo e interminable llanto, a los pies del ataúd que contiene en su interior a mí hijo primogénito.

Enseguida la mujer cerró sus ojos y dijo en pensamientos:

¡Dios! ¿Qué pecado tan grave he cometido en contra tuya para que me hayas enviado este mortal castigo?

Después abrió sus ojos y presa de la desesperación de tener que aceptar los trágicos acontecimientos, se dirigió hacia los presentes en medio de la pena y hablando con voz muy alta y les dijo:

¡No será suficiente tanto llanto desbordado! Nunca será suficiente para mitigar el peor de los dolores al que puede ser sometida cualquiera que sea madre.

Enseguida elevo su mirada hacia arriba y soltando su cuerpo exclamo:

¡Virgen María, madre mía! Comparto ahora mismo tu inmenso dolor.

Su hijo José Justo, la tomó entre sus brazos, mientras Doña María Magdalena Catarina, con el rostro empapado en llanto grito muy fuertemente:

¡Dios vive! El vive en los vivos, y vive también en los muertos, porque de ambos, él es la máxima esperanza.

Aquellas palabras conmovieron a todos los presentes, los cuales lloraron a la par de la mujer doliente y se acercaron a ella en montón, rodeándola casi hasta el asfixio, tratando todos de mostrarle su afecto, incluso el Señor Virrey se sintió afectado ante la situación.

Fue su hermana María Teodora Francisca, quien logró abrirse paso ante los presentes, y tomó a su hermana entre sus brazos para llevarla de vuelta a su habitación. Doña María Magdalena Catarina la miró a los ojos y le dijo:

Mi cuerpo frágil e indefenso está presente, pero mi mente parece estar ausente en tan trágica escena.

¿Cómo habré de hacer yo para sobreponerme de tan semejante prueba?

¿Cuántos días llorare y cuantas noches pasare en vela hasta que yo asimile tan insoportable pérdida?

Gritos y un amargo llanto invadieron a Doña María Magdalena Catarina, que se desvaneció en los brazos de su hijo José Justo, y de su hermana María Teodora Francisca.

¡Cuánto deseo ella tener el regazo de su abuela Catalina en aquel instante para consolarse!

¡Cuánto recordó a su difunto esposo Don Pedro Antonio en tan espeso trance de dolor en el que se había sumergido en aquellos momentos!

Ella fue llevada a su habitación para que no se sometiera más a la tortura de ver a su muy amado hijo primogénito sin vida. Pero los rezos y cantos del velatorio llegaban hasta el lugar y, aquellas horas fueron de locura para la madre doliente.

El joven José Justo en tanto, sabía que era responsabilidad suya dar la cara por su abuelo y por su madre, pues muerto el joven Pedro, él entonces, algún día sería el heredero del mayorazgo del Condado de Miravalle.

El joven Pedro recibió sepultura apenas asomaba el sol al día siguiente. Fue sepultado bajo tierra, en la cripta condal de la iglesia de los padres mercedarios en la ciudad de México, al lado de su bisabuela Catalina.

Fue despedido por su madre y por sus hermanos en medio de un llanto que parecía interminable, y desde aquel día, el luto se volvió parte de la vida cotidiana de Doña María Magdalena Catarina, y los velos y encajes negros fueron su atuendo diario.

Después del sepelio, María Magdalena Catarina se fue a la hacienda de la santa Catarina de los arenales en Tacubaya para guardar el luto durante cuarenta días.

A ella la acompañaron sus hijos José Justo y su hija Águeda, mientras sus demás hijos se quedaron al cuidado de su hermana María Teodora Francisca, en la casa de los Condes de Miravalle en la ciudad de México.

El joven José Justo, fue quien se hizo cargo del condado mientras su madre permanecía día y noche encerrada en su habitación. Sí, porque el Condado de Miravalle se encaminaba a toda prisa hacia la quiebra, ya que su abuelo el Conde, en su condición de ebrio y deprimido, prácticamente lo había abandonado, y su madre, quien era la heredera del mayorazgo, estaba siguiendo sus mismos pasos.

Entonces, el joven José Justo, temiendo la ruina para su familia tomó una atrevida decisión sin antes consultarlo con su abuelo y su madre. Lo hizo obligado ante la situación.

Águeda, su hermana quien tenía catorce años, ya estaba en la edad de adquirir un compromiso, y muy por encima de su voluntad, el joven José Justo arregló el matrimonio de su hermana con un amigo suyo.

El joven afortunado, de nombre José Diez Labandero, cinco años mayor que ella, y que a pesar de su juventud, era "Capitán de los Montados en el Real Palacio".

El joven se mostró complacido con el compromiso adquirido, y él y José Justo pusieron como plazo un año para llevar a cabo el enlace matrimonial.

Cuando Doña María Magdalena Catarina cumplió los cuarenta días de luto, y se enteró del próximo enlace, monto en cólera en contra de su hijo.

Tremenda reprimenda le fue otorgada al hijo astuto, incluso tuvo que aguantar el ardor de sus mejillas, provocado por los golpes que le propino su madre.

La mujer reclamó a su hijo por haber ignorado su autoridad de jefa de la familia, mas el joven José Justo le respondió con razón y con derecho, reprochando a su madre el abandono en la que había dejado no solo los negocios del condado, sino también a él y al resto de sus hermanos.

El joven José Justo tenía razón, pues la tragedia había caído repentina para todos, no solamente era su madre la que tenía derecho a sufrir y a llorar al joven Pedro, pero dejarse morir en vida no sería lo más conveniente para el resto de sus hermanos.

Aquel joven José Justo estuvo en todo momento apoyado por su tía María Teodora Francisca en esta empresa, quien también veía con malos ojos a su hermana María Magdalena Catarina por su egoísta actitud.

En aquel momento, la mujer entendió que el joven Pedro tenía que irse. Sí, porque en verdad ya se había ido, más ella aun no lo quería dejar ir. Él se había marchado al lado de su padre y desde la otra vida, estaría juzgándola también por los hechos.

Ese mismo día envió a un baúl aquellas vestimentas negras que vestía y se dispuso a volver a la vida.

Lo primero que hizo fue acudir a su hija Águeda y se disculpó con ella por su indiferencia. Para ese entonces, Águeda ya había aceptado a su prometido e incluso, ya se había enamorado.

Después acudió a la casa condal, donde viva su hermana María Teodora Francisca y su esposo Felipe Ignacio de Zorrilla y Cano, para recuperar al resto de sus hijos, lo cuales, al verla sonriente y vestida de alegres y vivos colores, corrieron todos al mismo tiempo a sus brazos.

María Teodora Francisca se mostró celosa de su hermana y la recibió amablemente pero con una evidente molestia. Esto también porque ella aun no concebía y teniendo en su casa a los hijos de su hermana, se sentía completa.

Reunidos todos en la estancia principal de aquella casa, María Magdalena Catarina pidió disculpas muy sinceras a todos los ofendidos sin derramar una sola lágrima y agradeció humildemente a su hermana por haberse ocupado de los suyos mientras ella se encontraba ausente en todos los aspectos.

Enseguida la mujer dejó la casa de su hermana ya revitalizada por haber visto a sus hijos de nuevo pero muy en especial a la pequeña María Antonia, a quien ella veía a imagen y semejanza suya.

Llegaron nuevamente a ocupar sus habitaciones en la casa de la hacienda de la Santa Catarina de los arenales en Tacubaya los jóvenes María Francisca y Joaquín Alonso y los niños María Josefa, Vicente, María Catalina y la pequeña María Antonia.

José Justo y Águeda salieron a su encuentro y los recibieron con grande alegría, porque la familia estaba unida nuevamente, pues se había superado ya la adversidad tan tremenda que casi los destruye.

La casa de la hacienda de la Santa Catarina de los arenales en Tacubaya, desde ese día volvió a ser como era antes, pues se llenó de flores en las estancias y las ventanas permanecieron siempre abiertas dejando entrar siempre el aire fresco del campo, y el comedor se llenó cada día y cada noche con la presencia de María Magdalena Catarina y los ocho hijos que le quedaban.

Nada mas de no ser por aquel hombre que se había dejado perder desde hacía ya años, su señor padre, el Conde Don Pedro Alonso, de lo contrario, la familia estaría completa.

Habían transcurrido ya tres meses desde la muerte del joven Pedro, corría el mes de Septiembre de ese mismo año de mil setecientos treinta y siete, y el pleito legal en contra de la Compañía de Jesús continuaba.

Entonces, el abogado y padrino del joven difunto, Don Pedro Vargas Machuca, acudió hasta la hacienda de la Santa Catarina de los arenales en Tacubaya, para informarle a la demandante como transcurría el proceso.

En aquella conversación, la derrota legal parecía inminente. No podía permitir María Magdalena Catarina, que la muerte de su hijo fuera en vano. Si en verdad ese deceso doloroso había sido un castigo celestial, ya lo había recibido, así que ahora le correspondía a ella la victoria.

Por ese motivo, María Magdalena Catarina y su compadre y abogado, Don Pedro Vargas Machuca, presintiendo la muy dolorosa derrota, acudieron en secreto al palacio del virrey.

Ellos expusieron el caso ante su señoría, Don Juan Antonio Vizarrón y Eguiarreta y este les concedió la victoria.

Porque en el reino de España y sus provincias, no eran un mero rumor los excesos económicos de los cuales gozaba la compañía en la Nueva España, así que al día siguiente, el virrey envió correspondencia al Santo Oficio con el veredicto final de la disputa legal entre la señora María Magdalena Catarina y la Compañía de Jesús.

Esa decisión precipitada dio por concluido el pleito legal, otorgándole los derechos de posesión de las tierras de Michoacán a la señora, Doña María Magdalena Catarina Dávalos de Bracamontes y Orozco de Trebuesto, heredera del mayorazgo del Condado de Miravalle.

La derrota fue en extremo dolorosa para la Compañía de Jesús, porque apenas se conoció el veredicto entre las personas, ellos comenzaron a ser vistos como los grandes perdedores ante una mujer viuda, pero en extremo poderosa, que necia e ingenuamente desafió a una de las instituciones religiosas más poderosas no solo de la Nueva España, sino del mundo entero, y los derrotó.

María Magdalena Catarina organizó tremenda fiesta con sus amistades más cercanas en la hacienda de la Santa Catarina de los arenales en Tacubaya, esto con el motivo de su victoria legal sobre la Compañía de Jesús.

Vaya si celebraron en grande ella y su compadre y abogado, Don Pedro Vargas Machuca, pues la música tocó sin descanso y el vino fluyo en abundancia durante los dos días que duró aquella celebración.

Con ese triunfo legal obtenido, la mujer por fin vio suave y recto el camino de sus negocios, camino que desde la muerte de su abuela Catalina, siempre fue pedregoso y empinado.

Transcurrieron otros tres meses después de aquella victoria legal en contra de la compañía de Jesús, y los documentos que la reconocían como legítima heredera de las tierras en Michoacán, aun no le eran entregados.

Mas un inesperado día, llegaron los emisarios con las buenas noticias. Era el día diecinueve de Diciembre de mil novecientos treinta y siete, cuando ella entró en posesión de los bienes heredados por su madre.

Entonces, las ganancias económicas generadas en las tierras y en las haciendas recuperadas en Michoacán, comenzaron a llegar a sus manos, y cuando la mujer recibió aquellos primeros reales, agradeció a su madre en pensamientos y las lágrimas por su recuerdo se escurrieron por su rostro.

La economía familiar se recupero rápidamente, y el joven José Justo comenzó a ser instruido por su madre, después de todo, al morir ella, el heredaría el mayorazgo del Condado, motivo por el cual era enviado constantemente a las tierras de la familia en el lejano pueblo de Compostela de Indias, y a las demás propiedades de su abuelo, para que se familiarizara y cuando tuviera que administrarlas, lo hiciera como debía hacerse.

En tanto, María Magdalena Catarina planeaba con ansias un viaje a las tierras de su propiedad en Michoacán. Lugares que no había visitado desde aquel día de la trágica muerte de su madre, veintisiete años atrás.

Parecía que ahora por fin, la vida le daba la oportunidad de ser feliz, aunque sin nunca echar de menos a su difunto hijo Pedro, a quien cada noche hablaba e pensamientos antes de dormir.

María Magdalena Catarina, se convirtió entonces en una de las damas más importantes de la ciudad de México. Siempre se mostraba altiva y elegante, vistiendo los mejores vestidos en los banquetes a los que acudía constantemente. En todo momento era culta e inteligente, siempre sincera y agradable, y con los mejores temas que tratar en las tertulias y festivales.

Todas las damas de la ciudad competían con ella, sin ella en ningún momento competir con ninguna. Inflamaban de celos su corazón en contra de ella algunas mujeres, llegando al extremo de solicitar que se investigara como acudiría vestida Doña María Magdalena Catarina al siguiente banquete, para así, ellas tener la ventaja de vestirse aun mejor.

Amada casi por todos los hombres importantes e ilustres de la época, por culpa de su muy inusual encanto que era engalanado por aquella autoridad ligera pero irrevocable, que la hacía en demasía atractiva cada vez que ella abría su boca.

También era admirada por las mujeres maduras, porque a pesar de su condición de viuda, había superado las adversidades que se le habían presentado, logrando colocar a su familia en un puesto más abajo que el mismo virrey.

Respetada por los máximos dirigentes de la iglesia, acogiéndola y hasta cumpliéndole caprichos, debido a las altas donaciones que de ella recibían.

Así era la señora María Magdalena Catalina, simplemente una mujer excepcional.

Corría el año de mil setecientos treinta y ocho, era el mes de Marzo, cuando su hija María Francisca le confió sus enormes deseos por entregar su vida Dios ingresando al convento de Jesús María.

Los recuerdos de su encierro en el convento de las hermanas Carmelitas descalzas en la ciudad de Puebla de los Ángeles, la hicieron insistirle a su hija para que se retractara de tales sentimientos. Mas su hija habló claro, y solicitó a su madre que su decisión fuera respetada.

María Magdalena Catarina accedió gustosa, además, era muy conveniente tener a uno o más miembros de su familia como miembro de alguna institución compañía religiosa, dados los beneficios que ella obtendría por las obras pías, mantenimiento de capillas y capellanías.

Después, se cumplió el plazo acordado para la boda de su hija Águeda con el Capitán de los Montados del Real palacio, el joven José Diez Labandero, y se llevó a cabo el enlace matrimonial.

La ceremonia religiosa se llevó a cabo en la capilla condal en la hacienda de la Santa Catarina de los arenales en Tacubaya, y al banquete acudieron todos y cada una de sus amistades, incluyendo al virrey.

Era el mes de Junio del año de mil setecientos treinta y ocho, y concluidos ya sus compromisos en la ciudad de México, y con su hijo José Justo encargándose de las tierras en el Reino de la Nueva Galicia, María Magdalena Catarina ahora si podría realizar ese viaje tan anhelado, que por los compromisos ya cumplidos, había postergado durante más de seis meses.

# Capítulo 8
## El retorno a Santiago Tuxpan

Salió María Magdalena Catarina aun de madrugada de la hacienda de la Santa Catarina de los arenales en Tacubaya en compañía de sus hijos Joaquín Alonso, María Josefa, Vicente, Maria Catalina y María Antonia.

El joven José Justo no acompaño a su madre y a sus hermanos a ese viaje por encontrarse en el pueblo de Compostela de Indios, en tanto Águeda, la recién casada, se quedó en la Ciudad de México con su marido, y María Francisca que había decidido la vida religiosa, no podía salir de su convento.

Una caravana de tres carruajes transitó por el camino real de las provincias internas con el rumbo del pueblo de Santiago Tuxpan, en las tierras de Michoacán.

Para la mujer, ese era el día en el que habría de olvidar todas sus penas, pues a cada tramo del camino recorrido, se sentía más cerca de aquel hermoso sitio, donde transcurrieron los mejores años de su infancia, y aunque el viaje era incómodo por la distancia y por el calor que es cotidiano en los días de verano, ella parecía disfrutarlo tanto, que en muy repetidas ocasiones sacó su cabeza por una de las ventanas del carruaje al exterior, como si de una niña se tratara.

Llegaron cuando ya era muy entrada la noche a sus propiedades en el pueblo de Santiago Tuxpan. Se detuvieron en la hacienda de su propiedad, en el pueblo de Zirahuato, donde pudieron dormir y descansar del pesado viaje.

Aquella noche a María Magdalena Catarina le costó trabajo conciliar el sueño a causa de tantos sentimientos encontrados.

Sentimientos de nostalgia y de tristeza que le ocasionaban los recuerdos de los muy lejanos tiempos en esas tierras, y sentimientos también de rencor en contra de su tío, el Presbítero Francisco Orozco y Tovar, por haberla privado de esas tierras durante tantos años.

Aún no amanecía el día siguiente, y la caravana se puso en movimiento nuevamente, y apenas una hora después, ya estaban en otra de las haciendas de su propiedad en el Rincón de Corucha.

Observaron aquel lugar sin detenerse, y no a mucha distancia de ahí, llegaron hasta San Victoriano, el lugar que daba la bienvenida a todo aquel que transitando por aquel camino real, llegaba al pueblo de Santiago Tuxpan.

En San Victoriano, se detuvo la caravana nuevamente y descendió María Magdalena Catarina de su carruaje en solitario.

Ella, caminó hacia la capilla condal que había mandado construir su señor padre y se detuvo frente a la puerta.

Entonces, volvió su mirada hacia el valle de Anguaneo, y contempló el pintoresco pueblo desde aquel lugar.

Miró ella con asombro aquel que parecía ser un bosque frondoso de arboles de guayabas y limas, por donde asomaban muy discretos los tejados de las casas que seguían el trazo del camino real, hasta llegar cerca de aquel majestuoso Templo que sobresalía soberbio de aquel verde bosque de árboles frutales.

Enseguida, la mujer cerró muy fuerte sus ojos y se aguantó de derramar las saladas lágrimas sobre su rostro.

Descendieron del carruaje también sus hijos y volaron sobre ellos numerosas golondrinas, entonces, ella les dijo:

Las verdaderas dueñas de este sitio son las golondrinas, porque no piden permiso a ningún dueño de ninguna casa en Santiago Tuxpan, para construir sus cálidos nidos donde ellas quieran.

Después, todos juntos entraron en la capilla condal, donde reposan los restos de San Victoriano de Cartago, pero no fueron las reliquias ni los restos mortales de aquel Santo lo que cautivo a los hijos de la mujer, sino aquel magnifico cuadro en oleo de "Las Animas" fue lo que les causo el inesperado asombro.

Salieron de la capilla condal en San Victoriano, después de que su madre les contó el porqué había sido construida, y subieron nuevamente a su carruaje, entonces, se movió la caravana con rumbo al pueblo de Santiago Tuxpan.

Se internaron en aquel verde bosque, y la gran cantidad de huertos de arboles guayabos y de arboles de limas, con esos sus verdes colores y sus penetrantes fragancias, hacían que el recorrido pareciera ser de lugar fantástico, plasmado en alguna pintura o sacado de algún muy hermoso sueño.

Las empedradas calles, las fachadas y los tejados de las casas eran admirados por sus hijos, debido a lo diferentes que eran a los que hay en la Ciudad de México.

La caravana se dirigió siguiendo el camino real rumbo al Templo de Santiago Apóstol cuando estuvieron en el pueblo, y el asombro y curiosidad de las personas fue evidente ante tan elegantes carruajes, por lo salieron de sus casas a contemplar aquella inusual caravana.

Cuando llegaron a las afueras del Templo, los frailes del convento franciscano salieron a recibir a la importante señora, y enseguida le mostraron sus respetos en la entrada de aquel santuario.

Tomada de la mano de su hija María Antonia, y rodeada de sus demás hijos, María Magdalena Catarina miró el imponente Templo antes de atravesar la puerta principal.

Miraba ella con asombro la majestuosa construcción, cuyos bloques de cantera según le contó un día su madre, fueron unidos con la mezcla hecha de la blanca leche de las vacas traídas desde el Agostadero, a causa de una escases de agua que azotó el pueblo mientras se esté construía.

Suspiró la mujer, y entró en compañía de sus hijos al Templo de Santiago Apóstol, entonces recordó aquel ya lejano día de la consagración de aquel recinto sagrado, en el cual, acudió en compañía de sus padres a la solemne celebración que había tenido lugar el ya lejano veinte cinco de Julio del año de mil setecientos ocho.

Vaya imágenes que aparecieron en aquel momento en el interior de su memoria, y que parecían haber venido desde el lejano pasado para inflamar de nostalgia y sentimiento a su corazón.

Se arrodilló entonces frente al altar mayor, y dijo en pensamientos:

¡Dios de los cielos y señora Virgen madre mía! Testigos eternos son ustedes de los actos de los hombres, y conocedores son también ustedes de las miles de justicias e injusticias que se comenten en la anchura de este mundo día con día.

Testigos son ustedes que lo que yo he hecho no ha sido nada injusto. Solo he recuperado las tierras que pertenecieron a mi madre y a sus padres, así como a los padres de sus padres hasta generaciones incontables, sobreviviendo nuestro real linaje indígena, incluso a la conquista.

¡Tú Dios infinito! ¡Tú virgen Madre de Dios! Ambos saben que estas tierras fértiles me pertenecen. Y que no es ningún pecado el que yo las haya reclamado a los jesuitas.

Mayor pecado han cometido ellos al tratar de arrebatarlas a su legítima heredera que soy yo, de la manera como lo han hecho.

La mujer enseguida solicitó al superior del convento y encargado del Templo, Fray Nicolás Díaz Barriga, que le permitiera ingresar en compañía de sus hijos a la capilla Condal, donde se encontraban los restos mortales de su señora madre, y también los de sus abuelos.

Su petición fue atendida afirmativamente y la mujer se dispuso a bajar a la cripta Condal.

María Magdalena Catarina, sus hijos y el superior del convento, bajaron los nueve escalones que llevan hasta la cripta, donde lo primero que vieron fue la imagen de un Cristo crucificado pintado en la pared, y que adorna el altar de cedro rojo, donde se celebraban las exequias en honor a los difuntos, y debajo del cual, se encontraba una urna también de la misma madera.

Los niños se abrazaron todos a su madre ante el temor que les ocasionaron los cajones de madera que a manera de urnas, resguardaban los restos de los familiares y antepasados suyos, los cuales se encontraban parados y recargados en una de las paredes.

Pero su temor se volvió mayúsculo cuando su madre los ignoraba ante sus peticiones de salir del tenebroso sitio, y peor aún, la manera en como miraba muy fijamente aquel ataúd que estaba debajo del altar.

María Magdalena Catarina, se arrodilló frente a esa urna, y por fin dejó escapar de sus ojos un verdadero mar de lágrimas, y no era para menos, pues en el interior del ataúd se encontraban los restos de su señora madre, Doña María Francisca Antonia de Orozco de Rivadeneyra Castilla y Orendain,

Entonces, agradeció muy humildemente al Sr. Dios Todopoderoso que radica en las alturas, por haberle permitido volver.

Veintiocho años habían transcurrido desde aquel día en el que su madre fue colocada en ese sitio. Veintiocho años en los cuales estuvo debajo de ese altar en soledad, sin recibir la visita de ninguno de sus familiares.

Después de contenido su llanto, agradeció al fraile superior del convento por haber velado aquellos restos, y por haber respetado su sitio en la cripta condal durante todos estos años, y pago en oro común veintiocho misas en honor a su madre desde aquel día, veintiocho días que representaban los veintiocho años desde su partida.

Salieron del Templo la mujer y sus hijos, y a las afueras de este ya había muchos de los del pueblo observando a la familia de foráneos que en realidad, eran los dueños de todo el lugar.

Subieron a los carruajes y antes de partir con rumbo de la hacienda de la Santa Catarina, dieron una vuelta a la plaza del pueblo, donde pudieron contemplar a las gentes que vendían racimos de limas y canastillas repletas de guayabas apostados en los portales, noble comercio de esas frutas que mantiene activas a familias enteras en el pueblo de Santiago Tuxpan.

Limas y Guayabas que viajan por el camino real de las provincias internas de occidente hasta la ciudad de México, para llenar hasta el tope los pesados fruteros de las casas grandes, incluso el del mismo palacio del Virrey.

Llegó la caravana por fin a la hacienda de la Santa Catarina, estancia favorita de Doña María Magdalena Catarina durante su infancia, y una vez más la nostalgia y todos aquellos pensamientos la invadieron.

La casa, la capilla condal, los almacenes, las caballerizas, incluso el trapiche de labor de azúcar se encontraban exactamente igual que como el último día que los vio.

Corrió como cuando niña por las tierras de la hacienda, seguida en todo momento por sus hijos, tocando con sus manos las hierbas y las flores multicolores, respirando el aire fresco y los aromas, bajando por el sendero que conduce al rio, para poder beber de sus cristalinas aguas.

Salpicándose con las aguas del rio los unos a los otros, se rieron y jugaron despreocupados por la vida. Ese parecía ser uno de los días más felices en la vida de la mujer, pues había vuelto a la que siempre había considerado como su hogar.

Y cuando subieron hacia la casa nuevamente, todos los criados, capataces y mayorales esperaban a su nueva señora. Todos y cada uno de ellos se presentaron ante ella y se pusieron a su disposición a partir de aquel día.

Más hubo uno de los mayorales, un mestizo joven en extremo atractivo que la cautivó por el intenso azul de sus ojos y le provocó extrañas sensaciones.

Y mientras sus miradas se postraban sobre aquel garrido muchacho, se acercó muy tímidamente a ella una joven, quien se presentó con el nombre de María Urápite.

Esa joven muchacha, india de raza y originaria del lugar, hermosa de rostro y cuerpo, sería quien se encargaría del cuidado íntimo de la señora María Magdalena Catarina durante su estancia en el lugar. Una estancia que en aquel momento parecía sería breve, mas se convertiría en una estancia de muchos meses, en los cuales, la señora María Magdalena Catarina, habría de encargarse personalmente de administrar aquellas tierras.

Cayó aquella primera noche en la casa de la hacienda de la Santa Catarina, y María Magdalena Catarina y sus hijos, llenaron los lugares del elegante comedor, donde degustaron la exquisita cena que las criadas que cocinaban prepararon con esmero para los nuevos inquilinos.

Los candelabros en aquel sitio volvieron a ser encendidos, los floreros fueron adornados con flores, y las cortinas de las ventanas fueron abiertas para dejar entrar a la luz de la curiosa luna.

La señora de la casa miró con atención cada uno de los cuadros que pintados al oleo, decoraban las paredes, los cuales mostraban los retratos casi vivos de sus antepasados, incluidos sus padres y sus abuelos maternos.

Solo hubo un cuadro el cual mandó quitar apenas lo vio, era el que tenia representado al Presbítero Francisco de Orozco y Tovar, aquel tío suyo que tanto daño le había ocasionado.

Aquel cuadro solo lo mandó quitar del lugar que ocupaba en la pared principal del comedor, mas por respeto a su difunto tío, no lo mandó destruir.

# Capítulo 9
## El mayoral Hernando

Buen hombre, fue durante los días de la construcción del puente nuevo, cuando sucedieron los hechos que enseguida voy a contarte.

Sucedió que vino procedente de la ciudad de México el abogado, amigo y compadre de María Magdalena Catarina, Don Pedro Vargas Machuca, artífice de la victoria obtenida contra la Compañía de Jesús.

Ambos celebraron gran banquete en el comedor de la casa de la hacienda de la Santa Catarina, después de tanto tiempo de no celebrarse ningún banquete en el lugar, los criados y criadas parecían no darse abasto con las exigencias de los comensales.

Entonces, vinieron los músicos del pueblo y tocaron el violín y la guitarra, invitando al baile a los involucrados en la celebración.

Pero no todo sería alegría y fiesta en aquel sitio, porque pasaron muy pocos días para que la mujer se diera cuenta por sí misma, de las muchas necesidades que tenía la hacienda de la Santa Catarina.

Lo primero que se dispuso a hacer como mejora, fue reparar el viejo puente que era conocido como "puente de indios".

Monumento ordenado por su abuelo materno, Don Manuel de Orozco y Tovar, y construido cuarenta años atrás, el cual ya resultaba riesgoso para las carrozas y carruajes, o para los animales grandes o hasta para las personas que pasaran sobre él. Por ese motivo, la mujer vio la necesidad de construir un puente nuevo.

Esta construcción la habría de mantener en Santiago Tuxpan, por lo que puso de vuelta a la ciudad de México a sus hijos, aprovechando que su compadre Pedro Vargas Machuca se marchaba. Con él, envió correspondencia a su hermana Maria Teodora Francisca, solicitándole cuidara de sus hijos hasta su regreso, comprometiéndose a enviarle los medios para su manutención.

Solamente se quedó en compañía de la criada Jacinta en la casa de la hacienda de la Santa Catarina, y desde aquel primer día empleó las tardes para recorrer en compañía del capataz José Cárdenas, las demás haciendas de su propiedad en Santiago Tuxpan y los pueblos cercanos.

Recorrió así la hacienda de Santa Ana, fue hasta la hacienda de Huanimoro, visitó la hacienda de Jaripeo, también la de Santa Rosa, y también a sus propiedades en Irimbo.

Pero cuando fue a la hacienda del Moro, el capataz José Cárdenas la llevó hasta una caída de agua cercana al lugar.

Aquella no era una caída de agua cualquiera. Era una majestuosa caída de agua, como ella nunca antes había visto jamás.

Maravillada con aquel espectáculo de la naturaleza, decidió descender a hasta donde el pequeño lago que forma tan monumental cascada, y sin importarle pescar algún resfriado, se mojó las vestimentas en la cristalina agua y jugó como niña a salpicarse con la criada Jacinta.

Fueron días los que le llevaron a la mujer recorrer todas sus haciendas, y cuando estuvo de vuelta en la hacienda de la Santa Catarina, escribió correspondencia a sus hijos, contándoles todos los lugares maravillosos que había conocido.

Por esos mismos días, considerando que estaría presente durante algún tiempo en aquellas tierras, solicitó personalmente al superior del convento, que le enviara a algún fraile de confianza, para que este celebrara las misas vespertinas en la capilla condal de la hacienda, y también, para que le sirviera como confesor.

El superior del convento franciscano, le envió a la mujer a un joven fraile de nombre, Tomás Soria Landin, quien fungía también como alquimista en el convento franciscano.

Fray Tomás, como era mejor conocido por sus hermanos religiosos, era un joven sabio e inteligente, siempre dispuesto a ayudar al prójimo, y a sacrificarse por los demás, motivo por el cual fue el elegido para visitar constantemente a la importante y noble señora.

Pero aquellas visitas que cada tercer día hacía el fraile a la capilla de la hacienda de la Santa Catarina, eran solo para las celebraciones religiosas y para leer el evangelio, pues el joven fraile se mostraba tímido y renuente casi siempre de entablar con ella conversación alguna que fuera ajena a lo religioso.

Entonces, debido a su soledad, la mujer se acordó de aquel joven mayoral que la había cautivado debido a su atractivo físico, y pensó imprudentemente traerlo hasta la hacienda, pensando en encontrar en su juventud un poco de diversión.

Hernando Orozco era su nombre y era de veinte cinco años de edad. Eran el intenso azul de sus ojos y sus rubios cabellos los que le habían hecho perder la tranquilidad a Doña María Magdalena Catarina el día que se presentó ante ella.

Y es que en verdad, de tan solo recordar su cuerpo bien formado y su inusual rostro, vio en aquel joven mayoral una oportunidad para olvidarse del luto que llevaba desde hace algunos años para volver a sentirse amada.

Esa idea se enraizó muy profunda en el interior de su mente, una idea que en extremo le agradaba, ya que de tener algún amorío en secreto con aquel joven mayoral, debido a la distancia, nadie nunca en la ciudad de México se enteraría.

La mujer pareció haberse cegado por aquellos ardientes deseos, y no quiso enterarse en ningún momento, lo peligrosos que podrían resultar esos sentimientos repentinos y que tenía tantos años sin experimentar.

Entonces, planeo enseguida una visita al Agostadero, lugar donde el joven mayoral Hernando, dirigía los demás mayorales, encargándose de las miles de cabezas de ganado que ahí pastan.

La mujer dispuesta a todo con el mayoral, puso en marcha su plan, y el capataz José Cárdenas fue enviado hasta el Agostadero con presentes que la señora María Magdalena Catarina le enviaba al joven mayoral Hernando.

Se trataba de ropas nuevas, y no eran ropas comunes de mayoral, sino ropas finas y elegantes de joven de envidiable posición las que el joven Hernando recibió en sus manos, también le fueron enviados tres sacos de azúcar como un obsequio especial, los cuales fueron llevados hasta las puertas de su humilde casa en el Agostadero.

El joven mayoral desconociendo el porqué de aquellos presentes, envió su profundo y más sincero agradecimiento a la señora que recién había conocido.

Al día siguiente, Hernando vistió aquellas ropas nuevas y endulzo sus alimentos y bebidas con aquella fina azúcar que no era cosa de todos los días en su mesa, y cuando se presentó vestido de aquella forma a los demás mayorales, todos le preguntaron que de donde había sacado aquellas ropas. El les dijo que habían sido un obsequio, un obsequio que Doña María Magdalena Catarina le había enviado desde Santiago Tuxpan.

Los demás mayorales, que eran cuatro, y mayores que él en edad, se rieron a carcajadas por su relato y entonces, el joven Hernando no quiso hacer más aclaraciones para evitar más burlas.

Pero ese mismo día, la mujer no resistió mas la tentación que le provocaba el joven mayoral en pensamientos, y salió en su carruaje y acompañada de la criada Jacinta con rumbo al Agostadero, tomando como pretexto ir a supervisar el trabajo que los mayorales hacían en aquel lugar con las cabezas de ganado de su propiedad.

Mientras su carruaje recorría el accidentado camino que atraviesa el verde bosque, María Magdalena Catarina no dejó un solo minuto de pensar en el joven mayoral, y es que en verdad ella se sentía cautivada por aquel joven muchacho, a quien solamente había visto una vez en la vida y por muy breves minutos.

Era el medio día de aquel día, y los cinco mayorales arreaban a las vacas hacia un arroyo cercano en el Agostadero, cuando pudieron ver a lo lejos como un elegante carruaje se dirigía hasta el lugar.

Terminaron en aquel momento las burlas que los cuatro mayorales hacían al joven Hernando y guardaron silencio.

¡Inocente y joven mayoral Hernando Orozco! Mejor hubiera resultado para el que la señora María Magdalena Catarina no lo hubiera conocido nunca, pues a partir de aquel día comenzaron sus problemas.

Sí, porque ese mismo día fue invitado personalmente por la elegante dama a trabajar como mayoral en la hacienda de la Santa Catarina, utilizando un muy verdadero pretexto, el mayoral de la hacienda, don Paulino, ya era demasiado viejo.

Hernando aceptó aquella invitación, y solicitó a la señora que le diera tres días como plazo para presentarse en su hacienda, esto para arreglar las cosas que habría de llevarse, y las que habrían de dejar en la casa que le habían dejado sus padres.

La mujer aceptó y se marchó del Agostadero satisfecha y con el corazón inflamado. Sabía que era el joven Hernando quien le haría encender de nuevo ese fuego extinto que un día quemaba sus entrañas.

Impaciente anduvo aquellos tres días María Magdalena Catalina en la hacienda de la Santa Catarina, contando cada minuto de las horas transcurridas hasta que se cumpliera el tiempo en el que el joven Hernando llegara para habitar su casa.

El joven mayoral en tanto, con tristeza pero ilusionado, dejó la casa que sus difuntos padres le habían dejado años atrás cuando murieron en el Agostadero. Triste porque no podría estar más entre vacas y becerros, viviendo la vida cerca del recuerdo de sus padres, mas con ilusión por que al ser un mayoral de tan importante dama, los ingresos económicos para él irían en aumento.

Llegó pues el mayoral Hernando Orozco a las caballerizas de la Hacienda de la Santa Catarina montado en su viejo caballo, y a penas se enteró María Magdalena Catarina del arribo del joven a las tierras de la hacienda, corrió a colocarse una diadema de flores naturales como casi siempre, y también se impregnó el cuello y las ropas con una muy agradable fragancia.

Mientras el joven era dirigido por la criada Jacinta hacia la estancia principal de la hacienda, no dejaba de mirar los cuadros y numerosos detalles tan lujosos que él pensaba no podrían existir en una sola casa.

Entonces, apenas llegaron a la estancia de la casa de la Santa Catarina él y la criada Jacinta, apareció ante ellos la señora María Magdalena Catarina, y sonriendo muy amablemente, saludo al joven diciéndole:

¡Joven Mayoral Hernando! Bienvenido seas tú a esta que es mi casa. Huésped de ella eres a partir de hoy y como tal serás tratado.

Enseguida, ella se prendió de su brazo y lo dirigió hasta el comedor para degustar una exquisita comida. Fue tanto el anhelo y el deseo de ver en el joven mayoral Hernando, una oportunidad para sentir el amor nuevamente que incluso la mujer tuvo el atrevimiento de sentarlo en la misma silla que había ocupado un día su padre como el hombre de la casa.

En todos los años de su viudez, nunca había faltado al recuerdo de su difunto esposo ni siquiera en pensamientos, mas esa sensación que recorría su cuerpo cada que el mayoral Hernando aparecía frente a sus ojos, le hacían temblar de ganas por volver a sentir unos brazos que la estrecharan muy fuertemente, y unos labios dulces que besaran sus tiernos labios.

Su corazón necesitaba sentir ese veneno natural que es el amor, el mismo que enloquece a cualquiera que lo bebe. Entonces, ella vio en el joven mayoral Hernando la oportunidad de enloquecer y satisfacer de una sola vez las necesidades de su corazón y también las de su cuerpo.

La criada Jacinta miraba con asombro a su señora, pues la mujer parecía haber perdido el juicio a causa de esos deseos que había mantenido reprimidos durante tanto tiempo.

Mientras tanto, las miradas profundas y llenas de pasión que ella lanzaba descaradamente al joven mayoral Hernando no le eran bien correspondidas.

Y es que en realidad era la ingenuidad el escudo que lo protegía de las perversas intenciones que tenía reservadas para él la señora María Magdalena Catarina.

Terminaron de comer y fue traído a la mesa un muy empalagoso postre. Entonces, mientras el joven Hernando llevaba a su boca los tejocotes mojados en dulce de piloncillo, la mujer en extremo seductora, humectaba sus labios ya poseída por el deseo y en el interior de sus expresivos ojos, se asomaba su pasión retenida, y casi era posible adivinar sus pensamientos, en los cuales, muy seguramente se entregaba toda ella a los brazos del joven Hernando Orozco.

Parecía estar fuera de si la mujer, y para ese entonces ya era presa de aquella muy extraña sensación que le hizo perder la calma, porque sus manos no se quedaron quietas en ningún instante de tanta ansiedad, hasta que tomó el mantel bordado que adornaba la mesa y lo enredó entre los dedos de sus manos con fuerza, sin que el joven mayoral Hernando se enterara.

El sudor fluía por sus sienes de tanta intensidad, y hubo un momento en el cual casi perdió el control de sí misma, mientras el inocente joven narraba a ella como eran los días de su vida, haciéndose cargo de las vacas y becerros en el Agostadero.

Pero nada de lo que ella tenía pensado sucedió, porque el joven mayoral Hernando, en ningún momento se percató de las exageradas provocaciones y coqueteos que la mujer desesperada le lanzó durante toda aquella convivencia.

Concluyó aquella comida y el joven mayoral Hernando se dirigió hacia los establos de la hacienda en compañía del capataz José Cárdenas, para que le fueran otorgadas sus nuevas tareas.

María Magdalena Catarina, terminó con dolor de cabeza después de haber sostenido tan cruenta batalla con sus deseos reprimidos y la criada Jacinta la llevó a su habitación para colocarle lienzos de agua fría en la frente para así disminuir las punzadas que intensas le agredían.

Se quedó dormida la mujer como si fuese cualquier adolescente enamorada, y no supo más de si hasta que ya había caído la noche y todos en la hacienda dormían.

Abrió sus ojos y se encontró con la criada Jacinta que dormía muy incómodamente sentada en una silla. María Magdalena Catarina la miró con cariño, pues comprendió que Jacinta había intentado velar su sueño, pero de pronto, ella se acordó de su huésped el joven mayoral Hernando y se puso de pie precipitadamente de su cama.

Jacinta no se despertó de su sueño tan pesado, y entonces, María Magdalena Catarina comprendió que el joven se encontraba descansando en la habitación de huéspedes, la cual le había sido asignada en la casa de la hacienda, y enseguida vinieron a ella nuevamente aquellos deseos y pensamientos carnales, y no dudo cn ningún segundo salir de su habitación para apagar ese feroz incendio que la consumía por dentro.

Abrió con cuidado la puerta de su habitación para no despertar a la criada Jacinta y logró salir sin ser escuchada. Sigilosamente y con demasiada discreción se desplazo caminando con las puntas de sus pies descalzos por los corredores de la casa de la hacienda en medio de la noche.

Su respiración era tan intensa que parecía la delataría en cualquier momento, y su corazón latía tan fuerte, que parecía moriría de un paro inminentemente, mas no detuvo su silenciosa marcha hacia la habitación de huéspedes, donde muy inocentemente pernoctaba su suculenta presa.

Se acercó hacia la puerta de la habitación de huéspedes, y cuando estaba a punto de tocar al invitado, apareció la criada Jacinta y detuvo su mano.

El susto que se llevó la señora María Magdalena Catarina fue tan mayúsculo, que, emitió tremendo grito despertando a todos en la hacienda.

El primero en salir alarmado ante aquel grito de terror fue el joven Hernando, que apenas cubierto con muy pocas ropas, se encontró con la señora de la casa y con la criada Jacinta afuera de su habitación.

María Magdalena Catarina no supo que decir a su invitado, debido a que aún no se recuperaba del espanto, y fue la criada Jacinta quien inventó una pequeña historia para salvar la reputación de su señora.

Ella le dijo que pasaban por ahí con rumbo a la huerta de la casa para contemplar la luna, que porque esa era la hora donde se ponía justo por encima de la hacienda, pero que un inoportuno gato había salido de repente, ocasionándole tan terrible espanto a su señora.

El joven mayoral Hernando le creyó, y apenado por estar en tan pocas ropas, se colocó por detrás de la puerta para ofrecerse enseguida a vestirse y llevarlas de regreso hasta sus habitaciones.

La criada Jacinta se negó y se disculpó en nombre de su señora por haber interrumpido de tal manera su sueño, y lo invito a seguir durmiendo.

En aquellos momentos llegaron el capataz José Cárdenas y los guardias de la hacienda, a quienes Jacinta contó la misma historia.

Todos regresaron a seguir durmiendo, pero el capataz José Cárdenas no se creyó la historia contada por la criada Jacinta. Y es que como habrían de pretender ver la luna desde la huerta aquella noche, si era una noche en la cual las nubes habían cubierto el firmamento desde la tarde, impidiendo a la luz de la radiante luna, saludar a los habitantes de Santiago Tuxpan.

Mientras el capataz José Cárdenas pensaba en eso, en la habitación principal de la casa, la criada Jacinta era duramente reprendida, porque las manos de su señora se impactaron en las mejillas de la criada en repetidas ocasiones, ocasionándole que escurrieran por su rostro las lágrimas.

Eran reclamos y reprimendas debido a su atrevimiento, y es que de no haber impedido la criada Jacinta a su señora tocar la puerta del joven Hernando, ese ingenuo e inocente, hubiera sido víctima de los deseos de una mujer que era envuelta en cuerpo y alma por un muy cruel capricho.

La frustración que sintió María Magdalena Catarina fue mayúscula, así que después de que se apaciguo su coraje en el silencio de su habitación, la mujer lloró muy amarga y abundantemente en los brazos de la reprendida criada Jacinta.

Lloró porque se dio cuenta que estaba actuando como la más necesitada de las mujeres, y se desconoció a sí misma, pues sabía que por causa de aquella enorme tentación que le ocasionaba el joven mayoral Hernando, ella se convertía en una persona totalmente diferente a la que era.

Aquella noche durmió serena y se prometió en pensamientos abandonar aquel muy perverso capricho, incluso se lo prometió a la imagen de la Santísima Virgen que había en su habitación.

A la mañana siguiente, el joven mayoral Hernando se incorporó a las labores por las que fue traído a la hacienda de la Santa Catarina desde el Agostadero. En aquella ocasión él, desayunó solo en el elegante comedor, pues la señora de la casa se rehusó a salir de su habitación hasta que él se hubiese marchado, esto para no caer más en la inmensa tentación que sus intensos ojos azules le provocaban.

No podía caer nuevamente en ese deseo tan adictivo, ya se lo había prometido a sí misma y por si no fuera suficiente, se lo había prometido también a la Santísima Virgen.

Pero ese tal vez fue el error de la mujer, pues mientras el joven Hernando desayunaba en soledad, la criada María Urápite le servía con amabilidad los alimentos recién cocinados.

María Urápite, quien contaba con tan solo diecisiete años de edad, y que era famosa entre los criados por sus exquisitas capacidades en la cocina.

Diestra en la labor de la preparación del champurrado, y única en la elaboración de los uchepos.

Joven india de complexión menuda, de ojos de color negro, grandes y alargados, que miraban con una mirada muy profunda y con un muy bello rostro, que era coronado por un largo cabello negro recogido en trenzas.

Vaya contraste de miradas de ojos tan azules con unos tan comúnmente negros cuando estos se vieron, y no solo fueron los ojos, sino fueron también los corazones los que se miraron, porque fue un amor a primera vista lo que les sucedió al joven mayoral Hernando y a la joven criada María Urápite.

En aquella ocasión no se dijeron nada el uno al otro, pero no pasarían demasiados días en los cuales se lo dirían todo.

Trascurrieron los días y María Magdalena Catarina no hacía más que conformarse con mirar desde lejos al joven mayoral, mientras este arreaba las vacas en las tierras de la hacienda muy cerca del rio Tuxpan.

María Magdalena Catarina, comprendió que estaba lastimando a su corazón en demasía, pues un nudo en su garganta se formaba cada que miraba al apuesto y rubio mayoral Hernando, ahogando siempre esas enormes las ganas de tenerlo a su lado, por lo que decidió volver a la ciudad de México.

Seis meses habían transcurrido desde su llegada a Santiago Tuxpan, y a sabiendas de que no debía ausentarse del lugar por aquellos días debido a la construcción del nuevo puente que ya estaba en marcha, pero si permanecía en Santiago Tuxpan, contemplaría la construcción del nuevo puente, pero a la vez, contemplaría también la destrucción de su corazón.

Antes de partir de la hacienda, la mujer dijo a la criada Jacinta:

Me marcho de esta que es mi hacienda, porque por causa de este amor, padezco de desvelos, pues es esa la gallarda presencia del joven mayoral la que ocasiona que a mi pecho nunca llegue el descanso.

Hoy me marcho de la Santa Catarina derrotada por este sentimiento, porque no podre yo mas combatir en contra de mis muy naturales instintos.

Es por eso que me alejo, para no ocasionarle más daño a mi corazón, el cual ya ha sido demasiado.

Sin despedirse del joven mayoral Hernando, salió de la hacienda de la Santa Catarina la elegante dama, en compañía de la criada Jacinta y del carruajero, cuando era todavía de madrugada.

Con su precipitada partida ella esperaba aliviar sus males sentimentales, y teniendo confianza en que al lado de sus hijos en la hacienda de la Santa Catarina de los arenales en Tacubaya, podría encontrar el consuelo, y también podría olvidar aquel amor prohibido que había nacido en su interior por el joven mayoral Hernando.

Permaneció en la ciudad de México durante seis meses, en los cuales, acudió a las fastuosas fiestas y banquetes de las casas grandes, donde haciendo uso de su fama, amarró negocios y se hizo de algunas propiedades, mostrando una ambición que no había mostrado antes.

Sucedió entonces, que María Magdalena Catarina se dio cuenta de lo atractiva que le resultaba a los hombres, ese encanto y ese efecto que ocasionaba en ellos, era un arma que siempre había poseído y de la cual nunca se había enterado.

Por lo tanto, comenzó a disfrutar en demasía de sentirse alagada a causa de su muy inusual encanto, y mientras veía a propios y extraños derretirse de tan solo mirarla, ella no comprendía como aquel joven mayoral Hernando, no había caído rendido a sus pies.

Y es que hasta el mismísimo señor Virrey se ponía nervioso cada que coincidía con María Magdalena Catarina en cualquier celebración, muy a pesar de ser un hombre consagrado a Dios, pues era el Arzobispo de la Ciudad de México, esa fue una razón más, por la que la mujer comenzó a sentirse en extremo importante.

Se engrandeció su autoestima hasta lo más alto por saberse deseada por los hombres, y envidiada por las mujeres.

Entonces, la mujer se volvió arrogante y orgullosa, eligiendo ella misma a que banquetes asistir y a cuales no, y también dándose el lujo de hacer desplantes hacia gentes importantes o funcionarios de la corte.

Caminó durante aquellos meses la dama, por encima de todas las demás damas de la ciudad de México, pues forjó una estrecha amistad con el señor Virrey Juan Antonio Vizarron y Eguiarrtea, y acudía con frecuencia al palacio de este siempre elegante, recorriendo la extensa galería de cuadros oleos que representan a cada uno de los Virreyes anteriores en el cargo.

Pero mientras ella se divertía y enaltecía en la Ciudad de México, en la hacienda de la Santa Catarina en Santiago Tuxpan, un romance florecía.

Florecía como florecen las margaritas en plena primavera. Si, era el amor puro y sincero que por primera vez sentían el joven mayoral y la joven criada.

Porque mientras ella le servía el diario desayuno, el aprovechaba para hablarle palabras dulces y hacerle piropos, y no tardaron mucho en inflamarse sus corazones por causa del amor que sentían el uno por el otro.

En verdad se amaban aquellos dos jóvenes enamorados, por lo que dejaron de disimular y ser discretos en la hacienda.

Pero por aquellos días en los que su romance se desarrollaba, la elegante dama decidió volver a Santiago Tuxpan, para supervisar los avances en la construcción del nuevo puente.

Pero antes de partir de la ciudad de México, visitó en secreto a una conocida prostituta a la que visitaban nobles y caballeros.

Y es que el motivo de la visita fue para que aquella prostituta le dijera algún secreto para envolver al joven mayoral Hernando, a quien estaba dispuesta a poseer en su próxima visita a Santiago Tuxpan.

Pero aquella prostituta preguntó a la elegante dama si existía el poderoso sentimiento del amor de por medio. Pregunta que fue respondida a la prostituta afirmativamente.

Entonces, ella le dijo que si el amor estaba involucrado ya entre ella y aquel joven a quien pretendía seducir, nada podía hacer para ayudarla.

Pero aquella prostituta si le dijo a María Magdalena Catarina que si en verdad estaba dispuesta a tener a su joven, se valiera de todos los medios que le fueran posibles para tenerlo, pues no había nada más tremendo en esta vida, que sentirse amada y mal correspondida.

Pues la prostituta un día padeció ese terrible mal, y por eso se había convertido en lo que se convirtió.

El contraste entre ambas mujeres, una educada y respetada, la otra vulgar y repugnante, hizo de aquel encuentro una entrevista incomoda al principio, pero en extremo productiva al final para ambas partes, pues María Magdalena Catarina escuchó lo que quería escuchar, y la prostituta recibió su paga.

Partió al siguiente día la mujer aun cuando no amanecía, acompañada solo por la criada Jacinta y el carruajero 1, y en aquel viaje por el camino real de las provincias internas, no dejó de pensar ni un solo minuto en el joven mayoral Hernando.

Llegó ya entrada la tarde a la hacienda de la Santa Catarina, y apenas descendió de su carruaje, se dirigió en compañía de la criada Jacinta hacia el lugar de la construcción del puente en las tierras de la hacienda.

Vaya si fue mayúsculo su enojo, cuando pudo ver con sus propios ojos que se había avanzado muy poco desde su partida.

Enseguida, mandó llamar al capataz José Cárdenas, quien se quedó a cargo de la obra, y este no pudo hacer nada por solapar la pereza de los esclavos quienes lo construían.

Los esclavos fueron reprendidos por la mujer, y se les mandó azotar como castigo por su ineficacia, esa era la primera vez que Doña María Magdalena Catarina no se mostraba compasiva con sus esclavos, cosa que era un indicativo de su cambio radical.

Pero ese retraso en la construcción del puente, no fue lo que en verdad hizo enfurecer a la orgullosa señora, pues de la boca del propio capataz José Cárdenas, ella se enteró de aquel romance que tenían el joven mayoral Hernando y la india María Urápite.

En aquel momento su interior se llenó de celos y de envidia, pero supo disimular muy bien ante el capataz José Cárdenas su indignación, y confiando en su belleza, creyó que el joven mayoral Hernando, esta vez no se resistiría a sus encantos.

Vino por petición suya el fray Tomás a la hacienda de la Santa Catarina, y la mujer sin ninguna vergüenza, le dijo al fraile lo que tenía en mente hacer con el joven mayoral.

Fray Tomás entonces, siendo la primera vez que se involucraba más abiertamente con la confesión de la señora, la reprendió muy duramente, diciéndole incluso que su alma corría el riesgo de ser condenada si cometía el acto de adulterio que pretendía cometer.

Pero a Maria Magdalena Catarina, pareció no importarle la advertencia del fraile, y fingiendo muy bien que le haría caso, lo despidió de la hacienda agradecida como siempre.

El mayoral Hernando llegó a la casa de la hacienda cuando anochecía, justo a la hora de la cena y se presentó en el comedor, esperando con ansias ver a su amada María Urápite, quien era la dueña de su corazón, pero su sorpresa fue grande cuando vio a la señora de la casa, ocupando el lugar de siempre en el comedor, esperando a que la india María Urápite le sirviera la cena.

Ante la sorpresa, el joven mayoral no encontró las palabras adecuadas que decir, y fue la altiva mujer quien se levantó enseguida de su silla y se acercó a él para saludarlo muy amablemente.

En aquel momento, las criadas se precipitaron a poner su lugar en la mesa, mientras ella miraba al sorprendido joven con ojos de lujuria.

Esa era la noche en la que en el interior de su cabeza, el joven Hernando habría de ser suyo de una vez por todas.

Apareció la criada María Urápite, llevando entre sus manos una jarra de chocolate caliente, y se dispuso a servirlo en los vasos de los dos comensales. Las miradas entre ella y el joven mayoral Hernando se encontraron, pero se ignoraron mutuamente porque no podían tener aquellas muestras de inmenso afecto como siempre en presencia de la señora, así que los dos supieron disimular muy bien sus sentimientos.

Pero la mente perversa de María Magdalena Catarina ya había forjado un plan, y aprovechándose de aquella situación, decidió dar el primer paso, un paso que se convertiría en un largo camino de desplantes y rechazos por parte del joven Mayoral Hernando, quien en verdad no la deseaba.

Sí, porque ella lanzo aquellas miradas de ansiedad que ya no pudieron ser mas ignoradas por aquel joven, quien extrañado ante el comportamiento de la mujer, se sintió en cantidad incómodo ante el acoso.

Mas la que en verdad sufrió intensamente y en silencio, fue la criada María Urápite, quien mientras servía la cena pudo ver como la señora se insinuaba en cada momento al hombre que ella amaba.

María Magdalena Catarina pudo enterarse de la situación, y supo que estaba logrando su cometido, pero no quiso presionar al joven mayoral, que parecía estar más asustado que animado ante sus muy evidente intenciones.

Se fueron cada quien a sus habitaciones aquella noche. Se fue el joven mayoral Hernando hacia la habitación de huéspedes para tratar de asimilar sobre la suavidad de su almohada, lo sucedido en el comedor.

La señora de la casa, se marchó a la habitación principal de la casa para descansar de aquel pesado viaje, pero sobre todo para soñar toda la noche con aquellos ojos azules, esto si podía conciliar el sueño que amenazaba con huir de ella por causa de la tentación que le ocasionaba el joven que dormía en la habitación de huéspedes.

En tanto, la criada María Urápite se fue a su casa, temerosa de la oscuridad y la tranquilidad de la noche, pues un presentimiento e intuición de mujer, le anunciaban que algo estaba por suceder, mas se acostó con un nudo en la garganta, por saber amenazado de tal manera al amor que sentía por el joven mayoral.

A la mañana siguiente, la señora de la casa tomo un baño caliente muy temprano, era la hora cuando los pajarillos que anidan en los sauces de la hacienda, saludan con su canto a los primeros rayos del sol, la misma hora en la que la criada María Urápite llegaba a la hacienda cotidianamente.

La criada María Urápite fue mandada llamar por su señora a la habitación principal, apenas llegó a la hacienda.

María Magdalena Catarina solicitó a la joven india que la peinara con esas trenzas recogidas que ella acostumbraba a usar.

La criada accedió gustosa y comenzó a peinar a su señora, quien sentada frente a un ovalado espejo, no dejaba de mirarla.

Entonces, inicio aquella conversación que las habría de enfrentar a ambas por el amor del joven mayoral Hernando.

La primera que habló fue la pretensiosa dama diciéndole a la india:

Dime tu María Urápite, ¿Son verdad esos rumores que circulan de una boca a otra dentro de las tierras de mi hacienda?

Esos rumores que hablan del amor que existe entre un hombre y una mujer.

La criada María Urápite conociendo las intenciones de su señora le contestó:

Esos rumores, en realidad no son rumores señora mía, es la verdad que ha sido lanzada al viento por la boca de dos enamorados que se declaran su amor todas las noches.

Porque Hernando y yo nos amamos, y es ese amor tan grande que habita en nuestros corazones, el que nos hace despertar cada mañana con una sonrisa ocasionada por las ansias de mirarnos, y el mismo que nos hace acostarnos cada noche satisfechos por amarnos tanto.

María Magdalena Catarina contuvo su rabia y continúo la conversación diciéndole:

Era de suponerse que dos jóvenes tan atractivos como lo son tu y Hernando, terminaran enamorándose, pues son sus corazones vírgenes y no conocen de despechos ni de desamores.

Enhorabuena por ustedes María Urápite, segura estoy de que serán muy felices juntos, si es que nada se los impide.

Esas últimas palabras dichas por la mujer, a la india María Urápite le sonaron como una advertencia, mas disimulando muy bien sus sospechas, continuo peinando a su señora, trenzando sus cabellos tal y como ella se lo había solicitado.

Llego la hora del desayuno, y María Magdalena Catarina, volvió a insinuarse al joven mayoral Hernando ante la impotente criada María Urápite. Después, transcurrió el día como cualquier otro, pero al llegar la hora de la cena, la mujer deseosa de sentirse amada por su joven huésped, ya no pudo más seguir disimulando, y esta vez se sentó tan cerca de él como pudo.

El corazón de la joven india latía muy intensamente, pues temía que aquel joven al que amaba, le cometiera la muy insoportable traición con la elegante y seductora señora de la casa, la cual, muy a sabiendas de que ellos dos se amaban, estaba dispuesta a hacer todo lo posible por separarlos.

Esa era una intuición que María Urápite como cualquier mujer tenía, y en efecto, la intuición de aquella joven enamorada y temerosa era correcta, pues cuando ya todos dormían, sigilosa cual serpiente, Doña María Magdalena Catarina se deslizó en silencio por los pasillos de su casa, con la oscuridad de la noche como aliada, y llegó hasta la habitación de huéspedes, donde se hospedaba el joven mayoral Hernando.

Ella tocó con delicadeza a su puerta, y este sin imaginar lo que estaba por suceder, abrió extrañado de que alguien lo solicitara a tan altas horas de la noche.

Entonces, pudo ver a la mujer envuelta en muy finas ropas de seda casi transparente, y sin invitación alguna, entró en la habitación, y prendió sus labios a los labios del muchacho.

Aunque sorprendido en demasía, el joven mayoral se dejó llevar por los apasionados besos que le daban esos labios tiernos y carnosos, y por un momento, se dejó llevar por aquella muy atractiva locura.

Pero mientras las caricias se acrecentaban, y los cuerpos se disponían para poseerse mutuamente, el recordó el amor puro y sincero que compartía con la criada María Urápite.

Entonces, el joven mayoral Hernando, apagando repentinamente esas llamaradas ardientes de la pasión desencadenada, se alejó de María Magdalena Catarina y le dijo:

Señora mía, es preciso que se vaya de mi habitación en este momento, porque no he de controlar más mis instintos naturales, los cuales, me obligan a dejarme llevar por las suaves caricias que me proporcionan sus manos.

¡Váyase ahora, yo se lo suplico, pues no quiero caer yo presa de sus irresistibles encantos!

La mujer sonrojada por el exterior, pero furiosa en el interior, le dijo al joven mayoral:

¿Qué es lo que debo hacer joven mayoral Hernando, para que pueda ser digna yo de tenerte?

Has de saber que no es solo un muy vil y carnal capricho el poseerte. En verdad, yo tengo sentimientos muy intensos guardados para ti en el interior de mi pecho, pues desde aquella primera vez que mis ojos te vieron, yo sentí algo muy extraño sacudir mis entrañas.

Anda, prueba el sabor de mis labios tan solo por una vez mayoral, para que puedas comprobar y sepas que estoy de ti muy locamente enamorada.

Prueba de ellos mayoral, te lo suplicó en nombre del amor que siento yo por ti.

Anda, hazlo, mira que ya me he humillado y te he rogado suficiente, pidiéndote como una limosnera, tan solo un beso de tus labios.

Y es que en verdad, si tu quieres, yo me estaría por siempre apegada a tu regazo, porque te quiero, más si tú no me quieres aceptar, entonces, yo hare que no ames a nadie, y si llegases a amar a alguien, los haría a ambos infelices.

Dime entonces, tú que te atreves a rechazarme joven mayoral ¿Qué es lo que posee aquella india María Urápite, a quien si estás dispuesto a entregarte en cuerpo y alma, que no posea yo?

El joven mayoral guardó silencio ante las palabras de la mujer, pero supo entonces, que ella ya conocía el amor que él y la joven criada se tenían, no tuvo más remedio que reconocer aquel su sentimiento y le dijo con muy firmes palabras:

Usted me ha hecho una pregunta y yo se la contestare.

Desde que tengo yo memoria, no he amado a nadie como amo a María Urápite, y si es necesidad de usted saber qué es lo que ella posee y usted no, entonces yo se lo diré.

Lo que posee esa india de muy llamativos ojos negros, es mi corazón, algo que ni usted, ni ninguna otra mujer podrán tener, pues es a ella a quien le pertenece.

Aquellas palabras dichas por el joven mayoral, abrieron una muy grande herida en el interior de María Magdalena Catarina, y no era su corazón el que sangraba, si no era el orgullo acrecentado el que había recibido la tremenda llaga.

Salió de la habitación de huéspedes humillada y reprimida, bufando cual toro embravecido por aquel muy doloroso rechazo, y se dirigió a su habitación, donde comenzaría a preparar su venganza.

Pero el joven mayoral Hernando, presintiendo muy atinadamente cual sería el proceder de la soberbia dama, tomó sus pocas pertenencias y salió aquella misma madrugada de la casa de la hacienda de la Santa Catarina.

Iluminado por las estrellas y la luna, caminó por las tierras de la hacienda hasta llegar al cauce del rio, y sin importarle contraer algún resfriado, se metió al agua y lo cruzó a nado.

Del otro lado estaba la casa de la india María Urápite, en el antiguo asentamiento del pueblo de Tochpan, quien vivía en una muy humilde casa de adobe, en compañía de su muy anciano abuelo.

Entonces, empapado y temblando de frio, tuvo el atrevimiento de tocar a su puerta a esas horas de la madrugada, arriesgándose a que aquel viejo de casi noventa años, lo corriera muy justificadamente por acudir a tan inconvenientes horas en busca de su joven nieta.

Mas el sueño era pesado para aquel indio anciano, y muy difícilmente pudo escuchar los llamados a la puerta de su casa, pues a consecuencia de su edad, el oído ya le fallaba en demasía.

La india María Urápite se levantó y dejó entrar a su amado mayoral, quien enseguida, le contó todo lo sucedido, y ella también abrió su boca, y después lloró de sentimiento, al saber que había podido mas el amor inmaculado que existía entre ellos, que la muy irresistible tentación que ella pretendía plantar en el joven mayoral.

A la mañana siguiente, Doña María Magdalena Catarina, acudió a la habitación de huéspedes para continuar con su acoso, pero su sorpresa fue grande, al ver que la habitación se encontraba vacía.

La ira que sintió en aquel momento la hizo perder el juicio, y enseguida, envió al capataz José Cárdenas a buscar al que se había marchado sin aviso.

Su orgullo herido le exigía una merecida revancha a su corazón, así que sin escuchar los muy sabios consejos de su criada Jacinta, aguardo impaciente a que el capataz José Cárdenas, haciendo uso de la fuerza, le trajera al joven mayoral.

Para ese entonces, los dos enamorados ya le habían solicitado al anciano abuelo de María Urápite su permiso para su precipitado casamiento, y contaron todo lo sucedido a aquel hombre que cansado, los alentó a no dar marcha atrás con lo planeado.

Pero los golpes a la puerta de la humilde casa le anunciaron al joven mayoral que era necesario enfrentar a la mujer por una última vez y sin poner ninguna resistencia, salió escoltado por el capataz José cárdenas, que en el trayecto a la casa de la hacienda, no dejó de amagarlo con su arma.

Llegaron a la casa de la hacienda, y María Magdalena Catarina aguardaba por él en la estancia principal. Apenas lo vio, se aproximó lentamente y sin sentir vergüenza por lo sucedido, le propinó tremenda bofetada en el rostro al joven mayoral Hernando.

Entonces, le dijo temblando de coraje:

Este es el camino que tú mismo has elegido mayoral, ahora no será por voluntad tuya, si no que será por la fuerza que has de ser mío.

El capataz le contestó:

Habrá de atravesarme primero una afilada espada, o habrá de disparar el arma de fuego en mi contra, pues solamente muerto, mi cuerpo se unirá con el suyo.

La mujer dijo:

Entonces joven mayoral Hernando, que así sea, y enseguida, mando al capataz José Cárdenas bajar una valiosa espada que adornaba la pared de la estancia principal de la casa, una espada que había pertenecido a su abuelo, y empuñándola fuerte con sus manos, la mujer intentó cortar el rostro del mayoral, mientras este, no hacia ningún intento por evitarlo.

Ante su valentía, la señora se sintió derrotada y le dijo:

Es esa tu indiferencia hacia mis caricias y hacia mis castigos, los que hacen que me hierva la sangre por tu causa, y no de enojo mayoral, si no de pasión.

Mas en verdad te digo, que por dignidad no he de suplicar más a ti, más también te digo que por orgullo, no permitiré que seas feliz con la india María Urápite.

Ahora vete mayoral, vete y no vuelvas a las tierras de mi hacienda.

El joven mayoral Hernando se marchó de la casa de la hacienda, y apenas atravesó el rio a nado nuevamente, corrió hacia la casa de su india amada, y le dio las buenas noticias.

Transcurrieron los días en Santiago Tuxpan, y mientras los dos enamorados vivían su amor de noche y de día, en el interior de la casa de la hacienda de la Santa Catarina, el corazón de la elegante dama se endurecía.

Entonces, no pudo soportar más el saberse derrotada por aquella insignificante india, y actuando por despecho, envió a dos de sus capataces a que vigilaran a la joven india María Urápite, y les dio órdenes precisas de que en el momento que estuviera sola, se apoderaran de ella, y le robaran lo más valioso que poseía, su virginidad, pensando muy erróneamente que de esa manera, el joven mayoral Hernando ya no la querría, y como consecuencia, él acudiría a encontrar consuelo en su regazo.

Ese su muy perverso plan casi le resulta perfecto, porque en ausencia del mayoral Hernando, quien había acudido al pueblo de Santiago Tuxpan en busca de algún trabajo, la joven india María Urápite salió a la milpa, a recolectar maíz para preparar los alimentos.

En ese momento los capataces de la hacienda le salieron al encuentro, y tomándola por la fuerza, la llevaron hasta lo más profundo de la milpa para cumplir la orden de su señora.

Los gritos que la india alcanzó a lanzar al viento, fueron imposibles de ser escuchados por su anciano abuelo, pero como por obra de un milagro, el joven mayoral volvió a la humilde casa, y al percatarse de la ausencia de su amada salió en su búsqueda siguiendo los gritos.

Fue ese inusual movimiento en el interior de la milpa cercana a la casa, lo que alerto al mayoral y acudió enseguida a averiguar de qué se trataba aquel extraño suceso.

Hirvió la sangre en el interior de sus venas, cuando vio a aquellos dos capataces tratando de despojar de sus vestimentas a su amada María Urápite, y como una fiera enardecida se abalanzó sobre ellos, librando a la joven india de tan terrible destino.

Pero ellos eran dos, y aprovechándose de la ventaja, propinaron tremenda golpiza al mayoral Hernando, mas haciendo uso de su razón, ambos se compadecieron de la joven india que lloraba intensamente.

Los dos capataces, sin haber cumplido su mandato, regresaron a la casa de la hacienda de la Santa Catarina, y contaron a su señora lo sucedido.

Ese fue un acto de brutalidad y cobardía, planeado y ordenado por la señora María Magdalena Catarina, quien despojándose de sus buenas voluntades antes conocidas, estuvo a punto de consumar aquel acto de maldad suprema.

Para el joven mayoral Hernando, aquello resultó demasiado, pues se habían rebasado ya todos los límites de su paciencia, y peor aún, ahora estaba en juego la integridad física de la mujer que habría de ser su esposa.

Después de haber limpiado sus heridas, el joven mayoral Hernando, que falseando con el pie izquierdo, y con el pómulo izquierdo aun inflamado de los golpes recibidos, salió de la humilde casa de su amada con rumbo de la hacienda de la Santa Catarina.

Aunque la india María Urápite trato de detenerlo, el no hizo caso alguno a sus suplicas, pues había llegado el momento de poner un freno a la mujer que era la responsable de todos esos acontecimientos.

Se presentó repentinamente el joven mayoral Hernando ante María Magdalena Catarina, que se hallaba paseando en compañía de la criada Jacinta, por las tierras de la hacienda, muy cerca del rio.

Apenas él la vio, le dijo:

Mujer, aquí estoy a tu disposición, si es el tenerme la única manera como has de dejar en paz a María Urápite, estoy dispuesto a ser tuyo.

Vayamos ahora mismo hasta la habitación principal de tu casa, y has de ni cuerpo lo que quieras hacer, mas ten por seguro que de mi alma, no has de obtener ni la menor de las migajas.

Ahí estaba frente a los ojos de la mujer, la victoria que tanto había deseado, pero haciendo profunda reflexión, al mirar las heridas en el rostro del joven mayoral Hernando, supo que en verdad ella no era la que salía victoriosa.

Muy al contrario, se sintió como aquella prostituta a la cual había solicitado consejo, y supo enseguida que las palabras que ella le dijo en el momento de su partida, no eran más que la verdad, entonces, sintió pena por ella misma.

Habló Maria Magdalena Catarina, al joven mayoral Hernando diciéndole:

Tú mayoral, que hoy vienes a mí, solicitando lo mismo que yo durante tantas veces y con tantas ansias te solicite, hoy mereces mis respetos.

Y es este tu comportamiento, y este tu valor de venir a mí de la manera como lo has hecho, lo que hacen que me sienta por ti mas enamorada.

Más en verdad he confundido yo un muy mal encaminado enamoramiento, con un muy buen encaminado capricho, y es ante tales circunstancias, que me veo muy obligadamente a renunciar a ti.

¡Si Hernando! Porque tú jamás podrás ser feliz a mi lado, y por consecuencia, yo tampoco podría ser feliz.

No con esto he dicho yo, que todo lo sucedido entre nosotros ha quedado por ahora en el olvido, más si puedo yo tratar de pasar este trago amargo que ahora me irrita las entrañas, y espero y tengo fe, que con el tiempo, si quedara olvidado.

Ahora te pido que te marches joven mayoral Hernando, y como una última suplica, yo te solicito que evites mostrarte al lado de tu amada ante mí, pues este arrepentimiento que hoy siento, no sé si pueda retenerlo si algún día los veo paseando felices y de la mano por el pueblo o por el campo.

Porque me han demostrado tú y Maria Urápite, que aun estando sometidos por las peores adversidades, siempre estarán juntos.

Este es el momento de la despedida mayoral, porque es mi deseo no volver a mirar tus ojos, porque mi corazón no soportara los intensos latidos que le ocasionara el mirarlos y no tenerlos.

Salió de las tierras de la hacienda el joven mayoral Hernando, dejando a la mujer en muy profundos pensamientos, en los cuales, imaginaba lo diferente que las cosas hubieran sido, si él la hubiera aceptado.

Maria Magdalena Catarina tuvo deseos de volver con rumbo a la ciudad de México, para no tener que soportar la derrota sentimental a la que fue sometida, pero la construcción del nuevo puente se lo impedía.

Aquel mismo día decidió dejar la hacienda de la Santa Catarina, debido a lo cercana que estaba de la casa del abuelo de Maria Urápite, porque de permanecer ahí, más de una vez tendría que toparse con la feliz pareja.

Entonces, tomando consigo muy pocas pertenencias, se dirigió hacia la hacienda de Santa Ana, la cual se encontraba a la misma distancia del pueblo que la hacienda de la Santa Catarina, nada más que del lado opuesto.

Allí permaneció muy pocos días en penitencia, a causa del daño que por lujuria estuvo muy cerca de ocasionar, y desde la modesta, pero no pequeña hacienda de Santa Ana, se encargó esos días de los recursos de sus haciendas, y también de la construcción del puente.

Pero impaciente la mujer por no ver a sus hijos, y consciente de lo lento que avanzaba aquella obra del puente, decidió partir con rumbo a la ciudad de México, dejando una vez más a cargo de la construcción, al capataz José Cárdenas.

A su llegada a la hacienda de la Santa Catarina de los arenales en Tacubaya, ella se enteró que su hijo José Justo se encontraba en las tierras del Reino de la Nueva Galicia.

Envió enseguida emisario a la casa de los Condes de Miravalle en la ciudad de México, para que avisaran a su hermana y a su padre, de que ya había vuelto.

Ese mismo día llegaron a reunirse con ella su hija Águeda y su esposo, y acompañados por su tía y su abuelo vinieron Joaquín Alonso, Maria Josefa, Maria Catalina, Vicente y la pequeña Maria Antonia.

Transcurrieron los meses en los cuales, la hacienda de la Santa Catarina en Tacubaya volvió a llenarse con la alegría de los juegos de los niños por las mañanas, y por las tardes, por las tertulias y los banquetes que Doña Maria Magdalena Catalina organizaba con sus amistades.

En ese tiempo volvió José Justo del pueblo de Compostela de Indias, y su madre se sorprendió al verlo hecho casi un hombre.

José Justo era diestro en la administración de las propiedades familiares, y no perdía ni un solo real en ninguno de los negocios que estaban a su cargo. Era un joven apuesto y orgulloso, en el físico muy parecido a su difunto padre, pero en su carácter, era en extremo parecido a su madre.

Fortalecida y revitalizada por sus hijos, Maria Magdalena Catarina supo que era tiempo de volver a las tierras de Michoacán, pues las correspondencias enviadas por el capataz José Cárdenas, le solicitaban su presencia en el lugar lo más pronto posible. Esto debido a que un grupo de indios naturales del pueblo, habían obstruido la continuidad en la construcción del puente, exigiendo un mejor trato por parte del capataz José Cárdenas.

Enseguida preparó el viaje rumbo a Santiago Tuxpan, pero esta vez la acompañarían su hermana y su cuñado, así como todos sus hijos, incluida Águeda y su esposo, con excepción del joven José justo, quien no quiso abandonar un negocio que tenía pendiente.

Al llegar a la hacienda de la Santa Catarina, pudo ver que el puente aún no había sido concluido, y peor aún, que las perdidas en el ganado apostado en las tierras de la hacienda eran muy grandes.

Lo del puente lo pudo resolver acudiendo a los religiosos franciscanos, principalmente a su amigo el fraile Tomás, para que él mediara entre los indios del pueblo y el capataz José Cárdenas, después de todo, ellos serian los más beneficiados por dicha obra.

Pero el asunto del ganado que se había perdido, no pudo resolverse, pues no estando ya el joven mayoral Hernando a cargo, no hubo quien fuese capaz de cuidar tantas vacas y becerros.

Encolerizada, la mujer tuvo que dirigir ella misma aquella empresa de traer a otro de los mayorales desde el Agostadero, para que se hicieran cargo de las vacas y becerros de la hacienda de la Santa Catarina.

Y en uno de esos días, del otro lado rio, pudo contemplar al joven mayoral Hernando y a la india Maria Urápite, quienes caminaban por el sendero rumbo al antiguo Tochpan.

Doña Maria Magdalena Catarina, cerró sus ojos para no mirarlos, pues una punzada muy dolorosa atravesó su orgullo en aquel mismo instante.

Y vaya que no quería verlos, pero sobre todo a la india Maria Urápite, quien se encontraba esperando un hijo que fue concebido muy rápidamente, porque después de lo acontecido, ellos se casaron para el beneplácito del anciano que vivía con ellos

Se tuvo que tragar su amargura la mujer, y se dirigió hacia la casa de la hacienda, en donde reprendió a las criadas de la cocina, por no haberle informado del estado de la india Maria Urápite.

Evitó entonces salir con aquel rumbo del rio la soberbia y envidiosa dama, pero muy pocos días después, su hermana y su hija le solicitaron les mostrara las obras de construcción del puente.

Accedió Maria Magdalena Catarina a mostrarles la construcción, temiendo ver a la feliz pareja nuevamente, y eso fue lo que exactamente sucedió, pues mientras la mujer mostraba a su hermana y a su hija el sitio de la construcción del nuevo puente, pudo observar al mayoral y a la india, que tomaban el sol contemplando el curso del rio en compañía del anciano indio, abuelo de Maria.

Las miradas entonces se cruzaron, y los corazones latieron a toda prisa de tanta intensidad, entonces, Maria Magdalena Catarina enfureció a causa de los celos y trató de atravesar por el puente en construcción al otro lado del rio, para pedirles a aquellos tres que se apartaran de su vista.

Esa fue una muy imprudente decisión, porque con dificultad pisaba los tablones y las piedras que apenas daban esqueleto al puente, y creyéndose capaz de llegar al otro extremo, avanzó muy arriesgadamente equilibrando su cuerpo con sus propios brazos.

Su hermana y su hija sin comprender, temieron grandemente ante lo que parecía sería la caída inminente, en tanto, el mayoral Hernando, la india Maria Urápite embarazada, y el anciano abuelo, observaban atentos lo que la mujer pretendía.

Ella entonces, con la mirada bien fija y puesta sobre aquellos a quienes se dirigía, piso valientemente una viga que sobresalía de la construcción, atorándose su pesado y ancho vestido en uno de los largos clavos que mantenían unidas aquellas maderas.

En un solo instante perdió el equilibrio, y sin siquiera tener tiempo de emitir un muy sonoro grito de terror, Maria Magdalena Catarina cayó a las cristalinas y caudalosas aguas del rio, sin tener ninguna oportunidad de sobrevivir a causa del duro golpe de la caída, y también por lo pesado de sus vestimentas.

Su hermana y su hija invadidas por el terror de verla morir de tal forma, comenzaron a pedir auxilios dando fuertes voces.

Pero la sorpresa de la que estaba a punto de morir ahogada fue mayúscula, cuando unos brazos fuertes la sostuvieron firmemente, y la llevaron hasta la orilla del rio, salvándola de una muerte segura.

Sí, había sido el joven mayoral Hernando, que compadecido del fatal destino de la mujer, se lanzó a las aguas para salvarle la vida.

Vaya lección recibió aquel día la mujer soberbia y orgullosa, pues ese mismo a quien deseaba el mal, le había salvado la existencia sin tener la menor de las necesidades de hacerlo.

Mientras el joven mayoral, a nado rápido cruzaba el rio hasta la otra orilla, Maria Magdalena Catarina era auxiliada por sus asustadas familiares, pero ella, no tenía otra cosa en mente más que agradecer a aquel joven gallardo por lo que había hecho.

Aun sin recuperarse, se levantó del suelo, y sin decir palabra alguna, miró al joven mayoral, el cual, caminaba llevando entre sus brazos a la India Maria Urápite por el sendero del otro lado del rio, y es que por culpa de tan tremendo susto, le vinieron prematuros los dolores de parto.

Maria Urápite dio a luz horas después en su casa a una pequeña niña, que heredó de ella su belleza, y que de su padre, heredo el azul de sus ojos.

Al día siguiente, acudió Doña Maria Magdalena Catarina a muy temprana hora a la humilde casa donde vivían Hernando y su mujer.

Ella tocó la puerta, y el joven Hernando la abrió, llevándose una gran sorpresa al ver a tan inesperada visita.

La elegante señora le pidió la dejara entrar a su casa, que iba en actitud pacífica y le dijo después:

Hernando, desde ayer no soy mas quien fui por la causa de mi muy injustificado enojo, y hoy solo soy una mujer agradecida, que buscando en el interior de mi mente las palabras adecuadas para agradecerte, solo he encontrado una que dice "perdón"

Si, un muy humilde perdón. Sé que tal vez parezca muy insuficiente que con solo una palabra corrija yo todo el daño ocasionado, mas viene desde las profundidades de mi alma este perdón, que yo no solo te ofrezco a ti, sino también a Maria Urápite.

No podría ni siquiera imaginar yo en pensamientos, algún mal o daño para el hombre que me salvo la vida, ni tampoco para su familia.

Si es que he tenido el atrevimiento de venir a tu casa, es porque quiero compensarte a ti y a tu esposa, por todo el daño que les he ocasionado.

He sabido también, que después de lo acontecido el día de ayer, a Maria Urápite se le adelantó su parto. Déjame que yo la vea personalmente, para poder felicitarla por la hija que le ha nacido de su vientre.

El joven Hernando le permitió a la mujer ver a Maria Urápite y a su retoño.

Apenas se miraron, ambas mujeres agacharon sus cabezas. La india por temor, y la elegante dama por arrepentimiento, un silencio perduro unos segundos hasta que fue interrumpido por el llanto de la recién nacida.

Conmovida en cantidad, Maria Magdalena Catarina olvidó todo lo sucedió, y sus ojos se rasgaron de las lágrimas por causa de tantos sentimientos encontrados, entonces, le fue permitido cargar entre sus brazos a la recién nacida, mientras pedía disculpas a la india Maria Urápite por su comportamiento.

La india la perdono sin condiciones, e incluso lloraron ambas mujeres ya liberadas de aquellos rencores que sentían la una por la otra.

Maria Magdalena Catarina le pidió a la india Maria Urápite le permitiera ser la madrina de su hija, la cual, accedió afirmativamente a esa petición.

Salió de aquella muy humilde habitación la mujer, y dijo al joven mayoral que ella sería la madrina de su hija, que su mujer ya lo había consentido.

El joven Hernando le dijo:

Los deseos de mi esposa son los míos también señora, que se haga como ustedes lo hayan dispuesto.

Ella le dijo después con las palabras entrecortadas:

Gracias Hernando, no puedo ser yo más afortunada de tal honor, pues muy a pesar de que un día te odie y me odiaste, hoy volvemos a ser amigos.

Enseguida, la mujer salió de la humilde casa, donde la criada Jacinta aguardaba por ella, y mientras ambas se alejaban por el sendero junto al rio. Ella se volvió hacia el joven Hernando y emocionada le grito:

¡Mayoral! Cuando el puente sea concluido, llevara por nombre "puente del mayoral" no más si no en tu honor, porque en ese sitio, tú muy valientemente, me salvaste la vida.

El joven Hernando sonrió satisfecho, y muy pocos días después, la pequeña niña fue bautizada en el Templo de Santiago Apóstol, la madrina fue aquella mujer, que un día llena de lujuria y de capricho, había tratado de impedir con muy tremendos recursos, la unión de sus jóvenes padres.

El nombre que le dieron fue el mismo de aquella mujer que se había reivindicado, Maria Magdalena Catarina Orozco Urápite, así se llamó aquella recién nacida, quien era el fruto de un amor puro y sincero entre el joven mayoral Hernando, y la criada Maria Urápite.

Un amor que sufrió muy injustas pruebas, pero que al final, termino triunfando.

Dos meses después, el puente que había mandado construir, y que tanto tiempo había demorado en ser terminado, por fin estaba listo.

Ninguno lo cruzó cuándo fue concluido, pues ese honor fue reservado para la señora Maria Magdalena Catarina, quien viendo las necesidades de los habitantes de pueblo antiguo, y del pueblo nuevo de Santiago Tuxpan, ordenó su construcción.

El puente "del mayoral" fue inaugurado un día Domingo, estaban presentes las autoridades del pueblo, así como todos los frailes del convento y numerosas personas entre indios, criollos, españoles y mestizos, que fueron testigos de aquel acontecimiento.

La señora que ordenó su construcción fue la primera en cruzarlo, quedando así abierto su tránsito para las personas, carruajes, carrozas, caballos, mulas y ganado.

# Capítulo 10
## Condesa de Miravalle

Después de todo lo acontecido en Santiago Tuxpan, y con el puente del mayoral ya funcionando, María Magdalena Catarina volvió a la ciudad de México.

Habitó nuevamente la casa de la hacienda de la Santa Catarina de los arenales en Tacubaya, en compañía de sus hijos, encargándose enteramente de ellos como madre de familia, y también encargándose del Condado de Miravalle como heredera del mayorazgo, esto último debido a que su padre, se había convertido en un hombre imprudente y poco útil para sus familiares, todo a causa de su gusto por el alcohol.

Nada había ya de aquel gallardo hombre que un día fue el capitán de los caballeros de la orden de la Santa Cruzada, a quien todos respetaban y hasta temían.

Diestro había sido en su juventud en los negocios, y sabio siempre resultó para tomar las decisiones importantes, mas fue su precipitada caída por culpa de la tragedia que le sobrevino cuando murió su señora esposa.

Entonces, el vino y la depresión fueron su rutina diaria, y no pudo jamás recuperarse de tan insoportable perdida, y aunque tenía a sus dos hijas para encontrar el consuelo, el se negó a si quiera buscarlo.

Esa fue la razón por la cual, su hija mayor era verdaderamente la cabeza de la familia de los Condes de Miravalle, pues las decisiones las tomaba ella, y no había ninguno de los suyos que no realizaba actividad sin antes consultárselo.

Por aquellos días, su encumbrada fama se convirtió en poder, porque de ella se decía que incluso era más influyente que el mismo Virrey.

Rodeada siempre de las damas más ilustres, que a pesar de ser nobles e importantes, trataban siempre de imitarla, porque eran su porte y su elegancia, dos de sus más notables cualidades.

La mujer vestía siempre en extremo elegante, opacando a todas las mujeres, y caminando entre los hombres con la cabeza muy en alto, incluso siendo más que algunos, en cuanto a valentía y tenacidad se refería.

Muchos de esos hombres en la ciudad de México cayeron presas de su encanto, fueron algunos conocidos, y hasta amigos entrañables los que sufrieron por su causa.

Porque eran sus ojos color marrón los que con una mirada muy profunda enamoraban sin querer hacerlo. Era su boca la que se dejaba salir aquellas palabras siempre con una voz muy suave, pero que a la vez era firme y fuerte.

Algunos tenían nauseas al mirarla, otros sentían mareos y hubo unos que hasta enfermaron, pero existieron también, quienes desesperados por no poder tenerla, cayeron presas del vino, el cual los arruino moral y físicamente.

Pobres de todos aquellos quienes la amaron, pues tuvieron que aguantar ese insoportable sentimiento bien oculto en sus corazones, pues no hubo ninguno que tuviera el suficiente valor de expresárselo.

Esto la hermosa dama lo sabía, motivo por el cual se esmeraba día y noche en su aspecto físico y en su salud. Y es que en verdad, a ella le aterraba envejecer o enfermarse, y más de una vez deseo tener el poder de detener las horas, los días y los meses, pues el tiempo sin excusas ni pretextos, siempre se cobra la factura.

Por tal motivo, la mujer se volvió vanidosa al punto de la exageración, acudiendo al temazcal muy constantemente, y untándose infinidad de pomadas y brebajes en el rostro, en un muy inútil intento por guerrear contra los estragos que los años dejan a su paso por igual, en el rostro de hombres y mujeres.

Por aquellos días, en nada le gusto aquella noticia de que su hija Águeda estaba embarazada, puesto que con ello solo confirmaba que comenzaba a envejecer.

Águeda dio a luz a un hijo varón y, apenas cumplió la cuarentena, concibió nuevamente, ella pario otro varón, y cuando este tenía apenas un mes de vida, su padre, el Capitán de los Montados del Real Palacio, José Diez Labandero, cayó de su caballo accidentalmente y perdió la vida.

Águeda todavía no cumplía la cuarentena de su segundo hijo, y ya había quedado viuda.

Los funerales de su yerno se llevaron a cabo con gran duelo por parte de la corte virreinal, ya que era un hombre estimado y valioso para el Virrey, motivo por el cual, Águeda recibió los bienes que como esposa del difunto le correspondían.

Maria Magdalena Catarina se llevó consigo a la hacienda de la Santa Catarina de los arenales en Tacubaya a su hija y a sus nietos, puesto que siendo tan joven, pronto sería presa de algún oportunista que quisiera vivir de lo que la viuda había heredado.

Transcurrió el tiempo, y la vida para Maria Magdalena Catarina en la ciudad de México comenzó a volverse aburrida y rutinaria.

Entonces, comenzó a sentirse cansada y fastidiada de ser siempre el centro de atención de las fiestas y banquetes a los que acudía.

Nada interesante sucedía en sus días, puesto que encargarse de sus hijos y sus nietos, hacer negocios y firmar documentos en el despacho de su hacienda en Tacubaya, y por si fuera poco, lidiar con su padre alcohólico, eran algo que ya no quería seguir haciendo.

Y es que en verdad, su vida, que siempre fue intensa y tan diferente a la de los demás, ahora parecía transcurrir tan gris y vacía, como si ya todo lo que hubiera por descubrir o aprender, ya hubiera sido descubierto o aprendido.

Tuvo deseos entonces de volver al pueblo de Santiago Tuxpan, para despejarse y sacudirse de todo y de todos, pues segura estaba que bajo ese cielo azul que se posa siempre sobre las verdes montañas que rodean al valle de Anguaneo, ella podría volverse a sentir tan viva como antes.

Se dispuso a partir con el rumbo de Santiago Tuxpan en compañía de sus hijos, se preparaban para pasar allá una larga temporada, motivo por el cual, la señora Maria Magdalena Catarina, había hecho los arreglos pertinentes para que su hijo José Justo la supliera en los consejos y en las juntas con sus socios, así como también, le torgo el poder legal de plasmar su firma en documentos importantes, como si de su misma firma se tratara.

Era la madrugada del día cinco del mes de Julio, del año de mil setecientos cuarenta y dos, era la hora cuando los primeros rayos del sol aparecen en el horizonte para comenzar a iluminar y calentar la tierra.

Dos carruajes se hallaban en la hacienda de la Santa Catarina de los arenales en Tacubaya, listos para emprender el viaje que habría de llevar a la numerosa familia hacia las tierras de Michoacán.

Subieron al primer carruaje la señora madre de familia, con ella subió su hija Águeda con sus dos hijos, así como la pequeña Maria Antonia que era en ese entonces, de siete años de edad.

En el segundo carruaje subió la criada Jacinta con Joaquín Alonso que era de trece años, Vicente de once, Maria Josefa que era de diez y Maria Catalina que era de ocho.

Partieron jubilosos todos a bordo de las carrozas, los cantos y los juegos bruscos por parte de los niños comenzaron apenas salieron de Tacubaya por el camino real de las provincias internas.

Habían avanzado muy poco las carrozas, cuando a todo galope y montado en su caballo, el joven José Justo alcanzó a su familia para darles una noticia por la cual, su viaje habría de ser interrumpido.

Y es que la noticia fue que su señor abuelo, Don Pedro Alonso Dávalos y Bracamontes y Espinoza de los Monteros, Segundo Conde de Miravalle, estaba agonizando.

Maria Magdalena Catarina bajó de su carruaje y subió al caballo de su hijo con dificultad, debido a lo amplio que era su vestido, pero habiéndolo logrado, se abrazo de la espalda de José Justo y emprendieron el regreso a gran velocidad, seguidos por los carruajes que transitaban más lentamente.

Llegó a la Ciudad de México Maria Magdalena Catarina, hasta la casa de los condes de Miravalle, y en efecto, su padre agonizaba.

El médico de la familia dijo que esa enfermedad que aquejaba al señor Conde, era la consecuencia de haber bebido sin ningún límite las muchas cantidades de alcohol durante tantos años.

¡Pobre hombre moribundo! Porque aun estando en cama sufriendo la agonía, no pudo permanecer sin tener a un lado ese vicio que lo estaba matando.

Tres días transcurrieron, y en la habitación principal de la casa de los Condes de Miravalle, con las cortinas cerradas, y con solo la luz de una vela que iluminaba a los presentes, dejó de latir el corazón del que convalecía.

Había muerto el Segundo Conde de Miravalle, después de haber vivido la mitad de los días de su vida en plenitud y feliz, y después también, de haber vivido la otra mitad en soledad y siempre ebrio, por causa de una muerte que le corto de un solo tajo la felicidad.

Sus dos hijas, sus nietos y sus bisnietos estuvieron presentes en su lecho de muerte, y el señor Arzobispo de la Ciudad de México, le otorgó los Santos Oleos.

Maria Magdalena Catarina y su hermana, Maria Teodora Francisca precedieron el funeral, que se llevó a cabo en la misma casa donde había muerto el difunto.

El funeral se realizó con gran opulencia, debido al importante noble que un día fue en vida el Señor Conde.

Don Pedro Alonso, fue sepultado junto a sus señores padres y junto a su nieto, en la cripta de la iglesia de los padres mercedarios.

Pasados los cuarenta días de luto, vinieron a Maria Magdalena Catalina sus abogados y el escribano del Virrey. Ese era el día en el cual, la mujer escucharía la herencia de su padre.

Entonces, el escribano real leyó aquel documento en el despacho de la Hacienda de la Santa Catarina de los arenales en Tacubaya, mientras la mujer ataviada aun por sus ropas de luto, escuchaba muy atentamente.

Estaban presentes en aquel despacho también su hermana Maria Teodora Francisca y su esposo, así como el joven José Justo, quien en un futuro heredaría el mayorazgo del Condado de Miravalle, el mismo que en esos momentos recibía su madre.

Desde aquel día, la mujer sería conocida como la Tercera condesa de Miravalle, y su nombre no sería más Maria Magdalena Catarina, sino que cumpliendo la voluntad y petición legal, hecha por su señora abuela, la Primera Condesa de Miravalle, cambió su nombre de Catarina, por el de Catalina.

Su nombre y título nobiliario sería pronunciado así:

"Doña Maria Magdalena Catalina Dávalos de Bracamontes y Orozco de Trebuesto, Tercera Condesa de Miravalle".

Ese mismo día, la ahora Tercera Condesa de Miravalle, celebró una misa en la capilla condal de la hacienda, donde en compañía de todos sus hijos, sus nietos, su hermana y su cuñado, agradeció con lágrimas en los ojos a Nuestro Señor Dios.

Con aquel nombramiento, el Condado de Miravalle creció en territorio, y es que a las tierras y haciendas del Reino de la Nueva Galicia, fueron agregadas las tierras y las haciendas en Michoacán.

Después de aquellos acontecimientos, la hacienda de la Santa Catarina de los arenales en Tacubaya, se convirtió en un lugar muy concurrido por los nobles de la ciudad de México, pues la mujer que en ella habitaba, era la más popular de las personalidades en la Nueva España, motivo por el cual, los vecinos de Tacubaya, comenzaron llamando a la hacienda con el sobrenombre de "Hacienda de la Condesa".

La mujer entonces, hizo uso de su belleza y de su inteligencia en todo momento, sorprendiendo con sus actitudes y sus comentarios a propios y extraños.

Ella fue quien hizo los negocios más grandes en la ciudad de México, y la carne de sus vacas, y los cueros de las mismas, venían desde sus haciendas en Michoacán, para ser comerciados en muchas ciudades. Así como también, el oro extraído de las minas apostadas en sus haciendas en Compostela de Indias, que en su mayor parte, era vendido a la corona, para la acuñación de los doblones de oro, eran sus mayores ingresos.

De su extraño encanto hablaban por todos los pueblos y ciudades de la Nueva España, y su fama incluso llegó hasta los oídos de su majestad, el Rey Felipe V de Borbón, apodado "El animoso", quien le envió invitación a la influyente dama, para que lo visitara en el muy lejano Reino de España, tan solo para conocerla en persona.

Pero ese viaje la mujer no lo realizaría nunca, pues en vez de atravesar el océano para ir a conocer al Rey, la mujer prefirió realizar un viaje más corto, siguiendo el camino real de las provincias internas, con el rumbo de Santiago Tuxpan.

# CAPÍTULO II
## EL JOVEN JUAN DE CASTAÑEDA

Volvió a la hacienda de la Santa Catarina en Santiago Tuxpan, solamente en compañía de la criada Jacinta.

En la ciudad de México dejó a sus hijos y nietos a cargo de su hermana María Teodora Francisca, a excepción de José Justo, quien se encontraba en Compostela de Indias.

Llegó los primeros meses de Enero del año de mil setecientos cuarenta y cinco al pueblo, y apenas supieron en el convento de su presencia en la hacienda de la Santa Catarina, el fraile Tomás Soria Landin, fue enviado a la mujer para ponerse a sus órdenes.

El fraile llegó a la hacienda, pero la señora Condesa no estaba, se encontraba en las tierras bajas a la orilla del rio.

Ese que era su lugar preferido, donde constantemente se sentaba en una lujosa silla hecha de finas y pesadas maderas a meditar, tirando piedras a las aguas previamente recogidas por ella misma, y que aguardaban su turno en el interior de un canasto de mimbre elegantemente adornado.

El fraile fue hasta donde ella, y sin querer interrumpir su tranquilidad, se quedó mirándola en silencio.

Vaya susto se llevó la señora Condesa cuando vio al fraile Tomás mirándola muy calladamente.

El fraile enseguida se disculpó por haberle provocado tan grande susto, y se mostró arrepentido por no haberle avisado de su presencia.

La Condesa de inmediato lo disculpó y rieron ambos por lo sucedido.

Ella entonces le dijo:

Me complace tirar piedras al siempre calmo rio, me otorga tranquilidad este noble y sano pasatiempo. Cada piedra que cae a las cristalinas aguas, es un deseo echado a volar al viento, son deseos de dicha y de felicidad para mí y para los míos.

Dime ahora buen fraile ¿Cuál es el motivo de tu visita?

El fraile se apresuró a decirle que estaba a su disposición para cualquier servicio religioso, como siempre lo estaba cada que ella venia a Santiago Tuxpan.

La Condesa se sintió complacida por las atenciones mostradas por los frailes del convento, y esa tarde, invito a Fray Tomás a compartir la mesa con ella.

Antes de comer, la señora recitó algunos poemas al fraile, poemas que ella misma había compuesto, y que según le contó, la habían hecho ganar un reconocimiento por haberlos recitado durante la canonización de San Juan de la Cruz años atrás.

También recitó algunos poemas que había compuesto muy recientemente, y que hablaban del pueblo de Santiago Tuxpan.

Uno de esos poemas decía así:

Es en Santiago Tuxpan
Donde abundan las flores multicolores
Para las mujeres los hombres las cortan
Y las conquistan con sus y olores


Se pasean por los verdes campos los enamorados
Y reciben la gracia de los tibios rayos del sol
Reposan también junto a los arboles en espacios sombreados
Mientras sus corazones se sacuden de tanto amor


Se lavan los enamorados
Con las transparentes aguas del rio
Juegan y se divierten mojados
Sin percibir en sus cuerpos el frio


Se juntan los labios de los enamorados
Y se juntan los cuerpos también
Y pasados los tiempos contados
Nacen los pequeños después


Esa fue una de las composiciones que la señora Condesa compuso al pueblo de Santiago Tuxpan, inspirada en todo momento por la entonada melodía de las abundantes calandrias veraniegas que vuelan jubilosas en el valle, cuando el sol está próximo a ocultarse.

Era ella una poetisa consagrada, y su talento era conocido por todos en la corte virreinal.

Aconteció entonces que por aquellos días en la Ciudad de México, un joven muchacho de nombre Juan De Castañeda, hijo de un matrimonio amigo de Doña María Magdalena Catalina, estaba ocasionando severos problemas a su familia.

Ambicioso y sin oficio, amante del juego y de las apuestas, el joven Juan había propinado ya severos golpes a la fortuna familiar.

Digno era de ejemplar castigo por parte de sus progenitores, los cuales habían ya agotado todos los recursos que habían tenido disponibles para enderezar su tan retorcido camino.

Hijo y hermano irresponsable que imprudente actuaba ofendiendo constantemente con sus hechos a los que dieron la vida.

Aquellos padres del joven Juan fueron de las pocas amistades que se mantuvieron fieles a Doña María a pesar de haber caído en desgracia. Ellos en verdad jamás dejaron de estimar a tan importante dama, y eso era algo que la señora Condesa de Miravalle no olvidaría jamás.

Entonces, esos padres desesperados, enviaron con el mismo hijo desobediente correspondencia a Doña María Magdalena a la hacienda de la Santa Catarina en el pueblo de Santiago Tuxpan.

Ellos le dijeron que debía estar presente cuando ella leyera su contenido.

Y así fue como se hizo, pues a regañadientes y con enfados, el joven Juan de Castañeda tuvo que dejar la ciudad de México para dirigirse a Santiago Tuxpan.

Sus padres en ningún momento temieron que aquel leyera el contenido de la carta que el portaba, esto debido a su gran indiferencia siempre a los asuntos de los negocios familiares.

Llegó el joven Juan a su destino, y fue recibido por gran agrado por Doña María Magdalena Catalina, la cual, sorprendida quedó al ver a aquel que conocía desde un niño ya casi hecho un hombre.

Enseguida, la carta fue entregada a la señora Condesa, y el joven Juan le mencionó que era preciso que el permaneciera presente mientras esta era leída, que así fue ordenado por sus padres.

La carta que sus padres habían enviado a Doña María Magdalena Catalina decía así:

¡Muy querida y apreciada María Magdalena Catalina Dávalos y Bracamontes y Orozco! "Tercera condesa de Miravalle". Mujer de altísima importancia en la Nueva España, y amiga entrañable de nuestra familia.

Hemos enviado a nuestro hijo primogénito Juan hasta ti, porque derrotados somos ahora ante su insolencia, y hartos nos hallamos de su desafortunado comportamiento.

Si Dios nos hubiera otorgado la dicha de tener en Juan a un hijo bueno, no estaríamos en la muy vergonzosa necesidad de enviarlo a donde tú te encuentras, esto con la intención de que le hagas sentar cabeza con tu conocida disciplina.

Ninguna necesidad habrás de tener tu María Magdalena Catalina, de soportar y tolerar el mas minúsculo desplante por parte de este que es nuestro hijo descarriado, y autorizada eres por nosotros que somos sus padres, avalándote a través de las letras de esta carta, para reprenderlo y castigarlo como tú lo consideres conveniente, esto en caso de ser necesario.

Más si no fuera posible que cumplieras con está nuestra muy desesperada petición, nosotros lo entenderemos y entonces, encomendaremos al nuestro Señor Dios los días futuros de nuestro hijo insensato.

Apenas terminó de leer la carta la señora Condesa, dirigió su mirada hacia el altivo Juan y sintió pena por él. Después de haberlo contemplado de pies a cabeza, ella le dijo estas palabras:

¡Querido joven Juan! Las letras plasmadas por el puño de tu padre en esta carta, tal vez no sean muy buenas para ti.

En ellas, tu padre escribió que no volverás a la ciudad de México como tú crees habría de suceder enseguida de entregarme esta carta, pues en estas letras, tus padres te han puesto bajo mi tutela, a causa de tu necio e incorrecto proceder.

Entiendo yo a la perfección lo mal que podrá caerte esta noticia, por lo que es preciso te tomes tu tiempo para asimilarlo, pues aquí no habrás de encontrar nada si quiera lo mínimamente parecido a lo que hay en la ciudad de México.

Aquí joven Juan, la diversión se limita a obrar en los trapiches, a arriar el ganado en el Agostadero, y a cosechar las fértiles tierras de las haciendas.

He notado que tus padres te han enviado a mí con las manos vacías, solo la carta que sentencia tu castigo ha sido la única pertenencia con la que has llegado a Santiago Tuxpan.

Mas no te apures por eso joven Juan, eres aparentemente de la misma talla que algunos de mis criados, los cuales no tendrán mayor problema de compartir contigo las vestimentas.

¡Bienvenido seas pues joven Juan de Castañeda, a mi hacienda de la Santa Catarina en Santiago Tuxpan! Un lugar tan verde y limpio en este mundo, del cual cuesta demasiado trabajo no enamorarse, en tu estancia aquí, podrás comprobar lo que te he dicho.

Esas palabras pronunció Doña María Magdalena Catalina a su para nada distinguido huésped, y enseguida contestó la carta a los padres del joven Juan, aceptando retenerlo bajo su tutela durante los próximos seis meses, pasados los cuales, ella se comprometía a devolverles un hijo reformado.

Salió entonces el carruaje y que habían traído al joven Juan desde de la Ciudad de México.

Vaya rabia y enojo surgieron de inmediato en el interior del insolente joven Juan en contra de sus padres y Doña María Magdalena Catalina.

El trató el de ocultar su inmenso descontento, pero las fosas de su nariz dilatadas grandemente con cada respiración, y su mirada bien abierta lo delataban.

Enseguida, la Condesa misma lo acompañó a la habitación de huéspedes, mientras insolente y sinvergüenza, en actitud de burla y a la vez retadora se comportó aquel joven, que no pronunció ninguna palabra a causa de su malestar.

Después de haberse instalado, fue solicitada su presencia en el comedor de la casa, ya que era la hora de la cena.

Aquel joven Juan lleno de enojo se negó a acudir a la invitación de la señora Condesa. Pero a Doña María Magdalena Catalina en su casa, nadie le desobedecía.

Ella misma fue a la habitación de huéspedes para invitar personalmente con refinados modales y amables palabras al inquilino que se rehusaba a acompañarla en la mesa.

El Joven Juan no pudo decir no ante la presencia imponente de la mujer, y sin pronunciar palabra alguna, no tuvo más remedio que acudir al comedor para la cena.

Cuando estuvieron sentados en el elegante comedor, colocados ambos en las cabeceras de la maciza mesa, la señora Condesa le dijo:

Mi muy apreciado huésped. La cena que enseguida nos será servida, ha sido preparada especial para la ocasión.

Has de saber que no siempre soy favorecida yo con la visita de un amigo como lo eres tú por ser hijo de tus padres, que son amigos muy queridos.

Ahora que compartirás la mesa conmigo, me hablaras de los motivos que tus padres han tenido para enviarte aquí, y de acuerdo a tu relato, será tu trato en mi hacienda.

El joven Juan de Castañeda guardó silencio, y en ningún momento miró a los ojos a la señora Condesa. Ante ese comportamiento, la mujer decidió no hacerle ninguna pregunta más, y ordenó traer la cena.

Chocolate caliente y panes recién horneados fueron traídos enseguida para comenzar.

Cada quien tomó su porción y mientras Doña María Magdalena Catalina comenzaba la cena muy refinadamente, el joven Juan comía del pan y bebía del chocolate como el hombre más carente de modales.

La Condesa lo miraba con discreción e ignoraba su comportamiento, mas no así la criada Jacinta, que no salía de su asombro.

Enseguida, fue traído un platillo que consistía en pierna de cerdo enchilada y un fino vino tinto, y el joven Juan volvió a hacer despliegue de su exagerado descontento, y sin utilizar los finos cubiertos de plata, comenzó a comer aquella cena ensuciando sus manos y su rostro, bebiendo del vino con desesperación escurriéndolo por su boca e incluso, ensuciando el muy fino mantel bordado que cubría la mesa.

La mirada del joven Juan no se apartaba del rostro de la Condesa en cada mordida y cada trago, la cual, en todo momento ignoró sus supuestos pésimos modales, que en verdad no eran otra cosa más que una muy fingida actuación de aquel joven que furioso, intentaba colmar la paciencia de Doña María Magdalena Catalina.

Mas de nada sirvió su intento, pues a la señora Condesa lo que le sobraba era paciencia.

Un eructo final coronó aquel sin igual comportamiento del joven Juan, que solo hizo el ridículo en su afán y empeño de hacer enojar a Doña María Magdalena Catalina, y cuando hubo terminado la cena, la condesa le dijo:

¡Cuando el estomago está lleno después de la cena, el sueño se torna abundante e incluso se es presa a veces de originales y muy variadas pesadillas!

Es la hora de ir a nuestras habitaciones joven Juan, y dormir conforme allá sido nuestro día. En tu caso, bien merecedor eres de un profundo sueño que te proporcioné el descanso después del viaje que este día has hecho desde la ciudad de México hasta aquí.

Doña María Magdalena Catalina y la criada Jacinta acompañaron al huésped a su habitación, el cual, ni siquiera se despidió de la Condesa y mucho menos le agradeció por la cena.

Camino a su habitación, la Condesa le dijo a la criada Jacinta:

¡Oh preciada juventud que es vanamente desperdiciada por parte de este que no valora el preciado tesoro de sus cortos años, y anda por la vida desgastando su cuerpo sin conciencia!

Es notoria la fatiga de su rostro a causa de las constantes y continuas fiestas a las cuales se entrega desenfrenada y apasionadamente en la ciudad de México.

Debajo de esas ropas finas y elegantes que viste, no hay más que un hombre rebelde que siempre es presa fácil ante cualquiera de sus vicios acostumbrados, debido a su debilidad mental.

¡Vaya preciada juventud que el joven Juan de Castañeda ignora, como si se tratase de cualquier cosa sin importancia alguna que se puede desperdiciar despreocupadamente sin arrepentimiento!

¡Qué cosa no sería capaz yo de ofrecer a quien fuese que me devolviera un poco de mi juventud ya extinta!

Si bien aquella primera noche Juan durmió cómodamente en la habitación de huéspedes de la hacienda de la Santa Catarina en Santiago Tuxpan, no significaba que su estancia en el lugar durante esos seis meses sería igual de agradable como aquellas primeras horas.

Pobre hombre huésped de la hacienda de la condesa de Miravalle en Santiago Tuxpan. Ese era el primer día de su merecida reprimenda y él aún no lo sabía.

A la mañana siguiente, era muy temprano, todavía de madrugada pues el alba aún no aparecía detrás de las montañas cuando Doña María Magdalena acudió a la habitación de huéspedes en busca del rebelde Juan.

Ella en sus manos llevaba las ropas de uno de los criados de la hacienda para que Juan la vistiese tal y como ella se lo había dicho.

Ella tocó la puerta prudentemente y al no obtener respuesta alguna no tuvo más remedio que golpear escandalosamente las maderas.

El joven Juan se levantó alarmado y aun con los ojos entre abiertos y cerrados abrió la puerta.

Doña María Magdalena Catalina entonces enfadada le dijo con voz recia:

Es hora de que comiences las labores que te han sido otorgadas y que cumplirás obedientemente durante todos los días de tu estancia en este sitio por los próximos seis meses.

Ahora Juan, es preciso enjuagues tu rostro para que despiertes completamente y tc dispongas a cumplir con lo que se te ha ordenado, pues te anunció que a partir de este momento, tu eres uno más de los criados que laboran sin descanso para mí en la Santa Catarina.

En aquel mismo momento Juan sintió tanto enojo que a punto estuvo de responder groseramente a la Condesa. Mas permaneció en silencio debido a un plan que durante la noche el se había formado.

Conociendo Doña María Magdalena el probable proceder de Juan, la mujer se mostró extrañada de no haber recibido ningún reproche o actitud de desobediencia por parte del joven desobediente.

Esto fue percibido por la Condesa como una señal de que Juan tramaba algo y entonces, ella hizo caso a su intuición y ordenó a dos de sus capataces vigilar muy de cerca y discretamente al nuevo criado.

Basto un solo descuido de parte de estos y Juan se escabulló rumbo a las caballerizas logrando apoderarse del más corpulento y fuerte de los animales, el cual estaba presto para recibir y cumplir la orden de partida por parte de su inesperado jinete.

Salió pues el joven Juan a toda prisa montando el bien domado caballo en lo que para él en ese momento era un exitoso escape.

No contó con que la mujer había puesto a sus capataces en alerta e incluso había dejado a ese caballo totalmente disponible para que Juan sin problema pudiera tomarlo e intentara huir.

Mas no avanzó mucho aquel caballo, pues lastimado se encontraba coincidentemente aquellos días de una de sus patas traseras lo cual le impedía llegar demasiado lejos de la hacienda. La Condesa sabía esto y por eso lo dispuso en la caballeriza tan fácil para Juan.

Mientras a golpes e insultos Juan trataba de hacerlo avanzar, el caballo se detuvo por completo en el camino real y no tardaron mucho en llegar dos de los capataces de la hacienda para hacer volver al frustrado fugitivo.

La condesa había contemplado todo desde una de las ventanas de la Santa Catarina y comprendió que enmendar los pasos del joven Juan sería una tarea difícil pero no imposible.

Cuando Juan fue traído por la fuerza ante ella, la mujer sarcásticamente lo miro y le dijo:

"Pecaste mortalmente de tonto al creer que escapar de mi te resultaría una empresa fácil".

Ahora no tendrás más remedio que humillarte y solicitar un perdón sincero para después enfrentarte al castigo que yo he elegido por este atrevimiento.

¡Criado eres tú en esta hacienda y castigo de criado recibirás!

La Condesa mando azotar a Juan por parte de los capataces los cuales reían a carcajadas mientras le propinaban su merecido castigo, y cuando estos hubieron terminado de azotarlo, fue llevado al establo de la hacienda.

Las ubres gordas a causa de tanta leche, de las vacas que abastecían las necesidades de las cocineras en la Santa Catarina fueron su primera tarea.

Horas enteras fueron las que estuvo aquel joven Juan intentando extraer la tibia leche ante la exigencia de las que aguardaban ansiosas con sus recipientes en la cocina.

Litros y litros de leche fluyeron entonces de aquellas ubres ordeñadas por los dedos del joven Juan inexperto que no disimulaba su tremendo enfado.

Con las articulaciones de los dedos inflamadas, terminó aquel primer día de su labor.

Si él quería darse un baño caliente para limpiar toda la suciedad del establo que en su cuerpo había quedado, el mismo tendría que calentar y acarrear el agua hasta la habitación de huéspedes, y mientras lo hacía, la criada Jacinta llevó hasta su cama ropa fina y limpia a la que él estaba acostumbrado.

Juan comprendió entonces que debía ponérsela apenas se bañara para acudir al comedor para la cena con la señora condesa y así fue como hizo.

Se presentó entonces y su lugar estaba puesto en el mismo sitio de la noche anterior. Entonces, sin responder al saludo de Doña María Magdalena Catalina tomó asiento y comenzó a beber y a comer sin modales como ya lo había hecho antes.

La condesa ignoro cada uno de los intentos del joven Juan inconforme con su nueva vida por hacerla perder el juicio.

Transcurrió aquella segunda noche para Juan, y amaneció su segundo día en la hacienda de la Santa Catarina en Santiago Tuxpan. En esta ocasión, tendría que acudir a la recolecta de maíz en las tierras sembradas de milpas en el valle de Anguaneo.

Fatigado regresó entrada la tarde a la hacienda con los demás criados. Empapado del agua del llover, deseoso de un alimento caliente y de un largo sueño. Mas su soberbia y su altivez eran más poderosas que sus necesidades. Así que el joven continúo con su actitud en el comedor aquella noche también.

Transcurrieron así los primeros días del joven Juan en la hacienda de la Condesa de Miravalle en el pequeño pueblo de Santiago Tuxpan. Era el primer sábado del joven indomable, el día anterior al día de descanso de los criados de la hacienda, y aquel lo esperaba con ansias.

LA CONDESA

Se llegó nuevamente la hora de la cena y después de haberse aseado, el joven Juan se hizo presente ante la señora Condesa en el comedor.

Comenzó entonces con su insolente y descomunal despliegue de mala educación. Lo hizo como lo había hecho las noches anteriores. Pero esta vez Doña María Magdalena Catalina, paró de comer para observarlo muy detenidamente.

Cuando el joven Juan supo que había capturado la atención de la mujer, aumentó sus malos modales. Mas ni una palabra salió de la boca de la Condesa, no hasta que aquel maleducado terminó de ensuciarse.

Entonces, la señora Condesa habló serena diciéndole:

¡A ti joven Juan! Que comes y cenas como un lobo hambriento, sin el más minúsculo de los modales en mi comedor con la firme intensión de que yo pierda la paciencia contigo, hoy te digo que siento pena por ti.

Pobre de ti Juan. Porque para tu enorme desgracia, la paciencia es una de mis mayores cualidades. Así que come y bebe como cualquier animal indomable las veces que quieras. Ensucia tus vestimentas y engorda tu cuerpo sin consideración. Al final habrás de ser tu el perjudicado, no yo.

Ahora, si bien, tu disfrutas en grande comiendo como un cerdo, yo disfruto de igual manera mandándote azotar.

En aquel momento fueron mandados traer los capataces de la hacienda y cuando estaban a punto de llevarse a Juan para azotarlo, la mujer cambió de opinión y les dijo:

Hombres, dejen a este miserable en paz, no vale la pena que ustedes gasten sus fuerzas con semejante cabeza dura. Sus azotes serán en vano, ya que este es un árbol que ha nacido torcido, y no habrá de enderezar jamás sus ramas.

Es como un árbol seco que crece ocupando espacio y absorbiendo suficiente agua, pero que no es capaz de dar algún fruto. En este caso, lo mejor sería cortarlo de raíz, mas ninguna guadaña ni machete, merecen desgastar su filo con tan inservibles troncos.

En aquel momento, volvió su mirada hacia el testarudo joven y le dijo:

¡A partir de ahora eres un hombre libre Juan! Puedes volver apenas amanezca a la casa de tus padres.

Eres un hombre que nació sin ningún motivo. Eso es una pena. Mejor no hubieras nacido y le hubieras dado la oportunidad de ocupar tu vida a otra alma.

Todos guardaron silencio ante tan hirientes palabras, y la señora Condesa ordenó traer papel y tinta para escribir correspondencia a los padres del joven Juan. Una correspondencia que el mismo portaría a su regreso a la Ciudad de México, y cuando le fue traído lo solicitado, ella comenzó a escribir las primeras letras.

Entonces, el joven Juan se acercó muy lentamente a ella, y cuando estuvo lo suficientemente cerca, la Condesa lo miró a los ojos.

El joven Juan entonces quitó de sus manos la pluma con la que escribía, y se decidió a cruzar con ella las primeras palabras diciéndole:

Señora, esas palabras que usted ha pronunciado, han sonado muy fuerte en mi interior y me han herido el alma.

He comprendido entonces, y en muy pocos segundos, que usted tiene razón. Porque he visto pasar mi vida, y sé que he crecido como un árbol que ocupa mucho espacio y absorbe agua en abundancia, sin proporcionar ningún fruto bueno al huerto. Solo plagas y malezas, que contaminan a los que tengo más cerca.

Ahora, detenga su mano señora Condesa, deténgala y no escriba carta alguna a mis padres, que no merecen ser agobiados por ni una sola pena más por mi causa.

De ahora en adelante haré yo lo que se me pida hacer sin más disgustos. Acataré cada orden y mandato por muy severo que parezca, y aunque yo, un inexperto en todos los trabajos y labores que en la hacienda se realizan, dispuesto estoy a aprender hasta el último de ellos con una sonrisa.

No una sonrisa ficticia ni obligada, sino una sonrisa sincera de saber que dejare de ser un árbol estéril.

Las palabras del joven Juan conmovieron a todos los presentes, y mientras la señora Condesa se mostraba satisfecha, el joven Juan de Castañeda fue por un pañuelo para limpiar su rostro sucio.

Amaneció el siguiente día, y el joven Juan se apresuró a vestirse con la ropa que le era prestada por uno de los criados.

Esta vez salió gustoso de dirigirse al trapiche para triturar tantas cañas como le fuera posible, y así, elaborar la empalagosa azúcar.

La señora Condesa observó la partida del joven Juan desde su ventana, y en verdad, ella no estaba segura de que lo dicho por aquel un día antes cierto.

Mas los días le fueron confirmando que el joven Juan había hablado con la verdad, porque cada que este acudió al comedor por las noches, platicaba entusiasmado a la señora Condesa acerca de las cosas nuevas que había aprendido de los criados durante el día.

Los buenos modales con los que fue educado en la casa de sus padres salieron a relucir, y la educación que había recibido en las escuelas de la ciudad de México, mezclada con esos nuevos conocimientos adquiridos en la hacienda, comenzaron a hacer de Juan un hombre reformado.

Había transcurrido un mes y medio desde su llegada y el joven ya había hecho casi de todo en la hacienda. Ordeñar vacas, triturar cañas, cosechar maíz, cortar guayabas, y descombrar el huerto, pero le quedaban dos de los trabajos por realizar que eran las labores reinas en las haciendas de la mujer, labores que le dejaban grandes ingresos económicos.

Para eso, tendría que trasladarse a dos sitios fuera de la hacienda de la Santa Catarina.

El primero de ellos era el Agostadero. Sí, ese lugar llano que pareciera estar amurallado por los pinos y oyameles del espeso bosque que lo rodea.

Ese llano verde y rebosante de pasto para ser banquete interminable de las miles de cabezas de ganado que eran propiedad de la señora Condesa de Miravalle.

Ahí tendría que trasladarse el joven Juan, para cuidar de las vacas y los becerros que se mueven lentamente por aquel sitio. Arrearlos y protegerlos de los animales del bosque que acechan por las noches a los más pequeños sería su trabajo.

Esa debía ser una prueba que Juan tendría que superar para dejar de ser un árbol sin fruto. Porque las comodidades de la hacienda de la Santa Catarina se verían reducidas por una propiedad más modesta que sirve de refugio para los mayorales y vaqueros, que hacen su labor día a día durante todos los días del año en medio de ese frío, que parece no respetar a ninguna estación del año, ni siquiera a la primavera.

Entonces, la señora Condesa decidió enviarlo a aquel lugar repentinamente una mañana lluviosa, en compañía de uno de los capataces de la hacienda, de nombre Hilario.

El joven Juan no tuvo ningún problema en aceptar su mandato y se encaminó gustoso hacia el Agostadero.

Doña María Magdalena Catalina observó su partida desde la ventana de la habitación de la hacienda de la Santa Catarina, y esta vez estaba convencida de que Juan se había reformado.

En verdad ella no sabía si había sido su disciplina o si se trataba del simple hecho de que aquel joven por estar lejos de los excesos de la ciudad de México, no había tenido más remedio que conformarse con la vida que llevaría durante esos seis meses, para a su regreso, continuar con su vida de siempre.

Más de lo que si estaba segura, era de que algo en el interior de su corazón se estaba formando.

¡Vaya confusión en su interior! Pues no sabía la mujer si era el recuerdo de su hijo difunto Pedro, a quien a veces veía en el joven Juan, o si esa falta de cariño y calor por parte de sus hijos, la estaban atormentando, y por eso ella tenía ya hacia él un especial afecto, de tal manera que sintió aflicción al momento de que este partió rumbo al Agostadero.

Una semana y media estuvo Juan fuera de la hacienda de la Santa Catarina, y la cena en aquel elegante comedor no fue la misma. La mujer que durante meses había cenado en soledad, había visto la felicidad cada vez que el joven Juan cenaba con ella.

Porque su compañía comenzó a ser una necesidad, y el hecho de saber que algún día partiría, le afligía el alma.

# Capítulo 12
## Un amor inesperado

La señora Condesa convencida y temerosa de aquel sentimiento que había nacido muy inesperadamente en ella, acudió al convento de Santiago Apóstol para entrevistarse con fray Tomás.

En confesión, ella le habló al fraile de ese muy descabellado sentimiento que le oprimía el pecho y le afligía el alma.

Ella le dijo a Fray Tomás:

Estoy perdidamente enamorada, y acudo yo a ti que eres mi guía espiritual y mi confesor, porque no tengo a nadie más a quien contárselo. Y es muy preciso sacar de mi interior estas palabras, para que se pueda desahogar mi alma un poco.

Se trata del joven Juan de Castañeda, él es de quien he caído inevitablemente enamorada.

No se si se considere como un pecado, sentir este amor tan disparejo, porque es veinte años menor que yo aquel joven que me ha robado el sueño.

El fraile Tomás impuso muy severa penitencia a la mujer, y le sugirió por el bien de su alma sacudir ese muy inesperado sentimiento, pues solo habría de condenarla.

Volvió a la hacienda de la Santa Catarina la mujer, aun mas afligida que antes de haberse confesado con el fraile. Y es que en verdad, ese sentimiento que habitaba en su interior, era un sentimiento muy distinto al que había sentido por el joven mayoral Hernando.

Aquella vez se trató de un capricho, pero esta vez era muy diferente, y segura estaba la Condesa de que era amor.

Ya había estado sola demasiado tiempo, sin unos labios que besaran sus labios, y sin unas manos que estrujaran su cuerpo.

Pero ¿de que maldición era poseedora Maria Magdalena Catalina, que habría de enamorarse nuevamente de un hombre que muy seguramente no le correspondería?

Fue más la necesidad de sentirse amada nuevamente, que la necesidad de seguir siendo una mujer en apariencia decente, así que, decidió correr el riesgo de ser rechazada por el joven Juan de Castañeda, y no hizo la penitencia impuesta por el fraile.

Llegaron Juan e Hilario del Agostadero a la octava noche de su partida. Era un sábado por la noche, y la señora Condesa no pudo ocultar su júbilo ante el regreso de su huésped.

Sí, ese huésped que parecía haber entendido el significado de la vida en aquellos tres meses que habían transcurrido ya desde su llegada.

Sí, ese huésped que parecía haberle devuelto la alegría que le había sido reprimida a causa de su amarga soledad.

Entonces, parecía día de fiesta en aquel comedor de la casa de la hacienda de la Santa Catarina, al cual, el joven Juan solicitó a la Condesa, invitar al capataz Hilario, quien había sido su compañero y su maestro en el Agostadero.

Entre la mujer y el joven, una amistad ya había nacido. La señora Condesa y Juan, ahora podrían decirse amigos con respeto el uno al otro.

Pero esa era una amistad muy peligrosa, porque bastaron unos cuantos vasos de vino para que Doña María Magdalena Catalina, trasladara sus pensamientos más allá de lo permitido.

Después de la cena, se fueron cada quien a sus habitaciones, pero la mujer no podía conciliar el sueño. Era ese joven Juan quien se lo había robado.

Vaya pensamientos tan prohibidos se paseaban por el interior de su mente, y la mujer comenzó a temer a causa de ese nuevo sentimiento. Más agradable le resultaba sentirlo, y consiente era de que estaba vez, a diferencia de cómo había sucedido con el mayoral Hernando, no dañaba a nadie al experimentarlo.

Al día siguiente, el joven Juan acudió a los establos para continuar con las rutinas que para ese entonces, ya se habían convertido en parte de sus días. El enfado y el descontento que le ocasionó en algún momento su condición en la hacienda de la Santa Catarina, ahora era una felicidad plena. Esa fue la señal de que el joven Juan había comenzado a enderezar sus pasos.

Ese mismo día, la señora Condesa recibió la visita de fray Tomás. Los informes de la donación hecha a la congregación en el convento de Santiago debían ser bien recibidos por la señora.

Fray Tomás era el encargado de este tipo de negociaciones con la señora, debido a la confianza que ambos se tenían.

Ellos terminaron de sus negocios a la hora cuando el sol se alista para irse a dormir. Doña María Magdalena Catalina, insistió a fray Tomás para que se quedara a compartir la cena con ella y, el joven Juan de Castañeda, comprometiéndose a que sus capataces lo escoltarían hasta el convento terminando la cena.

El fraile aceptó, y ambos se dirigieron al comedor, encontrándose en el camino al joven Juan de Castañeda.

Se sentaron la señora Condesa y el joven Juan de Castañeda como de costumbre en los extremos de la mesa, el fraile en tanto, ocupó uno de los lugares de en medio, esto para que pudiese conversar con ambos al mismo tiempo.

El fraile tenía conocimiento acerca del pasado del joven Juan de Castañeda, y en Santiago Tuxpan no era un secreto el motivo de su estancia en la hacienda de la señora Condesa. Esto era sabido debido a la poca discreción que tenían algunos de los criados de la hacienda que acudían constantemente al pueblo, y no perdían la oportunidad para comentar lo que acontece en el interior de la morada de Doña María Magdalena Catalina.

Fray Tomás, se mostró ignorante de aquellos motivos, y fingió no saber nada acerca de la estancia de aquel joven Juan de Castañeda en Santiago Tuxpan, quien mientras comía, contestaba con amabilidad a las preguntas que este le hacía. Preguntas todas ellas sin importancia, cosas vánales acerca de la vida de la ciudad de México.

Mientras la cena se llevaba a cabo, el fraile pudo percatarse de las miradas que la señora Condesa lanzaba al joven Juan de Castañeda cada que este hablaba. Si, esa mirada que por mas esfuerzo que la Condesa hacia por dirigir hacia otra parte, era llevada casi inconscientemente hasta el rostro de aquel joven, que ingenuo, parecía no darse cuenta de lo que en el interior de la mujer sucedía.

No quedó ninguna duda para el fraile, era más que evidente lo que sus ojos habían visto. La señora Condesa continuaba enamorada, y muy seguramente, mal correspondida. Un amor mal correspondido que durante las noches le agredía los pensamientos, que como llamaradas de fuego incendiaban su interior.

Ella temió haber sido descubierta por el fraile durante aquella velada, y a la mañana siguiente, tomó la decisión de enviar a Juan de Castañeda a la hacienda de Púcuaro.

Lo hizo porque la invadió el temor de perder el control de sí misma ante aquel joven que no solo le atraía físicamente, sino que había comenzado a adentrarse en lo profundo de su corazón.

Se levantó aun cuando no amanecía, y dio la orden al capataz José Cárdenas y al joven Juan de Castañeda para que partieran cuanto antes a la hacienda de San Miguel Púcuaro.

Púcuaro, ese lugar al que se llega siguiendo el camino del cañón del rio que pasa por Santiago Tuxpan, y que caluroso es casi todos los días del año, es ahí donde se encuentra la hacienda de San Miguel, propiedad de la señora Condesa.

Las labores que hay en la hacienda de Púcuaro son cortar la caña que por ahí crece, y también la salazón de los cueros del ganado que ha sido sacrificado. Cueros que servirán para fabricar sacos y gran diversidad de cosas para la vida cotidiana.

El joven Juan de Castañeda partió el lunes por la mañana en compañía del capataz José Cárdenas y no volvería hasta dos semanas después.

Dos semanas en las cuales, la mujer no dejó de pensar ni un solo minuto en ese joven que le ocasionaba tan tremendos pensamientos.

Entonces, se llegó el día en el cual el joven Juan de Castañeda volvería de San Miguel Púcuaro, y la mujer comenzó a inquietarse en sobremanera.

Ella decidió acudir al Templo de Santiago Apóstol, para entrevistarse de manera urgente con fray Tomás, su guía espiritual.

Esa fue una visita inesperada para el fraile, quien se encontraba realizando sus labores cotidianas en el interior del claustro, y apenas fue informado de la visita de la señora Condesa, acudió de inmediato a donde ella aguardaba impaciente por él.

Los saludos respetuosos por parte de ambos no se hicieron esperar apenas se vieron.

Fray tomas aun desconocía el motivo de la visita, pero al ver la aflicción en el rostro de la mujer pudo sospecharlo. En efecto, lo que el fraile sospechaba sucedió.

La Condesa había acudido a él, para solicitarle ayuda y un consejo para salir bien librada de ese prohibido sentimiento, del cual había caído presa.

Estoy completamente enamorada fray Tomás. Pero este grande amor que ha envuelto todo mi ser, bien podría ser mi ruina.

Esas palabras salieron de la boca de la mujer, y mientras ella las decía, sus ojos no podían disimular el deseo reprimido, y a la vez, esa tremenda angustia que afligía su pecho.

El fraile reprendió a la señora Condesa por causa de sus prohibidos pensamientos, y le ordenó hacer penitencia todas las mañanas y todas las noches antes de mirar al joven Juan de Castañeda a los ojos.

Ella salió del templo satisfecha, y esta vez estaba dispuesta a cumplir la penitencia impuesta por el fraile.

Volvió entonces a la hacienda de la Santa Catarina ya liberada, pero antes de llegar, pudo ver a lo lejos del camino a los dos que habían partido dos semanas antes y que ahora, gustosos y cansados volvían.

Comenzó entonces a hacer penitencia en voz baja, y ordenó al carruajero que dirigía su elegante carruaje apresurar el paso.

Aun rezando el Padre Nuestro en repetidas ocasiones en el interior de su mente, se dirigió a su habitación y se arrodillo ante una imagen de la Santísima Virgen María, a la cual, se encomendaba todas las noches antes de dormir.

A la señora del cielo le pidió en devoto pensamiento, le arrancara del corazón ese nuevo sentimiento, del cual, en verdad no quería desprenderse.

No sería más que con su ayuda, que ella evitaría envolverse en una situación prohibida con aquel joven Juan de Castañeda.

Sí, solo con la ayuda de la Santísima Virgen María, pues ella estaba segura que por sí sola, no lo lograría.

Entonces, fue informada por la criada Jacinta de la llegada del joven Juan de Castañeda y del capataz José Cárdenas a la hacienda.

La Condesa se puso de pie enseguida, y temía en cantidad salir de su habitación y mirar a aquel joven a los ojos.

Se encomendó al Dios todopoderoso y salió de su habitación para dar la bienvenida a su huésped.

Apenas vio Doña María Magdalena Catalina al joven Juan de Castañeda, no pudo disimular mas sus sentimientos, y corrió emocionada para abrazarlo fuertemente, mientras las miradas de la criada Jacinta y el capataz José Cárdenas se cruzaron ante tal demostración de cariño desbordado e incontenible en el cual, la mujer en vez de dar la bienvenida a su huésped, parecía dar la bienvenida a su esposo.

Incluso, el mismo joven Juan de Castañeda se sorprendió ante tal recibimiento, más haciéndose el disimulado, se dejó abrazar intensamente.

La señora Condesa, en esta ocasión envió a la criada Jacinta a preparar el agua caliente para que el joven Juan de Castañeda se diera un baño.

Para aquella criada no quedaba ya ninguna duda, y convencida estuvo que la soledad había hecho estragos en su señora, ocasionándole tal desatino.

El joven Juan de Castañeda se mostró sorprendido ante tales atenciones, y en ese mismo instante sus pensamientos comenzaron a perturbarse.

¿A caso sería posible lo que estaba pensando? Tremenda confusión interna revolvía sus pensamientos de joven hombre nuevo y reformado. Porque en ninguno de los días de estancia en la casa de la hacienda de la Santa Catarina en Santiago Tuxpan, había visto con otros ojos que no fueran de admiración y de respeto a la señora Condesa.

Pero había sido ese abrazo y esa emoción desbordada al verlo nuevamente, lo que hicieron que los ojos del joven Juan de Castañeda contemplaran por vez primera lo bella que era la mujer.

Una sensación extraña había nacido en el interior del joven Juan de Castañeda. Una sensación de algo que él nunca había experimentado.

Aquella noche durante la cena, la señora Condesa abandonó la penitencia a la cual se había comprometido, y no hizo más por buscar ayuda de las huestes celestiales, y se sumió en unos muy bonitos, pero prohibidos pensamientos, mientras compartía la cena con su invitado.

El joven Juan de Castañeda por su parte, abrió los ojos grandemente, no lo hizo físicamente, si no en parábola, porque comenzó a ver a Doña María Magdalena Catalina con una mirada diferente.

Una mirada que dio la bienvenida a un peligroso sentimiento que nació para él muy repentinamente, como cuando brota el agua de un pozo de agua recién descubierto.

Ninguno de los dos tuvo miedo de intercambiar las picaras miradas aquella noche, y lo que ahora sentían dejo de ser un secreto.

Así sucedió desde aquel día con aquellos dos. Noches de cena donde las miradas se dijeron infinidad de veces la pasión que se guardaba en el interior. Miradas que dejaron de disfrazarse ante los criados, quienes sorprendidos contemplaban el comportamiento de los dos enamorados. Un comportamiento de evidentes amor y deseo. Sentimientos que es difícil ocultar cuando se cae presa de ellos.

Sí, deseo y amor creciendo cada día y cada noche en cantidad, en el interior de los corazones y las conciencias de la Condesa María Magdalena Catalina y el joven Juan de Castañeda.

Sí, deseo y amor también tremendamente reprimidos al verse imposibilitados de podérselo decir el uno al otro. Porque consientes eran ambos, de que se desataría una destructiva tormenta para ambos, en dado caso de consumar lo que ya solo faltaba ser consumado.

En una de aquellas noches, un cielo despejado y un clima templado en extremo agradable, obligaron a la mujer y al joven a salir a la huerta de la hacienda para contemplar las millones de estrellas que brillaban con intensidad, iluminando el valle de Anguaneo con su radiante luz, que para nada era opacada por una indescriptible luna llena.

Podían escucharse los coyotes saludarla a causa de su incomparable encanto, una melodía que de todas las montañas emergía en aquella inolvidable noche para los dos enamorados.

Inolvidable, porque caminaron por la huerta repleta de árboles frutales en silencio, temerosos ambos de no poder contener sus muy atrevidas intensiones. Mirando constantemente a las estrellas y la luna, que serian testigos silenciosos de lo que aquella hermosa noche pudiera suceder.

Caminaban rodeando los frondosos árboles e intercambiando las miradas enamoradas, sonriendo mutuamente al encontrar sus rostros entre las ramas.

Entonces, el elegante vestido de la mujer se atoró en el tronco de una granada, que rebosante de su fruto, pareció haber sido el silencioso cómplice indiscreto de ambos, para ocasionar el anhelado acercamiento. Sí, porque el joven Juan de Castañeda tuvo que acercarse y agacharse a desatorar los encajes de aquel vestido rosa que vestía la señora Condesa, y que habían sido atrapados.

El joven Juan de Castañeda se puso en pie muy lentamente recorriendo con la mirada toda la bien formada anatomía de Doña María Magdalena Catalina, hasta llegar a sus expresivos ojos.

Ninguno dijo nada, y ambos temblaron de tanta intensidad, mientras los corazones latían a toda prisa, y los labios se preparaban para tocarse suavemente por vez primera.

La criada Jacinta oculta entre la vegetación, era testigo también al igual que la luna y las estrellas, de aquel muy peligroso acercamiento.

En aquel momento y muy repentinamente, una estrella fugaz apareció recorriendo de norte a sur el cielo, ocasionando la distracción de los dos enamorados, que prestos estaban para besarse.

El joven Juan de Castañeda emocionado, trató de señalar aquella estrella que a gran velocidad pasó y dibujó una estela de luz en el firmamento, pero Doña María Magdalena Catalina detuvo su mano, y con voz fuerte le dijo:

¡No la señales joven Juan! Pues se trata del alma de alguien que ha muerto y va en su viaje al más allá. ¡Si tú la señalas! Esa alma no logrará llegar a su destino. Entonces, será condenada a vagar errante por la tierra, por causa de aquel curioso que la señaló.

El joven Juan de Castañeda escuchó atento las palabras que le dijo la Condesa, entonces, pareció haberse enamorado mas de ella mientras pensaba, ¿De dónde habría sacado tal historia esta mujer de encanto? ¿Qué es lo que hay en ella que me encanta?

Porque hace Doña María Magdalena Catalina, que se pongan en alerta todos mis sentidos, mientras yo muy atento, escucho sus palabras y observo hasta el más minúsculo de sus movimientos.

Yo, con suavidad apenas tocó su elegante vestido y con agrado huelo el dulce aroma del perfume que impregna su cuerpo. Solo el sabor de sus carnosos labios es lo que me hace falta probar, para después de probarlos, caer esclavizado ante ella de una vez por todas y para siempre.

El joven Juan de Castañeda no pudo mas contener sus emociones, su sangre hirvió en el interior de sus venas, y apareció la valentía como consecuencia de su juventud.

Entonces, se atrevió a ser él quien diera aquel primer paso. Ese paso que los llevaría a entregarse el uno al otro, y que ambos por temor evitaban dar.

El joven Juan de Castañeda tomó a la mujer entre sus brazos fuertemente y le dijo:

Solo somos tú y yo Condesa, en esta noche que parece haber sido planeada por la luna y las estrellas, que aparentan haberse puesto muy de acuerdo, para brillar con tal intensidad, para que nosotros, nos confesáramos el uno al otro nuestros sentimientos.

Doña María Magdalena Catalina guardó silencio, y aquello que tanto anheló durante días y noches enteras estaba sucediendo. Mas enseguida, se soltó de los brazos del joven Juan de Castañeda y caminó unos pasos lejos de él.

Ella se detuvo justo donde había un rosal rebosante de rosas rojas e intento cortar una, pero a causa de su nerviosismo se hirió uno de sus dedos.

Ella habló y le dijo al joven Juan de Castañeda:

Me he pinchado un dedo con las espinas de este rosal, por causa de la casi interminable distracción que me ocasiona este muy apasionado pensamiento.

Segura estoy yo Juan, que lo que tú y yo experimentamos, es amor verdadero. Ese sentimiento que para unos es tan bueno y para otros es tan malo. Ese mismo sentimiento que para unos es tan dulce y para otros es tan amargo.

Tu yo somos esos dos extremos mi amado joven. Porque bueno es para ti este sentimiento, más malo lo es para mí. Dulce lo es para ti joven Juan, pero amargo es para mí.

Ahora, me alejare a mi habitación sollozando de tanto sentimiento, pues no se me es permitido pecar de tal manera ante mi Dios, ni faltarles al respeto a tus padres, ni a mis hijos tampoco.

El joven Juan guardó silencio con un nudo en la garganta, mientras la Condesa abandonaba el huerto a toda prisa, para dirigirse a su habitación, llamando con fuertes voces a la criada Jacinta, sin siquiera sospechar que ella oculta había sido testigo de todo lo sucedido.

El joven Juan de Castañeda se quedó solo en el huerto, con el corazón latiendo a toda prisa, con los pensamientos turbios como la peor de las tormentas. Porque en ninguno de los días de su vida, había experimentado el amor. Y ahora que sabía cómo se sentía ese popular sentimiento, no quería renunciar a él.

¡Vaya vuelco en la vida de aquel joven Juan! Cuya vida desde aquel momento pudo dividirse en dos etapas. Porque para él hubo un antes y un después de haber llegado a la hacienda de la Santa Catarina en Santiago Tuxpan.

Todo eso sucedió un día doce de Agosto del año de mil setecientos cuarenta y cinco, un día antes de la fiesta de el "paseo del pendón", y mientras las gentes en la hacienda de la Santa Catarina, y en el pueblo de Santiago Tuxpan dormían serenos para levantarse al día siguiente a preparar la celebración, la señora Condesa y el Joven Juan de Castañeda no durmieron, pensando el uno en el otro en sus respectivas habitaciones.

A la mañana siguiente, muy temprano cantó el gallo. Era el día trece de Agosto, y el día de San Hipólito, día del "paseo del pendón".

Las gentes se levantaron contentas, y con júbilo preparaban alimentos y bebidas especiales para la ocasión.

Doña María Magdalena Catalina, también se levantó ese día muy temprano, se dio su habitual baño con agua tibia, después se vistió con un vestido nuevo de color azul cielo, y se colocó una diadema de flores naturales que fueron cortadas por su criada Jacinta en el huerto de la hacienda.

Aquel vestido y aquella diadema, la hacían lucir como la más hermosa de las mujeres que existían en la tierra.

Y antes de salir de su habitación, la mujer se miró en el espejo y analizo su rostro detalladamente durante algunos minutos. Parecía como si quisiera suplicarle que la reflejara más joven, sin esas arrugas que tenues asomaban por debajo de sus ojos, y con unos labios más húmedos y rojos.

Ese fue el primer momento de los días de su vida en el que ya temió envejecer, pues ya se había liado en amores muy prohibidos enamorándose de un hombre veinte años menor que ella una vez anterior.

Más en vez de ofenderse a ella misma siguiéndose mirando en el espejo, le sonrió a su propia imagen reflejada, y se sintió orgullosa de sus pequeñas arrugas.

Salió de su habitación y se dirigió enseguida al comedor para encontrarse en el desayunó con el Joven Juan de Castañeda y mostrarse ante él así de hermosa como se veía, pero el joven no estaba en el comedor, y su lugar permanecía vacio.

La Condesa se sentó en su lugar y ordenó no le sirvieran el desayuno, pues esperaría a que el joven Juan de Castañeda llegara y le acompañara.

La mujer se cansó de esperar, y en vez de sentirse humillada se sintió culpable. Segura estaba que eran sus palabras de la noche anterior las que habían ocasionado esa reacción del joven Juan.

Ordenó que le sirvieran chocolate en los acostumbrados cocos chocolateros, y que el pan de dulce le fuera mostrado para elegir el que más le apeteciera.

La Condesa desayuno aquel día de fiesta en completa soledad. Pareció por un momento que no sería un buen día para ella, mas pensó que horas más tarde, tendría la oportunidad de retractarse ante el joven Juan de Castañeda de las palabras dichas la noche anterior.

Así fue como sucedió, porque las horas transcurrieron y la señora Condesa acudió a la celebración del paseo del pendón al medio día.

La gente estaba reunida en el lugar donde se asentaba el antiguo Tochpan como ya era tradición. Un guardia engalanado con su traje de batalla y montado en su caballo, portaba en su mano derecha el pendón real.

Doña María Magdalena Catalina seguía en segundo término, siendo la noble de mayor rango en el pueblo, y detrás de ella caminaban los frailes y autoridades del pueblo, los cuales, eran seguidos por el pueblo en general.

Avanzó la procesión con rumbo al pueblo, y cuando atravesaron el rio a través del puente del mayoral, ahí estaba el joven Juan de Castañeda, mirando con atención el paso de los andantes.

La mujer no pudo contener su emoción e invito gustosa y sonriente al joven Juan de Castañeda a que se uniera junto a ella en la caravana.

Ella temió que aquel joven tuviera el atrevimiento de despreciarla, mas aunque con ganas de hacerlo, el joven Juan de Castañeda decidió unirse a ella, y fingir ir feliz y sonriente.

Mientras caminaban, la gente chiflaba y gritaba, algunos de los guardias disparaban sus armas al aire, y las mujeres arrojaban flores por el camino.

La música de una flauta y de tambores, sonaban por todo el valle, mientras tanto en el pueblo, los más pequeños gritaban "ahí vienen los del pendón"

Al entrar al pueblo, los más grandes y los niños se unieron al contingente. La música, los tambores, los gritos y hasta algunos cohetones, hacían casi imposible la conversación entre la señora Condesa y el joven Juan de Castañeda.

Aquel contingente de personas llegó a la plaza del pueblo y dio una vuelta como de costumbre, para al final, llegar hasta el camposanto del tempo de Santiago Apóstol.

El guardia entonces, se paró en la puerta del Templo, levantó muy en alto el pendón real y grito vivas para el rey de España, y para al virrey de la Nueva España también, que por aquel entonces, eran el rey Felipe V de Borbón, y el virrey era Don Pedro de Cebrián y Agustín, Conde de Fuenclara.

A la conclusión de la solemne celebración, le siguió la fiesta popular en la plaza principal del pueblo, en donde se ofreció la carne de dos reses que fueron sacrificadas para la ocasión, las mismas que fueron donadas por la señora Condesa para que el pueblo comiera.

Los importantes del pueblo se dieron cita en la casa de la hacienda de la Santa Catarina, donde la señora Condesa ofreció un banquete digno de la corte virreinal.

Estaban todos los nobles del pueblo de Santiago Tuxpan, y la comida y la bebida las había en abundancia.

La alegre música que emergía de un piano que era tocado por la anfitriona, deleitaba a todos los presentes y los invitaba con cada tecla pisada a una muy extensa celebración.

Cantaron y bailaron Maria Magdalena Catalina y el joven Juan de Castañeda durante aquella fiesta hasta el cansancio.

Esa noche ninguno de los dos pudo conciliar el sueño nuevamente en sus respectivas habitaciones, y la Condesa tuvo que acudir a la oración para resistir a aquella tentación tan grande que tenia, y que se encontraba en la habitación de huéspedes.

A la mañana siguiente, acudió el joven Juan de Castañeda al comedor de la casa de la hacienda para el desayuno al lado de la señora Condesa. Pero, en esta ocasión, ella no estaba presente.

Envió con la criada Jacinta un recado al joven Juan de Castañeda al comedor, donde le decía que no coincidiría más con él en el comedor. Pues no sería capaz de controlar esos impulsos que le ocasionaban sus sentimientos.

El joven Juan de Castañeda se levantó del comedor y no volvió a la mañana siguiente para desayunar en el lugar.

Transcurrieron los días como había dicho Doña María Magdalena Catalina. Ella y el joven Juan de Castañeda no volvieron a coincidir en la casa de la hacienda, porque la señora Condesa evitó con gran esfuerzo que se diera ese peligroso encuentro. Mas cada mañana que el joven Juan de Castañeda partía a sus labores cotidianas, ella lo miraba desde la ventana de su habitación oculta tras las pesadas cortinas, esto porque el joven Juan volteaba una y otra vez hacia aquella habitación con la intención de tan solo poder mirarla.

Este castigo que la Condesa se impuso a ella misma y al joven Juan, no hizo otra cosa más que acrecentar en cantidad ese amor prohibido que los aquejaba.

Entonces, se llegó el día en el que el joven Juan de Castañeda había cumplido los seis meses acordados en la carta que la señora Condesa envió a sus padres.

Ese día que debía ser un día feliz y esperado para el joven Juan, era en su lugar un día tenso y gris.

Lo mismo lo era para Doña María Magdalena Catalina, quien encerrada en su habitación, decidió ya entrada la tarde despedirse del joven que había invadido sus pensamientos, y que muy inesperadamente, también se había hecho un huésped no solo de su hacienda, sino también de su corazón.

La señora Condesa dio la orden de preparar una cena especial, y mandó a la criada Jacinta a colocar la mejor y más elegante vajilla en la mesa.

Ordenó también traer los mejores candelabros y encender todos los que ya había en el comedor.

El joven Juan de Castañeda sería avisado de que cenaría en compañía de la Condesa apenas llegara a la hacienda.

Se llegó la hora de la cena y el joven Juan de Castañeda se había dado un baño incluso con agua fría a causa de la prisa que sentía por acudir lo antes posible al comedor, y cuando la señora Condesa se presentó en el lugar, el joven Juan ya aguardaba impaciente por ella.

Doña María Magdalena Catalina vestía uno de sus más elegantes vestidos, se había arreglado como si fuese a asistir a un banquete o celebración y con el cabello bien recogido, resaltaban sus almendrados ojos color café claro.

Ambos quedaron prendados de sus miradas apenas se tuvieron frente a frente, y ni siquiera fueron necesarias unas respetuosas y amables palabras de saludo, porque aquellas miradas lo dijeron todo.

De extremo a extremo en la mesa, con los candiles iluminando el comedor, ambos no dejaban de mirarse y a la vez, tampoco dejaban de sentir pena el uno por el otro.

Sí, pena, porque el joven Juan de Castañeda pensaba en el porqué la mujer había destruido cualquier esperanza de tenerse el uno al otro, y vivir ese sentimiento hermoso que ambos compartían.

Mientras tanto, Doña María Magdalena Catalina, pensaba en el porqué el joven Juan, valiéndose de su gallarda juventud, no se atrevió a romper aquel su muy obligado mandato.

Mientras todo esto sucedía en el interior de sus mentes, fue ella quien rompió con aquel muy incómodo silencio, y habló al joven Juan de Castañeda diciéndole:

Esta es la última noche que cenaras conmigo en la mesa del comedor de mi hacienda joven Juan, pues el tiempo de tu estancia en este sitio se ha cumplido, y listo estas ahora para volver a la casa de tus padres en la Ciudad de México, ya reformado para comenzar una vida nueva.

Orgullosa me encuentro de estos seis meses transcurridos, pues he podido lograr yo, que tú seas ahora un mejor hombre, y que hayas conocido la responsabilidad y las obligaciones por mi propia mano.

Él le contestó:

¡Señora Condesa! Ya he dejado de ser el Juan perezoso y derrochador que siempre fui. Hoy, en verdad soy un hombre diferente gracias a usted.

Ella sonriente dijo:

No será necesario que menciones unas palabras de agradecimiento por lo logrado, pues bien sabes que al principio de tu estancia aquí, tuve yo que recurrir a medidas drásticas a causa de tu necedad.

Ahora bien joven Juan, dispongámonos a degustar esta exquisita cena, pues has de saber que para esta noche he mandado sacrificar al mejor de los cerdos que había en la hacienda.

El joven Juan de Castañeda entonces, guardo silencio mientras los criados servían la abundante cena, y mientras Doña María Magdalena Catalina y su huésped se dispusieron a comer los alimentos, reinó el silencio en aquel elegante comedor.

El rostro de la Condesa era de aflicción, y apenas terminaron el postre, ella clavó su mirada en el joven Juan de Castañeda, el cual, hacia lo propio con Doña María Magdalena Catalina.

En el interior de ambos, los sentimientos ya se habían encontrado y apenas podían mantenerse firmes ante ese ardiente fuego que les quemaba el interior. El joven Juan de Castañeda no estaba aún del todo convencido, de si era su juventud o era él mismo en si lo que provocaban esa evidente tentación a la mujer.

No lo sabía debido a esa mirada que pasaba de una mirada de amor a una mirada de deseo en cada segundo. Más de una cosa si estaba seguro el joven Juan de Castañeda, lo que el experimentaba era amor.

El más puro y pesado sentimiento que había experimentado, y el cual, le ocasionaba los indecentes pensamientos.

La cena concluyó, y los minutos parecían transcurrir muy rápido para aquellos dos que en verdad, querían detener el tiempo para no privarse de su presencia el uno del otro.

Entonces, Doña María Magdalena Catarina cerró su boca para no ser ella quien dijera aquellas tan temidas palabras de la despedida.

Largos fueron los minutos de doloroso silencio, y fue el joven Juan de Castañeda quien habiendo perdido todas las esperanzas, habló con voz fuerte a la mujer diciéndole:

¡Esta es la despedida Doña María Magdalena Catalina! El tiempo de mi estancia en este hermoso sitio ha concluido. Mañana cuando hayas despertado, yo ya no estaré.

Partiré cuando el sol aún no aparezca, y me prometeré a mi mismo mientras me alejo volver algún día.

Porque siempre llevaré estas tierras guardadas muy bien en mi memoria, como las tierras donde yo volví a nacer, pero lo que más me guardaré, será el recuerdo de usted. Ese será un recuerdo que guardaré aun con mayor celo, porque no será guardado en mi memoria, sino que será guardado en lo más profundo de mi corazón.

¡Adiós mujer! Me voy ahora de este comedor sin apartar los ojos de tus ojos, para que esta noche al dormir, sea lo último que yo recuerde.

Me voy mujer, y no me acercare a ti para darte un muy fuerte y estremecedor abrazo, porque no ocasionaré más daño a nuestros pensamientos.

Mientras el joven Juan de Castañeda decía aquellas palabras, las inaguantables lágrimas se derramaron por el rostro de la mujer, quien no hizo el menor intento por detener al joven, cuando este se marchaba rumbo a su habitación, y ahí se quedo sentada en su lugar en el comedor, dándole la bienvenida una vez más a la soledad.

La Condesa llamó a la criada Jacinta y le pidió la acompañara a su habitación.

Se mostró fuerte y discreta ante la criada Jacinta, mas la fatiga ocasionada por tanta aflicción, evidenciaba su inmensa tristeza, y mientras era ayudada por aquella Jacinta a desvestirse, no pudo más y estallo en llanto.

Jacinta detuvo sus tareas y abrazó a la mujer para decirle con palabras tiernas:

¡Señora! No agreda de tal forma a su corazón. No trate de ocultar mas este muy ingrato sentimiento, que ahora la mantiene gravemente enferma. Porque usted está enferma de amor.

Yo he conocido a quienes han muerto de tan agresiva enfermedad. Más murieron tal vez sin saber que ellos mismos tenían la cura.

¡No se deje morir de amor usted señora! No cuando aún la cura esta en sus manos.

Doña María Magdalena Catalina limpió sus lágrimas y le dijo a la criada Jacinta:

¿A caso tú lo sabes? ¿Pude yo no ser lo suficientemente discreta para dejar asomar ese sentimiento que me consume el alma?

La criada Jacinta le contestó:

Lo sé señora, porque muy accidentalmente fui testigo de lo que ocurrió aquella noche en el huerto de la hacienda. Y desde aquel día, no la he visto sonreír como antes lo hacía. Ni siquiera ha externado su alegría al recibir la correspondencia mensual de sus hijos.

Si es este un sentimiento que no ha de ser liberado señora, entonces, está condenada a muerte por él mismo.

Doña María Magdalena Catalina entendió enseguida las palabras de la criada Jacinta, y después, la miró aliviada. Sonrió la señora Condesa, y volvió su mirada hacia la imagen de la santísima virgen y dijo en voz alta:

¡Perdóname madre mía! Pero habré de morir de muchas cosas, pero no de amor, no de amor.

Y salió a medio vestir con rumbo a la habitación de huéspedes en busca de su cura, y apenas llegó a la puerta, tocó con desesperación.

El joven Juan de Castañeda seguro de que se trataba de la Condesa, abrió enseguida, sin importarle estar desvestido, y apenas se miraron con dificultad en la oscuridad de la noche, sus corazones parecieron detenerse.

Ella entró a la habitación de huéspedes, y los del joven Juan de Castañeda cerró la puerta.

Entonces, él le dijo con voz baja:

Permítame señora acercarme a usted lo suficiente, para poder así yo contemplar muy de cerca su hermoso y fino rostro.

Permítame también señora, probar el sabor de esos sus jugosos labios, para así poder yo aplacar esta inquietud que consume mis entrañas, y que me ocasiona este inusual desmayo.

Doña María Magdalena extasiada por aquellas suaves y agradables palabras que le eran dichas con ternura, le contestó al joven:

Permiso tienes de acercarte lo suficiente a mi Juan, para que contemple yo también tu apuesto rostro, y así pueda probar yo también tus tiernos labios.

En aquel momento, los labios de Doña María Magdalena Catalina y el joven Juan de Castañeda se acercaron lentamente.

Las miradas de ambos no se apartaron de sus ojos, y mientras sus corazones latían intensamente, las manos y las piernas les temblaban de los acrecentados nervios.

Apenas bastó que se rozaran aquellos labios, para que les siguieran enseguida las apasionadas caricias.

Vaya combinación de cuerpos tan dispareja en aquella oscura habitación de huéspedes. Mientras ella rebasaba los cuarenta años, el apenas había superado los veinte.

¡Vaya pecado que cometió aquella mujer falta y deseosa del cariño, que sucumbió sin resistencia a las más mínimas caricias de un hombre, que podría bien ser su hijo!

¡Vaya pecado que cometió aquel joven hombre, que no evitó en ningún momento enamorarse de quien a no debía hacerlo!

Amaneció al día siguiente, y el joven Juan de Castañeda no partió de la hacienda de la Santa Catarina como debía de hacerse.

No habría de hacerlo ahora que había descubierto el amor. Y mientras Doña María Magdalena volvía a su habitación, el joven Juan de Castañeda redactaba una carta para sus señores padres.

Una carta donde les informaba su deseo de permanecer más tiempo en Santiago Tuxpan, lugar donde gracias a la Condesa María Magdalena Catalina, él se había vuelto un hombre de bien.

Desde aquel día, el joven Juan se convirtió en un capataz de la hacienda de la Santa Catarina. Ya no tendría que usar más las ropas de uno de los criados, porque la señora Condesa, le mando traer ropas nuevas para que las vistiera a partir de aquel día.

Había nacido un gran amor. Un gran romance que era un secreto para todos en la hacienda de la Santa Catarina y en Santiago Tuxpan, excepto para la criada Jacinta y para el fraile Tomas.

Sí, ese era un amorío muy peligroso para ambos amantes. Porque de ser descubierto tanto en el pueblo, así como en la ciudad de México, una tempestad se les vendría encima.

Entonces, al terminar aquel primer día, la Condesa y el joven Juan de Castañeda se encontraron nuevamente en el comedor para la cena.

No habían dejado de pensar el uno en el otro todo aquel día, y aquella nueva situación entre ambos, ahora les hacia mirarse diferente.

Rieron y platicaron muy amenamente mientras cenaban, y al momento de concluir la cena, la Condesa fingió irse a su habitación para despistar a los criados que laboraban en la hacienda, y cuando el último de ellos se ausentó a descansar, ella salió muy en silencio con rumbo a la habitación de huéspedes, para el añorado encuentro con su amado.

Amanecía al día siguiente, y estando la mujer entre los brazos del joven Juan de Castañeda, habló estas palabras:

He de confesarte Juan, que soy yo incapaz de moderar este profundo sentimiento, el cual enciende y quema mis entrañas.

Yo sé muy bien que probablemente este sentimiento arruine mi moral, pero por causa de su hermoso efecto, no he de renunciar a lo que por ahora estoy sintiendo.

Apenas se enteren de estos hechos en la Ciudad de México, tal vez ya no seré más requerida a los opulentos banquetes. Mis oídos pueden ya escuchar las ásperas palabras y los acusadores comentarios que harán de mí las amistades, pues apenas alumbraba yo a mi hijo primogénito, tú también nacías en aquellos mismos tiempos.

Mas ten por seguro, que no será agachada mi cabeza, pues vale más perder por completo mi reputación, a renunciar a este hermoso sentimiento.

Yo también he de decirte, que esta que es mi casa, será también tu casa. La mesa en el comedor no estará ya más vacía, porque tu comerás de ahora en adelante a mi lado, y mi cama ya no estará más fría, porque tú le proporcionaras el añorado calor.

¡Si Juan, así será! Porque tú mitigarás este frio existente en mi alma, y lo harás con el calor acogedor que emana de tu resplandeciente juventud.

Y como ella dijo ese día, fue como sucedió, porque aquellos dos, de día muy bien disimulaban ese incendio que se guardaban dentro, pero de noche aguardaban a que todos en la hacienda pernoctaran, para un día ella acudir a la habitación de huéspedes y al día siguiente, ser él quien acudiera a la habitación principal.

Solo la esclava Jacinta como cómplice, y el fraile Tomás como confesor, sabían lo que por las noches sucedía en la hacienda de la Santa Catarina.

Transcurrieron los días hasta que se completó un mes, y las miradas y sonrisas por parte de los enamorados era cada vez más evidente. Entonces, el capataz José Cárdenas comenzó a sospechar de aquella relación, y no solo él sino que los rumores comenzaron a correr salidos de las bocas, de un criado a otro en el interior de la hacienda.

Por aquellos mismos días, cuando las sospechas de los criados en la hacienda parecían ser una realidad, Doña María Magdalena Catalina, decidió mostrar al joven Juan, un sitio que se mantenía en secreto en las tierras de la hacienda de la Santa Catarina.

Un sitio bien oculto, macabro y tenebroso, que bajo el suelo del valle de Anguaneo se encuentra.

Con engaños lo invitó a acudir a la capilla condal de la Santa Catarina, y cuando estuvieron solos, ella se puso junto al altar, y le indicó a Juan acercarse a ella.

Cuando él llegó hasta el altar, ella señaló hacia el suelo y removió un pesado tapete, que servía como piso para el sacerdote mientras celebraba la misa.

Ahí estaba lo que parecía ser una puerta secreta, entonces, Doña María Magdalena Catalina jaló de la argolla bien clavada en aquella puerta de madera, y la abrió con dificultad, para dejar expuestas aquellas estrechas escaleras que llevaban hasta un oscuro y misterioso sitio subterráneo.

El joven Juan abrió grandes sus ojos, y enseguida preguntó a la mujer:

¿De qué es lo que se trata esto? En alguna ocasión había escuchado a los criados de la hacienda, hablar acerca de un lugar subterráneo, un lugar frio y oscuro, donde los antiguos habitantes de estas tierras llevaban a sus muertos.

Ella le dijo:

Es este el lugar del que escuchaste hablar Juan, ese sitio oscuro y frio que parece ser el escenario de algún cuento o relato macabro, y que me atemoriza en cantidad cada que tengo que descender a ella.

Ahora, toma tú uno de los candiles del altar, que yo tomaré otro. Porque descenderás conmigo por las escaleras, y te mostraré un sitio que quiero mostrarte, y que ya es tiempo de que te muestre.

El joven Juan, aún sin comprender, tomó el candil y aguardó a que la mujer fuera la primera que bajara en aquel sitio de misterio.

Bajaron con lentitud las escaleras, el abundante vestido de la Condesa apenas pasaba por tan estrecho descenso, y cuando hubieron entrado, la mujer encendió un candelabro que ahí siempre estaba, entonces, el lugar se iluminó, y Juan pudo contemplar lo tenebroso de aquel sitio.

Entonces, sus temores más profundos se hicieron presentes, y pidió enseguida una explicación a la Condesa acerca de ese extraño y oculto lugar.

Ella le dijo al asustado Juan:

Siempre ha estado aquí Juan, mi abuelo construyó esta hacienda y esta capilla justo encima de lo que los nativos, incluida mi madre, llamaban el mundo de los muertos.

Nadie nunca ha podido siquiera calcular su extensión, y a la llegada de los españoles a estas tierras, frailes y soldados se perdieron en la inmensa oscuridad, en búsqueda de los tesoros que aquí muy bien se guardan.

Porque esta gigantesca gruta sirvió como cementerio a los antiguos, tal y como tú ya lo habías escuchado. Así que ahora sabes que es verdad. La gruta existe.

Cuando de niña entré por vez primera, lo hice en compañía de mi padre. Yo para ese entonces tenía como unos seis años de edad.

Haríamos el recorrido de la hacienda de la Santa Catarina hasta el altar mayor del Templo de Santiago Apóstol.

Una mula cargada con dos sacos de doblones de oro, que mi padre tenía que entregar a los frailes franciscanos clandestinamente, para ocultar algún negocio turbio que nunca supe de que se trato, era el motivo del recorrido.

Yo iba agarrada fuertemente de la mano de mi padre mientras avanzábamos, solamente un capataz de mi padre nos acompañaba, ese capataz que había ya recorrido ese trayecto una y otra vez, y que había clavado en las paredes estos mismos candiles que hoy todavía son encendidos cuando yo desciendo.

Candiles que no solo nos alumbran en tan penetrante oscuridad, sino que también nos guían por tan engañoso y traicionero laberinto de entradas y salidas, que son capaces de perderte para que nunca encuentres la ruta de salida.

Entonces, aquel día, los sonidos de los gritos de angustia y de terror que rebotan por las pétreas paredes de la gruta, y que son los ecos de los que se perdieron y jamás salieron, llegaron hasta mis oídos.

Fue tal el susto que lleve entonces, que cuando estuvimos afuera, caí en cama y no hablé durante días.

Entonces, mi padre desesperado ante los estragos que hacía en mí aquel gran susto, mandó traer del pueblo de Santiago Tuxpan a una anciana de nombre Esther.

En el pueblo era bien sabido que ella había heredado de su madre el conocimiento y el ritual de la sanación del espanto, y alentado por los criados de la hacienda, mi padre mandó traer a la mujer para que me sanara.

Ella vino a la casa de la hacienda de la Santa Catarina, y cuando yo la vi, el susto pareció acrecentarse.

Era una anciana de largos cabellos blancos, a la cual le faltaban algunos dientes, su voz era ronca y áspera, y su mirada muy profunda.

Entonces, me preguntó cuál era la causa de mi espanto. Yo guardé silencio como lo había hecho desde aquel día que entré en la gruta.

Ante mi silencio, la mujer miró a mi padre y en voz baja le dijo algunas palabras que yo no pude escuchar.

Enseguida, solicitó que me llevaran hacia el huerto de la hacienda, que me colocaran junto a la pileta que ahí está, y ella en tanto, comenzó a cortar flores de las diferentes especies y los diversos colores que crecen en el lugar.

Cuando no pudo contener más ramilletes en sus manos, vino hacia la pileta y arrojó todas las flores al agua. Después, me desvistió casi en totalidad y me metió en la pileta, mientras en voz baja y entrecortada, decía las palabras de su ritual.

Ese día concluyó cotidiano y al caer la noche, el sueño vino a mí. Aquel extraño ritual de sanación del espanto, había dado resultado.

El joven Juan escuchó todo el relato, mientras miraba hacia todas direcciones. El frio que hacía en la gruta, había comenzado ya a atormentar al joven Juan, el cual, seguía a la señora Condesa por aquel sitio, mientras ella encendía los candiles que había colocados en las paredes para guiar e iluminar.

¡Vaya lugar tan tenebroso! Donde es casi imposible dejar de perderse. Mas el fuego de los candiles servía de guía en medio de tantas salidas y entradas.

Sí, salidas y entradas por donde corrientes de aire frio y a veces caliente, circulan acompañadas de extraños sonidos, que unas veces parecen lamentos, y otras veces parecen risas.

Y mientras Doña María Magdalena caminaba serena, el joven Juan impaciente y alerta, temblaba de miedo. Solo el consuelo de saberse acompañado por su amada en tan intimidante sitio, le hacían mitigar sus temores.

Llegó el momento en el cual, Doña María Magdalena detuvo su paso y señalo hacia una entrada.

No había ninguna marca ni alguna señal que indicara que ahí adentro se encontraba algo. Pero Doña María Magdalena entró primero y el joven Juan enseguida de ella.

La mujer entonces, se apresuró a encender los numerosos candiles que iluminaron el lugar.

Era una habitación natural, bien escondida en el interior de aquella gruta, y donde acomodados en desorden, había toda clase de objetos muy valiosos.

Había cuadros con pinturas, candiles de oro y plata, había también numerosas figuras que habían esculpido con sus manos los antiguos habitantes de Tochpan.

Había también grandes cantidades de oro en lingotes, y también en doblones que estaban en el interior de sacos de cuero, y que estaban recargados y alineados en una de las paredes.

Del techo, y de las paredes también, colgaban algunas talegas, que contenían reales y doblones de oro y de plata.

Había unos taburetes y urnas de muy finas maderas, que guardaban diademas y collares de brillantes y perlas, los cuales, según le dijo la Condesa al joven Juan, habían pertenecido a su abuela, y a la madre de su abuela.

Aquel joven Juan no salía de su asombro, pues era aquella habitación natural como sacada de un sueño, y el temor que infundía aquella gruta, en aquella habitación secreta huía de los pensamientos ante tantos tesoros y riquezas.

"La habitación secreta de la gruta" Así fue como nombraba la señora Condesa a aquel lugar, del cual, solamente ella, la criada Jacinta y el capataz José Cárdenas conocían su ubicación exacta.

Y es que la serpenteante gruta subterránea, que dotada de tan numerosas y peligrosas ramificaciones, en verdad era un mortal laberinto.

No temía la señora Condesa de que alguien algún día encontrara aquella habitación de los tesoros, porque no había nadie en Santiago Tuxpan que se atreviera a aventurarse a ingresar a la gruta, arriesgándose a quedar atrapado en su oscuridad para siempre.

Además, las entradas a tan tenebroso sitio, se encontraban en sus propiedades. Una en la capilla condal de la hacienda de la Santa Catarina. Otra en la casa de los Condes de Miravalle en el pueblo de Santiago Tuxpan, y una más, detrás del altar mayor del Templo de Santiago Apóstol.

Salieron de la gruta, y ese día el joven Juan no pudo dormir a causa del asombro que le ocasionó ver tal cantidad de riquezas en un solo mismo sitio.

Vivian sus días de una manera muy intensa la señora Condesa y el joven de Juan de Castañeda. Pero más intensas eran las noches, donde se entregaban en cuerpo y alma.

Y lo que en un principio fue una intensa relación clandestina, después paso a ser una relación discreta, que después, fue una relación abierta e incluso, con demostraciones de descaro y desvergüenza por parte de ambos amantes cuando acudían al pueblo de Santiago Tuxpan.

Los amantes disparejos paseaban a menudo en el carruaje de la señora Condesa por las calles del pueblo ya sin ningún miedo de ser vistos.

Vaya imágenes ante los ojos de todos los habitantes de Santiago Tuxpan. Doña María Magdalena Catalina abanicando altiva y altanera su acalorado rostro, mientras presumía a su joven como si de un trofeo se tratase.

Y recorrieron todas las haciendas de su propiedad, y se amaron en cada una de ellas.

Por aquellos días, la señora Condesa recibió la visita del fraile Tomás para reprenderla por su comportamiento.

Mujer falta de moral y falta de respeto por sus hijos. Así fue como se refirió a ella.

Y es que la señora Condesa no quería volver a la ciudad de México con sus hijos, porque de hacerlo, tendría que renunciar a ese amor que vivía muy plenamente con el joven Juan de Castañeda en Santiago Tuxpan.

La reprimenda que fray Tomás puso a la señora Condesa fue mayúscula, y la hizo sentir como la peor de las madres.

Y en parte el fraile tenía razón, pues aunque sus hijos se encontraban bien cuidados por su hermana Maria Teodora Francisca, ellos aún la necesitaban.

Su hijo José Justo, que era el mayor, tenia veinte tres años, tan solo una año mayor que el joven Juan de Castañeda. En cambio Águeda, si era de la misma edad que su amante, incluso, se conocían desde infantes en la ciudad de México, debido a la amistad con sus padres.

Por sus edades, José Justo, Águeda y Joaquín Alonso podían valerse por sí solos, pero Maria Josefa, Vicente, Maria Catalina y la menor, Maria Antonia, aun necesitan de cuidados. Maria Francisca era aparte, debido a que se encontraba en el convento viviendo su vida religiosa.

Entonces, conmovida por saberse una mala madre, la Condesa decidió ese mismo día volver a la ciudad de México, y olvidarse del Joven Juan de Castañeda.

La firma de una venta de ganado a un noble de San José Taximaroa, eran la única razón por la cual, la mujer tendría que retrasar su partida durante dos días.

Esa noche, Maria Magdalena Catalina no acudió al comedor para la cena como siempre, y fue la criada Jacinta la que a escondidas de su señora, le dijo al joven Juan lo que sucedía.

Apenas se enteró de aquella decisión, al joven Juan de Castañeda se le quebró el corazón en mil pedazos.

Se apresuró a escribir una carta para su amada, y siendo consciente de la situación, no se atrevió a entregársela personalmente, por lo que acudió hasta la habitación principal de la casa de la hacienda de la Santa Catarina, y la arrojó por debajo de la puerta.

La carta que el joven Juan de Castañeda arrojó por debajo de la puerta de la habitación de la señora condesa decía:

Sé muy bien mujer, que estoy ocasionándote un gran problema y conflicto interno a causa de mi presencia en tu hacienda.

He escrito esta carta para informarte que voy a marcharme a la misma hora que comienzan a aparecer los rayos del sol en el horizonte.

No habrás de derramar una lágrima más por mi causa María Magdalena Catalina. Mas antes de alejarme de tu vida, si he de confesarte, que me voy con el corazón destrozado y sufriendo en abundante cantidad.

También me voy al mismo tiempo contento por haberte conocido, y por haber formado parte de los días de tu vida como lo he hecho, amándote.

¡Hasta siempre María Magdalena Catalina! Recuérdame cada que acudas a contemplar el paso de las apacibles aguas del rio, mientras los jilgueros entonan su sonoro canto.

Apenas terminó de leer las letras de la carta la Condesa, su corazón comenzó a estremecerse.

Entonces, ella salió a toda prisa de su habitación, y a oscuras caminó por los pasillos de la hacienda a tientas, hasta llegar a la puerta de la habitación de huéspedes, donde el joven Juan aguardaba impaciente a que eso sucediera, pues seguro estaba que ella acudiría a él, apenas concluyera la lectura de su carta.

Cuando María Magdalena Catalina llegó a la puerta de aquella habitación, se recargó sobre ella y reflexionó acerca de si debía o no llamarlo.

Tal vez podría tratarse del último encuentro de dos amantes que por las circunstancias, estaban obligados a sacrificar su amor, o tal vez podría tratarse de una noche intensa, donde las suplicas al no abandono, resonaran por las paredes de la habitación.

Eso pensaba la mujer, mientras el interior de su cabeza parecía colapsar a causa de la perdida inminente del ser amado.

Mientras tanto, el joven Juan de Castañeda, recargado también en aquella puerta, escuchaba las agitadas respiraciones que Doña María Magdalena Catalina emitía.

La Condesa en aquel momento no sabía qué hacer. Dejar que el joven Juan se marchara, significaría perder la identidad de mujer dura y valiente que siempre la había caracterizado, y también significaría aceptar que sus hijos y sus amistades decidieran como vivir su vida, sin importar su felicidad o infelicidad.

Entonces, ella llamó al joven Juan de Castañeda con voz baja en dos ocasiones. Él se sintió aliviado al escuchar el ansiado llamado, y enseguida abrió la puerta.

En medio de aquella oscuridad, las bocas se buscaron y se encontraron aun antes que las miradas, y cuando los labios comenzaron a besarse, Doña María Magdalena Catalina se apartó del joven Juan estrepitosamente y con palabras firmes, pero fingidas le dijo:

Solamente he venido a despedirme de ti Juan, pues a la hora de tu partida, yo aun estaré durmiendo.

El joven Juan de Castañeda, acongojado le contestó:

Son demasiado dolorosas para mí, las circunstancias de mi inesperada partida, obligados somos por las poderosas circunstancias a separarnos. Es preciso que me marche yo primero que tu, pues no seré capaz de soportar ni un solo minuto tu ausencia.

Ahora sal de esta habitación mujer, pues a partir de este momento, quiero recordarte como tú eras conmigo antes del día de ayer. No quiero que la última imagen que se guarde en mi memoria de ti, sea la de una María Magdalena Catalina triste.

¡Es preciso te vayas ahora mujer! Yo te prometo que te recordare siempre cada día y cada noche que transcurra de ahora en adelante por el resto de mis días, y te recordare como hasta hoy te recuerdo, amándote.

La mujer no fue capaz más de contener su amor reprimido, y le dijo al joven Juan de Castañeda estas palabras:

Si es esta nuestra última noche juntos, entonces, no me prives tu de tenerte entre mis brazos, pues no habré de tener yo la serenidad suficiente para conciliar el sueño, si no me lo permites.

El joven Juan de Castañeda le contestó:

Entonces, condúceme tú muy lentamente con tus manos hacia la gloria que me provoca tu pasión desenfrenada.

A la mañana siguiente, la señora Condesa empapada de amor, no le permitió partir al joven Juan de Castañeda, y ella por su parte, decidió no partir con rumbo a la ciudad de México.

Pero no pasaron muchos días desde lo sucedido, cuando muy inesperadamente y sin aviso, el joven José Justo, hijo de la señora Condesa llegó hasta la hacienda dc la Santa Catarina en Santiago Tuxpan una noche.

Cuando su María Magdalena Catalina lo vio descender de su carruaje, salió estrepitosamente a recibirlo.

Lo abrazo y lo beso en incontables ocasiones, pero a su joven hijo, parecía no importarle los cariños de su madre, y en ningún momento se notó contento por haber venido a visitarla.

Ante su actitud, la señora Condesa le preguntó:

¿Qué es lo que sucede José Justo? ¿A caso no te da alegría alguna el verme?

Sin contestar a su pregunta, el joven José Justo le contestó:

Una carta anónima me ha sido enviada desde Santiago Tuxpan madre. Apenas leí yo su contenido, me escandalice y me llene de espanto.

Y cuando termine de leer yo la última palabra de aquella inesperada correspondencia, subí a mi carruaje y me dirigí hasta aquí con tremenda prisa.

No es de asombrarte que me veas profundamente enfadado, y tampoco te enfades conmigo querida madre en cuanto empiece yo a pronunciar hacia ti una casi infinita lista de reclamos y reproches.

Porque enterados somos todos tus hijos de tus indecentes comportamientos en este pueblo, y con profunda tristeza vemos en lo que has degenerado.

Doña María Magdalena Catalina le dijo:

Nada de lo que has dicho harás porque yo soy tu madre y como tal, no tienes ningún derecho a reprocharme nada José Justo.

Si es esta tu actitud hostil, es mejor que antes de que pretendas entablar cualquier conversación que nos pueda resultar a ambos incomoda, subas nuevamente a tu carruaje y te pongas de vuelta rumbo a la ciudad de México.

Ahora bien hijo mío, no me importa quién, ni con cuales muy desconocidas intenciones, alguien te ha escrito para comunicarte lo que para todo Santiago Tuxpan es ya muy evidente.

Más de una vez te advierto José Justo, que no voy a renunciar por nada, ni por nadie a este sentimiento. Ni siquiera renunciaré por ti, o por cualquiera de tus hermanos y hermanas.

¡Que eso te quede bien en claro José Justo! Porque nadie, absolutamente nadie de ustedes, puede darme lo que Juan me da.

Ahora, es mejor que vuelvas a la ciudad de México, y cuentes a tus hermanos y hermanas lo que te he dicho.

El joven José Justo indignado le dijo:

No solo se lo diré a mis hermanos y hermanas, sino también a los padres de Juan, y a tus amistades, y a todos a quienes te estiman y te guardan respeto.

La mujer enfadada le dijo a su hijo:

Habla con quien quieras José Justo, coméntales de mi comportamiento a mis muy ilustres amistades. Que exploten contra mí los padres de Juan y que la sociedad entera me juzgue por el simple hecho de amar con locura, y de sentirme amada de igual manera.

¡Hazlo José Justo! Mas cada que lo cuentes, no te olvides de cómo tu madre ha peleado como una fiera contra todo y contra todos para que tú te hagas de una excelente posición en este nido de serpientes donde te tocó vivir.

¡Ahora vete José Justo! Y no vengas a mi nunca más de la misma manera como lo has hecho esta noche.

José Justo salió con los ojos inflamados de las lágrimas que querían brotar de sus ojos a causa de tanto sentimiento.

Él, iba a toda prisa por el atrio de la hacienda, dispuesto estaba a no pasar aquella noche bajo el mismo techo que su madre.

Y justo en aquel momento, apareció en el atrio de la hacienda el joven Juan de Castañeda.

El joven Juan apenas vio a José Justo, le dijo gustoso:

¡José Justo, amigo desde la infancia! ¿Cuándo es que has llegado a Santiago Tuxpan?

El hijo de la Condesa se detuvo de golpe apenas escuchó su voz. Entonces, levantó muy lentamente su mirada para mirarlo con un tremendo odio a los ojos.

Enseguida, José Justo comenzó a caminar amenazante hacia el sorprendido y confundido Juan, y el enfrentamiento para ese entonces se volvió inevitable, y en aquel momento, Juan comprendió lo que ocurría.

Este no intentó siquiera decir alguna explicación al que evidentemente ya no era más su amigo, mientras José Justo caminaba hacia él, y cuando estuvo lo suficientemente cerca, se detuvo y una lágrima rodo por su rostro.

El joven Juan entonces le dijo:

Bien Merecedor soy de tu desprecio José Justo, y una enorme pena siento yo por el malestar que te estoy ocasionando.

Mas lo que a ti te hace odiarme con esas tremendas fuerzas con las que me estas odiando, eso mismo, es lo que hace que tu madre viva en armonía todas las horas que traen consigo todos los pintorescos días en este sitio.

¡Lo siento mucho José Justo! En verdad lo siento demasiado, yo hubiera preferido que no te enteraras. Más tarde o temprano habrías de hacerlo.

Ahora que ya lo sabes, es preciso que lo aceptes con cordura, pues nada ni nadie va a poder impedir que tu señora madre y yo, sigamos amándonos.

Apenas cayó su boca el joven Juan, el enfurecido José Justo se fue en su contra.

Los golpes que el hijo herido propinaba al joven amante, pudieron escucharse hasta la habitación de la Condesa, y apenas escuchó ella aquel encuentro, salió corriendo a toda prisa, recogiendo con sus manos el pesado vestido que llevaba puesto para no tropezar.

Cuando Doña María Magdalena Catalina llegó al sitio, José Justo había derrotado al joven Juan en tan acalorada contienda, y prestó estaba a arrebatarle la vida, estrangulándolo con sus enfurecidas manos.

María Magdalena Catalina, presa del pánico, se avalanzó sobre José Justo, y en un acto de desesperación, propinó tremendos golpes al rostro de su hijo, valiéndose incluso de uno de sus elegantes zapatos.

En aquel momento, José Justo presa del asombro por lo que su madre estaba haciendo, soltó al derrotado joven Juan.

Entonces, se llevó las manos a su nariz, y limpió la sangre que de ella fluía.

Agitados y cansados los tres cuerpos, con las respiraciones aceleradas y con los corazones latiendo a toda prisa, se miraron y guardaron silencio.

José Justo entonces, mostró su mano llena de su sangre a su madre y le dijo:

¡Adiós madre, te recordare como cuando eras una mujer decente!

Aquellas palabras hirieron muy profundo el corazón de la Condesa. Mas muy bien disimuló el enorme arrepentimiento que sentía ante su hijo, por haberlo lastimado en cuerpo y alma, y no contestó a él ni una sola palabra.

José Justo se marchó de la hacienda de la Santa Catarina en aquel mismo instante con el corazón destrozado.

Doña María Magdalena Catalina en tanto, mandó preparar un baño caliente para el aun asustado joven Juan, y estuvo con él en todo momento ofreciéndole un sin fin de disculpas y perdones en el nombre de su hijo José Justo y de toda su familia, hasta que este concilió el sueño.

Pero aquella violenta noche, mientras la Condesa, el joven Juan y José Justo se lamentaban, había uno que celebraba aquel inesperado encuentro entre la madre, el hijo y el amante.

Sí, solo uno, aquel quien envió la delatadora carta a José Justo, informándole con lujo de detalles, lo que en el interior de la hacienda de la Santa Catarina de Santiago Tuxpan estaba aconteciendo.

Sí, solo ese a quien su plan había resultado perfecto. Ese ser malvado y sin ningún escrúpulo, que había puesto en el peor de los papeles a María Magdalena Catalina ante sus hijos.

¿Con que finalidad alguien le había hecho tanto daño a la Condesa?

Esa fue una pregunta que ella y el joven Juan de Castañeda no dejaron de hacerse toda aquella noche, sin tener a ningún sospechoso en mente.

Y es que en verdad nunca sospecharían del personaje de misterio, que ocultándose cobardemente detrás del anonimato, envió aquella carta a José Justo.

Ese personaje, que no podía ser otro más que Fray Tomás, que invadido por los celos, envió aquella carta muy perversamente hasta la ciudad de México, y es que el fraile, en verdad amaba a Maria Magdalena Catalina.

Pero ¿Cómo podría ser posible ese sentimiento que atormentaba su alma? Si él era un hombre consagrado a Dios

Actuó como actuó el fraile por egoísta, porque sus intentos de alejar a Maria Magdalena Catalina del joven Juan de Castañeda habían sido infructuosos, y reventaba de rabia tan solo de saber que se amaban todas las noches con locura en la hacienda de la Santa Catarina

¡Malvado fraile alquimista! ¡Qué equivocado estaba con su vocación!

Mas de nada habría servido este nuevo intento del fraile Tomás por separarlos, porque esa situación en vez de ocasionar su ruptura, los unió mas.

A la mañana siguiente, ya nada tenía que perder Doña María Magdalena Catalina, su hijo José Justo iría a la ciudad de México a hablar con sus hermanos del amorío que su madre mantenía en Santiago Tuxpan.

Y allí mismo en el pueblo, la noticia se sabría enseguida, esto debido a la escaza discreción de los criados de la hacienda, pero eso fue algo que a la mujer no le importó y no quiso evitar, incluso, desde aquel mismo día, invitó al joven Juan de Castañeda a mudarse a su habitación.

# Capítulo 13
## Traición en la Santa Catarina

Por aquellos días vino a la hacienda de la Santa Catarina en Santiago Tuxpan, una sobrina segunda de la señora Condesa, hija de una prima suya, por parte de los Dávalos.

Era una dama de rizados y rubios cabellos, con una mirada profunda, que reflejaba a quienes la veían, esto debido al tenue azul de sus ojos; de veinte años de edad era aquella encantadora huésped, de nombre, María Rosetti.

La atracción que sintió María Rosetti por el joven Juan de Castañeda fue inmediata. No era para menos que un joven tan apuesto y bien parecido, le resultara irresistible a la señorita que siempre estaba restringida de hombres de su edad en la ciudad de México.

En secreto, comenzó a enamorarse del joven Juan de Castañeda, quien ocupaba la habitación principal en el corazón de su madura tía, la Condesa María Magdalena Catalina.

Entonces, comenzó a sentir rencor su corazón, sí, un rencor muy peligrosamente mezclado con amor.

Rencor hacia su tía la Condesa, que en muy egoísta actitud se había apoderado de aquel a quien le doblaba la edad, y amor indescriptible, por el mismo joven que ya ocupaba todos sus pensamientos.

Fue su muy ensayada discreción la que no delató a la señorita María Rosetti acerca de los profundos sentimientos que le provocaba el joven Juan de Castañeda cada que este la miraba.

Sentimientos de pasión y de deseo, de amor y de tortura. Sí, de tortura, porque no podía expresar esa sensación que le quitaba el sueño y le afligía el alma.

Fue durante una cena en la hacienda de la Santa Catarina, el comedor lucía radiante como siempre, la mejor vajilla había sido puesta en la mesa, y suculentos alimentos eran servidos en honor de la visita.

La señora Condesa acudió radiante al comedor, y se mostraba contenta en cantidad por el afecto que su sobrina le mostraba. Después de todo, era una de las muy pocas personas que se había atrevido a ir a visitarla a Santiago Tuxpan, sin importarle su reputación de mala madre.

Ambas rieron y conversaron de las cosas que hacían la diferencia entre el pueblo de Santiago Tuxpan y la ciudad de México, y en una balanza pusieron los pros y las contras de vivir en las provincias y lejos de la siempre acusadora sociedad virreinal.

Se divertían con graciosos comentarios, mientras se encontraban a la espera del joven Juan de Castañeda y del otro invitado que acudiría a la convivencia aquella noche, Fray Tomás.

Llegó primero el invitado, quien saludó como siempre con amabilidad y respeto a la señora Condesa, siempre agradecido el fraile, por el aprecio y la confianza que la mujer y el joven Juan de Castañeda le tenían.

Mas por dentro hervía su sangre de envidia, pues aquellos dos enamorados no disimulaban su inmenso amor en ningún momento.

¡Pobre fray Tomás el enamorado! Estaba destinado a probar de la amargura que le ocasionaba su muy equivocado sentimiento.

Mas el fraile era un gran maestro de la hipocresía, y en ningún momento evidencio el malestar que le ocasionaba aquel amorío.

Esas sensaciones de amargura y frustración, eran las mismas sensaciones que también experimentaba en su interior la joven Maria Rosetti.

Pero, muy a diferencia del fraile, la joven María Rosetti tenía más posibilidades de liarse en un amorío con el joven Juan de Castañeda, debido a que su condición no era inmaculada.

Por aquellos días, problemas importantes surgieron en las huertas de guayabas, propiedad de la señora Condesa, en el pueblo de Santa María de la Asunción Jungapeo, por lo que la presencia de la mujer fue solicitada de inmediato por sus capataces.

Se ausento de la hacienda de Santiago Tuxpan la señora Condesa durante muy pocos días, los cuales permaneció en el pueblo de Santa María de la Asunción Jungapeo.

Esa ausencia obligada, tan inoportuna para la señora Condesa, pero tan oportuna para la impaciente María Rosetti, fue aprovechada por esta última, para acudir silenciosa en medio de la noche a la habitación principal de la hacienda de la Santa Catarina, venciendo a ese miedo que comúnmente las mujeres tienen a la oscuridad.

La joven María Rosetti, se deslizó sigilosa cual serpiente astuta por los pasillos de la casa, hasta llegar a la puerta de la habitación donde se encontraba el joven Juan de Castañeda, por el cual, había perdido la tranquilidad y el sueño.

Trató de abrir la puerta por el dorado picaporte, pero este se encontraba bien cerrado. En ningún momento pensó en detener su plan la señorita, y arriesgándose a ser descubierta, tocó a la puerta de la habitación con discreción, temiendo no ser escuchada por el joven que adentro dormía.

El joven Juan de Castañeda escuchó a la primera llamada de la puerta, y alarmado, se levantó enseguida y la abrió.

Ahí se encontró con la joven María Rosetti, la cual, sin pronunciar palabra alguna se apresuró a besar con desesperación su boca.

El joven Juan sorprendido y un tanto asustado por lo acontecido tan inesperadamente, alejó enseguida a la aventurada joven de sus labios, la cual, se negó a detener sus ansias.

Trató el joven Juan de Castañeda de resistirse ante el ofrecimiento de tan atractiva joven, pero no pudo vencer a sus instintos, y en la misma habitación que compartía con María Magdalena Catalina, le cometió el acto supremo de infidelidad.

Al día siguiente, acudió el joven Juan de Castañeda al convento de los frailes franciscanos para entrevistarse con su amigo y confidente Fray Tomás.

Acudió a él porque tenía que sacar de su pecho aquella pesada carga que no le dejaba respirar. Y qué mejor que hacerlo con un amigo que en calidad de confesor, no solo le aconsejaría, sino que también le impondría una penitencia por la falta cometida.

Con lágrimas de arrepentimiento, el joven Juan narró a Fray Tomás el pecado y la traición carnal que había cometido en contra de María Magdalena Catalina y, esperaba muy justamente ser reprendido, castigado e incluso humillado por su falta.

Mientras se confesaba, el joven pecador no pudo mirar al fraile a los ojos, y cuando hubo terminado, el fraile Tomás en tanto, levantó su cabeza con sus manos y le dijo las siguientes palabras:

Joven Juan, amigo mío, que por causa de tu juventud has actuado conforme a tu naturaleza. No es de juzgar en demasía lo que has hecho, pues estando tu acostumbrado a la flacidez de un cuerpo maduro, no dudaste en ningún momento en probar de la firmeza de un cuerpo tierno.

No hay ninguna malicia en tus actos, pues solo has seguido a tus instintos, y solo serán suficientes tres rosarios y cinco padres nuestros, para que te sacudas esas sensaciones que hoy te hacen sentir culpable.

¡Levanta ahora la cara Juan, porque no es ningún pecado lo que has hecho!

El joven Juan se mostró sorprendido por la ligera reacción de Fray Tomás, de quien esperaba una dura reprimenda, mas sintiéndose absuelto por el religioso, se marchó tranquilo del convento, y partió con rumbo a la hacienda de la Santa Catarina.

Mientras tanto en el convento, fray Tomás comenzó muy ventajosamente a tramar un muy tremendo plan, para provocar el enfrentamiento devastador entre la señora Condesa y su joven amante.

Porque en verdad él era un mal fraile, lleno de resentimientos en contra de aquel joven Juan, que corrió con la suerte de encontrarse con el amor, un sentimiento que el fraile experimentaba, pero que no podría probar jamás.

Sí, porque su corazón estaba lleno de rencores y de odios muy profundos, así como de pensamientos malévolos que rondaban en el interior de su mente todo el tiempo, porque en verdad, fray Tomás se había equivocado en el llamado de su vocación.

Entonces, el joven Juan creyendo que su secreto estaba seguro con su amigo fraile, decidió evitar en todo momento a la joven María Rosetti, quien en secreto y con desesperación no dejaba de buscarlo.

Llegó María Magdalena Catalina una tarde, cuando el sol estaba presto para ocultarse detrás de los cerros en Santiago Tuxpan.

Apenas bajó de su elegante carruaje, corrió a toda prisa, levantándose el vestido con sus manos para no tropezar en los escalones de la entrada de la casa de la hacienda de la Santa Catarina.

Su urgencia era encontrarse con el joven Juan lo antes posible, para confirmarle una vez lo mucho que lo amaba. Él salió a su encuentro y abrazó a la mujer con intensidad. El rostro de la Condesa era de inmensa alegría, mientras el rostro del joven Juan era de culpabilidad y arrepentimiento, muy bien disimulados mientras unían sus labios en aquella bienvenida.

Pero al mismo tiempo, había un rostro que se paralizaba y del cual las lágrimas brotaban. Era el rostro de la despechada María Rosetti, quien una vez más confirmaba con tristeza, que lo sucedido entre ella y el joven Juan solamente había sido pasajero.

A la mañana siguiente, se encontraron los tres en el comedor para el desayuno. La alegría que dio a la Condesa el ver nuevamente a su sobrina fue notoria, y cuando se saludaron con un abrazo afectuoso, el Joven Juan pareció palidecer.

Él, seguro estaba que aquella joven jamás abriría su boca para decirle a su tía lo sucedido, mas ese temor por haber cometido la traición suprema, le ocasionaban mareos y hasta náuseas.

Todo parecía marchar tranquilo en la hacienda de la Santa Catarina, y lo sucedido entre el joven Juan de Castañeda y la joven Maria Rosetti, parecía no se sabría nunca.

Se avecinaba la fiesta de San Miguel Arcángel en Púcuaro, y como todos los veintinueve de Septiembre, se llevaría a cabo gran celebración en aquel lugar.

Y para esta ocasión, la señora Condesa había invitado a numerosas amistades de la ciudad de México, para que acudieran a la celebración, que se llevaría a acabo en su hacienda de San Miguel en Púcuaro.

Entre esas amistades y personalidades, figuraban el mismísimo señor Virrey y su comitiva, así como el Obispo de Michoacán.

De su familia, solo su hija Águeda con sus hijos, ya que de toda su descendencia era con la única que mantenía relación mediante correspondencia.

Se llego el día de partir con rumbo de San Miguel Púcuaro, faltaban cinco días para la celebración, pero apenas eran los días suficientes para poder organizarlo todo para que saliera a la perfección, pero, asuntos pendientes con la venta de ganado proveniente del Agostadero, imposibilitaron a la señora Condesa para ausentarse de la hacienda de la Santa Catarina, y como un favor muy especial, pidió a su querido joven Juan de Castañeda y a su sobrina María Rosetti, adelantarse y encargarse de los preparativos.

También les invitó a que hicieran una parada en San José Purúa que les quedaba de paso, esto para que su sobrina se sumergiera en las aguas azufrosas y calientes que de la tierra emanan en aquel lugar, para que purificara su piel y su organismo.

El sudor escurrió de la frente del joven Juan de Castañeda cuando le fue solicitado este favor, mientras una sonrisa adornaba el rostro de la joven María Rosetti.

Salieron aun de madrugada de la hacienda de la Santa Catarina el día veinticuatro de Septiembre del año de mil setecientos cuarenta y cinco, en un carruaje que llevaba las cosas necesarias para una estancia de una semana en la hacienda de San Miguel Púcuaro.

En ningún momento la señora Condesa imaginó lo que entre aquellos dos sucedía, y con abrazos y deseándoles un buen viaje, despidió a su amado con un apasionado beso en la boca.

Ella los alcanzaría tres días después, cuando terminara de arreglar los asuntos pendientes en Santiago Tuxpan.

Esa ausencia del joven Juan de Castañeda, fue muy bien aprovechada por el malvado fray Tomás, que acudió a Doña María Magdalena Catalina apenas se enteró de la ausencia del joven Juan y de María Rosetti.

Su boca se abrió para soltar tanto veneno como le fue posible, y sin ningún temor de Dios, rompió el sagrado secreto de confesión, contándole a la señora Condesa lo sucedido entre el joven Juan de Castañeda y la joven María Rosetti.

La mujer escuchó muy atenta las palabras del fraile, que en su relato, contó los detalles de lo sucedido, debido a la sincera confesión que el joven Juan de Castañeda le había hecho.

Aquel día, el fraile confesó lo confesado, diciéndole a la señora Condesa que lo hacía por la gran estima que sentía por ella.

Incontables fueron las lágrimas que empaparon el pañuelo que la Condesa apretaba fuertemente con sus manos. Fue tan inesperada la sorpresa y tan mayúsculo su disgusto, que parecía, iba a perder el conocimiento en cualquier momento.

Más no fue el conocimiento lo que perdió enseguida la mujer sino el juicio, pues un jarrón de porcelana que presumía unas elegantes amapolas y que adornaba una mesa redonda, fue impactado contra la pared de la estancia principal de la casa de la hacienda, ensuciando el tapiz color beige y azul que la engalanan.

Habló después de aquel ataque de ira Doña María Magdalena Catalina al fraile diciéndole:

¿Acaso será posible que tus palabras puedan ser verdaderas? Juan no se atrevería a hacer algo así, simplemente por una razón Fray Tomás, porque me ama.

El malévolo fraile le contestó:

¡Mujer, el amor te ciega! Es aquel quien dice amarte el mismo que se ha aprovechado de tu soledad. Tú mejor que nadie, conoces el pasado del irresponsable que tantas penas ocasionó a sus padres.

Entonces, la Condesa miró con atención el rostro de Fray Tomás, y pudo ver la presencia de la envidia. Tuvo la mujer la intuición de que lo que aquel fraile le decía, era una gran mentira, se sintió llena de valor y aun temiendo a estar equivocada le dijo:

¡Calla Fray Tomas! El amor tiene el poder de convertir a un ser humano en lo contrario a lo que era.

Eso ha sucedido con mi joven Juan, y yo creo que son solo calumnias y malas voluntades las que hoy salen de tu boca en su contra, y eso es algo que no habré de seguir tolerando.

¡Hoy te desconozco fray Tomás! Pues en lugar de ser un consejero espiritual, pareces ser una serpiente venenosa que se arrastra sigilosa acechando a su frágil e indefensa presa.

¡Sal enseguida de mi habitación y abandona mi casa! Porque desde hoy has dejado de ser mi guía, Fraile.

Fray Tomás le dijo:

Será como tú digas María Magdalena Catalina, me iré sin negar ni una sola de las palabras que sobre mi has pronunciado, mas transcurrido el tiempo, no acudas a mí diciéndome que no te advertí acerca de tu joven Juan, porque llegará ese día en el que descubrirás su cruel engaño, y acudirás a mi arrepentida y ofrecerás a mí un humilde perdón.

Salió el fraile de la estancia principal de la casa de la hacienda de la Santa Catarina, y se dirigió al convento. Mas el veneno que como mortal serpiente inyectó en el corazón y en los pensamientos de la Condesa, ya estaban surtiendo efecto.

La mujer no durmió toda aquella noche de tan solo imaginar que su querido Juan y su sobrina María Rosetti, le hacían traición suprema, juntando sus jóvenes cuerpos bajo las estrellas y la luna en la lejana y siempre calurosa hacienda de San Miguel en Púcuaro.

A la mañana siguiente, a la Condesa se le notó distraída, y mientras realizaba los tratos de la venta del ganado, ella parecía estar completamente ausente, y es que no era para menos tal distracción, pues las palabras que el fraile le había dicho, de tanto estarlas pensando en el interior de su mente, ya se las había creído.

En tanto, en la hacienda de San Miguel en Púcuaro, nada realmente importante sucedía.

El joven Juan de Castañeda apenas llegaron el día anterior, se alejó todo lo posible de su insistente y atractiva acosadora. Porque bien sabía él, que la joven dama haría hasta lo imposible por tenerlo nuevamente entre sus brazos. Más él, no estaba dispuesto a caer presa de la tentación de su carne nuevamente.

El joven Juan en la hacienda de San Miguel Púcuaro, extinguía todas las horas del día en el trapiche, que sin descanso tritura las cañas recién cortadas para la elaboración del azúcar que ahí mismo es colocada en sacos por los criados y enviada después hasta la ciudad de México.

También se elabora alcohol con aquellas cañas, el cual es vendido para remedios y curaciones, pero sobretodo, para satisfacer las necesidades y vicios que los hombres y algunas mujeres sienten por su efecto. Porque al mezclarlo con ponches y frutas, les hace olvidar sus penas y a la vez, les hace enaltecer las alegrías.

El joven Juan trabajó en el trapiche sin descanso, esto con la intención de alejarse de aquella joven que se encargaba de los preparativos para la celebración, y que también lo invitaba nuevamente a cometerle la traición a María Magdalena Catalina, porque en verdad, María Rosetti era muy hermosa, y el joven Juan de Castañeda temía de sí mismo a causa de su juventud y su belleza.

Los desplantes que el joven Juan de Castañeda hacía a la joven María Rosetti fueron numerosos, pero ella hizo en igual cantidad insinuaciones y miradas indiscretas hacia él, las cuales pronto fueron notadas por los criados, quienes comenzaron a murmurar acerca de las evidentes intenciones que tenía la joven huésped de la hacienda.

Esa noche, ninguno de los involucrados durmió tranquilo. El joven Juan de Castañeda se desveló orando arrepentido, pedía perdón en pensamientos a su amada María Magdalena Catalina, mientras en la habitación de huéspedes, la joven María Rosetti no dejaba de planear alguna estrategia que le resultara efectiva para tener al joven Juan nuevamente.

Eso acontecía en la hacienda de San Miguel en Púcuaro, mientras tanto, en la hacienda de la Santa Catarina en Santiago Tuxpan, la Condesa no podía conciliar el sueño por causa de los temores que la rondaban.

Temores que a manera de dudas y celos, hacían estragos en su mente y en su corazón. Y en aquel mismo pueblo pero en el convento, el fraile Tomás tampoco dormía. Sus ojos no podían cerrarse hasta que concluyera de escribir las letras que escribía, iluminado muy tenuemente por una vela. Esas letras que eran el protagonista principal de un diabólico plan que estaba por comenzar. Sí, porque el fraile malvado y falto de moral y de fe, estaba dispuesto a separar a la Condesa María Magdalena Catalina del joven Juan de Castañeda.

Fray Tomás estaba dispuesto a hacerlo, porque él en realidad la amaba. La amaba con unas descomunales fuerzas que eran retenidas por su condición. Su voluntad era algo que no importaba, pues estaba como encarcelado en el interior de ese hábito franciscano que odiaba y maldecía en silencio cada día y cada noche desde que lo vistió por vez primera.

¡Pobre fraile Tomás! Que cuando joven, no tuvo elección de vivir la vida como él quería vivirla, pues fue un mandato de su padre el que él y su hermano mayor se unieran a la Orden Franciscana, sin poder negarse a dicha petición, debido a que fue hecha en el lecho de su muerte.

Habría que cumplir esa última petición de su difunto padre, para que su alma pudiera descansar en paz. Por ese motivo, creció tanto el rencor acumulado en su atormentado pecho. Por ese motivo, el fraile vivía una penitencia de por vida, penitencia que para él parecía ser un castigo del que jamás se podría liberar.

Amaneció el día siguiente, y a primera hora, todos comenzaron sus actividades.

En Púcuaro, el joven Juan de Castañeda se dispuso a evitar a María Rosetti, la cual lo perseguía por la hacienda obligándolo a moverse de lugar constantemente.

En Santiago Tuxpan, la señora Condesa subió a su carruaje para que la llevase al pueblo con rumbo del convento franciscano, pues ella también había tramado un plan en su cabeza, y ese era plan muy bien elaborado para comprobar lo mentiroso que era el fraile Tomás.

Llegó al convento y pidió al Fraile superior una entrevista con Fray Tomás, el cual, se encontraba en aquellos momentos en su celda, realizando mezclas y brebajes, en busca de nuevos remedios más efectivos que los conocidos, para las dolencias que afectaban a los frailes mayores.

La mujer se presentó inesperadamente donde el fraile, y a él le ocasionó gran sorpresa su inesperada presencia.

El fraile abrió la boca y le dijo a la Condesa:

¡Vaya mujer! ¿Qué cosa tan terrible ha sucedido para que tú acudas a mí nuevamente?

Ella le dijo al fraile:

¡Basta de tus burlas y sarcasmos Fray Tomás! Sabes a la perfección el porqué de mi presencia ante ti.

Heme aquí en una actitud humilde, pues he venido yo a ofrecerte mis sinceras disculpas por las palabras dichas en la última de nuestras entrevistas.

He de decirte que he recibido correspondencia desde San Miguel Púcuaro, donde me han confirmado lo que tú ya me habías advertido.

No habré de mencionar por ahora, el nombre de aquel miserable por quien me olvide de ser quien era.

Se ha llegado el tiempo en el cual, habrá de pagar con un muy alto precio todas sus mentiras. Porque ya he recobrado la cordura Fray Tomás, y no he de permitir que ese que no conoce de ningún sentimiento, siga burlándose de mi persona y mucho menos de mi corazón.

Ha llegado el tiempo en el que su gran mentira será descubierta, y tu Fray Tomas, serás mi muy discreto cómplice, porque necesitaré de tu incondicional ayuda para tenderle la trampa que lo va a desenmascarar.

Fray Tomás miro a la señora Condesa muy seriamente y guardó silencio. La mujer empero, no reparó en preguntarle con voz fuerte:

¿Amigos nuevamente Fraile?

El entonces, satisfecho le contestó:

¡Amigos hasta la muerte, María Magdalena Catalina!

La Condesa

La traición y todas estas cosas vanales es el precio que pagamos por vivir en un mundo al cual no elegimos nosotros mismos venir, pero yo no estoy dispuesta a pagar tan alto ese precio.

En aquel día, la señora Condesa y el perverso fraile se volvieron no solo amigos, sino aliados, así que la mujer habló con el fraile superior del convento franciscano en el pueblo de Santiago Tuxpan, solicitándole la compañía del Fraile Tomás a San Miguel Púcuaro, donde se encargaría de celebrar la misa durante la fiesta de San Miguel Arcángel que se llevaría a cabo el día siguiente.

Era el medio día del veintiocho de Septiembre del año de mil setecientos cuarenta y cinco, cuando la mujer salió del convento en compañía de Fray Tomás con rumbo a la hacienda de la Santa Catarina. A esa hacienda solo acudirían a recoger el baúl con las pertenencias de la Condesa, el cual ya estaba listo para partir rumbo a San Miguel Púcuaro.

Mas en el interior de la Condesa se escondía un secreto, porque lo que le dijo al fraile a cerca de una correspondencia que recibió desde San Miguel Púcuaro, era una mentira que ella había inventado.

En aquel momento, ella no confiaba más ni en el joven Juan de Castañeda ni en Fray Tomás. Así que muy astutamente y con engaños, llevaba al fraile hasta San Miguel Púcuaro para ponerlos a ambos frente a frente, para poder saber cual de los dos era el que le mentía.

Salieron ese día de Santiago Tuxpan con el rumbo de San Miguel Púcuaro. Había adelantado la señora Condesa un día su viaje, y lo hizo con toda la intención de comprobar cuál era el comportamiento del joven Juan y la joven María Rosetti en la hacienda de San Miguel Púcuaro.

En tanto, en San Miguel Púcuaro, la joven María Rosetti acrecentó su acoso al joven Juan, consciente de que su tía, la señora Condesa, llegaría al día siguiente, y así, ella ya no tendría la oportunidad de acercarse a él.

Acudió la joven María Rosetti a uno de los clásicos de la historia de la humanidad para llevar a cabo su plan, pues pudo contemplar, que el joven Juan de Castañeda bebía del alcohol preparado en el trapiche, y que los lugareños curaban con guayaba para la celebración de San Miguel Arcángel.

Paciente aguardó a que el efecto de aquella bebida se apoderara del joven Juan de Castañeda, y cuando al anochecer, completamente ebrio, aquel joven subió a su habitación en la casa de la hacienda, Maria Rosetti fue tras él.

Bajo los efectos de aquella bebida alucínate ¿Cómo se habría de negar el joven Juan a entregarse nuevamente a la hermosa Maria Rosetti? Mas por el amor que sentía por María Magdalena Catalina, se negó rotundamente.

Pero la insistente Maria Rosetti no habría de darse por vencida, y despojándose de sus vestimentas, trató de obligar al joven Juan de poseerla, arrebatándole los muy forzados besos, y desgarrándole violentamente las ropas.

Llegó a la hacienda de San Miguel Púcuaro muy discretamente la señora Condesa, en compañía de la criada Jacinta y el fraile Tomás.

En la hacienda parecía que ya todos dormían, alistándose para la celebración del día siguiente, y entonces, urgidos Maria Magdalena Catalina y el fraile por comprobar la traición, fueron en busca del joven Juan.

Siendo ella la dueña de la hacienda, poseía llaves de todas las habitaciones de la casa, así que, acudieron sigilosamente hasta la habitación principal, para que la verdad fuera revelada.

Por la parte de la señora Condesa, la verdad sería que el joven Juan de Castañeda estaría durmiendo muy serenamente.

Por la parte del fraile Tomás, la verdad sería que la joven María Rosetti estaría compartiendo la cama con su amante.

Entonces, Maria Magdalena Catalina abrió la puerta de la habitación principal de la hacienda de San Miguel Púcuaro, y la verdad pudo ser descubierta.

Ahí estaba la joven María Rosetti sin ropa junto al ebrio joven Juan de Castañeda.

Ante la escena, la Condesa estuvo a punto de desfallecer, pero se armó de valor y arremetió contra los traidores golpeándolos con sus propias manos.

Entre gritos y jaloneos, la esperanza de ser feliz junto al ser que amaba se desvaneció y dijo con la voz entrecortada:

¡Maldita traición! Que ocasionas los irreparables daños a mi corazón.

¡Maldita traición! Que me haces sentir el deseo de morir muy repentinamente.

¡Maldita traición! Que me obligas a enloquecer muy brevemente.

Y es que en verdad, la convulsión en aquella habitación fue mayúscula, pues mientras la Condesa lloraba inconsolablemente, la joven Maria Rosetti trataba de encontrar una muy hipócrita justificación.

El único que guardaba silencio era el joven Juan, quien en verdad era la victima de aquellos hechos.

Pero ¿Cómo habría de creerle su amada María Magdalena Catalina? si ella contaba con el relato del fraile Tomás. Y esos acontecimientos sucedidos, no hacían más que corroborar aquel relato.

Fueron traídos los capataces de la hacienda, y el joven Juan de Castañeda y la joven María Rosetti fueron llevados a los almacenes.

No tuvo la oportunidad el joven Juan de explicar nada a la Condesa, y por causa del efecto del alcohol, prefirió guardar silencio.

Por órdenes de la señora Condesa, fueron puestos en almacenes diferentes ambos traidores, y les fue ordenado a los capataces que los ataran y amordazaran.

Al joven Juan lo ataron a una viga que había en el techo del almacén.

A la joven María Rosetti la ataron en una silla por compasión.

En tanto, mientras se tranquilizaba en su habitación, la señora Condesa se miró en el espejo y se comparó en pensamientos con su joven sobrina.

Supo entonces el porqué el joven Juan la había traicionado, y maldijo con tremendo rencor cada una de sus arrugas.

¡Pobre de la Condesa traicionada! Por causa de la traición ahora estaba siendo víctima también de uno de sus más grandes temores, el temor a envejecer.

Sin poder dormir, decidió salir la mujer en compañía de la criada Jacinta con rumbo de los almacenes.

Fue directamente al almacén donde se encontraba el joven Juan, y cuando hubo llegado al lugar, abrió la puerta lentamente y después de encender un candil que ahí había, contempló al hombre que estaba atado y amordazado.

El joven Juan escuchó la puerta abrirse, y enseguida adivinó que era Maria Magdalena Catalina quien la había abierto, pero le era imposible hablar, debido a su amordazamiento.

Pero fue con la mirada con lo que habló, y solicitó que le fuera quitada aquella mordaza para poder hablar.

La Condesa se aproximó a él, y le quitó aquel pañuelo que le impedía pronunciar las palabras.

Apenas estuvo libre su boca, el joven Juan de Castañeda le dijo:

¡Mujer! La luna y las incontables estrellas son testigos, y a la vez, también son jueces de todo lo sucedido.

Nada de lo que viste en esa habitación es en verdad lo que parece, y aunque se no me creerás, es mi deber decírtelo.

La mujer en tanto, con enérgica voz le dijo inmediatamente:

¡No he venido a escucharte Juan, he venido a que tú me escuches!

Has de saber que durante días y noches he permanecido pensativa, sufriendo por lo que en mi ausencia sucedió, en la habitación principal de la casa de la Santa Catarina, cuando estuve en Santa María de la Asunción Jungapeo. Pero has de saber que mas afligida me encuentro hoy, por lo que ha de acontecer.

La ira y el enojo son sentimientos que en mi no fueron natos, sino que me han sido impuestos por las duras situaciones a las que he sido sometida a lo largo de mis días.

Debiste haber sido claro desde un principio Juan. No debiste haberme sometido a este profundo dolor, que arremete en contra de mi corazón, y lo hace sangrar a causa de tu monumental engaño.

¡Pasión y amor! Eso fue lo que yo te ofrecí, y creí muy erróneamente que estaba siendo bien correspondida.

¡La traición! ¡La traición! Hubiera preferido yo que atravesaras con una filosa espada mis entrañas, a que atravesaras con este cruel engaño de tal manera mi tierno corazón.

Ahora no podre yo ser capaz de detener tanta ira proveniente de mi interior en contra tuya Juan, y sufrirás, sufrirás amargamente por tu falta.

El joven Juan le contestó a la mujer diciéndole:

¡María Magdalena Catalina, mujer amada mía! Si tan solo hubiera algo en este mundo que yo pudiera ofrecer como presente muy sincero en nombre del arrepentimiento para poder reparar el daño que le ocasionado a tu persona, lo haría. Mas lo único que poseo valioso es mi corazón, y no puedo ofrecértelo mujer, porque ese ya te pertenece.

La Condesa ignoró aquellas sus palabras, y salió del almacén con rumbo a la casa de la hacienda. El castigo que tenía preparado para el joven Juan y su sobrina María Rosetti aun no lo definía.

Como era la víspera de la fiesta de San Miguel Arcángel, se había ordenado matar un toro para la celebración, esto para ofrecer la carne durante la fiesta a la gente del pueblo. También se había ordenado poner en agua el cuero recién arrancado del animal toda aquella noche, como era la costumbre para curtir el cuero después.

Ya estando en su habitación, la Condesa recordó el castigo al que un día su padre sometió a un criado desobediente muchos años atrás.

El castigo consistió en envolver a aquel criado en un cuero vacuno, mientras el sol hacia lo suyo encogiéndolo hasta casi asfixiar al que era castigado.

El miedo de morir asfixiado por el cuero, que con los rayos del sol se encogía y lo apretaba casi hasta la asfixia, orilló al criado a suplicar clemencia y a pedir perdón infinidad de veces.

Su padre entonces, ordenó que lo sacaran de aquel cuero vacuno, y el criado nunca más volvió a desobedecer.

En el interior de la mente de la señora Condesa, ya se había resuelto el cómo iba a castigar al joven Juan por su traición.

A María Rosetti tenía pensado azotarla ella misma hasta cansarse, pero no lo haría hasta pasada la fiesta de San Miguel Arcángel, pues a ella no estaba dispuesta a perdonarla, como si lo haría con el joven Juan después de que recibiera su castigo.

De María Rosetti incluso le dijo a la criada Jacinta estas palabras:

No soy capaz siquiera de mirarla a los ojos, pues siento yo unas ganas inmensas de acabar con su existencia. Mas no he de manchar mis manos con su sangre, y mucho menos condenar mi alma por su causa.

Eso sucedia en la habitación principal de la casa, mientras tanto en la habitación donde estaba el fraile, un plan en el interior de su cabeza se formaba. Ese era un malévolo plan, en el cual, su principal objetivo era deshacerse de el joven Juan de Castañeda, y de paso, también de la joven María Rosetti.

Esa noche mientras todos dormían serenos, preparándose para la fiesta del día siguiente, el fraile salió silencioso de su habitación.

Caminó descalzo por el corredor hasta llegar a las escaleras, las bajó muy lentamente y después abrió la pesada puerta con suavidad para no ser escuchado.

Su intención era llegar hasta el almacén donde se hallaba el joven Juan para terminar con su vida, pero al llegar a la puerta del almacén se topó con un grueso candado que le impediría entrar y realizar su asesino acto.

Las llaves de ese candado estaban en posesión de la señora Condesa, llaves que tenia aquella noche entre sus manos y que apretaba fuertemente, pensando una y otra vez en la traición sufrida, pero siendo tocada en todo momento por el deseo de salir con rumbo al almacén y perdonar a su joven amado.

Esa noche ni ella, ni el joven Juan, ni la joven María Rosetti ni tampoco el fraile Tomás pudieron conciliar el sueño.

Esa fue una noche de inquietudes y angustias, de pensamientos turbios y de malévolos planes.

Esa fue una noche de insomnio para los involucrados, para algunos de los cuales, esa sería su última noche.

# Capítulo 14
## Asesinato en San Miguel Púcuaro

Amaneció la mañana siguiente, todos en San Miguel Púcuaro se levantaron aun cuando los primeros rayos del sol no aparecían.

Ese era un día de importante fiesta en el lugar, y desde esa hora del día la música comenzó a sonar.

En la hacienda, las criadas madrugaron para preparar la comida que se ofrecía por parte de la señora Condesa a todos los habitantes del pequeño pueblo y los distinguidos y muy importantes invitados que vendrían desde la ciudad de México y desde Valladolid, entre los cuales se encontraban el señor Virrey Pedro de Cebrián y Agustín "Conde de Fuenclara" y su comitiva, así como también Monseñor Francisco Pablo Matos Coronado, Obispo de Michoacán.

Entonces, la carne del toro que fue muerto comenzó a ser preparada, y grandes cantidades de chiles y cebollas eran picadas en la cocina, también había hierbas olorosas como tomillo y hierbabuena para darle un sabor dulce.

La cabeza de aquel toro sacrificado en nombre de San Miguel Arcángel, sería cocida al horno de tierra, como es costumbre en el lugar.

Por supuesto, no podía faltar el principal invitado en todas las fiestas, se celebre lo que se celebre.

Grandes cantidades del alcohol elaborado en el trapiche de la hacienda ya habían sido mezcladas con agua y guayabas para preparar el tan dulce y embriagante licor que habría de alegrar a los comensales.

Mientras la actividad iba en aumento con cada minuto transcurrido en San Miguel Púcuaro, la señora Condesa se negaba a salir de su habitación. Se negaba porque ese era el día en el que debía castigar al joven Juan de Castañeda por su traición.

Aunque ella sabía muy bien que lo perdonaría, y que al finalizar el día él volvería con ella a la habitación principal de la hacienda, temía infringirle el castigo que ya había decidido.

La señora Condesa estuvo a punto de retractarse de dar aquella merecida lección al joven Juan por amor. Pero precisamente por el mismo sentimiento, tenía que castigarlo, pues él, se había burlado de su corazón.

María Magdalena Catalina se dio un baño tibio como siempre y se vistió elegante con un vestido dorado confeccionado para la ocasión, y antes de que comenzaran a llegar todos sus invitados, ella acudió en compañía del fraile Tomás al almacén de la hacienda, y ordenó a sus capataces llevar al joven Juan a donde los cueros del ganado eran secados al sol.

Ella, se adelantó en el camino junto con la criada Jacinta y el fraile, y ordenó a los capataces, sacar el cuero vacuno que había sido remojado con agua y sal durante la noche, porque haciendo imitación de su padre, haría pagar al joven Juan por su traición, hasta que de la boca de este, salieran las necesarias suplicas y ruegos, para que así, ella pudiera redimirlo por su falta.

El joven Juan fue llevado hasta el lugar por los capataces, y la Condesa entonces, ordenó extendieran el cuero vacuno en el piso.

Ella le dijo al que iba a ser castigado las siguientes palabras:

¡Juan ingrato y malagradecido! Yo que enderece tus retorcidos pasos, y que incluso tuve el atrevimiento de entregarte el corazón, hoy te otorgó el castigo merecido, de acuerdo a tus faltas cometidas en mi contra.

¡Sufrirás por tu osadía Juan! Encomiéndate a Dios, por que ha llegado el momento en el yo, vengue a mi lastimado corazón.

El Joven Juan le contestó:

Has como creas conveniente hacerlo mujer, no me encuentro yo en condiciones de persuadirte a que no me castigues de la manera como quieras hacerlo, y resignado estoy a soportar lo que tenga que soportar, para que me perdones, y pasado el trago amargo que bien merecidamente he de tomar, deseo volver a tus brazos porque te amo.

En aquel momento, los corazones de ambos se estremecieron de tanta intensidad, y los ojos de María Magdalena Catalina se llenaron de lágrimas. Unas lágrimas que evidenciaban el inmenso daño que la traición había ocasionado en su interior.

Entonces, el joven Juan de Castañeda fue envuelto en el cuero vacuno, y después, este fue amarrado fuertemente, apenas dejando un estrecho orificio que le permitiera respirar, el debía sufrir el tormento y enfrentar la ira de la señora Condesa, herida en cantidad a causa de su absurda traición.

Los dos capataces, un criado, fray Tomas, la criada Jacinta y la señora Condesa, miraban al que parecía retorcerse cual gusano en cuanto fue colocado dentro de aquel cuero vacuno.

Solo la palidez de la luna y las brillantes estrellas que expiraban en aquel amanecer como testigos, secundados por el delicado sonar del rio que pasa muy cerca de la hacienda, eran también testigos de aquel castigo al que sería sometido el joven Juan de Castañeda en secreto.

Enseguida, aquel cuero vacuno que contenía al joven Juan fue puesto entre las hierbas y la maleza del solar de aquella hacienda, esto para que ninguno de los curiosos invitados que muy pronto llegarían pudieran descubrirlo.

Antes de apartarse del lugar, la señora Condesa le dijo a su joven traidor estas palabras:

Contempla ahora tú, miserable y desdichado Juan, que te muestras como un mudo sin suplicar ante mí por tu castigo, y que sufres en silencio toda la fuerza de mi cólera. Cólera que has desatado con tu casi mortal engaño. Digo yo mortal engaño, pues has herido casi de muerte a mi corazón.

Enseguida, la mujer se alejó del lugar junto con el fraile Tomás y la criada Jacinta, dejando a dos de los capataces al cuidado de aquel joven, para que no fuera auxiliado por nadie mientras recibía su merecido.

Los gritos de angustia que el joven Juan quería dejar salir por su garganta, se los guardó para sí mismo, donde el calor de los rayos del sol que salía en el horizonte muy lentamente, comenzaban a encoger aquella piel vacuna, ocasionando la inevitable sensación de asfixia y de deshidratación en aquel hombre.

Para María Magdalena Catalina, serian suficientes cinco o seis horas de castigo, hasta que el joven Juan suplicara a gritos clemencia.

Entonces, despreocupada se marchó hacia la estancia principal de la casa de la hacienda de San Miguel Púcuaro, para esperar a sus distinguidos invitados, y para comenzar las celebraciones.

La primera en llegar al lugar fue su hija Águeda, quien notó de inmediato la ausencia del joven Juan de Castañeda, a quien ella esperaba ver junto a su madre en todo momento.

También la ausencia de su prima segunda, la joven María Rosetti llamó la atención de Águeda, y cuando le preguntó a la Condesa por ella, solo se limitó a contestar que se encontraba indispuesta, y que se disculpaba de no poder asistir a las celebraciones.

La altanera mujer se hallaba tocando el piano en aquella estancia principal, la cual, pronto se fue llenando de personas que escuchaban las suaves melodías que eran interpretadas por sus manos.

Llegaron entonces los invitados distinguidos, primero llego el Obispo de Michoacán, Monseñor Francisco Pablo Matos Coronado, y posteriormente lo hizo el señor Virrey, Don Pedro de Cebrián y Agustín, Conde de Fuenclara.

Con el Señor Virrey, llegó una gran comitiva desde la ciudad de México, y también venían con él los músicos de su corte.

La señora Condesa se sentía alagada ante la presencia del Virrey, y así demostró a aquellos quienes la criticaban en la ciudad de México, que aun seguía siendo una mujer en cantidad importante.

Las horas corrieron mientras bebían vino y bailaban todos los presentes con las piezas musicales que los músicos del virrey tocaban en la estancia principal de la Hacienda de San Miguel Púcuaro, en honor del Arcángel Miguel en su día.

Mientras la fiesta se llevaba a cabo conforme a lo planeado, la señora Condesa no dejaba de pensar en el joven Juan de Castañeda, a quien echaba de menos en la celebración, y no soportando mas la angustia, se levantó de prisa y disculpándose con los presentes, salió de la estancia principal de la casa con la firme intención de ir hacia las afueras de la hacienda para liberarlo.

Pero fray Tomás detuvo su precipitosa carrera enérgicamente y le dijo:

Mujer ¿En verdad estas dispuesta a perdonar el bien merecido sufrimiento al traidor?

El debe pagar por sus actos tan viles que ha cometido en contra tuya, ese es el castigo que el joven Juan merece, y es temiendo por su vida el precio que debe pagar por la traición a su corazón.

Entonces, Doña María Magdalena Catalina rompió en un amargo llanto, mientras el malvado fraile la conducía nuevamente hacia la casa, en donde la incitó a resistir la ansiedad por medio de la devota oración, la cual no podía ser más que el mariano rosario.

Más no había rezado aun el primer misterio, cuando los gritos en su interior se hicieron más ensordecedores. Entonces, la angustia invadió el corazón de la mujer, la cual aun con el rosario en la mano salió en precipitada carrera de su habitación con rumbo al atrio, seguida de la criada Jacinta.

Con desesperación corrió por en el corredor y bajo por las escaleras levantando su amplio vestido para dirigirse a la parte trasera de los almacenes.

Apenas llegó la mujer, se echó encima del cuero vacuno con la intención de desatar los bien apretados amarres que impedían que huyera el que se hallaba adentro.

Ella con angustia le dijo con voz fuerte:

¡Resiste Juan, yo estoy aquí para liberarte y absolverte de tu falta! Mi corazón me lo ha exigido, y ha de hacerse como él me lo solicita que se haga.

Mientras con desesperación mando a la criada Jacinta traer con rapidez un cuchillo de la cocina para cortar las sogas que apretaban el cuero vacuno.

Pero ya era demasiado tarde para poder hacer algo por su amado, y en cuanto ella se enteró, su razón fue sacudida en lo más profundo al no obtener respuesta alguna del joven Juan de Castañeda.

María Magdalena Catalina lo llamaba por su nombre con fuertes palabras, y sacudió con ansiedad en repetidas ocasiones aquel cuero vacuno bien amarrado.

El joven Juan no contestó, había sido ya arrebatada de este mundo su existencia.

Si tan solo la mujer hubiera llegado un minuto antes, tal vez hubiera salvado la vida de aquel que yacía muerto, porque cuando llegó a su auxilio la señora Condesa, el joven Juan, recién había despedido de su cuerpo el último aliento.

Así, de esa manera tan horrible dejó de latir el corazón del joven Juan de Castañeda.

Su alma abandonó su cuerpo, terminando así con el portentoso sufrimiento al que fue sometido por causa de su absurda traición.

¡Pobre hombre el que había muerto! Su cuerpo deshidratado y fatigado, quedó sin vida en la parte trasera de la hacienda de San Miguel en Púcuaro, sofocado dentro de ese cuero vacuno, que lo había hecho pagar muy caro su traición.

La mujer presa del pánico por aquel inesperado acontecimiento, comenzó a llorar un abundante llanto, y entre lamentos y sollozos, dijo al cadáver:

¡Oh Juan! ¡Mi joven y muy amado Juan! ¿Qué es lo que te ha orillado a cometer las traiciones que me has cometido? Las cuales, me obligaron a castigarte como lo he hecho.

Ahora, estoy condenada yo a atormentar por siempre mi corazón con la culpabilidad que siento por tu muerte.

Hoy, es el muy triste día en el que mi corazón ha muerto, y no ha muerto por sí mismo, sino que ha sido asesinado, y peor aún resulta, que he sido yo misma quien lo asesinó.

No dejare de llorar a partir de ahora, y que mi muerte sea de ahogo por mis propias lágrimas.

Prefiero ahogarme en las saladas lágrimas de mis ojos, a tener que soportar la pena de tu ausencia.

La mujer en el trance de su amargo llanto, miró al fraile Tomás, que era testigo de lo sucedido en absoluto silencio.

Siguió su lamento la Condesa, y dijo:

Hubiera sido mejor perdonar su infidelidad, a ser responsable yo de su prematura muerte.

Que vengan hoy en contra mía todos los reclamos por parte de mis sentimientos, por lo que hoy les he ocasionado, y que arremeta en contra mía el remordimiento eterno que no se apartara de mi hasta el último de mis días.

El lamento entonces fue mayúsculo, y el amargo llanto y los gritos de pena y de dolor, tuvieron que ser sofocados por su criada Jacinta, para que en la casa de la hacienda, sus muy ilustres invitados y su hija Águeda, no se enteraran de lo acontecido.

Ante los trágicos acontecimientos, el malvado fraile Tomás intervino, y bendiciendo con sus manos al recién fallecido, dijo muy hipócritamente:

"EGO TE ABSOLVO A PECCATI TUIS IN NOMINE PATRIS ET FILII ET SPIRITUS SANCTI" (Yo te absuelvo de tus pecados en el nombre del Padre, del Hijo y del Espíritu Santo)

De esa forma perdonó los pecados del difunto, mientras su rostro reflejaba el horror y el espanto muy bien fingidos ante el cadáver del joven Juan de Castañeda.

Pero en realidad, en su interior la felicidad inundaba su corazón, pues ya no existía ese gran obstáculo entre él y María Magdalena Catalina.

Empapada en un mar de llanto, la señora Condesa fue llevada por la criada Jacinta a la habitación principal de la hacienda con extrema discreción, para que no fuera vista por nadie en su dolor.

Solo los dos capataces que cuidaron al joven Juan mientras moría, y uno de los criados que pasaba por ahí, fueron testigos de lo que sucedió.

Pasaron algunos minutos, y las campanas de la capilla condal en San Miguel Púcuaro, llamaban ya a la celebración eclesiástica que iba a ser celebrada por el Obispo de Michoacán.

La hija y los invitados de la Condesa, así como también las gentes del pueblo, ya habían ocupado sus lugares para escuchar la celebración.

Por órdenes del fraile, el cadáver debería ser llevado lo antes posible a uno de los almacenes, donde la señora Condesa no pudiera verlo, y ahí debería de permanecer hasta que él volviera de la celebración de la santa misa.

En la capilla, la imagen del Arcángel Miguel había sido bajada de su lecho en el altar, para que fuese tocada por las gentes durante la celebración, la cual, se llevó a cabo con una inexplicable ausencia, pues el lugar que como de costumbre ocupaba la señora Condesa, permaneció vacío durante la misa, despertando la curiosidad a causa de tan inesperada decisión de Doña María Magdalena Catalina, de no acudir a tan importante y solemne celebración.

La gente al término de la celebración murmuraba, y sus distinguidos invitados se sintieron ofendidos por la decisión de la señora Condesa de no asistir a la misa.

Todos hablaban y especulan, sin imaginarse si quiera, el tormento que estaba sufriendo la mujer a causa de su involuntario crimen.

Sí, sufría en cantidad la señora Condesa, quien postrada y con su frente tocando el suelo, propinaba tremendos golpes al suelo con sus manos empuñadas, y a la vez, trataba de arrancar los elegantes tapices que adornaban la pared de su habitación, presa de la desesperación y la ansiedad que le ocasionaban el saberse responsable de un crimen, y no de un crimen cualquiera, sino del crimen del ser amado.

En tanto, el fraile se dirigió hacia el almacén a toda prisa, ahí estaban algunos de los criados rodeando el cuerpo sin vida del joven Juan de Castañeda, el cual, aun permanecía bien apretado en el interior de aquel cuero vacuno.

Fray Tomás, entonces, dijo a dos de los criados que cargaran el cadáver y que lo arrojaran a las corrientes del rio que pasa detrás de la hacienda.

Ellos ante tan cruel mandato, se negaron y le dijeron que esperarían a recibir una orden de la señora Condesa.

Pero el fraile enfadado ante la desobediencia, tomo él mismo el cadáver, y con dificultad, lo cargó sobre su espalda y lo llevó hasta la orilla del rio, arrojándolo a las aguas, evitando así, que el joven Juan de Castañeda recibiera una sepultura cristiana y digna.

Después, el fraile acudió a la habitación principal de la casa de la hacienda de San Miguel Púcuaro, para permanecer al lado de María Magdalena Catalina, pero ella se negó a dejarlo entrar.

Decepcionado de no poder estar al lado de su amada, el fraile se dirigió a la estancia principal de la casa de la hacienda y se sentó a esperar con paciencia a que la señora Condesa solicitara su presencia.

Mientras esto sucedía, él pensaba en lo perfecto que había resultado su plan para deshacerse del joven Juan, quien ya formaba parte del mundo de los muertos.

La mente perversa del fraile se despejó de inmediato, y la continuación de su malévolo plan ya estaba lista.

Caía la noche en la hacienda de Púcuaro, la música y algunos cohetones en el pueblo, eran los sonidos que los vientos llevaban y traían en el interior de la casa de la hacienda.

Tomó uno de los vasos de vino que estaban en la mesa de la estancia principal de la casa, y después, el fraile se dirigió a los retirados almacenes, específicamente al almacén donde se encontraba cautiva la joven Maria Rosetti.

Tuvo cuidado de no ser visto por ninguno de los curiosos criados, los cuales, se encontraban confundidos por los acontecimientos, y cuando estuvo en la entrada del almacén, saco de entre su franciscano hábito un diminuto frasco de cristal, el cual contenía un asesino veneno, y lo vertió en el vaso de vino que llevaba.

Después, abrió el candado de aquel almacén con las llaves, pues en el descuido ocasionado por la muerte del joven Juan de Castañeda, la criada Jacinta las había tirado sin darse cuenta.

La joven María Rosetti se sintió aliviada cuando el fraile entró al oscuro almacén, y aun asustada, con la mirada le suplicó que le quitara la mordaza de su boca.

El fraile lo hizo enseguida, entonces, la joven de inmediato le cuestionó acerca de los gritos que el joven Juan de Castañeda había dado durante las horas de la mañana y el medio día.

También le cuestionó porque esos gritos se habían callado y enseguida, fueron relevados por los de su tía Maria Magdalena Catalina.

El fraile dejó sobre el suelo aquel vaso de vino con el letal asesino, y se sentó en el mismo suelo frente a la joven María Rosetti.

Él, aprovechándose del temor en el que la joven se encontraba le dijo:

Tu tía, María Magdalena Catalina, la señora Condesa de Miravalle, ha condenado su alma a los infiernos por tu causa, pues llena de ira en contra del joven Juan de Castañeda, lo ha asesinado.

Una muerte cruel y muy dolorosa fue la que terminó con los días de la vida de tu amado.

En realidad no es María Magdalena Catalina la culpable de esa muerte, en realidad eres tú la que ocasionó que ella lo asesinara.

La joven María Rosetti rompió en llanto ante las palabras del fraile, y en aquel momento comenzó a temer también por su vida.

Ella habló al fraile en medio del llanto diciéndole:

Fraile, me confieso responsable del lamentable deceso del joven amado, mas tampoco he sido yo la responsable de su muerte, en verdad, el único culpable de todo ha sido el amor.

Porque jugó y se divirtió el amor con tres corazones, enamorándose primero mi querida tía de uno que podía ser su hijo, y posteriormente haciendo que él se enamorara de ella, aun sabiendo que bien podía ser su madre, y por último, enamorándome yo perdidamente y a primera vista de él, sin ser sentimentalmente bien correspondida, aunque si lo fui con su cuerpo.

¡Oh amor ingrato y caprichoso! Maldito seas tú por cruel y despiadado, y si he de morir yo también por tu causa, penare en espíritu después de muerta, para ahuyentarte de los amantes a quienes quieras ocasionarles daño.

El fraile pudo ver entonces lo indefenso de su víctima, y se apresuró a decirle las siguientes palabras:

Pobres de los que como tú, son presas fáciles del amor mal correspondido, porque las punzadas del dolor que ocasiona ese desafortunado sentimiento, son tan intensas que matan lentamente.

Tienes tú razón María Rosetti, el amor es cruel y despiadado, porque oprime los pechos de los que como tú, están condenados a morir por él.

Lágrimas en abundancia son derramadas en silencio durante las noches, esperando sirvan como desahogo a ese ahogo que parece interminable, y que inflama el corazón a reventar sin reventarlo.

Entonces, la conclusión es que el amor, es el peor sentimiento que puede experimentar cualquier ser humano.

Porque el amor mal correspondido parece ser una maldición. Sí, en verdad se trata de la más cruel y abominable de las maldiciones, y solo quien la tiene, sabe lo que es amar sin ser amado.

La joven María Rosetti, miró extrañada al fraile Tomás por aquellas sus palabras, y pudo comprender que él, era portador al igual que ella de tan tremenda maldición, y sin decir ninguna palabra mas, ella tomó el vaso de vino, y se bebió su contenido de un solo trago.

Apenas lo bebió, el fraile le dijo estas inquietantes palabras:

Tu sufrimiento esta pronto a terminarse joven María Rosetti, porque sucumbirás en nombre de ese amor mal correspondido, que será el único causante de tu muerte.

Entonces, tu recompensa será volver a ver en la otra vida a tu amado. Más debes saber que si en esta vida él no te amó, lo más probable, es que tampoco lo haga en la otra.

El fraile cayó su boca, y la joven María Rosetti no pudo comprender aquellas sus palabras, mas solicitó a ella le permitiera volver a atarla a la silla donde estaba atada, y amordazarla también, como estaba amordazada. Después, tomó aquel vaso de vino ya vacio, y salió del almacén.

Apenas alcanzó a perderse el fraile entre la oscuridad de la noche que recién caía en San Miguel Púcuaro, debido a que la señora Condesa enfurecida, había salido de su habitación.

El crimen que había cometido sin querer cometerlo, nunca lo hubiera cometido si la encantadora sobrina suya, la joven María Rosetti, no se hubiera enamorado de su joven Juan de Castañeda.

La señora Condesa venia en compañía de la criada Jacinta, y en su mano empuñaba un látigo que era utilizado en la hacienda para golpear al ganado vacuno.

El fraile supo que iría al esperado encuentro con su sobrina para hacerla pagar por todo lo acontecido, así que oculto tras la maleza, observó como la Condesa enfurecida, iba con rumbo al almacén para propinarle su merecido a quien había traicionado su confianza.

El fraile salió de entre la oscuridad al encuentro de María Magdalena Catalina y le dijo:

Mujer que caminas a toda prisa con un rumbo para mí desconocido. Los acontecimientos suscitados este muy solemne día de San Miguel Arcángel te han abierto una herida muy profunda que sangra en abundancia.

Si es acaso que tú te diriges a infringir un duro y justificado castigo a tu sobrina la joven María Rosetti, hazlo mujer, que yo no he de detenerte. Más recuerda, que el Señor Nuestro Dios el Todopoderoso, nos enseña a ser piadosos y clementes con nuestros enemigos.

La señora Condesa le contestó:

No me será mayor pecado hacer sangrar la espalda de la maldita joven y sobrina mía con este látigo, al pecado terrible que ya cometí, ocasionándole la muerte a mi joven Juan de Castañeda.

Si un pecado menor ha de ser agregado a ese pecado mortal que ya cometí, segura estoy que no me condenara más al infierno.

Enseguida, Doña María Magdalena Catalina se dirigió a toda prisa hacia aquel almacén. La criada Jacinta y el fraile Tomás la siguieron, y no trataron mas de detenerla, era muy necesario que su ira fuera desatada.

Cuando llegaron a la puerta del almacén, el candado estaba puesto y la criada Jacinta se entero que no traía más las llaves.

Pero fray Tomás se las entregó diciéndole:

Las llaves yo las tengo, pues mientras llevabas a Maria Magdalena Catalina en medio de su trance cuando lo del joven Juan de Castañeda, se te cayeron y yo las recogí.

La Condesa extendió su mano, y el fraile se las entregó.

La mujer abrió la puerta del almacén, y sin previo aviso, la criada Jacinta descubrió la espalda de la joven Maria Rosetti, abriéndole violentamente su vestido.

Entonces, la Condesa dio el primer latigazo a su sobrina diciéndole:

Pagaras muy caro por haber abusado de mi confianza, y peor por haber tratado de sobrepasar mi autoridad.

No parara mi mano de castigarse hasta que el cansancio me haya vencido, porque por tu causa cometí un crimen no deseado, y he puesto en peligro a mi alma de arder eternamente en el fuego del infierno.

La Joven María Rosetti no trató de defenderse y consciente de su falta, guardó silencio y se dispuso a recibir su merecido.

La ira de la señora Condesa fue desatada, y los latigazos comenzaron a herir la piel de la espalda descubierta, mas en el interior de su cuerpo algo comenzó a suceder.

Era el efecto del veneno lento pero mortal, que el Fraile Tomás le había dado de beber en el vino, y mientras el castigo parecía no tener fin, la joven María Rosetti cayó al suelo, donde sin ninguna misericordia siguió recibiendo tantos latigazos como le fue posible a María Magdalena Catalina propinarle.

La joven en tanto, comenzó a sangrar por la boca en abundancia, y su falta de quejidos ante los azotes, obligó a la señora Condesa a detenerse.

Ella se acercó a la joven María Rosetti, y pudo ver con sus propios ojos que había muerto.

En aquel momento, llena de espanto arrojó el látigo al suelo, y de inmediato se sintió culpable.

Ahí estaba en la puerta el fraile malvado observando lo sucedido, y de inmediato le dijo a la señora Condesa:

¿Qué es lo que has hecho mujer? Has extinguido la vida de esta joven haciéndola pagar con su vida la traición que te cometió.

¡Que Dios se apiade de tu alma María Magdalena Catalina! Pues hoy, has cometido pecado mortal en dos ocasiones.

Presa del terror que le ocasionaba su evidente asesinato, la Condesa salió corriendo del almacén, detrás de ella salieron nuevamente la criada Jacinta y el fraile Tomás.

Ella corrió con rumbo a la capilla condal de San Miguel Arcángel, y entró de manera estrepitosa en ella, y ante el altar se dejó caer al suelo de rodillas, y levantando sus manos hacia el cielo, dijo en voz alta:

He venido ante ti mi Dios no a pedirte ningún perdón, sino a confesarte mis crímenes.

Porque he sido sometida a una prueba dura e injusta, y no la he superado.

¡Oh dios justo que arremetes en contra mía! ¿No te ha bastado mi señor, atormentarme con el cruel castigo de privarme de estar junto a mis hijos? Ahora, me privas también de vivir una vida feliz y plena.

¡Oh Señor mi Dios! Si es así como tú lo ordenas, no creeré más en el amor. No conoceré mas la compasión, y saldrán de mi la misericordia y los buenos sentimientos.

Hoy dejo de ser definitivamente quien antes he sido. Después de estos dos crueles asesinatos cometidos, he condenado mortalmente a mi alma.

No te solicitare mas indulgencias señor mi Dios todopoderoso, tampoco lo hare a María Santísima, y que al final de mis días, me sea otorgado el castigo merecido por los actos que hoy he cometido.

Hoy yo, María Magdalena Catalina Dávalos de Bracamontes y Orozco, Tercera Condesa de Miravalle, juro ante ti mi Dios, que no volveré a ser llamada más señora con agrado y respeto, si no que será pronunciado mi nombre con angustia y temor.

Porque este día, he sentido como mi tierno corazón se ha endurecido repentinamente, como la más dura e inquebrantable de las rocas.

Bañada nuevamente en lágrimas, salió la Condesa de la capilla condal con rumbo a los almacenes de la hacienda, para ir en búsqueda del cadáver del joven Juan de Castañeda, y también el de su sobrina María Rosetti, para ordenarle a uno de sus capataces, que les dieran cristiana sepultura.

Pero el cuerpo del joven Juan de Castañeda no fue encontrado por Doña María Magdalena Catalina, la cual, a gritos exigió a los capataces que se lo entregaran.

Intervino el fraile en aquel momento, y le dijo lo que había sucedido con el cadáver, justificándose del hecho diciéndole que lo había hecho por evitarle la muy profunda pena de tener que sepultar un cuerpo al que ella misma había arrebatado la vida.

Entonces, la Condesa se dirigió hasta el rio a donde fue arrojado el cuerpo de su amado por el fraile, y dijo estas palabras, como si la corriente de las aguas las fueran a llevar hasta el cadáver:

Yo que te ame con intensidad, y casi estuve a punto de perder la cordura por tu causa. Hoy me confieso responsable mi joven Juan, de lo que te ha ocurrido, eso sí, en ningún momento deje ni dejare de amarte.

Después la mujer ordenó a los criados traer el cadáver de la joven María Rosetti hasta aquel sitio, y cuando esto sucedió, les ordeno arrojarla también a las aguas del rio.

Ella entonces dijo estas palabras:

¡Anda María Rosetti! Ve a toda prisa, valiéndote de la precipitada corriente tras mi joven Juan. Después de todo, conseguiste apartarlo de mi lado para siempre.

Enseguida, solicitó a la criada Jacinta la llevara tomada del brazo hacia donde se encontraban sus invitados disfrutando de la gran fiesta.

Llegó a donde la fiesta que se celebraba al aire libre, y con la música tocada por los músicos del Virrey como fondo, se dispuso a disfrutar de aquella celebración.

Sonreía y bailaba como si nada hubiera pasado, pero por dentro, ella estaba destruida. Si destruida de tal forma, que sería muy difícil que se levantara de tan devastadora destrucción.

Bebió el vino en abundancia, y solicitó a los músicos reales que tocaran las canciones más tristes hasta entonces conocidas, las cuales, ella misma entonó exponiendo sus muy vulnerables sentimientos, llegando incluso a derramar algunas lágrimas cuando el vino ya había hecho estragos con su cuerpo.

Todos los presentes se sorprendieron ante aquel comportamiento nunca antes mostrado, y fue entonces que su hija Águeda, dijo a su madre que era el momento de despedirse de la fiesta.

Ante el asombro del Obispo de Michoacán y del señor Virrey, la señora Condesa fue conducida hasta su habitación, ya derrotada totalmente por el vino.

También su hija Águeda se mostraba sorprendida por su comportamiento, pero a diferencia de los demás, ella de inmediato intuyó que algo muy grave había sucedido a su madre para que se hubiera perdido de la manera como lo hizo, y supo entonces, que el joven Juan de Castañeda y su prima segunda, María Rosetti, estaban involucrados.

Y mientras la fiesta continuó hasta entrada la madrugada, María Magdalena Catalina se enfrentó aquella terrible noche a sus más grandes temores, abrazada en todo momento de su criada y confidente Jacinta.

En tanto, el fraile malvado y asesino, pasaba una de las mejores noches de su vida, pues ya no tendría que luchar un día mas con aquellos insoportables celos que estaban consumiendo su existencia.

¡Si María Magdalena Catalina no podía ser para él, entonces, no habría de ser de nadie!

Y eso, en efecto, era lo que estaba haciendo el fraile enamorado, quien provocó y ocasiono con sus intrigas la muerte del joven Juan de Castañeda y de la joven María Rosetti.

¡Vaya corazón del Fraile franciscano! Que más bien parecía ser un fraile del demonio aquella noche, pues incluso, tuvo el atrevimiento de decirle a Dios en pensamientos estas palabras:

Este día he matado señor mi Dios, pero lo he hecho por amor. Y de no haber matado como lo hice, el que hubiera resultado muerto a causa de los celos hubiera sido yo.

Condéname padre por mis pecados mortales, nada hay ya que perder, pues seguro estoy que quemarme en las ardientes llamas del infierno, no ha de ser mayor condena a la que en vida estoy teniendo por llevar este franciscano hábito.

A la mañana siguiente, apenas amaneció en San Miguel Púcuaro, se despidieron todos los invitados y volvieron a sus lugares de origen. Pero fue su hija Águeda, la que antes de volver a la ciudad de México, preguntó a su madre:

Perdón por este atrevimiento madre mía, pero lo sucedido anoche, fue la consecuencia de algo que aun no sé que es, pero lo imaginó. Lo imaginó por la inexplicable ausencia del joven Juan de Castañeda y de mi prima Maria Rosetti.

La señora Condesa le dijo a su hija con un nudo en la garganta:

Tus intuiciones de mujer son correctas Águeda, porque el joven Juan de Castañeda, y la muy querida sobrina mía Maria Rosetti, me han cometido la muy dolorosa traición, y solo dejándome a mí una muy breve carta, me anunciaron que huían lejos y hacia un lugar desconocido, donde pudieran vivir su amor en plenitud.

Su paradero yo lo desconozco, y si algún día, tú sabes de ellos, será mejor que no me lo comentes, porque para mí, aquellos dos amantes traicioneros, están muertos.

Ahora que sabes lo sucedido, se lo comunicaras a tu hermano José Justo y a mi hermana cuanto antes, así como también les habrás de dar tan vergonzosa noticia a los padres de Maria Rosetti.

Sé muy bien que José Justo y Maria Teodora Francisca se alegraran de lo acontecido, mas sé muy bien también lo tristes que se sentirán los padres de la que ahora se encuentra fugitiva.

Después de escuchar aquellas tremendas mentiras, Águeda se marchó con rumbo a la ciudad de México, y la señora Condesa, la criada Jacinta y el fraile Tomás, subieron al carruaje y partieron con rumbo al pueblo de Santiago Tuxpan.

Se fueron de San Miguel Púcuaro, y todo aquel camino fue en total silencio, pues los acontecimientos suscitados, no dejaban pie para ninguna platica.

Pero a pesar de las advertencias a los dos capataces y al criado que fueron testigos de lo sucedido, estos no pudieron callar su boca.

Entonces, apenas se alejó el carruaje del lugar, ellos comenzaron a hablar de la mujer como una cruel y despiadada asesina, que había dado muerte a su joven amado, asfixiándolo en el interior de la piel fresca de un toro, y que no conforme, había matado también a golpes a su joven sobrina, privándolos a ambos, de una sepultura digna, ordenando que fueran arrojados sus cuerpos al rio.

Se fue la señora Condesa de San Miguel Púcuaro, pero había dejado a su partida, una sensación de terror entre las gentes, por los asesinatos cometidos.

# CAPÍTULO 15
## SEÑORA DE LAS TINIEBLAS

Llegaron a la hacienda de la Santa Catarina en Santiago Tuxpan cuando caía la tarde, entonces, la señora Condesa caminó mirando al horizonte, justo por donde se metía el sol, y dijo:

Así como desaparece la luz del sol para dar pasó a la noche, así desaparece también mi vida pasada, donde pretendí ser feliz, para dar paso a una nueva vida donde seré todo lo contrario a lo que un día fui.

¡Si la vida se ha empeñado en que sea infeliz, entonces, yo me empeñare a ser infeliz a la vida!

Entonces, no seré mas quien fui. No más. Mi compasión y mis buenos sentimientos yacen muertos e insepultos, al igual que el joven Juan de Castañeda.

Y desde aquel día, Maria Magdalena Catalina no fue mas quien era. Y tal como lo había dicho, huyeron de ella los buenos sentimientos y las compasiones.

La desconfianza y el rencor fueron desde entonces sus más cercanos aliados, y su carácter se volvió voluble y agresivo.

Amargada y malhumorada todo el tiempo, solo recibiendo la visita de Fray Tomás en escazas ocasiones.

En eso se convirtió la señora Condesa de Miravalle, en una mujer solitaria, que cargaba en su conciencia con la muy pesada carga de haberse auto sometido a la infelicidad.

Y en la hacienda y en su casa, jamás volvió a pronunciar palabras amables a los esclavos y a los criados, muy por el contrario, no toleró ni el menor de los errores en la casa y en la hacienda, y los castigos para ellos se volvieron tormentosos a causa de los incontables azotes que ella misma les propinaba cuando no hacían las cosas bien.

Solamente el capataz José Cárdenas y la criada Jacinta eran exentos de aquellos castigos.

Entonces, su fama de mujer malvada y arrogante se extendió por todo el pueblo, y las gentes no se atrevían a mirar ni siquiera su carruaje cuando salía a pasear por las calles.

Ya no había ni rastro de aquella sonrisa hermosa y de mujer alegre que se pintaba en su rostro cuando paseaba con el joven Juan de Castañeda.

Por el contrario, una mirada amenazante siempre resaltaba sobre su rostro rígido y serio.

¡Inclínense todos al paso de la elegante dama! No vaya a ser que en otro de sus frecuentes ataques de maldad ordene colgarnos a todos del árbol más alto del pueblo.

¡Procuren mantener libre de hoyos los caminos! No vaya a ser que su carruaje se atasque a causa de algún muy inoportuno charco y ella enfurezca.

Porque es de carácter muy voluble y constantemente agresiva, con frecuencia arremete a través de los azotes contra cualquier criado si las cosas no salen bien en su día.

Esas eran cosas que podían escucharse por los lugares donde ella andaba, porque en verdad, era ella una mujer mala y perversa, y tardo mucho en comenzar a sacar de su pecho tanta maldad acumulada.

¡Maria magdalena Catalina! Mejor te hubieras guardado tanta maldad para ti misma, así, no te habrías ganado la fama que te ganaste.

Esto que ahora voy a contarte a continuación buen hombre, sucedió durante los días nublados del invierno de mil setecientos cuarenta y cinco.

Sucedió que la señora Condesa, solicitó la presencia de una esclava, la que siempre que comía a la orilla del rio, le llevaba la comida.

Pero la esclava no apareció, era evidente que había huido, y que no la recuperaría nunca más, entonces, comprendió que eran tantos los que estaban bajo su servicio, que no tenía un control sobre ellos.

Tremendo plan se formo de inmediato en su cabeza. Sí, tremendo plan, pues la ira se apoderó enteramente de la mujer, y en un acto de infinita crueldad, ordenó el herraje de cada uno de los esclavos y criados a su servicio.

Hombres, mujeres y los hijos de estos, trescientos en total, fueron sometidos al hierro incandescente, que les fue puesto en la espalda.

Así, de tal forma como se hierra a las cabezas de ganado de sus propiedades, así, de esa forma fue hecho con aquellos criados y esclavos, utilizando incluso los mismos hierros con los que se marcaban a las vacas y becerros con el sello del escudo de armas de los Condes de Miravalle.

Este acto atroz lo cometió temiendo que cualquiera de ellos pudiera escapar algún día, entonces, teniendo aquella marca plasmada en su piel, no podría negar jamás a la propiedad a donde pertenecía.

Fueron traídos todos los criados que tenía en posesión en las haciendas de Santiago Tuxpan, también los de la hacienda de San Miguel Púcuaro, los de la hacienda de Santa Rosa, los de la hacienda de de Huaniqueo, los de la hacienda de Huirunio, los de la hacienda de Coporo, los de la hacienda en Moro, los de la hacienda del el Rincón de Corucha, los de la hacienda de Santa Ana, y los de la hacienda de la Santa Catarina, y hasta los de la casa Condal en el pueblo.

Dos filas de criados y esclavos fueron formados desde muy temprano en las tierras de la hacienda, era de día y parecía de noche, pues las amenazadoras nubes oscuras de una tormenta cubrían todo el valle de Anguaneo.

Aquel era un día con un clima que hacia un marco perfecto para las atrocidades que la mujer se disponía a cometer.

Temerosos y angustiados, los criados y esclavos aguardaban en el lugar sin saber el motivo por el cual habían sido traídos hasta la hacienda de la Santa Catarina.

Ellos se miraban unos a otros ignorantes del próximo dolor físico al que serian sometidos e impacientes, esperaban escuchar de la boca de su señora cualquier orden.

Esas dos filas eran las filas del terror, porque formados en una hilera estaban todos los hombres y en la otra estaban las mujeres con los niños.

La lluvia comenzó a caer y el frio de esa mañana lluviosa de invierno agredía con fuerza los cansados y asustados cuerpos de quienes esperaban a que apareciera la elegante dama.

Entonces, la mujer salió de las puertas de las caballerizas, la mirada de angustia de aquel que estaba primero en la formación se convirtió en una mirada de pánico.

Sí, porque la Condesa altiva y arrogante, apenas asomó su cuerpo al exterior de las caballerizas, pues no quería mojarse, y mucho menos, ensuciar de lodo su ancho vestido, por lo que dio en el oído una orden al capataz José Cárdenas, el cual, acompañado de otro capataz, se acercó para tomar de ambos brazos a ese primer criado.

Aquel primero de la fila, fue ingresado a las caballerizas por el siempre obediente capataz José Cárdenas, mientras los doscientos noventa y nueve criados y esclavos que permanecían afuera, solo miraron con atención y se aprestaron a conocer cuál sería la suerte de aquel primero de todos ellos.

De pronto, los gritos de dolor irrumpieron repentinamente, mezclándose con el sonar del caer de la lluvia y fueron escuchados por todos afuera.

En aquel momento, se inundaron sus pensamientos de terror y las mujeres sin romper fila abrazaban a los más pequeños.

La inquietud de los hombres, la angustia de las madres, y el llanto de los más jóvenes y niños se hicieron presentes.

Se abrió la puerta de la caballeriza nuevamente, y salió aquel criado de las caballerizas escoltado por el capataz José Cárdenas.

El criado tenía en el rostro la inconfundible expresión de dolor y con la cabeza baja y con la mirada puesta en el suelo, aquel hombre parecía estar ebrio y tenía el torso descubierto.

El resto de los criados y esclavos lo observaban de pies a cabeza, buscando la herida que había provocado sus lamentos.

Fue una criada la que observó la espalda de aquel hombre, que aun palpitando de ardor, mostraba la terrible inflamación.

Al rojo vivo aun la carne, aliviando momentáneamente las punzadas del dolor al caer el agua de la lluvia y escurriéndose sobre el sello del escudo de armas de los Condes de Miravalle, recién plasmado en su piel.

Entonces, todos supieron lo que vendría a continuación.

Fue ingresado el segundo hombre con dificultad, ya que al conocer el dolor al que sería sometido, trato de resistirse. Más no fueron las fuerzas del capataz José Cárdenas y su ayudante quienes obligaron a aquel segundo criado a ingresar en las caballerizas, sino fue el temor a que este disparara su arma con la que lo amenazó de muerte.

La reacción de los demás criados fue la misma. Los gritos de miedo en medio de la obscuridad y la lluvia, pronto fueron convirtiéndose en gritos de suplicas hacia la mujer malvada que se encontraba adentro de las caballerizas, pues hombres, mujeres y niños tenían la esperanza de que ese mandato fuera revocado.

Pero aquella orden salida de la boca de la señora Condesa iba a ser cumplida, y ningún llanto o suplica, la harían cambiar de opinión.

Entonces, uno de los hombres rompió la formación, se aproximo a la otra fila y tomó a su pequeño hijo.

Él lo tomó entre sus brazos, tomó después a su mujer y, comenzaron la huida.

El alboroto se diseminó de inmediato en ambas formaciones, la excitación ocasionada por la valentía mostrada por aquel hombre que quería librar de ese atropello a su mujer e hijo, alentó a todos los criados y esclavos a sublevarse.

Pero las filas que con el alboroto se habían disuelto, fueron organizadas nuevamente con prontitud por los capataces que dispararon inmediatamente sus armas al aire, ocasionando aun más temor entre los criados y esclavos que, sin tener ninguna posibilidad de librarse de aquel sufrimiento se abrazaron unos con otros.

Mientras tanto, el capataz José Cárdenas salió montado en su poderoso caballo, acompañado por otros dos guardias que iban a la par de él en otro animal.

Los tres iban con las armas en mano y a toda prisa tras la familia en fuga.

A las afueras de la hacienda de la Santa Catarina, el escándalo ya era muy grande. Los capataces habían creado un cerco alrededor de todos los criados y esclavos, de tal forma que no ninguno de ellos se pudiese escapar.

Había quienes en verdad querían hacerlo, mas el temor al castigo de ser atrapados era más fuerte, porque ese castigo sería la misma muerte.

En tanto, aquel hombre y su familia que escapaban a toda prisa en medio de la espesa lluvia, tomaron la ruta hacia donde corre el rio, justo ahí, donde algún día se levantara la ciudad indígena de Tochpan.

La velocidad era un aliado de aquellos fugitivos, que ya había sido derrotado en su desesperado escape, pues el capataz José Cárdenas y los otros dos capataces les alcanzaron cuando se disponían a cruzar el rio.

Bajaron aquellos tres enfurecidos hombres con la pica de sus armas prestas para arremeter con un certero tajo a los tres indefensos cuerpos. Mas el criado se llenó de inmenso valor, y se lanzó sobre el capataz José Cárdenas.

En una disputa física muy grande se encontraban el capataz y el criado, luchando ferozmente por la posesión de la maldita arma, hasta que el terreno lodoso fue cómplice de aquel criado que se apodero del asesino instrumento que habría de dar muerte a alguno de los dos.

Fue justo en el mismo sitio, donde una vez sus antepasados indígenas habían luchado con fiero corazón por no caer ante el blanco y barbado enemigo.

Entonces, el capataz José Cárdenas quedó paralizado de miedo, esperando con resignación y temor, la fatal embestida que le ocasionaría la herida que provocaría su muerte.

Mas cuando el criado se disponía a hacerlo, fue abatido en la espalda por la pica del arma de otro de los capataces que también lo perseguían.

Su dura piel fue atravesada por la pica en numerosas ocasiones impidiéndole seguir luchando por su vida.

Enseguida, el capataz que estuvo a punto de morir, y que estaba aun en el suelo, se levantó y tomó de un abrazo al criado que aun con vida, miraba con una mezcla de rabia y de ternura a su esposa e hijo.

Aquel capataz José Cárdenas le quitó de las manos su arma al criado, y en un acto de venganza incontenible, le disparó en el rostro sin importarle en ningún momento la presencia de la mujer y al niño que eran su esposa y su hijo.

Muerto el criado, el capataz José Cárdenas tomó el cadáver y lo subió en el lomo del caballo.

Los otros dos capataces tomaron a la mujer y al niño, y así, de esa violenta manera, emprendieron el regreso a la hacienda de la Santa Catarina.

Al llegar, ahí estaba Doña María Magdalena Catalina en la puerta de las caballerizas con la cabeza muy en alto, y la organización se mantenía en aquellas muy dramáticas formaciones.

Ella, la Condesa, lanzando una sonrisa al capataz José Cárdenas, le ordenó traer al hombre muerto.

El cadáver fue puesto delante de ella y bajo sus pies, mientras la esposa doliente y el pequeño hijo, envueltos en llanto, fueron reincorporados a las filas del terror.

Enseguida, la mujer malvada ante la mirada de espanto de todos los criados y esclavos, caminó bajo la lluvia con el hierro incandescente en la mano derecha, intimidando a los primeros de las dos filas.

Empapada en su totalidad, y con aquel vestido fino ya enlodado, Doña María Magdalena Catalina levantó el hierro ardiente y sin titubeos, plasmó el sello del escudo de armas de los Condes de Miravalle en la espalda de aquel que había sido muerto en su fallido escape.

¡Ni aun la muerte, ha salvado a este hombre de su destino, porque aun ya estando muerto, ha cumplido mi mandato!

Eso dijo la mujer malvada, la cual, enseguida, ingresó a las caballerizas con el hierro en la mano para continuar aquella muy cruel labor.

Ese día fueron herrados todos los criados y esclavos de sus haciendas. Herrados por sus propias manos, pues ella misma plasmó el sello de armas de los Condes de Miravalle en cada una de las desprotegidas espaldas, sin sentir lástima ni remordimiento alguno, de ocasionar daño físico a los niños y a las mujeres que, aquel día fueron doblegados ante su mandato.

Y así se comenzó a hacer desde aquel día, con crueldad y una determinación casi de poética y demoníaca maldad, porque aquellos que se negaran a cumplir las órdenes y mandatos salidos de la boca de la señora Condesa, incluso los que renegaran de ellos, serian castigados sin piedad, dependiendo de su falta, incluso con la muerte.

Aquellos muy barbaros acontecimientos fueron conocidos apenas unas horas transcurridas en el pueblo de Santiago Tuxpan.

Entonces, la mujer comenzó a ganarse la fama de mujer despreciable entre los habitantes del pueblo.

De por sí, ella ya infundía miedo con su sola presencia en cualquier sitio, debido a su fama, por haber despojado de esas tierras a la Compañía de Jesús, y por lo que de ella se decía en San Miguel Púcuaro, y con este acto de maldad cometido, se confirmaba lo que tanto decían algunos en el pueblo.

Ella era una mujer malvada y maldita, probablemente un engendro del mismo demonio, e incluso, algunos se atrevieron a decir que, era el mismísimo Satanás encarnado.

Y no era para menos lo que decían, dadas las condiciones climáticas coincidentes, en las cuales llevó a cabo el herraje con aquel hierro incandescente a sus trescientos criados y esclavos.

Relámpagos y nubes negras descargaron abundante cantidad de agua en el pueblo, y obligaron a todos a refugiarse en sus casas, mientras ella, se regocijaba de haber cometido su cruel acto.

"Señora de las Tinieblas". Así fue como comenzaron a llamarla desde aquel día los criados y esclavos que fueron víctimas de su inmensa maldad, y desde aquel día también, el capataz José Cárdenas cayó víctima de sus más bajas pasiones.

Porque a manera de agradecimiento, la señora Condesa lo llevó hasta lo más íntimo de la habitación principal de la hacienda de la Santa Catarina y lo sedujo muy fácilmente, haciendo uso de su belleza y de su inusual encanto.

La pasión se desbordó aquella noche en su habitación, satisfaciendo la mujer sus necesidades corporales en los brazos de aquel capataz, que era diez años menor que ella y en el cual, nunca había puesto los ojos.

Al día siguiente, la señora Condesa se dirigió al convento en el templo de Santiago Apóstol en el pueblo.

Acudió en búsqueda de su guía espiritual, confidente y consejero, Fray Tomás, esto para liberarse a través de la confesión y de la penitencia que le sería impuesta, del pecado de haber herrado a los trescientos esclavos, y también por haber cometido adulterio con el capataz José Cárdenas, quien tenía esposa e hijos.

Ante la confesión de lo hecho con los criados y esclavos, que en realidad ya no era una confesión, pues todos en el pueblo lo sabían, el fraile impuso apenas penitencia a la mujer, pero la confesión del adulterio con el capataz José Cárdenas, hizo que el fraile perdiera la cabeza.

En verdad no la perdió por el pecado cometido, sino la perdió por los indescriptibles celos que el relato le ocasionaba, y peor aún, por las palabras rasposas para su corazón que salían de la boca de la mujer, cuando ella le dijo que no iba a dejar de hacerlo.

La Condesa volvió a la hacienda de la Santa Catarina pensando muy erróneamente, que sus pecados cometidos habían sido absueltos, y también, que aquel pecado que seguiría cometiendo con el capataz José Cárdenas, le había sido ya perdonado, esto por haberlo confesado por adelantado.

Aquella noche, el capataz José Cárdenas no acudió a dormir a su casa, y pasó la noche nuevamente en la habitación principal de la hacienda de la Santa Catarina, complaciendo a su insaciable señora, y complaciéndose a sí mismo también.

Mientras esto sucedía, el fraile Tomás pasaba una noche en vela en su celda en el convento franciscano.

Si, en vela, porque los celos de tan solo imaginar a la mujer ofreciendo su cuerpo sin ningún pudor al capataz José Cárdenas, le ocasionaban el tremendo insomnio.

Ya había soportado suficiente, primero, derramando la hiel en abundancia, debido al capricho que ella había tenido tiempo atrás con el mayoral Hernando, y después, sufriendo muy amargamente el intenso romance que su amada sostuvo con el joven Juan de Castañeda, pero ahora y para su infortunio, estaba sucediendo muy inesperadamente lo del capataz José Cárdenas.

¡Pobre fray Tomás, el enamorado y mal correspondido! Justo cuando estaba a punto de confesarle a la señora Condesa sus prohibidos sentimientos hacia ella, el destino le jugaba en contra.

Ahora, ¿Cómo habría de hacer para eliminar al capataz José Cárdenas de su camino?

Si bien en las dos ocasiones anteriores, había logrado salirse con la suya, esta vez el fraile se sintió derrotado, porque quitar al capataz José Cárdenas de enfrente, sería una empresa tremendamente difícil, dada su impecable administración en las haciendas de la Santa Catarina y en la de Santa Ana, así como en la casa condal ubicada en el pueblo de Santiago Tuxpan.

Además, se trataba de un hombre de exagerada confianza de María Magdalena Catalina, así que inventar calumnias o historias ficticias en su contra, no iba a funcionar.

Entonces, mientras la Condesa y el capataz José Cárdenas se entregaban sus cuerpos el uno al otro en la hacienda de la Santa Catarina, el fraile Tomás comenzó a elaborar un muy perverso plan en el interior de su celda en el convento franciscano, y no tardaría ni tres días en llevarlo a cabo, pues la invitación a una oportuna cena a la hacienda de la Santa Catarina, llegó a fray Tomás como la mejor de sus oportunidades.

La tarde de la cena, el fraile Tomás acudió a la hacienda de la Santa Catarina muy puntual. Como siempre, fue recibido con una inmensa alegría por la señora Condesa, quien se apresuró a besar su mano derecha, mostrándole así su afecto y su respeto.

Mientras esto sucedió, el fraile no apartó sus ojos de los ojos de María Magdalena Catalina, quien sintió aquellas miradas por vez primera.

Enseguida, llegaron los demás invitados, que eran su compadre Pedro Vargas Machuca, un conocido de él de nombre Diego Soto, que venía de la ciudad de México, la señora Dolores Maya, la única amistad que la señora Condesa tenía en el pueblo, y por último, el capataz José Cárdenas.

Primeramente, los invitados estuvieron en la estancia principal de la hacienda, escuchando con atención las piezas musicales que la anfitriona señora Condesa interpretaba, pisando con extrema delicadeza las teclas de su piano.

Mientras ella tocaba, el fraile sentía morir de tanto amor muy secretamente retenido, y un nudo en su garganta se había formado ocasionándole las ganas de llorar de tanto sentimiento.

Sí, quería llorar el fraile de tanta rabia y de impotencia. De rabia por saber que la Condesa se entregaba a otro hombre, que nuevamente no era él, y de impotencia por no haberse armado de valor anteriormente para decirle lo mucho que la amaba.

Esa era una estancia, donde tres corazones se hallaban inflamados. Los corazones de tres cuerpos que vibraban con cada melodía muy finamente interpretada por la mujer de excelso encanto, quien con una voz muy suave, que penetraba en extremo agradable en los oídos, deleitaba en cantidad a todos los presentes.

Esa estancia se convirtió aquella tarde en el campo de batalla, donde los sentimientos de tres de los presentes lucharon entre sí, pues las miradas de los ojos del capataz José Cárdenas se postraban sobre María Magdalena Catalina, mientras las miradas de los ojos de fray Tomás, miraban con un odio muy bien disimulado al mismo capataz, y por último, las miradas de la mujer confundida que se dirigían al capataz con pasión, y que también se dirigían al fraile con extrañeza.

Pasaron después al comedor para degustar la exquisita cena que había sido preparada para la ocasión.

La señora Condesa se colocó en la entrada de aquel comedor, hasta que pasara el último de sus invitados, mientras la criada Jacinta les asignaba el lugar que habrían de tomar en la cena.

Pero aquellas miradas profundas y extrañas que el fraile hacia a la señora Condesa, fueron un motivo suficiente para que ella le solicitara quedarse con ella en la entrada del comedor, mientras los demás ocupaban sus lugares.

Ella le preguntó al fraile:

Fray Tomás, guía espiritual y consejero mío de tantos años, ¿Qué es lo que ha provocado que esta tarde que ya expira, y esta noche que comienza, me mires tu de la manera como me estas mirando?

En aquel momento, el fraile no tuvo el valor de confesarle la verdad de sus sentimientos a la mujer, y se limitó a decirle con voz enérgica:

Aunque no me alejare de tu lado María Magdalena Catalina, hoy dejare de ser lo que dices que soy yo para ti.

Después de haber dicho aquellas palabras, el fraile ingresó al comedor seguido de la Condesa, quien aun sin comprender aquellas palabras, trató de no inquietarse más durante la cena.

Mas el odio en el interior de fray Tomás se acrecentaba, ya que en el comedor, el capataz José Cárdenas ocupó el lugar que en su momento, habían ocupado el joven Juan de Castañeda y el mayoral Hernando Orozco.

Aquella cena que fue servida por las criadas, al fraile le sabia tan amarga, que le costaba trabajo comerla. Pero ese sacrificio que estaba haciendo aquella noche, bien iba a valer la pena hacerlo, porque muy bien oculto entre el cordón y los pliegues de su hábito franciscano, llevaba un pequeño y diminuto frasco de cristal.

En el interior de aquel frasco de cristal, se encontraba la pócima asesina, que él mismo había preparado con enormes odio y rencor, y que estaba destinada para terminar muy ventajosamente con la vida del capataz José Cárdenas.

Mientras comían, el fraile se encontraba en profunda reflexión interna, encomendándose al señor Dios, y pidiéndole perdón por el crimen que estaba a punto de cometer, porque solo tenía que acercarse lo suficiente al vaso de plata del cual bebía el vino aquel desafortunado capataz. Y eso sería una empresa fácil de realizar, pues por idea suya solicitó a la señora Condesa que los invitara a todos al exterior de la casa de la hacienda, para que juntos contemplaran y opinaran acerca de las estrellas y la luna, magníficos regalos del creador, para que a los hombres se les iluminaran las oscuras y tenebrosas noches.

La Condesa muy inocentemente atendió a la petición afirmativamente, y dejaron todos sus vasos sobre la mesa, excepto el capataz José Cárdenas, quien decidió llevarlo consigo.

El fraile entonces, vio frustrado su plan, e insistió al capataz que dejara su vaso, diciéndole que al volver, bebería todo el vino que le fuera posible.

El capataz lo escuchó, y dejó su vaso en la mesa también, pero no tuvo la precaución de dejarlo en su lugar.

Entonces, salieron todos los presentes del comedor, y el fraile se aseguro de ser el último en salir.

En ese momento y haciendo uso de sus mañas y su discreción, fray Tomás logró verter el venenoso contenido del frasco de cristal en el vaso del capataz José Cárdenas, y satisfecho, salió tras él, para enseguida, unirse a la comitiva que por idea suya, habían salido a las afueras de la casa de la hacienda a contemplar el firmamento.

Todos hablaron cosas de la luna y las estrellas, otorgándoles infinidad de halagos y piropos, mientras el fraile en pensamientos, veía casi consumado su terrible plan, incluso muy hipócritamente se coloco junto del capataz José Cárdenas para mirar la luna y las estrellas, y estuvo muy de acuerdo en todo lo que aquel dijo de ellas mientras las miraban.

Para ninguno de los presentes había nada extraño en el fraile, excepto para la astuta e intuitiva María Magdalena Catalina, quien observó a detalle ese su comportamiento.

El frio se hizo entonces insoportable para los cuerpos, y a petición de las dos damas, ingresaron nuevamente a la casa de la hacienda de la Santa Catarina, para continuar con su celebración.

Cuando llegaron al comedor, los ojos del fraile se abrieron muy grandemente cuando vio que las criadas habían juntado los vasos de vino para llenarlos hasta el tope con el rojo y exquisito liquido.

Entonces, una sensación de frio extremo recorrió su cuerpo, porque, ¿Cuál de aquellos vasos era el que contenía al asesino que habría de quitarle la vida al capataz José?

Muy seguramente, las criadas que servían el vino, habían revuelto los elegantes y plateados vasos, sin que los comensales pudieran darse cuenta, debido a su ausencia.

En aquel momento, el fraile temió por su vida, pues había cinco vasos servidos hasta el tope de vino, y uno de los cuales, al ser bebido acabaría con la vida de quién lo bebiera.

Ya era demasiado tarde para evitar que alguien bebiera de ese vino, pues la señora Condesa solicito a una de las criadas que le dieran de inmediato su vaso.

Las criadas colocaron los vasos frente a los invitados, quienes ya habían ocupado sus lugares en la mesa nuevamente, y por solicitud de la anfitriona, brindaron no solo por los beneficios de la luna y las estrellas, sino también por el sol y los demás astros.

Bebieron muy a prisa de su vaso de vino todos los presentes, excepto el fraile Tomás, quien solo fingió haber bebido.

Aterrado ante los hechos venideros, miró con tremenda angustia a María Magdalena Catalina, temiendo enormemente que su vida comenzara a extinguirse en breve, debido a la potente pócima que tal vez ella había bebido.

En aquel momento, el fraile deseo ser él quien tuviera en su poder el vaso de vino asesino, así, ninguno de los que no debían de morir morirían, pero eso era demasiado de pedir, pues inmediatamente, pudo constatar el fraile que su vaso estaba limpio, porque uno de los invitados sucumbió ante el dolor inmenso que le ocasionaba un estomago internamente perforado.

El desafortunado que habría de morir aquella noche, fue el señor Diego Soto, amigo y socio de Don Pedro Vargas Machuca.

Él fue a quien el destino y la suerte escogieron para dejar este mundo ante la mirada de espanto y confusión de los que a gritos trataban de reanimarle.

Murió el hombre inmediatamente y de manera muy trágica, escupiendo espuma y sangre por la boca en cantidades abundantes.

El fraile, aliviado de que no había sido su amada la víctima, procedió a recitar la letanía para otorgar los santos y sagrados oleos al que murió en pecado.

Pobre de aquel hombre asesinado, Don Diego Soto, quien fue asesinado muy cruelmente, y fue absuelto también de sus pecados por el mismo hombre.

¡Vaya tremendo pecado que cometió aquel fraile malvado! Que mató y también otorgó el perdón a aquel difunto en medio del escándalo en el elegante comedor de la casa de la hacienda de la Santa Catarina.

El cuerpo fue llevado a una de la habitaciones de la casa, mientras ya muy innecesariamente era traído el médico de la señora Condesa desde el pueblo, quien vino a esas horas de la noche hasta la hacienda, no solo para corroborar el deceso, sino para alertar a la señora Condesa en secreto, que por los síntomas y los signos presentados, aquel hombre había sido envenenado.

La señora Condesa entonces, comenzó a temer por su vida, pues era evidente que era a ella a quién alguien había querido envenenar.

Enseguida, llamó al capataz José Cárdenas y le dijo lo que el médico le había confiado.

Sorprendido el capataz, mando llamar a las dos criadas que habían servido la cena y el vino.

Él, las puso frente a la confundida Condesa, y le preguntó a ella, ¿cuál sería el necesario proceder?

Mejor les hubiera resultado a aquellas dos inocentes criadas haber bebido un poco del asesino vino y morir una muerte aunque dolorosa, pero rápida, pues fueron torturadas de horribles maneras por la señora Condesa y el capataz José Cárdenas, quienes llenos de ira, las ataron a ambas de las argollas que sujetan a los caballos en las caballerizas, para comenzar primero con un violento interrogatorio y después con la cruel tortura.

Fueron incontables los latigazos que abrieron primero la piel de sus torsos, y después, el vinagre que les era rociado en sus heridas vivas.

Entonces, cansados de no recibir ninguna confesión por parte de las criadas, la Condesa y el capataz, procedieron a uno de los castigos más crueles nunca antes cometidos por sus manos.

El capataz no mostró piedad alguna con aquellas dos criadas, pues tratándose de defender a su amante, estaba dispuesto a lo que ella le solicitara. La mujer en tanto, furiosa y temerosa a la vez, condenó a muerte a aquellas dos mujeres quienes se negaron a reconocer su crimen.

Entonces, envió a hervir agua en dos recipientes, y cuando le fueron traídos, arrojó sin misericordia alguna el agua hirviendo en el rostro de ambas mujeres, quienes dando los tremendos y ensordecedores gritos suplicaban clemencia a causa del dolor.

Todos los criados y esclavos de la hacienda temblaban de miedo al escuchar los lamentos, que eran llevados por el viento hacia todos los rincones de la Santa Catarina aquella madrugada.

Y es que fue esa su petición de clemencia, la que les provocó la muerte, pues mientras abrían su boca para suplicar, el agua hirviendo que les era arrojada en cantidad, entró por su boca y les hirvió las entrañas, y ahí, en las caballerizas, atadas y después de una terrible tortura, quedaron ya serenos los cuerpos de las inocentes criadas que concluyeron los días de su vida con el rostro desfigurado a causa de las quemaduras que el agua hirviendo les ocasionó.

Agitados de tanta intensidad y de haber causado esas dos muertes, los dos amantes se miraron muy intensamente, entonces, la señora Condesa recordó las miradas del fraile Tomás y peor aún, recordó aquellas palabras que él le había dicho antes de comenzar la trágica cena.

Par ella el misterio se aclaró, y supo que fue el fraile Tomás él responsable. Porque diestro era él en la alquimia y en la fabricación de pócimas.

Entonces, la Condesa se lamentó en su interior por no haberlo recordado antes, pues hubiera evitado condenar su alma y la del capataz José Cárdenas, por la injusticia cometida con aquellas dos inocentes criadas.

Se retiró arrepentida por aquel doble asesinato, y sin decir ninguna palabra, se dirigió a su habitación en compañía de la criada Jacinta, mientras el capataz José Cárdenas se dirigió junto con Don Pedro Vargas Machuca y el fraile Tomás, para estar al lado del que había muerto envenenado.

Ya en la privacidad de su habitación, lloró Doña María Magdalena Catalina a causa del pecado mortal cometido.

Derramó suficientes lágrimas en silencio, guardándose para sí misma aquella verdad revelada en su interior.

Amanecía en la hacienda de la santa Catarina al día siguiente, cuando un carruaje se llevaba al difunto Don Diego Soto con rumbo de la casa de Don Pedro Vargas Machuca en el pueblo de Santiago Tuxpan, para prepararlo y trasladarlo al lado de su familia en la ciudad de México.

En tanto, las dos criadas sin vida, permanecían aún atadas en las caballerizas de la hacienda, sin ningún doliente que las acompañara o les rezara al menos un merecido Padre Nuestro, aunque un abundante llanto se desbordaba de los ojos de las demás criadas en la cocina.

Aquellos acontecimientos sucedidos eran demasiado para la señora Condesa, así que salió de su habitación apenas se llevaron el cadáver de Don Diego Soto, y ordenó al capataz José Cárdenas que acudiera a las caballerizas, tomara los cuerpos de las criadas, y los sepultara en las mismas tierras de la hacienda, en un lugar que solo él conociera, esto para no tener ella que atormentarse por su pecado, cada que viera el lugar de descanso eterno de aquellas dos inocentes que fueron infamemente asesinadas.

Enseguida, salió la señora Condesa rumbo al convento de Santiago Apóstol. Su objetivo era entrevistarse en cuanto antes con el fraile Tomás para preguntarle directamente acerca de lo acontecido la noche anterior.

Llegó al convento y solicitó reunión urgente con su guía espiritual, el cual, no se esperaba aquella visita.

La señora Condesa subió hasta la celda del fraile, el mismo que se hallaba en penitencia arrodillado frente a una imagen de la Santísima Virgen María e interrumpió abruptamente aquellos rezos que en voz baja fray Tomás pronunciaba.

Apenas él fraile vio a María Magdalena Catalina, se puso de pie, y las miradas se encontraron en medio de aquella oscuridad que parecía eterna en el interior de la celda del fraile.

Los ojos de ambos no dejaron de mirarse. La mirada intensa y acusadora de la Condesa, logró dominar a la mirada triste y de culpabilidad del fraile Tomás, y ni siquiera hubo tiempo para un cordial saludo de ambas partes aquella mañana.

Habló la señora Condesa al fraile diciéndole estas palabras:

A ti fraile, que te he confiado todo lo que posee mi interior, todos mis pecados y todos mis temores, todos mis secretos y todos mis planes. ¿Con que derecho y con que causa acudiste a mi hacienda, para ocasionar el daño y cometer los horrores cometidos?

Porque tres almas fueron arrebatadas inocentemente por tu causa. Pues para mí, no queda duda alguna que fuiste tú quien enveneno el vino del vaso que bebió el que murió por su efecto.

Te confieso fraile, que he ocasionado la muerte a las criadas de mi hacienda en vano, pues en ellas quise encontrar a un culpable, más torpe fui yo, al no haber pensado en ti desde un principio.

Ahora, vengo a ti para que me impongas una dura penitencia, para que mi alma condenada, no arda en el fuego del infierno cuándo muera. Y de acuerdo a cual sea mi penitencia, igual o mayor deberá ser la tuya, pues la culpabilidad de aquellas muertes, es compartida.

Mas antes de que la penitencia sea dictada e impuesta, confiésame fraile ¿Por qué llevaste la muerte a mi casa de la manera tan cobarde como la llevaste?

Porque bien sabido es por mí, que nadie sino tú, eres el único poseedor del talento de preparar tan asesina pócima.

Es preciso que ahora, te confieses tú conmigo fraile, tal y como yo lo he hecho contigo, durante todos estos años, y me digas de una vez por todas y muy sinceramente ¿A quién pretendías ocasionar tan dolorosa y breve muerte en el comedor de mi casa la pasada noche?

En medio de tales circunstancias, fray Tomás se armó de valor, y se dispuso a confesar a la señora Condesa lo que durante tanto tiempo había mantenido muy bien escondido.

El habló a María Magdalena Catalina, confesando su amor por ella diciéndole:

¡No habrá de negar mi boca, las palabras que han salido de la tuya mujer!

Responsable soy de lo sucedido, y consiente soy también de la condena de la que hoy es bien merecedora mi alma.

En penitencia me he encontrado ininterrumpidamente desde anoche que volví de la hacienda de la santa Catarina, hasta el momento en el que tú has venido a mí como lo has hecho.

Si bien, he de confesarme ante ti, he de empezar diciéndote, que lo que en breve saldrá de mi boca, ya lo he confesado primero al que ha sido mi principal testigo y juez, Nuestro Señor Dios.

Ahora, que ya todo ha sido descubierto, tengo que decirte a ti María Magdalena Catalina, que sí, he sido yo quien en un acto desesperado, acudí a la hacienda de la santa Catarina, llevando conmigo, bien oculto en mi Franciscano hábito, el veneno que estaba destinado al que aún, es mi mayor enemigo.

Rezo yo, y pido arrepentido por el alma del que accidentalmente murió envenenado, porque en verdad, no era él quien debía morir.

Si bien, la noche de anoche me convertí en un asesino, quiero que sepas que lo he hecho por una causa poderosa, y de no matar yo a quien no conseguí matar, el que terminaré muriendo seré yo.

Porque anoche mujer, he matado por amor. Sí, por un amor prohibido, que muy lentamente, me está consumiendo en cuerpo y alma.

Ese amor que me consume el cuerpo, porque siento como mi corazón se ha inflamado de tanto sentimiento, y de seguir así, reventara en cualquier momento.

Ese mismo amor que me consume el alma, por tener que guardármelo en secreto, a causa de este Franciscano hábito, que me mantiene prisionero.

¡Oh Miseria de mi alma! Que ocasiones que mi cuerpo desfallezca con cada respiración, por causa de este muy maldito y prohibido sentimiento.

Ahora que sabes mi verdad Maria Magdalena Catalina, ódiame si quieres, despréciame, maldíceme también, pues bien merecido lo tengo. Pero entérate que te amo, y que te he amado desde el día que te conocí.

La señora Condesa guardó silencio y se mostro sorprendida por tan impactante confesión.

Ni una sola palabra salió de su boca. Y es que en verdad la mujer no sabía qué era lo que debía decir ante tan inesperada confesión.

En cambio, de los ojos del fraile se derramaron las lágrimas. Si esas fueron unas lágrimas de amor, de frustración, y también de culpabilidad. Porque todos esos sentimientos y sensaciones se encontraron en su interior violentamente, provocando el muy trágico desastre emocional.

Entonces, salió la mujer de aquella celda en el Convento Franciscano de Santiago Apóstol, y llena de temor se dirigió a su casa en la hacienda de la Santa Catarina.

No podía explicarse la mujer ¿Cómo había sido que fray Tomás haya dejado nacer ese muy prohibido sentimiento en su corazón?

Él era un hombre consagrado a Dios ¿Cómo pudo haberse enamorado tan profundamente de ella?

Segura estaba la señora Condesa, de que en ningún momento, dio pie o insinuó coqueteo alguno a aquel fraile.

Casi tan confundida como el fraile, se encontraba Maria Magdalena Catalina. Pero, de algo si estaba segura la elegante dama, estaba segura de que fray Tomás la amaba con todas las fucrzas de su ser, y la prueba de ello es que, se había atrevido a cometer asesinato a causa de los celos que le ocasionaba su tan descabellado amor.

Aquel sentimiento que ella provocaba al fraile, fue lo suficientemente poderoso para que ella decidiera marcharse de Santiago Tuxpan.

Se marchó sin despedirse de nadie, ni siquiera del capataz José Cárdenas, y es que la mujer desde aquel entonces se enteró de que lo que había debajo de ese hábito Franciscano era un hombre.

Sí, un hombre de carne y hueso al que le hervía la sangre cada que estaba frente a ella.

Entonces, tuvo miedo la Condesa de sí misma, pues aquella estima que sentía por el joven fraile Tomás, fácilmente podría confundirse en su interior y ocasionar un tempestad de proporciones inimaginables.

Después de haber conocido la verdad del fraile Tomás, la mujer temerosa de Dios por sus actos, decidió irse de Santiago Tuxpan.

# Capítulo 16
## El Destierro

Un año después de su llegada, su hija menor María Antonia, fue pretendida por un famoso personaje. Llegó a la hacienda de la Santa Catarina de los arenales en Tacubaya en el verano de mil setecientos cincuenta y uno, siete años después de su partida.

Sus hijos vinieron a vivir con ella, y la mujer pudo darse cuenta en la Ciudad de México, que su lugar seguía intacto en la corte virreinal, muy a pesar de los escándalos que la habían envuelto en el pueblo de Santiago Tuxpan.

Su nombre era Pedro Romero de Terreros, un hombre extremadamente rico, dueño de las vetas de plata que están en Real del Monte y en Real de Minas de Pachuca.

En un principio la señora Condesa se mostró inconforme, pero pensando en los beneficios de emparentar con tan rico personaje, entregó la mano de su hija.

Era el año de mil setecientos cincuenta y tres, cuando su hija menor, Maria Antonia, de veintidós años de edad, contrajo matrimonio.

Casaron su hija Maria Antonia y el señor Pedro Romero de Terreros en la hacienda de la Santa Catarina del Arenal en Tacubaya.

Las celebraciones para conmemorar el enlace, no tuvieron precedentes en la Nueva España, porque el extremadamente rico recién desposado, gastó sin ningún límite para complacer a la novia y a su suegra.

Vaya si los beneficios que obtuvo la señora Condesa de Miravalle con ese enlace fueron mayúsculos, porque su acaudalado yerno, le hacía obsequios y presentes muy costosos en plata y oro.

Entonces, el matrimonio de su hija Maria Antonia se convirtió en su negocio más rentable, pues la señora Condesa inicio gran empresa con cientos de mulas, las cuales, bajo torrenciales aguaceros, y bajo los ardientes rayos solares, atraviesan bosques y desiertos, caminos buenos, y empinadas barrancas, siendo la principal fuerza de movimiento de productos y recursos en la Nueva España.

Ese negocio resultó exitoso en cantidad a la señora Condesa, pues aquellas mulas de su propiedad, eran las que transportaban la plata que era obtenida de las minas de su yerno.

Las ganancias comenzaron a llegar entonces a manos llenas a su hacienda de la Santa Catarina de los arenales en Tacubaya, y sus riquezas aumentaron y su poder resultaba casi tan elevado como el del mismo virrey.

Y es que en verdad, era una mujer astuta y siempre precavida en los negocios, cualidades que no le eran de igual modo en el amor.

Pero en aquellos tiempos, enamorarse era lo que a Maria Magdalena Catalina menos le importaba.

Ya habían quedado atrás aquellos malos recuerdos de las cosas acontecidas a su corazón en las tierras de Michoacán. Ni siquiera extrañaba el calor que le otorgaba a su cuerpo el capataz José Cárdenas, de quien solo obtuvo satisfacciones carnales, en ningún momento cariño ni afecto, de fray Tomás en cambio, si se acordaba sintiendo un extraño sentimiento.

Todo parecía haberse arreglado entre ella y sus hijos, y las fiestas y los portentosos banquetes, fueron cotidianos en aquellos días de su vida.

¡Doña Maria Magdalena Catalina, Tercera Condesa de Miravalle! Mujer de gran importancia en la Nueva España, y poseedora de una gran fortuna, y también de un excelso encanto. Así era como se referían a ella todos los que la conocían, y también los que no tenían ese gusto.

Y es que la familia de los Condes de Miravalle, con el matrimonio de la menor de sus miembros, con Don Pedro Romero de Terreros, se convirtió en la familia más influyente de la Nueva España.

Y entonces, de la señora Condesa y de su yerno, se decían muchas cosas.

De ella decían que era la persona más importante en la Nueva España, llegándose a creer que su influencia era mayor que la del mismo Virrey.

Porque un día se escucho en un banquete decir a la señora Condesa estas palabras:

¡Virreyes van, y virreyes vienen, en cambio, yo permanezco siempre en el mismo sitio!

De él, se decía que era el hombre más rico de todo el Reino de España, incluso, decían que era el hombre más rico de todo el mundo.

Y bajó estas habladurías, la mujer acrecentó su orgullo y su altanería. Era una Maria Magdalena Catalina muy diferente a la que había heredado el condado de Miravalle años atrás.

Por su vida habían pasado los días y las noches, pero fue aquel suceso ocurrido en San Miguel Púcuaro el que le cambio la vida para siempre.

Y temían ante su carácter sus hijos y sus hijas, incluso su hermana se dirigía a ella con temor. En la hacienda de la Santa Catarina de los Arenales, los criados y las criadas, no se atrevían a mirarla a los ojos, y los esclavos y esclavas, casi siempre eran víctimas de sus constantes y absurdos caprichos.

Por aquel entonces, casó también su hijo José Justo con la muy respetada señorita María Pichardo Carranza, hija de un alto funcionario real, por lo que, la familia de los Condes de Miravalle, pronto entablo estrechas relaciones con el Virrey Agustín de Ahumada y Villalón, el Conde de las Amarillas.

Así, de esa manera transcurrieron algunos años, en los cuales, no tuvo la menor de las intenciones de volver a Santiago Tuxpan, donde sabia que de volver, sería absorbida por aquel pasado que la había marcado en aquellas tierras.

Ocho años transcurrieron en total, donde vivió su vida conforme a su titulo en la Ciudad de México.

Pero una mañana de Noviembre del año de mil setecientos cincuenta y nueve, recibió correspondencia desde el pueblo de Santiago Tuxpan.

Era una carta escrita por el superior del Convento Franciscano, Fray Nicolás, quien solicitaba su pronta y muy necesaria intervención, pues el clero secular había ya recogido la mayoría de los conventos a los frailes Franciscanos en la Nueva España, siendo el de Santiago Tuxpan uno de los últimos que les quedaban por recoger.

Pero los frailes se negaban a entregarlo al clero secular, y alegando que ellos mismos habían fundado dicho convento, les había sido permitido mantenerlo, mas en esta ocasión, el clero secular estaba dispuesto a reclamarlo.

Ese era el convento y el Templo que su abuelo y sus padres habían construido, así que la mujer debía intervenir en el asunto dándole el visto bueno a cualquiera de las dos partes.

Arriesgándose a volver a caer presa de aquel pasado que la perseguía en el pueblo de Santiago Tuxpan, decidió volver, pero solamente para resolver aquel conflicto religioso que amenazaba con despojar a los frailes Franciscanos de su convento.

Cuando sus hijos se enteraron de que volvería a Santiago Tuxpan, se mostraron en desacuerdo. Mas fue su hijo José Justo el que siendo el mayor de todos, advirtió a su madre acerca de su comportamiento en aquel sitio.

Avergonzada la señora Condesa, tuvo que prometer a sus hijos respetarlos a ellos y su apellido, no cayendo nuevamente en las tentaciones que siempre se le presentaban a la mujer en las tierras de Michoacán.

Dejó a José Justo a cargo de los negocios en la ciudad de México, principalmente aquel muy rentable negocio de las mulas, con el cual, la familia condal podía salir de cualquier apuro económico en algún futuro.

Partió acompañada de la criada Jacinta como siempre. Y en el trayecto del camino de las provincias internas de occidente, Maria Magdalena Catalina no dejó de pensar en el capataz José Cárdenas y en el fraile Tomás.

Tenía miedo de volver a caer en los brazos fuertes de aquel capataz, quien en tiempos pasados la abrazó y estrujó, cubriendo esa necesidad carnal de su cuerpo.

Pero más miedo tenia de volver a ver al fraile Tomás, quien debido a los celos que su prohibido amor le ocasionaban, había sido capaz de asesinar.

Entonces, se encomendó a Nuestro Señor Dios y a numerosos Santos, para que la protegieran, y la hicieran partir cuanto antes de Santiago Tuxpan, bien librada de si misma.

Llegó al pueblo, y el elegante y llamativo carruaje fue visto por las gentes con asombro.

La noticia se diseminó con rapidez en el pueblo. Sí, la Condesa había vuelto, y entonces, el miedo se apoderó de las familias, pues después de los actos de maldad cometidos por la elegante dama en el pasado, eran algo que no se había olvidado.

Todos en el pueblo se mostraron en descontento por su regreso, a excepción de los frailes del convento, los cuales, se sintieron aliviados de que la mujer acudiera en su defensa.

De esos frailes, hubo uno en especial que se sintió feliz con la noticia. Y no pasaron muchas horas desde su llegada al pueblo, cuando el superior del convento envió al fraile que siempre fue el guía espiritual y confesor de la señora Condesa.

Ese no era otro más que fray Tomás, La entrega inmediata de una carta de invitación a una asamblea en el convento, eran el motivo de la visita del fraile a la señora Condesa.

Esos ocho años habían transcurrido con paso firme por fray Tomás, a quien las canas habían poblado su pelo. Y es que durante esos años, su rostro se le vio constantemente cansado, y no era para menos, pues aquel amor que no murió en su interior, lo consumía por dentro durante el día, y peor le resultaba durante las noches.

Acudió a toda prisa el fraile hasta la hacienda de la Santa Catarina, y en el camino no podía dejar de pensar en cómo sería que reaccionaria al volver a ver a Maria Magdalena Catalina. Por quien lloró y sufrió en silencio en el interior de su celda, durante todos los años de su ausencia.

El corazón del fraile latía muy a prisa, pero no le importaba morir de tanta intensidad, y si la muerte repentina y fulmínate era el precio que tenía que pagar por al menos volver a mirar a la Condesa, era un precio que estaba dispuesto a pagar.

Llegó a la hacienda de la Santa Catarina, y la criada Jacinta que salió a recibirlo, le mostró sus saludos y la alegría que le ocasionaba volver a verlo. Enseguida, la criada le dijo que apenas llegaron a la hacienda, su señora se había ido con rumbo del rio, su sitio favorito en esas tierras.

El fraile, sin poder retener más su ansiedad, se encaminó enseguida hacia el rio para ir a su tan añorado encuentro de la mujer.

Entre verdes arbustos y sauces frondosos, ahí estaba María Magdalena Catalina, sentada a la orilla del rio, llevaba puesto un amplio y elegante sombrero de tonos azulados, que cubría su rostro del embravecido sol, mientras descubiertas sus piernas hasta las rodillas, se mojaba los pies con las apacibles aguas.

¡Vaya rostro cubierto por la sombra de aquel sombrero! Rostro tan hermoso y refinado que el fraile no pudo contener su emoción y suspiro muy exageradamente.

Apenas ella se enteró de su presencia, cubrió sus piernas inmediatamente.

El fraile, nervioso en extremo por volver a ver a la Condesa, trató de comenzar aquella muy incómoda conversación, emitiendo un cordial saludo, pero las palabras salieron distorsionadas de su boca.

Las miradas entonces se encontraron, y la mujer vanidosa se rió muy sarcásticamente de él y le dijo:

¡Fray Tomás! Por la manera cómo has reaccionado al verme, resulta evidente que aun me amas. Yo, creí muy erróneamente que con el tiempo que estuve ausente, te habías olvidado de mí.

Ya ves que no es así mujer, y has de saber que durante los muy largos días de tu ausencia, oré día y noche al Señor Dios para que volvieras, aun sabiendo yo que no podría tenerte, pero me conformo con tan solo mirarte, contestó fray Tomás.

El fraile entregó la carta a la Condesa, y mientras la leía, agitado y evidentemente emocionado, llegaba aquel capataz José Cárdenas para comprobar si era cierto que la dama que un día fue suya había vuelto.

Ese fue un regreso muy intenso para la mujer, pues no supo en aquel momento como debía de reaccionar, y nada pudo hacer cuando el capataz se abalanzó sobre ella, y la cubrió enteramente con un muy fuerte abrazo, ante la mirada de odio y de rencor de fray Tomás, quien con aquella demostración de júbilo por parte de aquel capataz, supo que para él, todo seguiría siendo como lo fue antes.

La señora Condesa no dijo ninguna palabra al capataz, y solo se limitó a sonrojar sus mejillas, entonces, se despidió de ambos muy precipitadamente, y se adelantó a ellos en el sendero rumbo a la casa de la hacienda.

Mientras los dos caminaban tras ella por ese sendero, el capataz le confesó al fraile que estaba listo para volver a pecar como lo había hecho antes, pues seguro estaba que la señora Condesa, solicitaría su presencia nuevamente por las noches, durante su estancia en la hacienda de la Santa Catarina.

El fraile se llenó de celos en contra del capataz y se limitó a decirle que entonces estaba dispuesto a arder en las llamas del infierno, a lo que el capataz le contestó:

¡Por ser besado nuevamente por sus labios, y por ser tocado nuevamente por sus manos, bien vale la pena condenarme fraile!

Y es que, el capataz José Cárdenas descocía los sentimientos secretos del fraile, y nunca jamás habría pensado que el fraile en una ocasión pasada había intentado arrebatarle la vida.

Esa misma tarde se realizó la asamblea en el convento, y mostrando los documentos correspondientes, la señora Condesa apoyó la causa de los frailes Franciscanos de permanecer a cargo del convento de Santiago apóstol.

En una carta de petición firmada por ella, solicitó al clero secular, que la Orden Franciscana mantuviera el Convento en Santiago Tuxpan, ya que era la voluntad del pueblo entero que así se hiciera.

Ella debería de permanecer en Santiago Tuxpan, hasta que llegara la contestación de aquella carta que fue enviada a la ciudad de Valladolid.

Los frailes del convento, le agradecieron aquella su buena voluntad para con ellos, y uno a uno mostraron sus respetos a la señora, haciendo una fila desde el comedor del convento donde fue la reunión, hasta la puerta de salida del mismo, y cuando tuvo que pasar por donde fray Tomás, la mujer sintió un tremendo escalofrió ante sus miradas tan intensas.

Nadie más que ella se percató de aquellas miradas, que más que miradas, parecían ser espadas que se clavaban en su cuerpo con violencia, pues eran las miradas de despecho que salían muy afiladas de los ojos del fraile.

Volvió la Condesa cuando anochecía a la hacienda de la Santa Catarina, y siendo derrotada por sus más carnales deseos, mandó llamar al capataz José Cárdenas.

No pudo contenerse a sus instintos ante aquel capataz de cuerpo bien formado, y faltando a la promesa que les había hecho a sus hijos al partir de Tacubaya, se entregó aquella noche al capataz.

Lo hizo porque era una mujer que quería sentirse viva, y que desde el último encuentro con aquel capataz, no había ni siquiera a besar ningunos labios. Pensó entonces, que estando tan lejos, sus hijos esta vez no se enterarían de lo que en el interior de su habitación sucedería durante los días que permaneciera en Santiago Tuxpan.

De todas las terribles noches que pasó el fraile durante los años que transcurrieron desde que la Condesa se había marchado, ninguna fue tan dolorosa como esa primera noche de su regreso. Pues el fraile sabía lo que en la habitación principal de la hacienda de la Santa Catarina estaba sucediendo.

Y a la mañana siguiente, en secreto envió correspondencia anónima hasta Tacubaya. Era una carta dirigida hacia el hijo de la Condesa, José Justo. Carta en la cual le informaba del comportamiento de su señora madre apenas llegó al pueblo de Santiago Tuxpan.

Se llenó de ira el corazón de José Justo, y sin decir nada a sus hermanos ni a su tía, salió cuanto antes rumbo a Santiago Tuxpan, esta vez comprobaría con sus propios ojos si era verdad que su madre había faltado a su promesa.

José Justo aguardó a que cayera la noche para entrar al pueblo de Santiago Tuxpan sin ser notado, avanzó por su carruaje por las empedradas calles bajo la oscuridad de la noche.

Esa oscuridad que a pesar de las incontables estrellas y la luz de la luna, hacían de aquel pueblo un lugar tenebroso que ocasionaba los pensamientos de temor ante cualquier ruido proveniente de cualquier parte.

Llegó a la hacienda de la Santa Catarina cuando pasaba ya la media noche, y mientras todos parecían dormir en el lugar, en la habitación principal había dos que no dormían.

Aguardó José Justo afuera de la habitación con paciencia, hasta que entrada la madrugada, salió aquel capataz satisfecho de su acto.

Oculto tras una cortina, el capataz no se percató de la presencia de José Justo, y salió de la casa de la hacienda de la Santa Catarina con extrema discreción.

Esta vez nada tenía que decir a aquel miserable que se enredaba con su madre, como sucedió con el joven Juan de Castañeda muchos años atrás.

Esta vez, era un discurso breve pero muy directo el que tenía que decir a su señora madre.

Abrió la puerta de aquella habitación y entró sin decir ninguna palabra. La señora Condesa entonces confundiéndolo con el capataz José Cárdenas a causa de la oscuridad riendo muy pícaramente le dijo:

¡Capataz! ¿A caso no has saciado ya tus ganas, después de habernos entregado el uno al otro tan intensamente?

Se acercó la mujer al que creyó era el capataz José Cárdenas y le tocó el rostro para besarlo.

Entonces, enseguida supo que no era el capataz quien estaba con ella en la habitación en medio de tan profunda oscuridad, debido a que ese rostro no tenía la tupida barba que lo caracterizaba.

El miedo se apoderó de ella y se alejó estrepitosamente de aquel desconocido hombre mientras la voz huyo de su garganta incluso evitando que saliera de ella el justificado grito de espanto.

Pero José Justo abrió su boca muy enérgicamente y le dijo a la Condesa:

¿Por qué te muestras tan cobarde madre? Si valiente eras hace unos minutos, cuando no temías al recuerdo de mi padre, cuando te entregabas a ese hombre.

La señora Condesa reconoció enseguida la voz de José Justo, y no encontró las palabras adecuadas para explicar lo que su hijo había visto.

Entonces, José Justo habló a su madre y le dijo unas breves, pero muy dolorosas palabras.

Él le dijo:

Es mejor que no vuelvas a Tacubaya ni a la ciudad de México madre, haya solo encontraras la soledad, porque ni yo ni ninguno de mis hermanos permaneceremos mas a tu lado.

¡Tú! Que te dices ser elegante y refinada dama, yo, te digo que no eres más que una miserable prostituta que pide limosna, no de amor, sino placer.

Ahora que te he descubierto en el acto lujurioso madre, no te permitiré que menciones palabra alguna.

Mas si te pido que no hieras mas a ninguno de los tuyos, por lo que permanecerás en este sitio, entregándote a tus más bajos instintos carnales, y habrás de verte obligada a hacerlo madre, de lo contrario, sin importarme que seas mi madre, pregonare por toda la ciudad de México ante tus amistades lo que realmente eres, y no solo, en la Ciudad de México, sino que también se lo diré a mi hermana Maria Antonia y a su esposo en Real de Minas de Pachuca, quienes te tienen gran estima.

Salió José Justo de la habitación principal en medio de la oscuridad, y dejó a la mujer en soledad, derramando las saladas lágrimas en abundancia por lo sucedido, y peor aún, porque habría de acatar aquella advertencia que le hizo su hijo José Justo.

En verdad que sus amistades en la corte virreinal conocieran esas sus aventuras le tenía sin cuidado, pero que las conocieran su hija menor y su yerno, le resultaría catastrófico para su economía, pues dada la conocida rectitud del esposo de su hija, segura estaba que rompería todo negocio con ella.

Pero una idea rondaba en la cabeza de la mujer aquella madrugada. ¿Cómo se habría enterado su hijo José Justo de que ella se había liado nuevamente con el capataz José Cárdenas? Nunca, ni siquiera en el más remoto de los pensamientos sospecho del fraile Tomás, quien no era la primera vez que realizaba aquella muy cobarde acción de mandar una carta anónima a José Justo.

José Justo partió esa misma madrugada rumbo a Tacubaya, y al amanecer, la señora Condesa no tuvo más remedio que escribir carta a sus hijos, diciéndoles que debía permanecer en las tierras de Michoacán, debido a los malos manejos que había encontrado en sus haciendas.

Pero esa no fue la única carta que escribió y envió la mujer ese día, pues también solicitó a los capataces de sus haciendas, y a los socios de sus negocios, incluido su yerno Don Pedro Romero de Terreros, que todos los pagos y ganancias, le fueran enviados al pueblo de Santiago Tuxpan.

Si sus hijos no estaban más dispuestos a convivir con ella, tampoco recibirían un solo doblón de su parte.

Aquella situación endureció en sobremanera el corazón de la mujer. Y castigándose a sí misma, invitó cada noche al capataz José Cárdenas a su habitación.

Si por causa de sus instintos de mujer había perdido nuevamente a sus hijos, entonces, sus instintos iban a ser beneficiados, después de todo, ya había salido perdiendo.

Pocos días después, llegó la carta que el clero secular había contestado en la ciudad de Valladolid.

La carta contenía la respuesta a la petición que la señora Condesa había hecho a las autoridades eclesiásticas para que los frailes conservaran el convento.

En la carta el clero secular les concedía a los Franciscanos conservar el convento.

El fraile Tomás fue el encargado de darle la noticia a la mujer, y acudió a la hacienda de la Santa Catarina para darle la noticia, y para decirle que como agradecimiento, los frailes franciscanos iban a ofrecer en la capilla de la cripta condal del Templo de Santiago Apóstol una misa para sus señores padres y su abuelo.

En aquella visita el fraile ya no pudo mas contener sus sentimientos y le dijo:

Aparte de entregarte esta invitación, aprovechó yo para despedirme de ti Condesa.

¡Me voy mujer! Me voy a un lugar lejano, a un sitio de donde no me será posible volver.

Me voy porque no estoy más dispuesto a soportar ese dolor que me quita la vida lentamente sin matarme. Es ese dolor insoportable que es amarte y no tenerte, el que me obliga a arrebatarme la existencia.

Maria Magdalena Catalina estaba convencida de que el fraile se quitaría la vida. y en verdad, el fraile no mentía, ya había sufrido lo suficiente, y no podía mas con ese su prohibido sentimiento.

Para él, solo habría de liberarse de tan pesada carga quitándose a sí mismo la vida.

La mujer se sintió aterrada ante aquella amenaza, y es que ella no quería ser la responsable de la muerte del fraile que siempre había sido su amigo.

Esa sería una muerte mas agregada a su conciencia, pues las muertes del joven Juan de Castañeda, y la de su sobrina Maria Rosetti, habían sido también por su causa, así como también la de las dos criadas que habían sido muertas muy cruelmente por el capataz José Cárdenas.

Todas esas muertes habían estado ligadas a ella, y habían sido provocadas todas en nombre del amor.

Entonces, la señora Condesa le dijo al fraile:

¡No vale la pena que termines los días de tu vida por alguien como yo fray Tomás!

Sigue viviendo fraile, aunque yo no puedo ofrecerte lo que tú quieres que te ofrezca, si puedo ofrecerte mi amistad nuevamente.

No voy a impedirte que me ames, sigue haciéndolo como hasta ahora, que yo bien sabré disimular que conozco ese tu sentimiento.

El fraile le dijo:

¿Y qué es lo que gano yo mujer? Solo seguir amándote sin tenerte.

Ella le contestó:

Fraile, yo no quiero que mueras. Yo quiero que permanezcas siempre a mi lado, si es posible, hasta el último de los días de mi vida.

Porque eres tú a la única persona que tengo en este sitio. Porque eres tú la persona que me ama. No tengo a nadie más en este mundo.

He perdido a mis hijos, he perdió a mis amistades, no quiero perderte a ti también.

Se abrazaron fuertemente el fraile y la mujer, y él decidió no quitarse la vida, porque en aquellas palabras, vio una pequeña esperanza de que, algún día, la señora Condesa lo aceptara.

# Capítulo 17
## La Gruta

¡La gruta! Ese pasadizo subterráneo de proporciones gigantescas, que serpentea por debajo de las fértiles tierras del valle de Anguaneo, en el pueblo de Santiago Tuxpan. Apenas llegaron los frailes Franciscanos lo descubrieron al trasladar el pueblo.

Explorado en diversas ocasiones por aquellos, comenzó entonces a servir como pasaje secreto entre las construcciones que se levantaban en aquel verde valle.

Lugar de ruidos extraños y vientos sofocantes, que estremecen los pensamientos y acobardan al más valiente de los hombres.

¡Oh sitio tenebroso, que parece ser el mismo infierno, libre de las ardientes llamas!

¡Sabrá Dios que tantos secretos ancestrales oculten sus rocas tan extrañamente moldeadas!

Lugar que comenzó por aquellos días a ser frecuentado en demasía por la señora Condesa, pues todas las ganancias obtenidas en sus haciendas, las ganancias obtenidas en sus negocios, así como los metales que eran sacados de sus minas, no fueron más rumbo a la ciudad de México.

Esto debido al disgusto eterno que la señora Condesa mantenía con sus hijos, principalmente con José Justo, motivo por el cual, todas aquellas ganancias, que eran pagadas en doblones y lingotes de oro y plata, así como los metales en bruto, iban a dar nada más y nada menos que a la habitación secreta que están bien oculta en la gruta.

Por aquellos días, mulas y carruajes con aquellas ganancias, llegaban de todas partes a la hacienda de la Santa Catarina.

Llegaban regularmente de noche, arriesgándose los capataces que transportaban aquellas cantidades de oro y plata, a que los ladrones de la noche los interceptaran y los despojaran de su carga.

Muy alerta y al acecho ante cualquier ruido o movimiento actuaban los capataces mientras recorrían los caminos que llevan hasta Santiago Tuxpan.

Tenía que ser de noche el arribo de aquellos cargamentos, pues se necesitaba la mayor de las discreciones, para que nadie en el pueblo algún día tuviera la tentación de cometer la locura del asalto.

Pero, el capataz José Cárdenas no era lo suficientemente fuerte para transportar el solo tantas riquezas, hasta la habitación secreta de la gruta.

Entonces, la señora Condesa se tuvo que valer de algunos de sus esclavos para que realizaran tan pesada labor.

Se necesitaban diez hombres para transportar una carga de doblones de oro que había llegado desde Real de Minas de Pachuca. Era el pago que su yerno le enviaba por utilizar sus mulas en el transporte de la plata que salía de sus minas.

Esa fue una decisión muy difícil de tomar para Maria Magdalena Catalina, pues de llevar a unos esclavos a realizar aquel transporte, más de uno podría memorizar el camino que lleva hasta la habitación secreta donde estaban sus tesoros, lo cual era demasiado riesgoso.

Pero más riesgoso era dejar aquellas cantidades de oro en la hacienda de la Santa Catarina, hasta que de parte en parte, el capataz José Cárdenas pudiera llevarlos hasta su destino.

Tomó la decisión la mujer de llevar a diez esclavos a las profundidades de la gruta, para que ellos transportaran las cargas de doblones de oro.

Decidió hacerlo la mujer, pero consiente era de una cosa, no habrían de salir con vida de la gruta aquellos esclavos para contar en la superficie las riquezas que verían sus ojos.

Solicitó a su capataz José Cárdenas y al fraile Tomás descendieran con ella y los esclavos a la gruta, pero ellos no sabían de los malvados planes de la señora Condesa.

Escogió de entre sus esclavos a los que consideró menos útiles en la hacienda, y los reunió a los diez en la capilla condal de la Santa Catarina, donde aguardaban por ellos aquellos sacos que contenían los doblones de oro.

El capataz José Cárdenas abrió la entrada a la gruta, y cargaron cada uno de los esclavos un saco repleto de doblones de oro en sus espaldas, y después, descendieron por las escaleras hacia la gruta.

Por delante de ellos iban la señora Condesa y el fraile Tomás, por detrás, iba el capataz José Cárdenas.

Tanto el fraile Tomás como el capataz José Cárdenas iban armados y no dudarían en ningún momento en disparar sus armas en caso de ser necesario hacerlo, también llevaban una antorcha en su mano izquierda, y la mujer, igualmente llevaba una antorcha, pues eran necesarias para iluminar aquel oscuro pasadizo.

Aquella noche, el desfile silencioso de los diez inocentes esclavos que se detenían constantemente ante la pesada y aurea carga que en sus cansados lomos llevaban a cuestas.

Bien amarrados los sacos, atados con temor a los miserables cuerpos, la oscuridad parecía infinita, y apenas lograba ser aminorada por las antorchas.

Tremendo silencio en pasaje tan tenebroso y de apariencia infernal, procesión de miedo, encabezada en todo momento por la mujer de encanto.

No iban aun a medio pasadizo, cuando las piernas de uno de los esclavos se doblaron de la pesantez y lo derribaron.

El silencio fue roto ante el golpear del cuerpo cansado y el saco harto de doblones de oro.

El temor se volvió aun más agudo y todos los demás continuaron sin desacelerar el paso, mas fue dada la orden enérgica de Doña María Magdalena Catalina.

¡Detengan todos sus pasos!

Aquel esclavo intentaba con fiera angustia levantarse del empolvado suelo, mientras la noble señora se aproximaba lentamente hacia él, arrastrando su pesado vestido en el polvoso pasaje.

Al llegar hasta donde él, ella lo miró en silencio, y rodeando su cuerpo como una serpiente cargada de veneno, ordenó entonces a tres esclavos acercarse a ella.

Ella entonces les dijo:

¡Dejen por un lado sus cargas de inmediato! Y ordenó a dos de ellos extender los brazos y exponer el pecho de ese miserable que yacía en el suelo.

Ingenuos los esclavos, se apresuraron a cumplir con el mandato de su señora.

Ellos no imaginaban lo que en su perturbada cabeza se había formado, el hombre en el suelo, como un Cristo aguardaba aterrado el proceder de la mujer.

Entonces, dijo a uno de los esclavos:

¡Trae tu carga, y déjala caer encima del miserable!

El esclavo le contestó temeroso:

¡Señora no me pida que lastime a este que yace en el suelo, yo se lo suplico! Y piedad le pido para él, pues es mi hermano, el cual, es esposo y padre también,

¡Mejor castígueme a mí por su torpeza, que no tengo esposa ni hijos!

Pero a la señora Condesa no le importó aquella muy dramática situación y le dijo:

¡Hazlo que yo te lo ordenó! De estar yo en tu situación, preferiría mil veces perder a un hermano, que perder a mi familia completa.

La amenaza estaba ya hecha, y el temor de aquellos dos hermanos se acrecentó ante tan injustas intenciones.

El esclavo sentenciado, suplicó a su hermano que obedeciera a la perversa dama, pensando en la familia que sufriría entera de no hacerlo.

Hubo entonces algunos segundos de silencio ante la injusticia, mas el sacrificio de aquel que yacía en el suelo estaba presto, y el saco de doblones de oro fue lanzado desde aquella desgastada espalda, y destrozó de inmediato al desafortunado que adornaba el suelo.

La expresión de todos los demás se convirtió en rostros de pánico, el esclavo obligado al fratricidio quedó conmocionado, y enseguida, se abalanzó al torso ahora lleno de costillas y esternón pulverizados.

Pero Doña María Magdalena Catalina, sin mostrar piedad ni compasión con el hermano asesino y doliente, le dijo con enérgicas palabras:

¡Esclavo! Ahora cargaras tu saco, y por haber intentado persuadir mis órdenes, llevaras también el saco de este desdichado que ha muerto.

La inquietud se apoderó de los otros cuatro hombres esclavos ante tan cruel mandato, mas la rabia del esclavo se engrandeció, se colgó en la espalda su asesino saco, y tomó entre sus brazos el de su desafortunado hermano.

Envuelto en lágrimas de odio contra la mujer malvada y contra sí mismo, trato de comenzar el imposible avance, pero el peso que soportaba sobre su espalda no era resistible para ningún hombre, ni siquiera para el más fuerte de todos ellos.

Entonces, aquel hombre cayó al suelo sin dar ni un solo paso, y su cuerpo fatigado quedó junto al de su hermano recién fallecido.

Los otros ocho esclavos se miraron entre ellos, y llenos de temor, comenzaron a temer por sus vidas.

También el capataz José Cárdenas y el fraile Tomás, se miraron asombrados ante aquel fallido intento del esclavo por intentar llevar sobre su atormentado cuerpo aquellos sacos de doblones de oro.

Furiosa, la Condesa miró a aquel hombre que empapado en sudor y lágrimas, la miraba con tremendos e incontenibles odio y rencor.

Aquellas miradas acusadoras no hicieron el menor de los ecos en su interior. Y en realidad no eran la compasión y el perdón lo que aquel esclavo buscaba encontrar en la mujer malvada. En verdad lo que deseaba, era que ella diera la orden fatal que lo habría de liberar de aquel asesinato que fue obligado a cometer.

Y eso fue lo que sucedió, porque la Condesa de inmediato, ordenó que aquel fuese atado de pies y manos.

Cuando esto hubo sucedido, ordenó a los demás esclavos acercarse y les dijo:

Tengan en cuenta miserables, que una orden mía debe ser llevada a cabo y terminada en su totalidad, de lo contrario, recibirán las suertes que hoy yo les estoy advirtiendo.

Entonces, ordenó a los esclavos que colocaron a ese hombre atado al lado de su difunto hermano y después, ella ordenó nuevamente el avance apresurado de aquellos cuatro esclavos que quedaban, dejando allí en el polvoso suelo a aquel esclavo.

Los dos sacos llenos de doblones de oro, fueron abandonados ahí mismo, y hacían una muy callada compañía al cadáver del esclavo recién asesinado, y al cuerpo atado e indefenso del esclavo que había quedado con vida, componiendo así, una imagen propia de la misma casa del demonio.

Habló la Condesa sin la menor de las compasiones y dijo en voz alta:

¡Ahí permanecerá este esclavo desdichado! Haciendo honor a su acrecentada valentía. Valentía que deberá tener aun muy firme cuando nos alejemos con nuestras antorchas y vengan sobre él y lo cubran las pesadas tinieblas.

Guardián y resguardo de esos dos sacos de doblones de oro, acompañado solo del silencio que le ofrece el cuerpo de su hermano, y que será su única compañía hasta que también muera.

Enseguida, la mujer perversa se aproximo a él, y como si no fuese suficiente su fatal desenlace, ella le dijo:

¡Esclavo miserable! Muere sabiendo que a Doña María Magdalena Catalina, Tercera Condesa de Miravalle, nadie, ningún mortal, y mucho menos un insignificante esclavo, comete la imprudencia de faltar a su obediencia.

Habiendo dicho esto, la mujer ordenó se retomara el paso de aquella caravana de terror.

Aquel esclavo atado de pies y manos se fue quedando poco a poco en las tinieblas, al paso que la luz de la ardiente antorcha que portaba la malvada Condesa se alejaba.

¡Vaya gritos de locura en aquella obscuridad perpetua! Los gritos de terror podían escucharse por todo el trayecto.

Pues aquel pobre ahí fue abandonado, a la merced de los grandes temores de la conciencia de los hombres, en un lugar de profundas tinieblas y sonidos demoniacos, que hacen un sonoro eco, hiriendo hasta el borde del desatino los oídos de cualquiera.

La pesada caminata prosiguió con gran temor entre los esclavos, que con gran pena, llegaron hasta la habitación secreta y bien oculta en la gruta natural.

Apenas llegaron, se les ordenó entrar de inmediato uno a uno con la pesada carga a cuestas.

Ellos miraron asombrados el lugar, era como si todo los tesoros del mundo estuvieran ahí acumulados, y mientras se miraban los unos con los otros, dejaron los ocho sacos del preciado oro.

En aquel momento, la mujer le comunicó en silencio al fraile Tomás y al capataz el porqué le había solicitado los acompañara a la gruta aquella noche.

Y es que la mujer en extremo vanidosa, quería ver un enfrentamiento entre su amante en turno, y el fraile Tomás que solamente era su enamorado.

Jugó con ellos la mujer, valiéndose de la más grande de las perversidades. Pues fue su mandato que mataran a aquellos esclavos en ese mismo instante por su amor.

Ambos la amaban con locura, ambos estaban dispuestos a cometer ese brutal acto por complacerla.

Procedieron el capataz José Cárdenas y el fraile Tomás a realizar aquel mandato, esto para demostrarle a la mujer quien de los dos la amaba mas.

En aquel momento, el fraile y el capataz tomaron sus armas y ante las miradas de terror de aquellos esclavos, abrieron fuego contra sus indefensos cuerpos.

Uno a uno fueron cayendo aquellos ocho, víctimas de la locura de la infernal Condesa.

El capataz y el fraile, en ningún momento sintieron remordimiento por haber asesinado tan vilmente como lo hicieron, porque embriagados por el amor de la Condesa, hicieron lo que hicieron.

Pero el capataz José Cárdenas al menos bebía y se embriagaba con los labios y el cuerpo de la mujer, en cambio, el fraile Tomás, solamente se embriagaba mirándola.

Cavaron en ese mismo sitio ocho tumbas, en las cuales, colocaron los cadáveres de aquellos esclavos que murieron aquella noche.

Con aquel acto, la malvada dama, evitó que los esclavos salieran al exterior y contaran acerca de las riquezas que habían visto, y lo mejor de todo para ella, es que se lavó las manos de aquellos asesinatos, pues no asesinó a ninguno de esos esclavos con sus propias manos, lo cual, la hacía pensar muy erróneamente que ella estaba absuelta de tan atroz pecado.

Diez almas fueron lanzadas a la muerte aquella noche. Diez almas, cuyo valor fue por cada una, un saco de doblones de oro.

Mientras tanto, Doña María Magdalena Catalina, aguardaba en descanso en su morada, con el pensamiento puesto en dichos actos, sin mostrar ningún remordimiento.

¡Oh pecado de Doña María Magdalena Catalina y del capataz José Cárdenas! Que se hicieron dignos de un muy buen sitio en la casa del maligno, mas ¡Oh pecado de Fray Tomás! ¿Hacia qué lugar iría su alma al morir? ¿Qué lugar tendrían destinado para él los demonios en las hirientes llamas del infierno?

Días después llegaría un nuevo cargamento, y otros cinco esclavos fueron llevados a la gruta nuevamente. Y sucedió de igual manera como la vez anterior. Pues volvió a valerse del enamoramiento y del amor del que tenia presos al capataz y al fraile, para que fueran ellos quienes eliminaran a los esclavos.

¡Maldita gruta tenebrosa! Que ahora no solo era un secreto pasadizo, sino que también se había convertido en un cementerio.

Pero más malditos eran el capataz José Cárdenas y el fraile Tomás, porque su almas ahora estaban empapadas con la sangre de aquellos inocentes esclavos.

Entonces, la batalla entre ambos enamorados se volvió en una desgastante guerra, donde solo uno de los dos, al final podría salir victorioso.

Y mientras la mujer perversa se divertía con aquel feroz enfrentamiento entre sus enamorados, nunca pensó en las terribles consecuencias que este tendría.

Consecuencias que ella habría de pagar muy caro, pues se vio sometida por si misma ante una situación inesperada, pues en el interior de Maria Magdalena Catalina, un extraño sentimiento hacia el fraile había nacido.

Porque ella apaciguaba los ardientes fuegos de su lujuria con el capataz José Cárdenas, pero nada sentía por él, en cambio, nunca, ni siquiera se había atrevido en pensamientos a tocar al fraile, pero por él, en verdad si sentía algo.

Y vaya que si fue víctima la señora Condesa, de ese muy insensato juego que le justaba jugar, porque en la mente de fray Tomás, un plan diabólico se había formado, y ese sería un plan que pondría fin de una vez por todas a tan es cruel e imprudente juego.

Sucedió entonces que una nueva carga tenía que ser llevada hasta la habitación secreta de la gruta, esta vez tres esclavos fueron utilizados. El capataz José Cárdenas acudió para que ellos cumplieran con las órdenes, y el fraile Tomas acudió para perdonarlos de sus pecados después de asesinarlos.

Entraron pues, nuevamente a la gruta, el capataz, el fraile, los tres esclavos y la mujer, y cuando llegaron a la habitación secreta y dejaron sus cargamentos, fueron asesinados.

Después, caminaron nuevamente con rumbo a la entrada de la capilla condal, pero a la mitad del camino el fraile se detuvo.

Entonces, les invitó a pasar a una de las muchas ramificaciones de aquel sitio subterráneo, diciéndoles que se llevarían una sorpresa ante lo que ahí había encontrado.

De inmediato, la señora Condesa le preguntó:

¿Cómo es fray Tomás, que has encontrado algo en el interior de la gruta, si solamente es conmigo y con el capataz José Cárdenas que ingresas a ella?

El fraile le contestó:

Recuerda mujer, que vivo en el convento Franciscano, y que en el Templo de Santiago Apóstol, esta otra de las entradas a la gruta.

Has sido la noche anterior, que sin sentir ningún miedo por andar en tan tenebroso sitio en solitario, ni siquiera a las almas de los esclavos que yo mismo he asesinado y enterrado, he transitado por el lugar.

Ahora, síganme ambos para que observen lo que voy a mostrarles.

La Condesa y el capataz se miraron con incógnita, y siguieron al fraile en esa ramificación de la gruta, que ellos no conocían.

En aquel lugar se encontraba el pozo listo para resguardar un cadáver. Sí, un pozo que el mismo fray Tomás había cavado durante la noche, y que era parte de su plan.

En aquel momento, fray Tomás sacó de entre las rocas, dos armas que tenia ocultas, y le dio una a la Condesa, y él se quedo con la otra, y dirigiéndose a la mujer, dijo:

¡Se terminó Maria Magdalena Catalina! No más de tus maldito juego, que no hace otra cosa más que desgarrarme el alma, que de por sí, ya esta desmembrada por haber cometido los asesinatos que he cometido en nombre de tu amor.

¡Mujer! Tendrás que decidirte por uno de los dos, pues de no hacerlo, yo mismo te matare con mis propias manos.

Se apuntaban el capataz y el fraile con sus respectivas armas, mientras Maria Magdalena Catalina, experimentaba un profundo miedo ante la situación, y temblándole las manos, apuntaba hacia el suelo con su arma.

¡Qué escena tan portentosa en aquella gruta! Porque uno de los tres habría de morir forzosamente, rompiéndose así, ese triangulo amoroso, que tanto daño ocasionaba a fray Tomás.

Ante el silencio que reinaba, habló el fraile nuevamente a la asustada mujer diciéndole:

Condesa, si muero yo, habré de morir consciente de que no quisiste amarme. Pero si muere el capataz José Cárdenas, comprometido estaré a amarte hasta el último de mis días, y si no decides terminar con la vida de alguno de los dos, acaba tu misma con tu vida, pues de lo contrario, seré yo quien acabe con ella.

¡Vaya plan tan malévolo! Pero que resultó perfecto para él, pues ese sería el día en el que se liberaría de su pesada carga de una vez por todas.

¡Vaya plan tan malévolo! Que dejó sin palabras a aquel capataz José Cárdenas, el cual, seguro estaba de que el fraile Tomás iba a ser quien moriría.

¡Vaya plan tan malévolo! Que dejó a Maria Magdalena Catalina a la merced del fraile enamorado y mal correspondido.

Las miradas del capataz José cárdenas y del fraile Tomás se dirigieron a la desconcertada Maria Magdalena Catalina.

Pobre mujer, que sin opción y sin salida, tendría que pagar muy caro el haber obligado a ambos hombres a asesinar a tantos esclavos en nombre de su amor.

Ahora, era su turno de ensuciar su alma con la sangre de uno de los dos que la amaban con locura.

Mejor le hubiera resultado a la mujer haber asesinado con sus propias manos a todos aquellos esclavos, a que tener que asesinar a uno de esos dos hombres que la hacían sentir viva.

El sudor escurría por su frente y parecía estar ida en pensamientos, y es que en verdad, sabía que tenía que matar a uno de los dos, o morir a manos del fraile desquiciado.

Levantó el arma Maria Magdalena Catalina y apuntó primero al capataz José Cárdenas, por su cabeza, pasaron todas aquellas noches de lujuria que había vivido con él.

Después, apuntó al fraile Tomás, y por su cabeza pasaron todos aquellos actos tan atroces que el fraile había sido capaz de cometer por amarla.

Enseguida, bajo su arma nuevamente al suelo, y las respiraciones agitadas de el capataz y el fraile, así como también los corazones latiendo a toda prisa, sintieron un profundo alivio cuando la mujer no disparo a ninguno.

Un grito salió de ambos hombres, el cual exigió a la mujer tomar una decisión lo antes posible, de lo contrario, ambos habrían de morir de un infarto, a causa de tanta intensidad.

Entonces, un disparo inesperado salió del arma de la mujer, que con mucha rapidez decidió a quien matar, y a quien perdonarle la vida.

Cayó al suelo el capataz José Cárdenas, quien recibió la herida mortal en el pecho.

Los gritos de la mujer retumbaron por las paredes de la gruta, y sin soltar su arma asesina.

Apenas se dio cuenta la mujer de su asesinato, aterrada se arrojó al suelo, y lloró muy amargamente, y consciente de su asesinato, Doña María Magdalena Catalina, jaló sus cabellos hasta arrancarlos, y estuvo al borde de caer en la locura por haber sido obligada a asesinar directamente, tal y como nunca lo había hecho.

El fraile aun temblando, miró a la mujer sorprendido, y es que en verdad, el fraile también creía que sería él quien moriría.

Entonces, supo que la mujer también lo amaba, y que ese sentimiento tan ingrato, que durante tantos años lo había atormentado, por fin era bien correspondido.

La mujer en tanto, se levantó y corrió con rumbo a la entrada de la capilla condal mirándose las asesinas manos.

Fray Tomás no hizo nada por detenerla, y se quedó en aquel sitio llorando lágrimas de felicidad. Después, colocó el cuerpo del capataz José Cárdenas en el pozo, y lo sepultó.

Mientras lo sepultaba, el fraile, con toda la faceta propia de un verdadero hijo del infierno, otorgaba los santos oleos al recién asesinado, en un acto de maldad infinita, que alegraba enormemente al que gobierna en los infiernos.

Que peor agonía hay, que cuando se está muriendo sin caer enfermo, pues así murió aquel capataz José Cárdenas, porque fue su sentencia de muerte, haber amado a la señora Condesa.

Desolada por su pecado, la mujer encaminaba sus pasos a toda prisa por tan tenebroso sitio, tapando con sus manos su asesino rostro.

Entonces, Doña María Magdalena Catalina, comenzó a temer en cantidad a los sonidos de aquel sitio. Sí, temió porque era como si aquellos sonidos la acusaran del asesinato que había cometido.

Salió de la gruta por la entrada de la capilla condal de la hacienda de la Santa Catarina. Ella no fue capaz de mirar hacia el altar, donde un Cristo crucificado la acusaría también con su mirada, entonces, un frio recorrió su espalda aun estando en la capilla, y temblaron sus pies y sus manos.

Ella llegó a su habitación en la casa de la hacienda, y en solitario, la mujer parecía querer ocultarse en cualquier sitio. Cómo si ocultándose, el Dios Todopoderoso, no la encontraría para reclamarle acerca del alma del capataz José Cárdenas, pero consciente era la señora Condesa, de que Dios todo lo ve y todo lo sabe, y que no habría ningún sitio en este mundo donde se podría ocultar de él.

Condenada en espíritu era nuevamente, y esta vez por el peor acto que pueda cometer cualquier ser humano, dar muerte a otro semejante.

Esa noche, Doña María Magdalena Catalina no probó ningún bocado, derrumbada y temerosa del todopoderoso, no cesó su boca de rezar incontables Aves Marías y Padres Nuestros. Y entre cada rezo terminado, recordaba al joven Juan de Castañeda, a la joven María Rosetti y a todos aquellos a quienes había ordenado asesinar.

Aquel día, la Condesa se supo una asesina, que había matado muy cruelmente por tercera ocasión con sus manos, pero que muy numerosas veces, había matado con la boca, y es que muchos murieron por órdenes suyas.

¡Pobre Maria Magdalena Catalina! Que había dado vida en nueve ocasiones, pero que la había quitado el doble de las veces.

# Capítulo 18
## Fray Tomás

Un mes no se vieron desde el asesinato cometido, un mes en el que el fraile espero paciente a que su suculenta presa recobrara los ánimos.

Esta vez, seguro estaba de que la próxima vez que la viera, sería para amarse por vez primera.

Estaba seguro porque conocía los sentimientos y las necesidades de la mujer. Porque Maria Magdalena Catalina no tenía la capacidad de estar sola. No sabía cómo vivir su vida sin sentirse amada, y esta vez, al único a quien tenía, era a él.

¡Quien más que él, para consolarla de ese gran pecado que había cometido!

¡Quién más que él, que al igual que ella, ya había cometido el mismo pecado!

Entonces, se llegó ese día en el que la mujer ataviada con un velo de encaje negro, acudió a fray Tomás.

Fue hasta su celda en el convento de Santiago Apóstol, y mostrándose temerosa de sentir lo que estaba sintiendo, se despojó de su velo muy lentamente.

Esa su mirada, fue la señal que el fraile supo interpretar de inmediato, y esa era la mirada que le anunciaba, que la mujer lo aceptaba como un hombre.

Se acercó a Maria Magdalena Catalina muy peligrosamente el fraile, y le dijo con el corazón latiéndole a gran velocidad:

¡Oh María Magdalena Catalina!, al Señor mi Dios le doy las gracias por que haya llegado este momento.

Después, se acercó al oído de la mujer y le susurró:

Es tu aroma el que me incita a la locura y al pecado, pues me despierta pensamientos que me están destrozando el alma, porque lo que hay debajo de este hábito Franciscano, es un hombre. Un hombre que siente y que cada ocasión que te acercas, su sangre hierve a punto.

Debo confesarte, que ya he probado yo tu suave piel infinidad de veces en mis pensamientos. Te he tocado y te he amado también, y muero yo de deseos, porque tú y yo caigamos presas del ardiente fuego de la pasión, sin importar que nuestro amor se transformara en el momento de la muerte, en el doloroso fuego del infierno.

Ella le contestó:

¡Oh Fray Tomas! Siento morir yo de tristeza por no tenerte, y no quiero seguir más adelante si no es a tu lado.

Sé que no es la batalla contra el Señor Nuestro Dios la que tenemos perdida por amarnos, es la batalla contra la sociedad entera, contra quienes lucharemos si nos entregáramos en cuerpo y alma a nuestro grande y delicado sentimiento.

Después, ella dijo en pensamientos:

¡Oh señor mi Dios! ¿Qué es lo que me ofrece este hombre apasionado, que se esconde debajo de ese franciscano hábito?

¿Qué es lo que parece este hombre por su aspecto, ahora que se ha despojado en secreto, de su compromiso eclesiástico?

Después habló nuevamente al fraile y le dijo:

Ya conoces tu muy bien el camino de la gruta fray Tomás, esa gruta que será el refugio de nuestro muy secreto amor.

Estaré esperando por ti a la media noche en la habitación secreta, y no sentiré ningún temor de acudir en medio de la noche en soledad, por tan tenebroso pasadizo.

No tendré temor, porque iré con el corazón inflamado del amor que por ti siento.

Se marchó la señora Condesa del convento, y se marchó satisfecha, ya había realizado el acto que tanto temor le daba cometer.

Ahora, solo tendría que esperar a que llegara la media noche, donde estaría impaciente esperando por fray Tomás, de quien creía haberse enamorado.

Se llego la hora acordada por ambos amantes, y cuando ya todos en el convento dormían, sigiloso y en silencio, fray Tomás se dirigió hacia el Templo, volteando hacia todas direcciones y sin hacer el menor de los ruidos.

Se dirigió hacia el altar principal, y se arrodilló ante la imagen del Señor del Hospital, y con grande sentimiento, le dijo en pensamiento:

¡Señor mi Dios! Hoy voy a pecar mortalmente, prendado soy de este amor prohibido. Este amor imposible, que yo con mi insistencia y terquedad he vuelto posible.

¡Oh Señor mi Dios! Perdón te pido yo por este mi pecado, pues indefenso estoy yo hoy ante el deseo, y voy con rumbo a la mujer que amo, para entregarme a ella en cuerpo y alma, sin importarme en lo más mínimo condenar a los ardientes fuegos del infierno a mi alma eternamente.

Se puso de pie el fraile, tomó uno de los cirios que ahí se encontraban encendidos, y sin la menor de las intenciones de detenerse, se dirigió a la parte trasera del altar, para ingresar sin ningún temor a la gruta.

Fue el amor más poderoso que los miedos y temores que pudieran presentarse en tan tenebroso sitio, y caminó el fraile a toda prisa por la gruta, iluminado solamente con aquel cirio la pesada oscuridad reinante.

Fue el amor más poderoso que el frio extremo de la gruta, a pesar de solo llevar puesto su Franciscano hábito, y es que el calor el fraile lo llevaba interno.

Ese calor que era tan intenso a causa de sus pensamientos, que parecía que le iba a incendiar las entrañas.

Llegaron al mismo tiempo a la entrada de la habitación secreta, entonces, se miraron y detuvieron sus pasos. La mujer llevaba una antorcha en sus manos, el fraile llevaba el religioso cirio.

Entonces, temblando de tanta intensidad, se acercaron el uno al otro muy lentamente, y cuando estuvieron frente a frente, se miraron muy intensamente, pero ninguno de los dos se atrevía a dar ese primer paso tan deseado.

Los corazones latían tan rápido, que parecía en cualquier momento iban a detenerse, y las respiraciones eran tan intensas, que parecía provocarían la asfixia también.

De no besarse en aquel momento, ambos morirían a causa de un infarto o de ahogo.

Y cuando los labios se juntaron lentamente y sin besarse, fray Tomás habló a la Condesa y le dijo con palabras bajas:

Es tu amor el más profundo sentimiento al que se ha sometido enteramente mi alma, y no quiero dejar de sentirlo por el resto de los días que le han de quedar a mi vida.

Si condenarme al castigo eterno, ha de ser el precio que he de pagar por amarte, yo estoy dispuesto a pagarlo, mas en vida, permíteme permanecer por siempre a tu lado y amándote.

Sin decir palabra alguna, la mujer llevó a fray Tomás al interior de la habitación secreta.

Y se dieron permiso para amarse con tan solo una mirada, una sola mirada bastó, pues no se trató de una mirada ordinaria, sino de la más profunda de las miradas, que pudo llegar a divisar hasta la misma alma.

El fraile entonces, le dijo a María Magdalena Catalina:

Ya no puedo seguir solamente mirando, encadenado al franciscano hábito, tu hermoso cuerpo esperando por mis manos. Este día, en el que decidido esta por mí, que voy a liberarme de estas muy pesadas cadenas a las que me ate a causa de no haberte conocido mas prematuramente.

Ahora acercare mi cuerpo al tuyo María Magdalena Catalina, y no me detendrás por ningún motivo. Pues el amor es el sentimiento que Dios nos ha ordenado seguir día a día, y yo mujer, te he amado muy intensamente desde aquel primer día que te vieron mis ojos.

Ahora ya sin ningún temor, te besaré y entregaré mi cuerpo inmaculado al muy experimentado tuyo. Y entonces mujer, seremos uno mismo.

Y será este el lugar secreto donde consumaremos nuestro muy prohibido sentimiento una y otra vez hasta quedar hartos de tenernos.

¡Ahora, ven a mis brazos mujer! Y déjate llevar por este ardiente sentimiento que nos incendia a ambos las entrañas.

En breve, mis labios y los tuyos se unirán en un intenso beso que perdurara por siempre plasmado en mi memoria.

¡Te amo María Magdalena Catalina! Te amo tanto como pude haber amado a mi propia madre.

Ella le contestó:

Yo te amo también fray Tomás. Te amo tanto e incluso más que como un día ame a mi difunto esposo, y también como ame al traidor del joven Juan de Castañeda, es más, te amo tanto, que ni juntos aquellos dos amores son tan grandes como este amor que por ti yo siento.

Entonces, el fraile impuro y la mujer pecadora se fundieron en un solo mismo cuerpo, dominados por la pasión prohibida, sin importarles condenar con tal acto a sus almas a las llamas del infierno.

Sí, se amaron, fue en ese lugar carente de cualquier adorno o de la más minúscula de las elegancias a la que ella estaba acostumbrada.

Escondite rocoso y tenebroso, terror de cualquier hombre muy valiente, locura de cualquier dama de muy buenos principios. Mas para aquellos dos amantes, era todo menos eso.

Porque fue ese el sitio oscuro, frio y oculto, donde vivieron desde aquella vez primera, noche a noche la pasión.

Y después de haberse amado, la Condesa le dijo al fraile:

Fray Tomás, ya no solo eres el conocedor de mis más internos secretos, ahora, también eres el dueño de mi corazón, y también de mi cuerpo.

¡A partir de hoy soy de ti! Has de de mi, lo que tú quieras hacer

¡Pobre María Magdalena Catalina! Obligada era por necesidad, a amar muy intensamente a quien le era prohibido amar.

Y así sucedió en el pueblo de Santiago Tuxpan desde aquel día, donde la señora Condesa acudía muy hipócritamente a la misa por las tardes, mientras por las noches cada tercer día, ingresaba a la media noche a la gruta tenebrosa, para entregarse al fraile falto de moral, al que no le importó el castigo del cual podría ser bien merecedor, por traicionar tal vilmente su hábito Franciscano.

Así fue como lejos de sus hijos, la mujer encontró el consuelo en los brazos del fraile Tomás Soria Landin.

Entonces, pasaron los días y las semanas, los meses y algunos años, en los que la señora Condesa vivía su amor prohibido a plenitud.

No volvió a cometer asesinato en contra de ningún esclavo ni criado, siendo algunos esclavos de confianza, los que ingresaban con ella y el fraile Tomás a la gruta, acercándose lo más que podían a la habitación secreta, y dejando sus cargas antes de conocer su ubicación.

Era trabajo de fray Tomás llevar aquellos sacos y talegas hasta su destino.

Por aquellos días, la habitación secreta de la gruta estaba casi llena. Parecía que no habría ya más espacio en el suelo para más sacos de doblones de oro y plata, así como tampoco más espacio en el techo y las paredes para colgar las talegas.

En verdad esa era la habitación de un muy valioso sueño. Digo valioso, porque ni siquiera la señora Condesa conocía el valor exacto de todas las riquezas que ahí almacenaba.

Su vida parecía estar tranquila en ese entonces, porque por fin se sentía amada y bien correspondida, y quería gritar ese amor por los vientos, para que lo dispersaran y pudieran escucharlo las golondrinas y los coyotes que habitan y abundan en las montañas que circundan este verde valle.

Pero esa tranquilidad terminaría muy abruptamente. Sucedió una tarde de primavera del año de mil setecientos sesenta y tres, era justo la hora cuando comenzaba el sol a ponerse, entonces, llegó correspondencia a la Hacienda de la Santa Catarina desde la ciudad de Real de Minas de Pachuca.

Apenas leyó aquella carta, la señora Condesa emitió un sonoro grito de dolor. Y no era para menos aquel lamento, pues aquella correspondencia contenía la fatal noticia de la repentina muerte de su muy querida hija Maria Antonia.

Murió su hija al igual que su madre, dando la vida al octavo de sus hijos.

Acudió Fray Tomás enseguida a la hacienda de la Santa Catarina para estar al lado de su amada en un momento tan doloroso.

Ella se encontraba recostada en su cama, mientras la criada Jacinta le daba a cucharadas un té para controlar los inaguantables nervios.

Apenas la mujer lo vio, lloró amargamente y le dijo:

¡Consuélame tú, mi muy bondadoso fray Tomás! En esta noche oscura y tenebrosa, que para mí, ha sido privada de la radiante luz que emana de la luna y de las brillantes estrellas.

Merecedora soy de este castigo. Castigo que por vez segunda me es enviado desde lo alto del reino de los cielos, y que ha sido ordenado por el mismo Señor Nuestro Dios.

Castigo que me es otorgado por las deudas que tengo con el Juez del cielo y de la tierra, y ha sido con la vida de mi hija Maria Antonia como se me ha cobrado.

Es muy alto el precio que he tenido que pagar por ofender a Dios como lo he hecho a lo largo de los días de mi vida, pero ya pagada mi deuda, me es dada la licencia para seguir pecando.

Partiré apenas amanezca hacia la ciudad de Real de Minas de Pachuca, y hare todo lo posible para que con el consentimiento de mi yerno, pueda yo traer conmigo a mi pequeña hija, para que repose al lado de los míos aquí en la cripta condal del Templo de Santiago Apóstol

Acudió hasta la ciudad de Real de Minas de Pachuca para presenciar los funerales de su hija, y en el trayecto de aquel viaje, no cesaron sus ojos de llorar.

En Real de Minas de Pachuca, se reunió con el resto de sus hijos, los cuales, se mostraron unidos entre ellos, pero en ningún momento la invitaron a compartir su pena.

Sin su hija Maria Antonia, la Condesa se había quedado sola, ya que sus otros hijos, avergonzados por su comportamiento, no estaban dispuestos a tener relación alguna con ella.

Para la mujer, habían muerto el mayor y la menor de sus hijos, pero al resto de ellos, ella misma los había asesinado en vida con sus actos.

No le fue posible traer a su muy querida hija Maria Antonia hasta la cripta condal en el Templo de Santiago Apóstol, ya que su yerno, se negó rotundamente a conceder a la mujer semejante deseo.

El disgusto de la Condesa fue mayúsculo con su yerno, con quien se enfrentó con duras palabras por su negativa, sin importarte el duelo que también él estaba sufriendo.

Fue tan grande el enojo, que muy por encima de su dolor, la Condesa se despidió de su hija Maria Antonia en el ataúd, y abandonó el funeral sin siquiera despedirse del resto de sus hijos.

No le importó que aquel funeral hubiera sido prolongado nada más para que ella viniera desde Santiago Tuxpan para presidirlo como madre de la difunta.

Volvió a la hacienda de Santiago Tuxpan sin su hija Maria Antonia, y para compensar aquella ausencia de su hija favorita en la cripta condal, le mandó hacer cien misas en la misma cripta. Misas a las cuales, ella acudió sin faltar a ninguna de ellas.

¡Maria Magdalena Catalina la hipócrita! Pues por las tardes acudió durante cien días a aquellas celebraciones, y por las noches, se entregaba a la pasión con el fraile Tomás. Desafiando con aquel tremendo y pecaminoso acto a las autoridades celestiales a que la castigaran nuevamente.

Y es que eran los suspiros de ambos amantes los que hacían eco en las profundidades de la fría gruta por las noches. Suspiros de amor y de pasión. Suspiros de pecado y de locura.

Con la muerte de su hija Maria Antonia, y con el disgusto que tuvo con su yerno, Don Pedro Romero de Terreros, terminó la edad dorada para la economía de María Magdalena Catalina.

Una edad dorada donde fue beneficiada en demasía, debido a las enormes cantidades de plata, que constantemente le enviaban su ahora difunta hija y su yerno.

Plata que había sido almacenada en la habitación secreta de la gruta, formando parte del enorme tesoro que con fiero celo, la señora Condesa guardaba para sí misma.

# Capítulo 19
## La Epidemia

Era el año de mil setecientos sesenta y cinco. Todo parecía parecer sereno en el pueblo de Santiago Tuxpan, pero en la hacienda de la Santa Catarina, la Condesa María Magdalena Catalina, enfurecía constantemente porque envejecía lenta e inevitablemente.

El mirarse al espejo le aterrorizaba y lloraba lágrimas de rabia al ver su rostro transformarse.

Ella se sometía a constantes tratamientos para ocultar o intentar aminorar las muy pronunciadas arrugas que ahora adornaban sus expresivos ojos.

Infinidad de cremas y pócimas absurdas, de mala apariencia y desagradables aromas, eran untadas por sus manos con desesperación en ese rostro que aunque era ya añejo, aun seguía sorprendiendo por su belleza.

Su angustia pronto creció y creció enormemente, y en vez de preocuparse por contentarse con el Señor Dios de los cielos, por todos los pecados cometidos, la mujer soberbia y vanidosa empleaba y desperdiciaba su tiempo tratando de mejorar su apariencia.

¡Pobre María Magdalena Catalina! Tan poderosa e influyente en los negocios y actos de los hombres, pero tan vulnerable y miserable ante los actos de la naturaleza. Y muy por encima de su disgusto, le atormentaba el saber que era inevitable envejecer.

Por aquellos días, ordenó desaparecer los espejos que había en todas sus propiedades, no estaba dispuesta a volver a mirarse en alguno de ellos para ser testigo de cómo poco a poco la flor frondosa que un día fue, había comenzado a marchitarse.

Fray Tomás, en cambio, en cada momento que acudía con ella a sus citas clandestinas, le recordaba en repetidas ocasiones lo hermosa que aun era, él insistía en aquel cumplido para mantener contenta a la Condesa.

Ella, lo amaba aun más por aquellas palabras, y sentía perder el control de sí misma cuando estaba entre los brazos de aquel fraile, que aun mantenía su complexión casi como cuando era joven.

En Fray Tomás, el paso de los años no había dejado demasiados estragos, solo algunas canas que asomaban discretamente por su cabello delataban que había ya rebasado los cuarenta años.

Eran aquellos ardientes amantes, con dieciocho años de diferencia, los cuales al momento de los besos y las caricias, parecían no notarse.

Ese amor tan grande que sentían el uno por el otro, era el más impuro y sucio de los amores existentes, y ellos, se entregaban a la pasión, ocultos en la gruta, debajo de las tierras de la hacienda de la Santa Catarina, como si debajo del suelo, la mirada del Dios Todopoderoso no los viera cometer el pecaminoso acto.

Pero la mirada del Señor Dios de las alturas es poderosa, y no solo lograba penetrar en la profundidad y oscuridad de la gruta. Si no que también, podía contemplar sin problemas el interior de sus corazones.

Las habladurías en el pueblo ya no lo eran, porque los criados veían y escuchaban demasiado lo que en la hacienda de la Santa Catarina sucedía.

Los rumores entre los frailes que murmuraban en voz baja y a las espaldas de Fray Tomás en el convento, ya tampoco lo eran, porque las ausencias nocturnas del fraile en cuestión, lo delataban, y las sospechas del fraile Nicolás, el superior del convento, se hicieron cada vez más fuertes. Esto lo pudo comprobar, cuando Fray Tomás se negaba misteriosamente a comulgar ante ellos, pidiendo su hostia para él otorgársela a sí mismo en lo privado de su celda.

Y es que en realidad, Fray Tomás guardaba aquellas hostias en un lugar secreto de su celda, no las comía porque se sabía indigno de comerlas.

Entonces, en una de aquellas tranquilas noches, decidieron el fraile Nicolás, y dos frailes mas del convento, espiar a su hermano Tomás, para conocer cuáles eran en verdad los motivos de sus constantes ausencias nocturnas.

Ellos se ocultaron de uno en uno, detrás de los altos pilares del claustro, desafiando a la oscuridad, y soportando el frio intenso del suelo, en las plantas de sus pies, pues se quitaron las sandalias, esto para no ser escuchados por aquel al que espiaban.

Aguardaron pacientes, y cuando pareció haber dormido el último de los frailes, de pronto, por las escaleras descendió con rapidez y discreción una figura.

El fraile superior fue quien se armó de valor y arriesgándose a ser descubierto, se asomó muy lentamente para observar al individuo.

Entonces, vio como aquel hombre se interno en el huerto del claustro, sorteando los limeros y guayabos para aproximarse a la fuente, y enseguida, enjuagar su rostro.

El hombre le pareció desconocido por completo, principalmente por sus vestimentas, y comprendió que aquel no podía ser Fray Tomás.

No podía ser el fraile, porque aquel hombre misterioso vestía unas ropas que nunca vestiría un fraile, incluso, un arma sobresalía por encima de aquellas vestimentas.

Y es que para acudir al encuentro con su amada, el fraile Tomás vestía unas ropas de capataz para despistar en caso de ser descubierto, y también portaba una arma, para defenderse de cualquier peligro que lo acechara por las noches cuando acudía a la gruta.

El fraile superior del convento, observó al hombre muy detenidamente, tratando de concentrarse en el rostro, pero aquel se alejó de la fuente, y caminó muy peligrosamente hacia donde ellos.

El fraile superior reaccionó oportunamente, y con señas indicó a los demás que estaban ocultos, que se movieran hacia la izquierda del pilar muy lentamente.

El hombre pasó cerca de ellos sin notarlos, y continuó su camino. Se adentro hacia donde la capilla expiatoria y no detuvo su paso para hacer la obligada reverencia.

Entonces, el hombre abrió muy lentamente la pesada puerta del comedor y se introdujo por una muy pequeña abertura donde apenas cavia su cuerpo.

En aquel momento, el fraile superior y los otros dos frailes apresuraron su paso para no perder de vista al individuo.

Ellos abrieron con discreción también aquella pesada puerta que recién había sido cerrada por el hombre de misterio, y cuando entraron al comedor, pudieron ver que el hombre había abierto la puerta que da directamente al Templo.

Se apresuraron a seguirle, y cuando entraron al Templo, el hombre se dirigía hacia la parte trasera de altar, para ingresar a la gruta.

En medio de la oscuridad, el Fraile Nicolás habló fuerte diciendo:

¡Permanece donde estas hombre de misterio!

Aquel, tuvo que detener sus pasos, y se aproximaron hacia él los tres frailes que le perseguían, y ellos pudieron comprobar entonces, que no podría ser otro más que el Fraile Tomás, quien vestía las vestimentas de su otra vida.

Las miradas de todos se postraron sobre el fraile, que aun sorprendido de haber sido descubierto, no mostró el más mínimo arrepentimiento.

De pronto y repentinamente, aun cuando nadie en el Templo se atrevía a decir nada, gritos de desesperación irrumpieron en medio de aquella ajetreada noche.

Los gritos eran gritos que clamaban a los frailes auxilio y ayuda.

Provenían de afuera de la puerta del convento, y eran dados con grandes energías, de manera que el fraile superior y los otros dos frailes no pudieron ignorarlos.

Pensaron en su interior que ya habría tiempo para interrogar a Fray Tomás, y alarmados salieron a toda prisa hacia la puerta.

Para cuando abrieron aquella puerta, todos en el convento ya se habían despertado por el escándalo. Y no era para menos tal escándalo.

Porque aquellos quienes gritaban a los frailes y tocaban las puertas del convento con energía, eran dos personas del pueblo.

Eran un padre y una madre, que con tremenda angustia, llevaban a sus tres hijos en medio de la noche, venciendo los temores de atravesar el campo santo del Templo de Santiago Apóstol.

El hijo mayor y el de en medio se mantenían en pie, pero el más pequeño, permanecía en los brazos de su padre. Los gritos desesperados provenían de la garganta de su madre.

De inmediato, los religiosos hombres los invitaron a pasar, mientras Fray Tomás, vio en aquel hecho una oportunidad única para deshacerse del fraile superior Nicolás y de los otros dos frailes menores, nada más y nada menos, que cometiéndoles asesinato.

Caminaba pues Fray Tomás muy lentamente hacia ellos, y puso su mano derecha sobre el ama con la que habría de provocarles la muerte. Después de todo, tal oscuridad y vestido de esa forma, aquellos que muy oportunos llegaron, no lo reconocerían jamás.

Se aproximaba decidido a terminar con sus vidas, y tuvo que apresurar el paso, pues pronto los demás frailes bajarían a enterarse de lo que acontecía, así que debía actuar rápido para no ser descubierto, y mientras los tres religiosos que serian asesinados, descubrían el rostro de los tres niños, el fraile superior grito aterrado diciendo con voz firme una palabra que también helo la sangre de Fray Tomas.

¡Viruela!

Y en aquel momento, el fraile malvado inicio la obligada retirada de aquel campo de batalla que no lo fue, porque el pánico se apodero de Fray Tomás, al igual que del fraile Nicolás, y los otros dos frailes.

Los padres desesperados, fueron echados del convento junto con sus hijos enfermos y moribundos.

Las antorchas del convento comenzaron a ser encendidas por Fray Nicolás, mientras dando fuertes voces, apresuraba a los demás frailes del convento a salir de sus celdas.

Este fue el momento de confusión que Fray Tomás aprovechó para dirigirse hacia el altar del Templo y abrir la puerta de madera que cubre la entrada a la gruta.

Ingresó el fraile apresurado y con el corazón latiendo a toda prisa, encendió la antorcha que siempre esperaba por él, y corrió por el frio y tenebroso pasadizo para encontrarse con la señora Condesa.

Esta vez, el encuentro amoroso entre ambos amantes tendría que posponerse.

Corrió Fray Tomás más aprisa que de costumbre, la urgencia esta vez no era prendarse de los brazos de la señora Condesa, esta vez era una situación de vida o muerte la que lo llevaba sin descanso por aquel sitio subterráneo.

Llegó el Fraile a su encuentro con Doña María Magdalena Catalina, y apenas la vio, él se detuvo en la entrada de la habitación secreta, y aun agitado le dijo:

Mujer, luz de mis ojos, consuelo de mis tribulaciones internas, asesina de mi soledad, cómplice de mi mortal pecado, heme aquí ante ti una vez más, pero esta vez no para amarte, sino para salvarte la vida.

La mujer alarmada se acercó al Fraile y tomó su rostro entre sus manos.

Ella pudo ver el miedo en el interior de los ojos de su amante, y así, comprendió que lo peor había sucedido.

Entonces, la Condesa le hizo la pregunta obligada:

Fray Tomás, mi amor, mi muy prohibido amor, pero al fin, amor verdadero, es ese tu rostro de temor el que me hace hacerte la muy obligada pregunta:

¿A caso has sido descubierto, por las autoridades del convento?

El fraile con el sudor escurriendo por su frente le contestó:

Ha sido como lo has dicho mujer, he sido descubierto. Pero no es esa verdad la que ha hecho palidecer mi rostro,

Es la amenaza hacia tu vida y también hacia la mía, y no solo es la amenaza hacia las nuestras, sino hacia la de todos los habitantes de este pueblo.

La muerte ha venido a Santiago Tuxpan a reclamar numerosas almas, y esta noche ha comenzado a hacer sus cuentas.

Un brote de Viruela ha llegado a enfermar a las gentes del pueblo. Nadie me lo ha contado mujer, yo mismo lo he visto con mis propios ojos.

Ha sido en medio de esta noche, en el momento mismo que yo era descubierto por fray Nicolás y por dos hermanos más.

Indefenso ante la situación, me vi acorralado como un animal ante ellos, despojado de mis religiosas vestimentas, portando estas ropas que tú me has regalado, y que me sientan mucho mejor que mi Franciscano hábito.

Pero, no perdamos más tiempo en explicaciones mujer. Corramos a la hacienda de la Santa Catarina, y juntemos agua y alimentos, no habrá un lugar más seguro para nosotros en Santiago Tuxpan, que esta habitación secreta en la gruta subterránea, la cual nos esconderá de la terrible muerte.

En aquel momento, la mujer salió de la habitación de los tesoros. Ella tomó con su mano derecha al fraile malvado, y con su mano izquierda a la criada Jacinta, y comenzó a correr conforme su edad se lo permitía, corría esta vez atemorizada por la amenaza que los rondaba, la enfermedad mortal de la viruela.

Esa enfermedad tan temida y popular, que ocasiona la muerte sin excusas, sentenciando a un cruel final con absoluta seguridad a quienes la padecen.

Salieron de la gruta por la capilla condal, y cuando se encontró frente al altar de ese Cristo crucificado, la Condesa se detuvo y lo miró muy fijamente, agachó su cabeza sin siquiera poder pedirle nada a causa de su mortal pecado.

Fray Tomás la miraba en silencio, mientras la criada Jacinta los apresuraba.

Recogieron todo cuanto pudieron con discreción en la habitación principal de la Hacienda de la Santa Catarina, y la Condesa abrió el cajón de su armario, y se colgó todos los collares que ahí tenía, portó en sus muñecas y brazos los brazaletes y pulseras y, tomó las diademas con sus propias manos.

La ropa en cantidad la llevaba entre sus brazos la criada Jacinta, mientras el fraile Tomás saqueaba la cocina.

Anduvieron los tres, en medio de aquella terrible noche como ladrones, en la Hacienda de la Santa Catarina. La cocina y los almacenes fueron los lugares que mas visitaron.

Todo era amontonado junto al altar de la capilla condal de la hacienda, para ser ingresado a la gruta antes de que la noticia llegara a los oídos de la servidumbre.

Y vaya que debían darse la mayor de las prisas, pues siendo la Condesa la principal ciudadana del pueblo, era obligación del cabildo y las autoridades eclesiásticas informarle en cuanto antes de las nuevas malas noticias.

Suficiente habían llevado para sobrevivir una cuarentena los tres en el interior de la gruta, mas la señora necesitaba avisar cuanto antes en la ciudad de México de los hechos acontecidos en Santiago Tuxpan, así que, antes de ingresar a la gruta, acudió a despertar personalmente al caporal Mariano soto, y le entregó una muy improvisada carta.

El destinatario era su hijo José Justo, y en las letras de aquella carta, le decía que ningún miembro de la familia condal debía acudir por ningún motivo a Santiago Tuxpan, pues la mortal enfermedad de la viruela había llegado al lugar.

Esa fue una decisión difícil de tomar, dado el distanciamiento con su hijo heredero, pero la situación de emergencia lo ameritaba.

Firmó la señora Condesa aquellas muy urgentes letras, y envió en medio de la madrugada a aquel mandadero hacia la ciudad de México.

Amanecía en Santiago Tuxpan, y la llegada de los del cabildo era inminente. Ese día las campanas del Templo de Santiago Apóstol no sonaron como de costumbre.

Esa era la señal de que en el pueblo, las personas se habían enterado de la epidemia.

Amanecía un hermoso sol, el día parecía ser perfecto con los jilgueros y las primaveras saludando a la mañana con sus inconfundibles cantos.

¡Vaya mañana tan hermosamente traicionera! Pues aquellos que aun no sabían de la desgracia que había caído en el pueblo, serian inocentes víctimas que perecerían infectadas.

Fray Tomás y la criada Jacinta ya habían ingresado a la gruta todos los alimentos y granos acumulados junto al altar de la capilla condal.

La ropa en cantidad y revuelta, también estaba ya dentro, así como los cantaros de la preciada y vital agua, y también, el vino que les fue posible llevar para sobrevivir semanas enteras en la gruta, lugar que los protegería de la poderosa muerte, la cual, ya se paseaba por las calles de Santiago Tuxpan.

Un último capricho de la señora Condesa casi da por terminado su plan de ocultarse, porque a último momento, y ya prestos los tres para ingresar a la gruta, la mujer vanidosa y soberbia, le dijo a la criada Jacinta que fuera a toda prisa a la habitación principal de la hacienda, y detrás de la cabecera de la cama encontraría un espejo de tamaño muy mediano con un marco de plata.

La Condesa le dijo que era indispensable para su bienestar el traerlo. El enojo del Fraile Tomás fue mayúsculo, pero fue prontamente opacado por la autoridad que la mujer le imponía.

Cuando la criada Jacinta llegó a la capilla condal con el espejo en sus manos, los miembros del cabildo llegaban a la hacienda para informarle a la señora Condesa de la terrible situación que oprimía al pueblo.

Cuando los criados llamaron a la puerta de la mujer, nadie les contestó, su ausencia se hizo evidente de inmediato, pero nadie nunca imaginó que ella ya había tomado sus precauciones.

Ese primer día en el interior de la gruta, no hubo besos ni apasionadas caricias. Lo único que reinó fue el temor de que más de uno intentara refugiarse de la epidemia en ese sitio.

Así que a contra tiempo, el fraile que conocía a la perfección las rutas y salidas, acudió a cada una de ellas y cerró el candado en cada una de las tres entradas.

Cerró primero por donde ellos entraron, la entrada de la capilla condal en la hacienda de la Santa Catarina. Después, cerró la de la casa de la condesa en Santiago Tuxpan, y por último la del altar mayor del Templo de Santiago Apóstol.

De esa manera, quedaron aislados del peligro que en el exterior les agredía. Mas el remordimiento de conciencia se les hizo presentes apenas pasaron las primeras horas.

Porque bien ocultos en la habitación secreta, rodeados de monedas y lingotes de oro y de plata, entre cuadros y objetos valiosos, y acompañados de las figuras ancestrales de dioses e ídolos de los habitantes del Tochpan antiguo, se sintieron acobardados.

¿Quién sabe cómo se libraría el pueblo de esa visita de la poderosa muerte?

¿Quién sabe si los encontraría a ellos ocultándose bajo tierra?

Esas eran las preguntas que ese día se hizo la señora Condesa, mientras acomodaban sus provisiones en la misma habitación donde sus tesoros.

Vaya ironía de la vida. En esa misma gruta se guardaban sus pertenencias más valiosas, y que no eran en ese momento, las grandes cantidades de oro y plata que ahí se escondía, si no que eran los alimentos y el agua que les resultarían vitales para su supervivencia.

Trascurrieron las primeras horas y con ellas el primer día, Fray Tomás entonces, con una piedra, marcó sobre la pared arcillosa una marca que significaba el primer día de los muchos que estarían ahí debajo.

Guiándose con la ayuda de un reloj de oro que formaba parte de aquel muy valioso tesoro oculto, pudieron saber si era de día o era de noche, porque la oscuridad profunda de la gruta, no les permitía saber si era el sol o era la luna quien adornaba el cielo en el exterior.

Esos fueron días y noches de frio intenso, que solo era aminorado por las antorchas que ardieron durante toda su estancia en el lugar, sí, benditas antorchas que ahuyentaban la oscuridad que reinaba, y que también les proporcionaban el añorado calor.

Las frutas que bajaron perecieron a los pocos días, la carne no formó parte de sus víveres por su pronta descomposición. Granos y legumbres fueron su dieta básica. Los panes duraron muy poco, y la indispensable leche fue la gran ausente en aquella precipitada cuarentena. Hierbas amargas, acelgas y quelites, papas y zanahorias, así como chocolate en barra, fueron los alimentos que los mantuvieron con vida.

Sí, una vida de temor ante el peligro que los acechaba. Temor que era calmado por el alcohol de caña que fue traído en abundancia por Fray Tomás, ese alcohol que los salvó en numerosas ocasiones de caer presas de la desesperación.

Alcohol que se deslizó haciendo hervir las gargantas de La Condesa y de Fray Tomás, incluso por la de la criada Jacinta.

Fue entonces, que ebrios se mantuvieron sobrios, por que cuando estaban sobrios, parecían estar ebrios, a causa del encierro y la incertidumbre.

Esa fue una muy mala jugada del destino para todos en el pueblo, excepto para aquellos tres que se ocultaron presas del pánico, sin siquiera alertar a los demás en la hacienda del peligro que los acechaba.

Actuaron egoístamente para aventajar a la muerte en su camino hasta la Hacienda de la Santa Catarina. Y muy bien les dio resultado, porque la muerte no logró ingresar a la gruta, para llevarse a la persona que en el pueblo, le resultaba la más atractiva.

Entonces, una mezcla de paciencia y de angustia se apoderaron de los corazones de los escondidos en la gruta, una paciencia, que se transformó pronto en la resignación. Una resignación de todo tipo, porque así como sucedió a Nuestro Señor Jesucristo, necesitaron la Condesa María Magdalena Catalina y fray Tomás cuarenta días en tremendo y solitario sitio, para encontrarse a sí mismos.

Se encontró a sí misma la señora Condesa, porque cada que miró el espejo en el interior de la gruta, se miró realmente como era, porque el maquillaje y el perfume no formaban parte de su atuendo.

Entonces, día a día se miraba una sola vez en el espejo. Parecía haberle perdido ese temor a la imagen que este reflejaba. Porque no importaba lo mal o bien que pareciera su apariencia externa, ya fuera fresca y después de un baño tibio, ataviada por las más finas telas y encajes, adornada por las más resplandecientes joyas y los más áureos anillos.

En verdad, supo que daba igual si se encontraba como en esos momentos, desaseada, con las mismas ropas con las que ingresó a la gruta, y que en ese entonces, se encontraban sucias. Tampoco portaba ninguna joya preciosa que adornara sus cabellos o muñecas.

Se encontró entonces María Magdalena Catalina a sí misma, porque comprendió que no importaba el exterior de su persona, sino que lo únicamente valioso era la condición del alma.

Sin mencionarlo a ninguno de sus dos acompañantes, se enteró de las malas condiciones en las que se encontraba su alma.

Manchada con la sangre de tantos asesinatos cometidos brutalmente y sin piedad, y desgarrada también, por el amor prohibido, que la había convertido en lo que hasta ese entonces era.

Mientras el fraile y la criada Jacinta dormían, miró una vez más ese espejo y dejó de importarle su apariencia.

Una lágrima rodó discreta por su mejilla derecha, y un suspiro silenciado obligatoriamente, salió de lo más profundo de su pecho y pensó de si misma:

¡He aquí a una mujer que ha ganado con esmero y con grandes meritos, el castigo eterno que ofrecen las ardientes llamas del infierno!

¡He aquí a una mujer cuyas manos asesinas serán atadas en aquel sitio para que su carne sea consumida!

Eso pensó la señora Condesa, y temió por su alma, pero el Fraile despertó en ese momento, y pudo contemplarla en aquella escena.

Él, se acercó a ella muy lentamente, y la abrazó con extrema ternura. No les importó en aquel instante la presencia de la criada Jacinta que dormía, y aunque ella conocía aquella verdad oculta del amor ardiente entre ambos, nunca había contemplado con sus ojos la más mínima muestra de tal sentimiento.

La mujer acongojada se abrazó al fraile, y a pesar de los crímenes cometidos por su causa, no reprochó en ningún momento a su amante por haberla condenado. Y es que en realidad no fue él quien la condeno, fue ella misma la que por sentirse amada y satisfecha, pecó una y otra vez de todas las maneras como puede cometerse pecado en nombre del amor.

Todo había sido en nombre de su amor por Fray Tomás, todo por ese amor prohibido que degrado su alma hasta el plano más bajo.

Aquel fraile malvado sintió dentro de su pecho aquellos sentimientos que la Condesa sentía por él, pero a diferencia de ella, el fraile no tenia temor alguno por su alma, mas al contrario, se ensoberbecía cada vez contra sí mismo, y la mayor de todas sus atrocidades aun no la había cometido.

Pasaron los días y las noches, y cuando el fraile marcó en la pared arcillosa el día numero treinta y cinco, la situación en la cámara secreta de la gruta se tornó insoportable.

Hartas de escuchar los sonidos demoniacos y los aromas extraños, la Condesa y la criada Jacinta taparon sus oídos y sus narices. Sus cabellos se encontraban tiesos y despeinados, los humores de sus cuerpos les molestaban, y la picazón que experimentaban en su piel por la falta del baño, las hizo perder el juicio.

El fraile enfureció contra ellas y las puso contra la pared a ambas tomándolas violentamente del cuello. Las miradas entre él y María Magdalena Catalina fueron intensas, y las respiraciones agitadas pudieron escucharse hacer eco en la gruta.

En tan acalorada situación permanecieron largos minutos, pero la mirada profunda y fija de la Condesa, aplacó la ira del fraile, que parecía no saber lo que estaba haciendo.

Esas eran las consecuencias de todos esos días de obligado encierro, la tremenda angustia y la desesperación los estaban orillando a caer en el abismo de la locura.

Fray Tomás habló arrepentido diciendo:

¡Perdóname mujer! Son estos pensamientos de añorar ver la luz del día, y el probar un alimento caliente, los que me han orillado a actuar con tal imprudencia.

Ahora yo me arrodillo ante ti y te pido un muy sincero perdón. Aguardando el castigo que muy merecido ha de venir en mi contra.

Doña María Magdalena Catalina levantó lentamente el rostro del fraile con su mano izquierda, y con la derecha le propinó tremenda bofetada.

Después, se acercó a él y lo besó intensamente. Todo esto, frente a los ojos de la criada Jacinta.

De esta manera le perdonó la agresión al fraile y no solo eso, se atrevió a besarlo delante de la criada Jacinta, reafirmando así el amor que sentía por él, un amor que con tal demostración, daba a entender que no dejaría nunca.

Salieron de la gruta que fue su resguardo durante aquellos días terribles, salieron por la entrada del altar de la capilla condal.

Era de mañana y un rayo de luz que entraba por la ventana iluminaba tenuemente el lugar.

El polvo sobre las bancas y el altar les hizo comprender de inmediato del abandono prolongado de la capilla, y no se atrevían a salir para averiguar lo que acontecía afuera en la hacienda de la Santa Catarina.

Salió de la capilla el fraile primero, después de haberse armado de valor ante lo que pudiese suceder.

La soledad y el silencio reinaban en el lugar. La hacienda parecía estar vacía, el carruaje de la Condesa se encontraba en el mismo lugar donde se quedo treinta y cinco días atrás, y las cortinas de las ventanas permanecían cerradas.

Salió la Condesa detrás de él, y lastimándole la luz muy tremendamente en sus hermosos ojos, cayó inerte al suelo.

La criada Jacinta corrió en su auxilio siendo sometida por los rayos del sol de igual manera que su señora.

Fray Tomás se acercó a ellas cubriéndose con sus manos los ojos para no padecer aquel terrible síntoma que les ocasionaba la luz después de tan oscuro encierro.

El, tomó a la Condesa entre sus brazos y la llevó hacia la sombra de un frondoso sauce, para que se recuperara.

La criada Jacinta tuvo que llegar por ella misma hasta donde ellos. Entonces, sus ojos se fueron adaptando, y ante ellos estaba la Hacienda de la Santa Catarina en desolación.

Unas vacas pastaban en el jardín descuidado de la entrada principal, y las gallinas rondaban por debajo de sus patas.

La Condesa respiró profundo y sin aviso emprendió la carrera hacia el interior de su casa para encontrar las cosas tal y como ella las había dejado.

Las pertenencias de su habitación, así como los valiosos cuadros y los muebles de la estancia principal y del comedor se encontraban en su lugar.

Corrieron a prisa los tres hacia la cocina para probar un alimento decente, pero no había ningún tipo de alimento que pudiera saciar su hambre.

Fueron a la estancia principal y abrieron las cortinas y ventanas para dejar entrar el aire para que fluyera por la casa. En eso se encontraban cuando el capataz Mariano Soto entró alarmado y empuñando amenazante su arma, la cual estaba lista para disparar a los intrusos.

Apenas pudo reconocer el capataz a la Condesa de Miravalle debido a las condiciones en las que se encontraba, y en cuanto la reconoció, soltó su arma y mostró sus respetos a la señora.

Ella enseguida le hizo la pregunta obligada:

¿Dónde están todos? ¿Qué es lo que ha sucedido Mariano?

El capataz inclinó su cabeza y le dijo lo que tanto temía la Condesa escuchar, porque nada mas de ver el semblante de Mariano, ella pudo comprenderlo.

El capataz Mariano con lágrimas en los ojos le contó lo sucedido:

Señora, la enfermedad terrible y contagiosa vino a Santiago Tuxpan, y se cobró muy numerosas víctimas.

Llegó inesperadamente y no distinguió entre hombres y mujeres, no distinguió tampoco entre grandes ni pequeños, y fue con estos últimos, con los cuales no tuvo la menor compasión.

El luto engalana a todas las casas del pueblo, porque no hubo familia alguna que no derramara el llanto por alguno de los suyos.

La muerte se paseó soberbia por las empedradas calles recogiendo almas. Se paseo ufana y satisfecha de poder llevarse a tantos.

Ni siquiera tuvo respeto la muerte por los hombres de Dios, porque ingresó sin temor al Convento y al Templo de Santiago Apóstol, en donde varios frailes, incluido el fraile superior Nicolás, cayeron en sus manos.

Algunos del pueblo huyeron hacia los lugares alejados, muchos se refugiaron en Huirunio, otros tantos en el Rincón de Corucha, incluso, unos entraron en la capilla de San Victoriano, donde se sintieron seguros, pero hasta allá fueron seguidos por la muerte, que los encontró y los atormento hasta arrebatarles la existencia.

Fueron días donde ninguno conocía a ninguno, días en los que ninguna puerta de casa conocida o de vecino fue abierta. Días de castigo divino, días de reprimenda celestial. Días de gran temor y de lamentos, que fueron escuchados de día y de noche por el valle de Anguaneo, sin que fueran opacados por el repicar de las campanas del templo, porque estas callaron mientras el caos reinaba.

Por lo tanto señora, la hacienda fue abandonada por todos los criados, no puedo saber cuántos de ellos murieron o cuántos de ellos aun viven.

Trate de detenerlos en su precipitada huida cuando cayeron presas del pánico. Más señora mía, su repentina ausencia no me permitió actuar por mi mismo sin haber recibido de usted ninguna orden.

Entonces, acudí al pueblo por los míos, por mi esposa y mis tres hijos. Yo los apresuré a alejarnos de Santiago Tuxpan, y nos fuimos con mi parentela hacia San José Taximaroa.

Solo fuimos pocos los que alcanzamos a llegar hasta aquel sitio, porque en cuanto la noticia de la enfermedad se corrió por la región, las gentes no permitían la entrada de nadie proveniente de Santiago Tuxpan.

Algunos tuvieron que aguardar internos en el bosque, porque a pedradas y disparos de armas de fuego, les fue impedido ingresar a San José Taximaroa, o a cualquier otro pueblo de la región, por el gran temor de sus habitantes de ser contaminados.

Veinte fueron los días en los que estuvimos en San José Taximaroa, y cuando considere que había pasado el peligro, volví primero yo al pueblo para asegurarme.

¡Qué imágenes tan terribles fueron las que vieron mis ojos! Imágenes que mi memoria no será capaz de olvidar jamás.

La sagrada imagen del Señor crucificado del Hospital de indios, se encontraba expuesta a la puerta del Templo de Santiago Apóstol.

Aquella imagen de hombre sangrante y moribundo, miraba con ojos muy piadosos a los numerosos cadáveres, que apilados uno encima del otro y en avanzada descomposición, eran roseados con cebo y aceite en el atrio y camposanto, para después, ser quemados, elevándose el humo de sus carnes en llamas hasta lo más alto del cielo, y esparciéndose ese hedor tan insoportable que despedían por los aires.

Eran los frailes quienes valientemente hacían esa muy penosa tarea, pues no había ningún doliente lo suficiente cerca para encenderlos, en cambio, si estaban casi todos observando aquella trágica escena por la puerta de la barda que rodea el camposanto del templo.

Santiago Tuxpan fue severamente castigado señora, el azote de la enfermedad arremetió sin clemencia en contra de las gentes, y la población se ha diezmado en cantidad.

Ahora, nos toca a nosotros los que sobrevivimos, restablecer el orden y la calma nuevamente.

Ya se han comenzado a realizar las misas, y un rosario se reza en todas las casas a las cinco de la tarde para que Dios no vuelva a castigarnos.

Cuando el capataz Mariano Soto terminó de hablar, María Magdalena Catalina se mostró conmovida por aquel relato y pensó en todos los conocidos que tal vez ya nunca más vería.

Dio gracias a Dios en pensamientos y miró a Fray Tomás con ternura por haberle salvado la vida. Enseguida, se dirigió la mujer a su habitación, sacó de su gabinete ropas limpias y Jacinta puso a calentar el agua para que la Condesa tomara un relajante baño. Sí, un baño que fue el más placentero de todos los de su vida, porque tenía la mujer treinta y cinco días sin sentir aquel vital liquido mojar su cuerpo.

Mientras Jacinta lavaba sus cabellos, la mujer pensaba en como estarían las cosas con sus hijos y nietos en la ciudad de México. Segura estaba que la enfermedad no se había propagado y no temía por el bienestar de su descendía.

En realidad a lo que temía era que a su hijo José Justo no le importara si estaba viva o muerta.

Mientras ella apaciguaba sus temores sumergida en esa tina de agua caliente, el fraile ya iba a toda prisa con rumbo al convento.

Esta vez ya no tomó la ruta cotidiana de la gruta, sino que iba por el camino sin ningún miedo a ser reconocido. No tenía miedo porque no llevaba su hábito de Franciscano, además, con el cabello largo y la barba bien tupida, nadie sospecharía de su verdadera identidad.

Llegó agitado hasta el convento e irrumpió ruidosamente en el claustro con un plan en su mente. Un plan que le debería resultar perfecto, pues ya había escuchado de la boca del capataz

Mariano Soto, que Fray Nicolás y varios frailes mas habían muerto, seguro estaba que entre ellos se encontraban aquellos dos hermanos frailes, que acompañaban al fraile superior, la noche que fue descubierto.

Esa era una situación a su favor, porque entonces, no había ningún testigo de sus cotidianas actividades nocturnas, y mucho menos, de lo sucedido aquella terrible noche, treinta y cinco noches atrás.

Fray Tomás se presentó ante sus hermanos frailes en tal apariencia física, los cuales, al principio no le reconocieron, pero por su manera de hablar, era evidente que de él se trataba.

Los frailes se mostraron jubilosos de tenerlo nuevamente con ellos, ya que lo creían muerto, y enseguida le prepararon un baño caliente y un hábito limpio.

El fraile se quitó la barba y recortó su cabello, fue el protagonista aquella tarde en el comedor a la hora de la comida, mientras les contaba una historia ficticia, acerca de su supervivencia durante la enfermedad.

Les dijo que había sido llevado por la fuerza por unos hombres que temiendo su muerte inminente, huyeron hacia las montañas por el rumbo de Turundeo, obligándolo a permanecer a su lado, hasta que finalmente le permitieron volver.

Malvado fraile que sin piedad mintió a todos sus hermanos recuperando su lugar de siempre en el convento. Un lugar preferencial y por encima de los demás frailes, esto debido a sus amplios conocimientos en la alquimia.

De esa manera, con la Condesa de vuelta en la Hacienda de la Santa Catarina, y con el fraile de vuelta en el convento, todo parecía haber vuelto a la normalidad después de tantos días de angustia.

Mas aquella noche, no habría en la gruta aquella cita amorosa como cada tercer noche. Pues el último sitio en este mundo al que querían ir ambos amantes, era a la gruta oscura y fría, donde se resguardaron durante treinta y cinco días, del azote de la enfermedad y de una muerte casi segura.

Esa noche, durmieron ambos en sus cómodas camas, abrigados no solo por una acogedora cobija, sino también por la luna y las estrellas, que tantas noches tenían sin poder mirar.

# Capítulo 20
## La Excomunión

Cuando pasó el miedo y el terror por la epidemia, el pueblo de Santiago Tuxpan parecía volver a la normalidad. Pero para la señora Condesa, quien había perdido a numerosos criados y esclavos, las cosas parecían empeorar, y es que llegaron noticias para ella desde la ciudad de México.

Esta vez se trataba de su hermana Maria Teodora Francisca, quien muy inesperadamente, había muerto sin haber caído enferma.

No acudió a la ciudad de México a los funerales, pues mandó traer el cadáver de su hermana hasta Santiago Tuxpan, donde le daría sepultura al lado de su señora madre en la cripta condal del Templo de Santiago Apóstol.

Vinieron a Santiago Tuxpan numerosos nobles desde la ciudad de México acompañando al viudo Felipe Ignacio de Zorrilla y Cano, incluso, una representación del Virrey vino para estar presente.

Vinieron también José Justo, Águeda y sus hijos, vino también su hija la monja Maria Francisca, sus hijas Maria Josefa y Maria Catalina, y sus hijos Joaquín Alonso y Vicente.

Y Cuando su hermana fue colocada en la cripta condal, sus hijos lloraron muy amargamente, como si la que hubiera muerto fuera su madre. El corazón de Maria Magdalena Catalina estuvo a punto de quebrarse, pero resistió aquel duró embate sentimental por respeto a su difunta hermana.

Y es que en verdad, Maria Teodora Francisca, la cual nunca concibió un hijo, vio como tales a los hijos de su hermana, mientras ella estuvo la mayor parte de sus vidas ausente, cometiendo sus conocidos adulterios en el pueblo de Santiago Tuxpan.

José Justo parecía ser de todos, el más afectado, y la misma tarde del sepelio, lloraba en cantidad por la pérdida, mientras caminaba por las tierras de la hacienda de la Santa Catarina.

La Condesa pudo verlo sufrir desde lejos, y se animó a ir hasta donde él. Era necesario que hablaran después de tantos años de no hacerlo

Ella, llegó a donde su hijo, y cuando estuvo lo suficientemente cerca le dijo:

¿Tanto la querías José Justo? No has parado de derramar tus lágrimas desde que llegamos del pueblo.

José Justo aprovechó aquella pregunta para descargar toda su ira en contra de la madre que los había abandonado a él y a sus hermanos. Entonces, él le contesto:

La quería casi tanto como a mi propia vida. Era mi tía Maria Teodora Francisca mi soporte, mi fortaleza, mi amiga, mi confidente. Es por eso que derramo mis lágrimas en abundancia, pues sin ella, me siento indefenso y desolado.

Porque cuidó de mi y de mis hermanos, porque me consoló en los tiempos difíciles y me otorgó alegrías y dichas en los buenos tiempos.

Guió mis pasos cuando joven, y cuando me convertí en un hombre, me condujo por el camino del bien.

Ella fue para mí y para mis hermanos, la madre que tú no fuiste.

La Condesa en aquel momento, sintió una espada atravesar su alma, y sin reprocharle aquellas palabras a su hijo, se limitó a preguntarle:

¿Dónde ha quedado ese hijo amoroso y comprensible que un día fuiste?

José Justo, dejando a un lado las lágrimas le contestó:

Ese hijo del que hablas ya no existe madre. ¡Tú misma lo asesinaste!

Ella guardó silencio ante tal acusación, pero no estaba dispuesta a tolerar las insolencias de su hijo, no estaba dispuesta, porque en verdad sabia que lo que su hijo le decía, era la verdad. Entonces, sin guardar ningún respeto por el luto de su hermana, ella le dijo:

Egoísta eres por juzgarme de la manera como lo haces hijo mío. Es mejor que te marches mañana apenas amanezca en Santiago Tuxpan, antes de que pueda yo afectar los intereses que te favorecen en mi herencia.

¡Ahora vete Justo! Y no vuelvas hasta que yo así te lo solicite, de lo contrario, te arrepentirás después de mi muerte.

La relación entre madre e hijo, estaba ya pérdida, y no tenía manera de reencontrarse.

Se marcharon sus hijos nuevamente a la ciudad de México al día siguiente, y ella se quedó en la hacienda de la Santa Catarina en soledad.

Ninguno de ellos, ni siquiera Maria Josefa y Maria Catalina que eran señoritas, aceptaron la invitación de su madre de permanecer a su lado en el pueblo de Santiago Tuxpan.

El daño que había ocasionado a sus hijos por causa del amor del Fraile Tomás era mayúsculo, y ninguno de ellos estaba dispuesto a perdonarla.

Solamente su cuñado Felipe Ignacio de Zorrilla y Cano decidió quedarse. Y fue en los días de estancia de este, cuando una tormenta se posó sobre la Condesa de Miravalle.

Y es que sin descendencia, ni ningún título nobiliario, su hermana había dejado en la ruina a su viudo esposo.

Compadecida de haber padecido la misma experiencia, y queriendo ayudar económicamente a su cuñado, esto como una muestra de agradecimiento por haber cuidado de sus hijos, Maria Magdalena Catalina emprendió una nueva demanda en contra de la Compañía de Jesús.

Las tierras de Michoacán, propiedad heredada a ella por su difunta madre, también debían resultar como beneficio al viudo de su hermana, si en vida no lo fue, al menos después de muerta, debía serlo.

Entonces, lo consultó con su amante, el fraile Tomás, quien alentó a la mujer en liarse en tan imprudente batalla legal, y también, la mujer sedienta de más poder, encabezó al lado de su cuñado, Don Felipe Ignacio Zorrilla y Cano, esposo de su difunta hermana, María Francisca Teodora, una segunda guerra legal en contra de la Compañía de Jesús.

Esta vez, en la demanda se alegaba que todo lo ganado y obtenido durante los años en los que la Compañía de Jesús administro las tierras en Michoacán, había sido ilegal, y por lo tanto, debían compensarle uno a uno los beneficios obtenidos.

Los demandantes entonces, se levantaron en pie de guerra como un ejército implacable, y arremetieron en contra de los templos y conventos, haciendo uso de habladurías, difamaciones y calumnias en contra de los sacerdotes y religiosos que los dirigían.

El escándalo comenzó a extenderse rápidamente, primero en el obispado de Valladolid, y después, en la Ciudad de México.

Su hijo José Justo, salió inmediatamente con el rumbo de Santiago Tuxpan para enfrentarse a su madre nuevamente, decidido esta vez a poner un alto a su incorrecto comportamiento de una vez por todas, a sabiendas que por el atrevimiento, podría perder el mayorazgo del Condado de Miravalle.

Pero para José Justo, era más importante salvaguardar el honor de sus antepasados, el cual, era pisoteado cada día y cada noche por su malvada madre.

Llegó José Justo a la hacienda de la Santa Catarina, y el enfrentamiento se volvió inevitable, pues se encontraron en la estancia principal de la casa, y sin saludarse amablemente, comenzaron los reproches bien infundados, que hizo el dolido hijo a la perversa madre.

Pero la mujer no escucho a su hijo e ignoro sus palabras. Eran su ambición y su avaricia esa luz que le cegaba el alma, y arremetió en contra de aquel hijo suyo diciéndole unas muy hirientes palabras:

De no haber muerto tu hermano Pedro, no habrías tenido la oportunidad de convertirte en el ser arrogante en el que te has convertido.

¡Si tan solo hubieras sido tú, y no tu hermano Pedro quien hubiera muerto, para mí todo sería diferente!

Esas palabras tan terribles dichas por su madre, abrieron una muy dolorosa herida en el corazón de José Justo, y aguantando las tremendas ganas de llorar, él le dijo con la voz entrecortada lo siguiente:

Hagamos de cuenta que también yo he muerto madre, porque no me volverás a ver en los días que le queden a tu vida, y que este como testigo el Señor Dios de los cielos, de que si yo muero primero que tu, no quiero que asistas a mis funerales, porque en verdad, esos los funerales míos, tu ya los celebraste desde hace mucho tiempo antes.

¡Hasta nunca madre! Que Dios se apiade de tu alma cuando mueras.

José justo salió nostálgico de la estancia principal de la casa de la hacienda de la Santa Catarina, dejando atrás todo lo que un día compartió con su madre.

La mujer aunque orgullosa, se sintió conmovida en lo más profundo de su pecho, y salió tras de su hijo arrepentida, pues tenía ganas de abrazarlo y de besarlo, y decirle que las palabras dichas por su boca, habían sido dichas en un momento de ira y de coraje, y que no eran en nada cierto.

Pero el carruaje de José Justo ya había partido de la hacienda de la Santa Catarina, y para ella era demasiado tarde para pedir un muy necesario perdón a quien era su hijo heredero.

Esa fue la manera como María Magdalena Catalina se ganó el repudio de sus hijos. Pues capitaneados por José Justo, Águeda y sus dos hijos, así como también los solteros Vicente, María Josefa y María Catalina, abandonaron la hacienda de la Condesa en Tacubaya, para ir a radicar a la casa de los Condes de Miravalle en la ciudad de México.

Por consecuencia, su hijo Joaquín Alonso no envió más correspondencia a su madre. Fue su religiosa hija quien a través de numerosas cartas que le fueron permitidas enviarle, la alentaba a que abandonara tan imprudente disputa, diciéndole lo lejos que se encontraba del camino de Dios con su proceder.

Pero a la Condesa de Miravalle, no le importó en lo absoluto la reacción de sus familiares, incluso se burlo de ellos, diciendo a su cuñado sarcásticamente, que esperaría paciente para ver si ellos huían de ella, cuando ganara el pleito legal y recibiera su recompensa.

Pero aquel escándalo que propicio con el nuevo juicio, hizo venir a su yerno, el señor Don Pedro Romero de Terreros a Santiago Tuxpan, y fue recibido de la misma manera como era recibido cuando aún vivía su esposa, María Antonia.

Llegó el poderoso hombre en compañía de sus hijos a la hacienda de la Santa Catarina.

La señora Condesa de Miravalle se sintió en extremo alagada por aquella importante visita, ya que por aquellos días, Don Pedro Romero de Terreros se había ganado el apodo del "Señor de la plata" y en las Nueva España se decía, que sus riquezas lo habían llevado a ser el hombre más rico del mundo.

Ordenó preparar gran banquete, y vinieron a la hacienda las autoridades del pueblo, así como su amiga Maria Dolores Maya, para conocerlo.

Pero su yerno no había venido en ningún plan amistoso, por lo que solicitó una conversación privada con su señora suegra en el despacho de la hacienda.

Entraron suegra y yerno al despacho, y se sentaron cada quien en su lugar en el escritorio. Las palabras fluyeron de la boca del yerno, quien había ido hasta Santiago Tuxpan, solo para tratar de convencer a la mujer para que abandonara aquella disputa, y es que, estando él emparentado con ella por sus nietos, no le convenía que la mujer con la reputación tan vil que ya se había ganado, afectara a ninguno de sus intereses.

Y es que los negocios de José Justo, de Joaquín Alonso y los de Vicente en la ciudad de México, ya se estaban viendo sería mente afectados, por ser hijos de quien eran.

Ella, indignada con su yerno se negó rotundamente a abandonar aquella disputa legal.

Entonces, Don Pedro Romero Romero de Terreros, le dijo con palabras muy firmes:

Con tu proceder das por caducado el cariño, y el gran respeto que hasta hoy sentía por ti Condesa.

Mujer carente de moral. Mujer carente de cualquier tipo de vergüenza.

Apenas has callado, me he llenado de espanto al escuchar esas tus palabras que han de haber herido con toda seguridad a tu difunta hija María Antonia.

Ella debe de retorcer su fallecido cuerpo en su sepultura, al observar desde la otra vida como te has ofrecido a numerosos hombres, como la más vulgar y necesitada de las prostitutas.

Ahora me pregunto yo, si alguna vez en verdad quisiste a tu hija con amor de madre, o si solamente la viste como el mejor de tus negocios.

Has de saber que gracias a Dios, María Antonia y yo amamos muy pura y sinceramente hasta su partida.

Mejor ruega a Dios que ella ahora mismo este muy entretenida contemplando las maravillas existentes en los cielos, para que no pueda ser testigo de las bajezas que últimamente cometes.

¡Ay del pobre José Justo! Que ha sido siempre atormentado por sus diferencias contigo.

¡Cuánta razón tuvo él siempre respecto a ti! Y que tontos y ciegos hemos sido todos, por no haberle creído a sus sorprendentes relatos.

En aquel momento, Doña María Magdalena Catalina, arrepentida y consciente de lo que había provocado, se arrodilló y comenzó a llorar intensamente.

Pero don Pedro de Terreros ya sin creer en sus lamentos ni valorar a ninguna de sus lágrimas le dijo:

En este momento de nada servirá ese llanto que abundante emana de tus ojos Condesa, pues nada será lo suficientemente fuerte para remediar el daño ocasionado.

Compadecido estoy ahora yo de ti, María Magdalena Catalina. Si, compadecido por lo hueco y frio que está tu corazón, y también por lo apartada que está tú alma del señor Dios que habita y reina en las alturas.

Ahora mismo me iré de este sitio. Me iré y llevare a mis hijos conmigo, y nunca más nos volverán a ver tus ojos.

Es preciso que limpies tus lágrimas y te repongas momentáneamente, porque compadeciéndome de ti, permitiré que te despidas de tus nietos, y cuando estés frente a ellos, finge al menos sentir un poco de aprecio por ellos. Toma en cuenta que será la última vez que los veas.

Don Pedro Romero de Terreros abandonó la estancia principal de la casa, y ordenó a los suyos prepararse para la precipitada e inmediata partida.

Doña María Magdalena Catalina, trató, pero no pudo suplicar, entonces, tuvo que acatar las voluntades de su ofendido yerno.

En la hacienda, fue evidente de que alguna situación de suma gravedad había sucedido entre la suegra y el yerno, pues aquel banquete que se había organizado en honor a su visita, tuvo que ser suspendido.

En muy pocos minutos, la caravana de carruajes que vinieron con Don Pedro Romero de Terreros, estaba lista para la partida, y los nietos de Doña María Magdalena Catalina estaban prestos a subir en el principal de los carruajes para marcharse.

Entonces, la mujer se acercó a ellos y extendió sus brazos lo más que pudo para abrazarlos a todos a la misma vez.

Las preguntas de parte de los nietos no se hicieron esperar, ellos no sabían porque tenían que abandonar Santiago Tuxpan tan inesperadamente, si apenas habían llegado.

Pero su padre les ordeno despedirse de su abuela, sin decirles que esa sería la última vez que la verían sus ojos.

Partió Don Pedro Romero de Terreros de la hacienda de la Santa Catarina el mismo día que llegó, sin tener éxito en la conversación con la cual pretendía que su suegra la Condesa de Miravalle, retirara la demanda en contra de la Compañía de Jesús.

El corazón de María Magdalena Catalina, se había endurecido como la más dura de las rocas, y era su extrema avaricia quien la estaba conduciendo a la soledad.

Nada más el Fraile Tomás la alentaba a seguir adelante y no retractarse ante la Compañía de Jesús. Sí, porque en verdad el sabia que saldría en cantidad beneficiado de resultar victoriosa en la disputa su amante secreta.

Fraile malvado que en las profundidades de la gruta que está bajo Santiago Tuxpan, tuvo el atrevimiento de dar la bendición a María Magdalena Catalina para que saliera bien librada de tantas adversidades.

Ninguna calidad humana podía tener aquel fraile, que hacía uso de su hábito franciscano cuando a ambos amantes les era conveniente. Ese mismo hábito franciscano, del cual se despojaba con la mayor de las facilidades, para poder entregarse en cuerpo y alma a los placeres carnales que le ofrecía siempre su perversa amante.

Muy confiada estaba la señora Condesa y su cuñado Felipe Ignacio de Zorrilla y Cano, de salir victoriosos en la batalla legal, confiados en que en la demanda anterior, la señora Condesa había salido victoriosa.

Pero a diferencia de aquel pleito del cual había salido victoriosa veintinueve años atrás, esta vez, ella probaría el muy amargo sabor de la derrota, una derrota que nunca en sus más remotos pensamientos, jamás imagino.

Porque el señor Obispo de Michoacán, Don Anselmo Sánchez de Tagle, defendió como el más feroz de los guerreros la economía de la catedral de Valladolid, la cual sería la más perjudicada de todas las iglesias demandadas, en caso de que los demandantes se alzaran con la victoria.

Más severa fue la reprimenda que recayó sobre ella y su muy imprudente cuñado, y acudiendo al buen juez que habita en el cielo, el señor Obispo mato civilmente a los dos atrevidos demandantes.

Porque en todos los templos y capillas del obispado de Michoacán, se debería de leer el veredicto que acusaba a los demandantes ante nuestro señor Dios y ante la sociedad.

Entonces, el superior del convento franciscano en el pueblo de Santiago Tuxpan, recibió la orden venida desde Valladolid, y mando llamar inmediatamente a Doña María Magdalena Catalina y a su cuñado, Don Felipe Ignacio de Zorrilla y Cano.

Vinieron al Templo de Santiago Apóstol la mujer y el hombre, apenas recibieron el llamado.

Ellos entraron por el campo santo, y vieron como todos los frailes del convento les esperaban en la puerta principal del santuario.

Fray Tomás estaba entre ellos, él, en pensamientos se lamentaba no haber podido avisar a su amada de la decisión tomada por las autoridades eclesiásticas, y entonces, lanzo esas miradas fuertes hacia la Condesa, tratando de alertarla de lo que estaba por suceder.

Entonces, cuando los dos trataron de entrar en el templo, las puertas les fueron cerradas por el mismo fraile superior del convento.

Furiosa la señora Condesa exigió una explicación al fraile, pero este, sin dar la explicación solicitada procedió a leer el documento que traía en sus manos.

El documento decía así:

Por órdenes precisas del Santo Oficio, la disputa legal que sostuvieron por segunda vez, María Magdalena Catalina Dávalos de Bracamontes y Orozco de Trabuesto, Tercera Condesa de Miravalle, y la Compañía de Jesús, siendo su defensor, el Señor Obispo de Michoacán, Don Anselmo Sánchez de Tagle, ha llegado a su fin, y el fallo ha sido a favor de los demandantes

En aquel momento el fraile superior del convento hizo una pausa para mirar la reacción de la señora Condesa, la cual, sonrió soberbia y orgullosa, enalteciéndose a sí misma en pensamientos y sin tratar siquiera de disimular su alegría, dio fuerte abrazo a su cuñado y se felicitaron mutuamente.

Sucedido esto, el fraile superior prosiguió con su lectura, de la cual, habrían de venir aquellas muy trágicas palabras, que ni la señora Condesa ni su cuñado esperaban escuchar.

El fraile leyó y dijo:

Mandamos a los curas beneficiarios, a sus Vicarios, Interinos y Reverendos Padres Priores, y Superiores, Guardianes y Presidentes de este Obispado, anatemicen y maldigan cada uno en su Iglesia a María Magdalena Catalina Dávalos de Bracamontes y Orozco de Trebuesto, y a Felipe Ignacio de Zorrilla y Cano.

¡Que se cierren para ellos todas las puertas de las casas del Señor!

¡Que no les quede nada en cuanto a nuestra religión, y que se haga de acuerdo a como han sido sus obras!

Por lo tanto, que la maldición de Dios Nuestro Señor, y de los Bienaventurados Apóstoles San Pedro, y San Pablo, vengan sobre ellos.

¡Malditos sean pues en el pan!

¡Malditos sean en la carne!

¡Malditos sean en la sal!

¡Malditos sean en el vino!

¡Malditos sean en el agua!

¡Y malditos también en cuantos alimentos coman, en el vestido que vistan, en el lecho donde duerman, y en la tierra que pisen!

¡Que huyan de su protección sus hijos y nietos, que se aparten de ellos sus amigos, y que sus enemigos no se apiaden de ellos!

¡Que sus socios disuelvan sus tratos con ellos, y que sus deudores den por saldadas sus deudas con ellos!

¡Que el viento no sople sobre sus cabezas, y que las tierras de sus propiedades se vuelvan llanas e infértiles!

¡Que se pudran los frutos de sus huertos, y que los ríos, arroyos y manantiales que les pertenezcan, se sequen.

Porque han endurecido su corazón, como lo hizo Faraón con el pueblo de Dios hace miles de años.

Estas palabras dichas por mi boca, son una sentencia que se ha cumplido.

Habiendo dicho aquellas muy trágicas palabras, el fraile superior dio la espalda a los maldecidos, y a él, le siguieron los demás frailes, incluido Fray Tomás, quien mirando con pena a la mujer, tuvo que seguir a sus hermanos en el acto de repudio y rechazo.

María Magdalena Catalina, permaneció en silencio después de tan tremenda maldición.

Quedo en silencio porque al haber escuchado aquellas maldiciones en su contra, sintió un miedo inmenso en su interior, y una sensación en extremo fría, recorrió muy lentamente su cuerpo desde los pies hasta su cabeza y después, sintió las ganas de llorar intensamente.

Las puertas que fueron cerradas frente a ella, y la espalda de los frailes, le anunciaron el en oscuro y muy profundo abismo en el que había caído en cuerpo y alma.

Entonces, caminaron con rumbo a su carruaje la mujer y su cuñado, iban a toda prisa y cabizbajos, aun sorprendidos por aquella inesperada excomunión, la cual nunca imaginaron.

María Magdalena Catalina, Tercera Condesa de Miravalle, hija y nieta de Condes, Caballeros de la Santa Cruzada, miembros de la iglesia, donadores de obras pías y capellanías, patrocinadores de conventos y templos, había sido excomulgada.

María Magdalena Catalina Dávalos de Bracamontes y Orozco de Trebuesto, Tercera Condesa de Miravalle, la altiva y la digna, la orgullosa y la soberbia, la mujer pudiente e influyente, a quien de nada le sirvieron sus buenas relaciones con el Virrey Joaquín Juan de Montserrat y Cruilles, Conde de Cruilles, a quien había acudido para solicitar interviniera a su favor en la demanda.

Porque aunque el Virrey intervino e hizo que la demanda la ganara la señora Condesa, nada podría hacer el, para revocar aquella excomunión que fue el acto de venganza por parte de la Compañía de Jesús por haberlos obligado a pagar todos esos años de beneficio.

La noticia de la excomunión corrió como pólvora desde el pueblo de Santiago Tuxpan hasta la ciudad de México, y en la corte virreinal, el escándalo no se hizo esperar.

Si, ella, la Tercera Condesa de Miravalle, la mujer cuyos abuelos y padres habían servido incondicionalmente a las autoridades eclesiásticas durante todos los días de sus vidas, había sido separada como miembro de la Santa Iglesia Católica Apostólica y Romana.

La mujer había sido castigada con el peor de los castigos recibidos por alguien en vida, la excomunión.

"Victoriosa pero derrotada" Así fue como definió ella misma el final de aquella disputa encarnizada. Mas se había hecho justicia no por ella misma, sino por las maneras legales.

Entonces, sus amistades le dieron la espalda, incluso los más allegados la repudiaron y se avergonzaron de ella.

"Engendro de Satanás y aliada del diablo" Esos eran algunos de los calificativos con los que ahora se expresaban de ella en el pueblo de Santiago Tuxpan.

Incluso, los capataces y criados de su hacienda en la Santa Catarina comenzaron a temerle, pues con un miedo evidente en sus rostros, acudían a sus llamados.

Y los negocios que mantenían en pie a la hacienda de la Santa Catarina de los arenales en Tacubaya, comenzaron a cancelarse, lo mismo sucedió con sus socios en la ciudad, y en las tierras de Michoacán, el colapso económico de sus haciendas, estaba destinado a consumarse.

Solo las tierras del Reino de la Nueva Galicia se salvaron de dicho veto, esto porque eran las tierras del Condado que manejaban sus hijos José Justo y Joaquín Alonso.

Pero el mayor de los golpes a su economía fue el dado por su viudo yerno, Don Pedro Romero de Terreros, quien también se apartó de ella, y como consecuencia, los beneficios en plata que recibía desde Real del Monte, fueron suspendidos

Los ingresos disminuyeron al mínimo, y la sombra de la ruina económica amenazaba con cubrirla.

Por aquellos días, decidió salir a dar un paseo por el pueblo para despejar su mente, y con tremendo enfado pudo contemplar como las personas se alejaban del camino al percatarse del paso de su elegante carruaje, incluso, pudo ver a una joven madre tapar los ojos de sus pequeños hijos para que no contemplaran su paso.

Con los sentimientos encontrados y expuestos ante la situación, Doña María Magdalena Catalina ordenó detener el paso a su carruajero.

Descendió enseguida a toda prisa y mientras se aproximaba a la mujer y a sus hijos, miraba a su alrededor.

Las personas le habían vuelto la espalda y otros se llevaban sus manos al rostro, mientras algunos otros gritaban consignas en su contra, más cuando la señora Condesa llego hasta donde la mujer y sus hijos, reino el silencio.

La Condesa habló a aquella madre y le dijo:

¡A ti joven mujer y madre yo te digo! ¿Qué es lo que he hecho a ti y a tus hijos para que sea tan indigno el mirarme? Yo que soy mujer y madre también no puedo comprenderlo.

La mujer presa del pánico comenzó a gritar desesperada, y mientras protegía a los suyos con sus brazos, se tapaba el rostro para no mirar a la Condesa.

La indignación de Doña María Magdalena fue mayúscula y tomó a la mujer del rostro para obligarla a mirarla.

Era necesario para ella que lo hiciera, para que se percatara aquella joven y asustada madre, que nada habría de sucederle a ella ni a los suyos por mirarla.

Así, podría quedar bien claro entre las personas, que no era ella ningún monstruo al que debiera temérsele.

Mas esa resulto una muy mala idea para la Condesa, pues enseguida una piedra golpeó con violencia su brazo izquierdo.

Las personas enardecidas se comenzaban a aglutinar en aquel sitio reclamando, su atrevimiento y gritando lastimosas palabras en su contra, y peor aún, dispuestos se veían todos los presentes a agredirla.

Entonces, ella asustada caminó a prisa hacia su carruaje, se internó asustada por los hechos inesperados y ordenó a su carruajero avanzar con paso acelerado, pero el hombre no obedeció más a sus órdenes, pues había huido temeroso de ser acusado por la gente de ser su cómplice.

Enseguida, una lluvia de piedras comenzó a caer por encima del techo del carruaje, ocasionando que los caballos que lo jalaban perdieran el control y comenzaran a avanzar con torpe y desacelerado paso para librarse de las piedras que también a ellos agredían.

Aquellos caballos dieron la vuelta y a paso suave volvieron a la hacienda de la Santa Catarina, levantando el polvo en la calzada, mientras en el interior del apedreado carruaje, la mujer lloraba inconsolablemente por su desgracia.

Algunos criados salieron a recibir el carruaje, y la mujer descendió a toda prisa llorando y se interno en la casa principal de la hacienda.

Cuando Fray Tomás se enteró de los hechos, la sangre hirvió en el interior de sus venas, pero guardó silencio, aun cuando la rabia le exigía tomar partida en el asunto por tratarse de amada.

En tanto, en la ciudad de Mexico, los hijos de la mujer eran victimas de desplantes y repudio por parte de la sociedad.

Por aquellos días, pertenecer a la siempre elegante y respetable familia de los Condes de Miravalle, era una maldición.

Pobre Doña María Magdalena Catalina Dávalos y Bracamontes de Trebuesto, Tercera condesa de Miravalle, a quien desde aquel momento conocerían como "La Condesa excomulgada".

Pobre mujer que humillada y obligada al encierro perpetuo dentro de los límites de su extensa hacienda en la Santa Catarina, lloraba en silencio durante aquellos días y noches que le siguieron después de la excomunión otorgada por el señor Obispo de Michoacán Don Anselmo Sánchez de Tagle.

Pobre mujer, que no tuvo más remedio que abandonarse a sí misma para poder seguir viviendo.

Ríos de lágrimas se desbordaron de sus ojos. Lágrima que mojaron el hombro del fraile Tomás cada una de las noches desde aquella excomunión tan merecida.

Condenada era en vida al destierro, pues su falta y su castigo no serian olvidados por ninguna de las memorias de todos sus conocidos y allegados, pues pronto, se cerraron para ella las puertas de todas las casas grandes y haciendas.

Sus amigos se fueron haciendo menos en cuestión de muy pocos días, mientras su noble titulo comenzaba a ser rebajado a menos por la acusadora y opulenta sociedad virreinal.

Entonces, consumada su desgracia, suplicó al Señor Nuestro Dios por causa de todos los pecados cometidos en los días pasados.

Ella dijo en el interior de su habitación:

¡Ahora tu mi Dios, qué deslumbras con tu esplendor a las huestes celestiales! No te regocijes a causa de mi doloroso castigo, mas muy al contrario, muestra pena por mi persona y apiádate de mi alma condenada.

Porque aunque yo he ganado la batalla final de esta innecesaria y desgastante guerra legal, en verdad no he resultado yo vencedora, sino más bien he sido vencida.

Segura estoy que el Señor Obispo Anselmo Sánchez de Tagle, se encuentra satisfecho con el veredicto final que me condena al destierro eterno.

¡Vuélvete entonces contra mí, tú, oh mi Señor Dios de los cielos! Despoja a mi cuerpo de su alma, si es esta la única manera con la cual pueda yo redimir mi falta.

Ha sido mi victoria la senda oscura y áspera que me conducirá a la soledad y al olvido, en compañía solamente de mi victoria legal.

Perdón yo te pido humildemente a ti mi Dios. Por todos y cada uno de los actos cometidos en el pasado.

Y de aquel día en adelante, habría de ser el luto un huésped perpetuo de su corazón.

¿De qué habían servido a la señora Condesa de Miravalle, los beneficios monetarios que le serian devueltos? Si su alma había sido desterrada, y había sido condenada a vivir entre las sombras.

La desesperación y la soledad invadieron a Maria Magdalena Catalina, la excomulga, e imposibilitada de entrar en ninguna de sus capillas, acudió conduciendo ella su carruaje a San Victoriano cuando ya había caído la noche.

Se paró frente a la capilla condal del lugar, y recargándose en la puerta, lloró amargamente, entonces, en devota confesión de arrepentimiento, y en actitud de humillación ante el Dios Todopoderoso, solicitó la intercesión de aquel santo, cuyos restos óseos habían sido trasladados desde España por su padre, hasta Santiago Tuxpan.

Si, rezó y suplicó a San Victoriano de Cartago desde afuera de su capilla, para que intercediera por ella en las asambleas celestiales.

Ella estaba convencida de que él, como un hombre de incorrupta fe, y que había derramado su sangre, convirtiéndose en mártir y Santo, tenía el poder de hacerlo.

Volvió a la hacienda de la Santa Catarina, y se encerró en su habitación, se negó a probar alimentos durante días, e incluso no cambió su ropa durante los mismos.

No permitió ni siquiera la entrada de la criada Jacinta, y desde afuera de la habitación podía escucharse el amargo llanto que durante días y noches no interrumpió.

Pobre mujer excomulgada, se había quedado completamente sola. Si, sola, porque sus hijos la habían abandonado, y peor para ella, tampoco había manera de que pudiera ver a Fray Tomás para buscar un consuelo en su regazo.

Entonces, una de esas noches, apareció Fray Tomas en la hacienda de la Santa Catarina.

En medio de la noche, ingresó a la casa de la hacienda, y se dirigió a la habitación principal de la casa.

Ahí se encontró con la criada Jacinta durmiendo afuera de la habitación en una silla. Entonces, en cuanto lo vio, le contó lo acontecido con su señora.

El fraile habló con voz fuerte a la mujer, suplicándole le abriera la puerta.

Solo la voz de Fray Tomás sirvió como llave para que la puerta se abriera, porque la Condesa al escucharlo, abrió enseguida.

Delgada, ojerosa y débil encontró a su amada. Entonces, Fray Tomás sin perder el tiempo, cargó sobre su espalda a Maria Magdalena Catalina, y la llevó con rumbo a la capilla condal.

Valiéndose de numerosas mañas, el fraile había logrado salir por una de las ventanas, quitando el armazón de fierro de una de las ventanas de la capilla condal, por donde también, ingresaría con Maria Magdalena Catalina.

Entonces, ya estando en la capilla, entraron a la gruta. Él, llevaba en su espalda a la mujer, y con la mano derecha sostenía un candil mediano que le iluminaba el camino de la gruta.

Iba a toda prisa el fraile, cayendo en más de una ocasión en el trayecto, debido a la flacidez del cuerpo de la Condesa.

Ella parecía ir dormida, el destino a donde Fray Tomás la llevara no importaba, pues estando a su lado, se sentía completamente segura.

¡Vaya atrevimiento del Fraile Tomás aquella noche! Pues llegaron a la entrada de la gruta nada más y nada menos que en el altar mayor del Templo de Santiago Apóstol.

Y salió el fraile de la gruta muy lentamente y con dificultad, cargando a Maria Magdalena Catalina, arriesgándose a que de ser descubierto, correría la misma suerte que ella mujer condenada.

Pero al fraile no le importó, y colocó a la mujer recostada frente al altar, y después, el se sentó en la primer hilera de bancas, cansado del pesado recorrido que había realizado.

La mujer entonces, abrió los ojos lentamente, y lo primero que vio, fue el altar mayor del Templo frente a sus ojos.

Dirigió su mirada hacia la imagen del Señor del Hospital de Indias, que crucificado y agonizante, derramaba su sangre por la humanidad entera.

No dijo nada la mujer, ni siquiera en pensamientos, y arrodillada y desolada, inclinó su cabeza ante aquella imagen, que más que acusadora, parecía estarla perdonando.

Fray Tomas volvió a cargar en su espalda a la mujer, y nuevamente entró en la gruta, caminando nuevamente a toda prisa, hasta llevar a Maria Magdalena Catalina a su habitación en la casa de la hacienda de la Santa Catarina.

Esa fue una noche tan nostálgica, que a la mujer le dolió el pecho de tanta intensidad.

Al día siguiente, se bañó, desayunó, y se dispuso a dirigirse al pueblo de Santiago Tuxpan.

Ella se entrevisto con su cuñado Francisco Ignacio de Zorrilla y Cano, quien permanecía oculto en la casa de la Condesa en pueblo. Estaba oculto desde el día de la excomunión, por miedo a la gente que estaba enardecida en su contra.

En aquella entrevistó la mujer derrotada en cuerpo y alma, le solicitó que juntos se retractaran de aquella victoria legal, de lo contrario, no podrían sobrevivir en un mundo donde ya estaban muertos civilmente.

Esa no fue una decisión difícil de tomar, pues el miedo que les ocasionó la excomunión, resultó mucho más poderoso, que todos los beneficios económicos que habrían de recibir por parte de los Jesuitas.

Entonces, redactaron ese mismo día la carta retractándose de todos los males que habían ocasionado a la compañía de Jesús. A un lado habían dejado su orgullo y su dignidad. Pero valía más la humillación pública, a tener que vivir en las sombras de la sociedad.

Y desde aquel día, comenzaron los cuñados a utilizar la gruta, violando en numerosas veces la prohibición que tenia de entrar en la capilla Condal, la señora Condesa.

El túnel natural fue entonces, el camino que se convirtió frecuente entre ambos condenados, pues no volvieron a ver la luz del día, hasta que fueron absueltos de su falta por la misma autoridad eclesiástica que los había Condenado, el Obispo de Michoacán Anselmo Sánchez de Tagle.

# Capítulo 21
## La Absolución

Fue durante esas noches que permanecieron en vela, esperando la respuesta de la carta enviada al Obispo de Valladolid, cuando estando Maria Magdalena Catalina y el fraile Tomás, caminando por las tierras de la hacienda de la Santa Catarina mientras todos dormían, que ella, le contó una bella historia, una historia antigua.

Mientras caminaban, ella se detuvo y miró hacia el cerro que se conoce como "cerro de la víbora" entonces, le dijo al fraile:

Te cantaré una antigua historia, que cuando niña me contó mi madre, a ella, su padre se la había contado, y según le dijo, a él se la contó uno de los indios originarios del antiguo pueblo de Tochpan.

La historia cuenta, que en los principios del mundo, el dios supremo, después de haber creado los cielos y la tierra, los animales y las plantas, estaba listo para crear al hombre.

No sabía aquel dios cuál debía de ser su apariencia y entonces, tomó él para darse una idea de su próxima creación a un faisán de los montes, a un pez del rio, a un jabalí salvaje del bosque y a la siempre astuta serpiente que habita en el valle.

El dios los encaminó en una carrera para que basándose en el ganador, le fuera dada idea para formar a la raza humana.

Esa fue una carrera que comenzó pareja. El faisán que escurridizo y veloz, avanzaba con su rapidez característica en la carrera, pero paso por el follaje de un tupido matorral y las largas plumas de su cola se atoraron ocasionándole una herida que lo obligó a detenerse.

El pez, que teniendo la corriente a su favor, sorteo las aguas del rio muy ligeramente y pareció aventajar en un principio, pero una contracorriente repentina lo detuvo y lo envió hasta el último lugar.

El jabalí que comenzó bien, fue presa fácil de su cuerpo robusto y de sus patas torpes que resbalaban con las piedras que pisaba mientras avanzaba, el caer frecuentemente y el levantarse con dificultad fue lo que lo dejó fuera de la competencia, mientras tanto en el suelo, arrastrándose sin ser obstáculo ni los matorrales ni las piedras, iba la serpiente ocupando el primer sitio de aquella competencia.

La meta estaba próxima y con el faisán herido, el pez luchando contra la corriente y con el jabalí fuera de la competencia, la serpiente se sintió vencedora y se burlo de ellos.

Era tan poca la distancia que la separaba de la meta que incluso tuvo el descaro de desacelerar el paso.

Pobre serpiente, que se creyó la más astuta sin en verdad serlo, porque una hambrienta y voraz águila descendió sobre ella muy violentamente y la tomó entre sus afiladas garras.

El dios siendo juez y testigo de aquel acontecimiento, decidió plasmar aquellos hechos sucedidos en el lugar de la meta, al pie de un cerro empinado junto al rio, donde habrían de permanecer petrificados por siempre un faisán, un pez, un jabalí, una serpiente, y el águila vencedora.

Esa fue una lección que el dios recibió aquel día y por tal motivo, tomo la decisión de hacer al hombre a imagen y semejanza suya, un ser que pudiese ser sorprendido todos los días de su vida por la naturaleza que lo rodeara. Tal y como el mismo fue sorprendido por aquella águila hambrienta, animal a quien olvido como molde para su nueva creación.

He ahí plasmadas en la roca a aquellos animales involucrados en la carrera. Animales que se disputaron ser modelo de nosotros y que no contemplaron el acecho del águila voraz que desde las alturas los observaba.

Ahí en el cerro están el faisán, el pez, el jabalí, la serpiente y el águila. Todos como referencia de lo sucedido hace tantos años a los pies del cerro que lleva por nombre "cerro de la víbora". Porque ella creyéndose la gran vencedora, término siendo la más perdedora.

Lo fue en verdad, porque el faisán se recupero de sus heridas y se fue a la montaña a picar frutillas, el pez retomo la corriente y buscó entre las aguas a los suyos y el jabalí se levantó de su caída y se marchó a merodear por el bosque, en cambio, la serpiente perdió la vida, y fue alimento suculento para los polluelos del águila que aguardaban impacientes en el nido construido en lo más alto del cerro que tiene la apariencia de ser una inmensa piedra.

Esas son las lecciones que repentinas nos da la vida, porque cuando creemos tenerlo todo, o cuando nos sentimos muy confiadamente vencedores, ocurre algo inesperado que nos convierte en perdedores.

Así de frágiles son los planes humanos, tan bien elaborados y definidos, pero que corren el riesgo de en un solo segundo venirse abajo sin tenerlo contemplado.

Así fue como me sucedió a mí con el pleito legal contra la Compañía de Jesús. Porque no contemple en ningún momento resultar vencida, y ahora, estoy probando muy amargamente el sabor de mi derrota.

Lloraré muy abundantemente, hasta que sea yo absuelta de este muy terrible castigo terrenal, y en caso de no ser absuelta, entonces, llorare hasta que a mis ojos no le quede ni una lágrima más que derramar hasta que muera.

Sucedió entonces, que la carta enviada por la señora Condesa al Señor Obispo de Michoacán, Anselmo Sánchez de Tagle, fue leída y sometida a un consejo entre las autoridades eclesiásticas.

En aquella carta, la señora Condesa y su cuñado se retractaban de recibir pago o beneficio alguno, por aquellos años, en los cuales, la Compañía de Jesús estuvo a cargo de sus propiedades.

También en la carta pedían las más humildes disculpas por las intrigas y mentiras inventadas en contra de todos los curas y sacerdotes, a quienes habían ofendido en cantidad.

Para dar validez a sus manifestaciones de profundo arrepentimiento, la señora Condesa y su cuñado realizaron donaciones importantes a las iglesias y conventos que resultaron afectados en su demanda.

Una copia de la misma correspondencia fue enviada al Señor Virrey en la ciudad de México, el cual, tuvo participación en la decisión que habrían de tomar las autoridades eclesiásticas.

No pasaron muchos días desde que aquella carta de arrepentimiento fue enviada a la ciudad de Valladolid, cuando llegó la carta de contestación tan esperada por Doña María Magdalena Catalina.

Esa era correspondencia que contenía la absolución que les otorgaba a ella y a su cuñado el Señor Obispo de Valladolid, Anselmo Sánchez de Tagle.

En el mismo instante que la mujer leyó la carta, cerró sus ojos para agradecer en oración al señor Dios Todopoderoso, a su hijo Jesucristo y a la Santísima Virgen María, y enseguida, se arrodillo dejando salir las merecidas y justificadas lágrimas de alegría, y ya no pudo mas ocultar sus emociones encontradas ante tal acontecimiento.

En medio de aquel momento de fluidas lágrimas y sollozos, Doña María Magdalena Catalina, Tercera Condesa de Miravalle, vuelta a la fe cristiana, corrió hacia la capilla Condal.

Entró por la ventana y quitó el pesado tapete detrás del altar, levantó la puerta secreta de la gruta, bajó por las escaleras, tomó una antorcha con la mano izquierda, en la derecha portaba la carta que contenía su absolución, y corrió apresurada por la gruta.

Corría la señora Condesa a gran velocidad, y tropezando constantemente con su pesado vestido, y en solitario, iba entre la oscuridad de aquel pasadizo con una sola cosa en mente.

Una misa se celebraba en aquel mismo instante en el templo de Santiago Apóstol, y la mujer iba a toda prisa rumbo a aquel majestuoso sitio, para agradecer a Dios el perdón otorgado.

Sucedió entonces que la mujer subió por la entrada que está detrás del altar mayor, e irrumpió inesperadamente en el templo, agitada y temblorosa.

En aquel mismo instante, las miradas de todos los presentes fue de espanto, y ante tal atrevimiento, algunos enfurecieron en contra de la mujer, mientras las mujeres presentes taparon sus rostros con sus mantas y velos.

El sacerdote entonces, interrumpió la sagrada celebración, y reclamó lleno de ira a la Condesa su presencia en el lugar diciéndole con energía:

¿Cómo te atreves mujer, a pisar el suelo que te ha sido prohibido pisar por ordenes de la gracia divina?

¡Sal enseguida de la casa del señor, donde tú no eres bienvenida!

¡Indigna y atrevida! Peor será tu tormento por tu arrogancia y desobediencia

Ella entonces, haciendo caso omiso a las palabras del enfurecido sacerdote, se acercó hacia el altar caminando muy lentamente, y le mostro la carta.

El sacerdote no tuvo más remedio que consentir aquel atrevimiento, y reconocer lo escrito en aquel papel.

Doña María Magdalena Catalina, miró enseguida al sacerdote, y soberbia caminó para ocupar su sitio que permanecía vacio en el interior del imponente templo y se dispuso a terminar de escuchar la misa, y en el momento mismo de la consagración, invocó y agradeció a Dios sinceramente arrepentida, y cuando llegó la hora de otorgar la bendita comunión en la celebración, ella fue la primera que se puso de pie para entre lágrimas, recibir nuevamente a través de la sagrada hostia, el cuerpo de Cristo.

En cuanto la celebración eucarística concluyó, Doña María Magdalena Catalina caminó orgullosa por el pasillo principal del templo, y salió por la puerta principal, para que todo el pueblo pudiera verle ya redimida de su falta.

Se dirigió después hacia el interior del convento para presentarse nuevamente ante los frailes y sacerdotes.

Ella comenzó diciéndoles:

Reparen ahora mismo el daño que me han ocasionado, ofreciéndome un saludo de respeto, tal y como lo hicieron anteriormente todos ustedes.

Pues ahora, yo estoy de regreso en el mundo terrenal, y peor para ustedes, porque yo soy a quien más respeto deben.

En ese instante las miradas de los frailes y de todos los presentes fue de asombro y desconcierto, pero a la mujer no le importo, y altiva y altanera, miro muy fijamente a los ojos a todos aquellos quienes la habían despreciado.

Solo había uno entre todos ellos que muy discretamente se regocijaba por la absolución, era Fray Tomás, quien mirándola a los ojos, le felicitaba y le hacía saber cuánto la amaba.

La señora Condesa estaba de regreso, había recuperado la vida que había perdido, y así como corrió como polvorín la noticia de su excomunión, de la misma manera corrió la noticia de su absolución.

Entonces, desde aquel jubiloso día las cartas de sus antiguas amistades comenzaron a llegar nuevamente a sus manos.

Invitaciones a obras de teatro y a los banquetes en la ciudad de México eran todas ellas. La sociedad virreinal la arropaba nuevamente como en los tiempos pasados.

Mas vaya enojo e indignación sentía Doña María Magdalena Catalina, nada más se enteraba de la llegada de la correspondencia. Esas cartas que recibía constantemente, ella las consideraba carentes de sinceridad y llenas de hipocresía.

"Cobardes y traidores". Así acostumbraba a referirse ella a sus antiguas amistades, que apenas ella cayó en desgracia, la abandonaron y condenaron al olvido.

Solo las cartas de aquellos muy pocos que se mantuvieron fieles a ella, eran bien recibidas y leídas en su totalidad.

Ella, en aquel mismo momento planeó regresar a la ciudad de México, pues el único pensamiento que habitaba en su mente, era el recuperar a sus hijos.

Entonces, ante su inminente partida a la ciudad de México, Fray Tomás sintió miedo de perderla.

Sintió miedo de que al verla absuelta por la iglesia, sus hijos la acogieran nuevamente, y que ella, en su afán por recuperarlos, decidiera permanecer en la ciudad de México y, por consecuencia, tendrían que sacrificar su amor.

Ese fue el motivo por el cual, Fray Tomás, haciendo uso de su perversidad una vez más, escribió correspondencia nuevamente a José Justo.

En ella, Fray Tomás le informaba acerca de un nuevo amorío de su madre en Santiago Tuxpan, pero esta vez, el amorío era el más vil de todos.

En aquella correspondencia, se informaba a José Justo, que su madre había llegado demasiado lejos, y que a pesar de haber sido vuelta como miembro de la iglesia, ella daba rienda suelta a la pasión con uno de los frailes del convento.

Fray Tomás en su carta le dijo a Justo que la identidad del fraile aun era desconocida, pero que era un hecho de que tal amorío estaba sucediendo.

¡Vaya maldad de aquel fraile! Que temiendo perder a su amada, prefirió a través de la correspondencia, seguirla poniendo de malas con sus hijos, para que estos la rechazaran, y ella como consecuencia, no se fuera de Santiago Tuxpan.

Más pobre de José Justo, "el engañado". Pues nunca en sus pensamientos, ni siquiera sospechó que aquellas cartas que el fraile Tomás le enviaba, eran en verdad el medio del cual, el fraile se valía para mantener constante el distanciamiento entre su él y su madre.

En verdad eran víctimas de aquel fraile malévolo, Maria Magdalena Catalina y José Justo.

Entonces, Maria Magdalena Catalina volvió a la ciudad de México, pero la correspondencia enviada por el fraile, había llegado primero.

Llegó a la hacienda de la Santa Catrina de los arenales en Tacubaya, a la que la gente conocía como hacienda de "La Condesa".

Organizó celebración para esa misma noche, y enseguida, mandó llamar a sus hijos y sus amistades.

Ella se vistió elegante como siempre, y aguardo a que llegaran sus hijos y los invitados.

Llegaron todos los invitados, pero sus hijos no, y ella suponiendo que se trataba de algún retraso, decidió comenzar la celebración.

Ella se paró frente a todos los presentes y les dijo:

A todos aquellos que formaron parte activa de la conjura para destruirme, por medio de los sacros decretos de la iglesia, hoy les digo, que no existe el más mínimo sentimiento de rencor en contra suya.

Habiendo sucedido como sucedió todo lo acontecido, yo les ofrezco nuevamente mi amistad más sincera.

Un aplauso resonó muy fuerte, proveniente de las manos de los invitados, y mientras ellos aun aplaudían, uno de los criados de la hacienda se aproximo a ella y le entregó correspondencia.

Era la letra de José Justo la que le invitaba a abrir aquel sobre sellado, y en su interior, estaba aquella carta que Fray Tomás en calidad de anónimo, había enviado a él.

Cuando miro su contenido, pudo ver aquel romance con el fraile, que era denunciado de la manera más cobarde por algún poderoso enemigo que tenía en Santiago Tuxpan.

Un frio recorrió su espalda, y comprendió entonces que, ninguno de sus hijos acudiría a la hacienda de la Santa Catarina de los arenales en Tacubaya para darle la bienvenida.

En plena celebración, abandonó en ese mismo instante la hacienda de la Santa Catarina de los arenales en Tacubaya, saliendo en su carruaje en compañía de su inseparable criada Jacinta y el carruajero.

Desafiando a los peligros de la noche, volvieron por el camino real de las provincias internas a Santiago Tuxpan.

Furiosa por lo acontecido, no tenía en mente más que encontrar a quien le estuviera ocasionando tanto daño, enviándole correspondencias anónimas a su hijo José Justo.

¡Pobre Maria Magdalena Catalina! Que fue absuelta por la iglesia, pero que no lo fue por sus hijos.

Pasaron unos meses y la señora no tenía ni idea de quién era ese muy cobarde mensajero que enviaba cartas anónimas a su hijo José Justo, entonces, decidió dejar de quebrarse la cabeza, y se dispuso a seguir viviendo.

Después, sucedió que en el mes Agosto, del año de mil setecientos sesenta y seis, una sublevación de esclavos se levantó en contra de su yerno, Don Pedro Romero de Terreros.

Aquella sublevación, ocurrió porque aquel hombre de indescriptibles riquezas y poder, suprimió el tequio a los trabajadores de sus minas.

El levantamiento inicio en Real del Monte, y se extendió hasta la ciudad de Real de Minas de Pachuca.

Como consecuencia, la extracción de los minerales se detuvo en todas las minas que poseía Don Pedro Romero de Terreros.

Entonces, cuando su impecable reputación se vio ensuciada por aquel acontecimiento, el hombre, envió correspondencia a la señora Condesa y suegra suya, dejando a un lado aquel disgusto que tuvieron por la posesión del cadáver de la difunta Maria Antonia, y por aquella necedad de la mujer de emprender demanda contra la Compañía de Jesus.

En la correspondencia, Don Pedro Romero de Terreros solicitó a su suegra la intervención del Señor Virrey, Don Joaquín Juan de Montserrat y Cruilles, quien tenía en gran estima a la mujer.

La estimaba por que el periodo de el Virrey Joaquín Juan de Montserrat Y Cruilles estuvo envuelto de grandes dificultades económicas, las cuales, resolvió mediante préstamos de algunos nobles, entre ellos, la Tercera Condesa de Miravalle.

La mujer accedió, no por hacer a un lado su acrecentado orgullo, si no porque sabía que la recompensa por dicho favor sería en extremo grande.

Acudió personalmente hasta la ciudad de México para entrevistarse en el palacio con el Virrey.

El compromiso moral que el Señor Virrey tenia con la señora, lo orillaron a favorecer la petición que la Tercera Condesa de Miravalle, hacia en nombre de su yerno.

Cuando la noticia fue conocida en Real de Minas de Pachuca y en Real del Monte, los trabajadores enfurecieron, se levantaron en armas y asesinaron al alcalde de Real de Minas de Pachuca, y a otros que le eran fieles al Don Pedro Romero de Terreros.

Don Pedro Romero de Terreros salvó la vida huyendo con sus hijos en secreto, con el rumbo de Huascazaloya, donde tenía varias haciendas.

La sublevación se convirtió en un paro de labores indefinido de las minas propiedad del yerno de la Condesa.

Pero como aquel hombre era un caballero, y aunque las cosas no le habían salido como él quería, si compenso a su señora suegra, como era preciso hacerlo por el favor realizado.

De la hacienda de Santa Miguel Regla, en el muy lejano pueblo de Huascazaloya, salieron diez mulas cargadas de monedas acuñadas de plata y oro.

Cinco llevaban el metal dorado, y las otras cinco llevaban el metal plateado, y después de numerosas dificultades, consiguieron llegar hasta a Santiago Tuxpan.

Llegaron a la hacienda de la Santa Catarina, y fueron entregadas a la señora Condesa de Miravalle.

Esas eran demasiadas cargas de oro, así que, la señora Condesa y el fraile tuvieron nueva idea para el fácil transporte de aquellas riquezas.

Metieron a una de las mulas a la capilla condal de la hacienda de la Santa Catarina, y la hicieron descender a la gruta por aquellas estrechas y empinadas escaleras.

Apretadamente y con gran dificultad descendió la mula por las empinadas escaleras que conducen hasta la gruta, pues su terquedad y necedad de animal le ocasionaron un gran daño en sus patas delanteras.

Pero el que se haya lastimado sus patas la mula, no fue impedimento para que la Condesa y el fraile Tomás llevaran a cabo tan descabellada tarea.

Cargó el fraile a la mula con dos cargas de oro, una en cada costado, y se dispuso a guiarla por aquel pasadizo, mientras la señora Condesa, iluminaba el oscuro recorrido con una antorcha.

¡Pobre de aquella mula! Que sangrando de las patas por el accidentado descenso a la gruta, apenas y podía andar.

Llegaron el fraile Tomás y la señora Condesa hasta la habitación secreta donde resguardaba su inmenso tesoro, y quitaron las cargas de oro a la mula, y no descansaron ni un minuto.

Volvieron hasta la entrada de la gruta en la capilla condal, y cargó fray Tomás a la mula con dos cargas de oro nuevamente, después, regresaron hasta la habitación secreta.

Así, de la misma manera lo hicieron en cinco ocasiones, y cuando estaban a punto de cargar a la mula una sexta vez, esta no pudo más y se acostó en el suelo.

Iba a morir muy penosamente a causa de la sed y el cansancio. Pobre mula la que estaba destinada a morir desde que descendió a la gruta, porque resultaría una empresa imposible el que volviera a la superficie.

Murió muy prontamente la mula, y Fray Tomás entonces, cavó muy exhaustivamente para enterrarla ahí mismo donde murió, y es que de no hacerlo, la putrefacción de su cuerpo contaminaría aquel pasadizo, que era frecuentemente transitado por él y su amante.

Cansado de caminar y de tanto cavar, el fraile Tomás apenas alcanzó a llegar a la entrada de la gruta en el altar mayor del Templo de Santiago Apóstol, pues casi amanecía en Santiago Tuxpan.

Procuro tener un día tranquilo el fraile, porque muy bien sabía que durante la noche, tendría que acudir nuevamente a la hacienda de la Santa Catarina, para terminar de ocultar aquel cargamento. Porque habían llevado las diez cargas de oro, pero aun faltaban diez cargas de plata por llevar hasta la habitación secreta.

Y así fue como sucedió, volvieron a hacer descender a una segunda mula aquella noche, y esta mula les resultó más fuerte y menos torpe.

Descendió sin muchas dificultades a la gruta, y llevó las cargas de plata casi sin dificultad por aquel pasadizo subterráneo.

Terminaron su labor aquella noche, y la señora Condesa y fray Tomas se amaron una vez más, como lo habían hecho ya tantas veces, entonces, la mula que permanecía cerca de ellos, de pronto, comenzó la estrepitosa carrera.

No hubo manera de alcanzarla, y se internó en las profundidades de la gruta.

Nada pudieron hacer los infernales amantes para evitar que se perdiera en medio de la oscuridad del lugar, y solo el eco del galope de sus firmes patas, rompía el silencio sepulcral de aquel sitio.

Descendió Fray Tomás la siguiente noche a la gruta en búsqueda de aquella mula, pero no tuvo éxito, y cuando días después volvieron a encontrarse los amantes en el lugar de costumbre para amarse, podían escuchar el galope y el relinchar de la mula, que extraviada, corría y pateaba enloquecida por los incontables pasadizos.

No pudieron siquiera juntar sus bocas en aquella ocasión, por causa de los temores que les provocaban los agudos sonidos, y es que la mula parecía estar cerca de ellos, pero a la vez, parecía estar muy lejos.

La mula jamás fue hallada, y debió haberse internado muy adentro en alguno de los pasajes infernales de la gruta, y es que de haber muerto cerca, el olor de su putrefacción les hubiera resultado imposible de resultar a los amantes.

Transcurrió un año des pues de lo de la mula, cuando un decreto venido desde el Reino de España, habría de sacudir a toda la Nueva España.

Era el mes de Abril del año de mil setecientos sesenta y siete, cuando un decreto real llegó a todos los territorios pertenecientes al Reino de España.

Ese decreto real del que tenía tiempo rumoreándose, pero que ninguno, ni el más pesimistas de los hombres hubiera dado por un hecho.

Ese documento, que fue conocido como la "Pragmática sanción" que ordenaba la inmediata expulsión de la Compañía de Jesús de todos los territorios de la corona española, así como la incautación de sus incalculables bienes.

Con esa noticia, Maria Magdalena Catalina se sintió liberada de la culpa por aquella disputa legal en contra de la Compañía, a los cuales, despojó de las tierras de Michoacán.

Con aquella pragmática sanción, la mujer pudo ver vengada aquella excomunión a la que fue sometida por el Obispo Anselmo Sánchez de Tagle.

Aquella orden irrevocable, tuvo que ser acatada en cuanto antes, y salieron de las ciudades y los pueblos todos los frailes Jesuitas, cargando la enorme y pesada cruz de la tragedia que les suponía su expulsión.

Celebró la señora Condesa en la hacienda de la Santa Catarina en compañía del fraile Tomás como su único invitado.

Esa noche bebieron vino en abundancia, y para los criados de la hacienda de la Santa Catarina, cada vez era más evidente lo que entre aquellos dos existía.

# Capítulo 22
## El arrepentimiento

Pasaron los años, muchos años, en los cuales, la señora Condesa envejeció, pero ya no le importó mas esa inevitable situación, y no le temió más a las arrugas de su rostro, porque aun seguía siendo amada por el fraile Tomás.

Era el año de mil setecientos setenta y seis, la señora Condesa no había vuelto a ver a sus hijos. Solo se mantenían en comunicación muy de vez en cuando mediante la correspondencia.

José Justo se había convertido en un importante personaje en la corte virreinal, fungiendo como miembro del Tribunal de la Santa Cruzada, y por aquel entonces, también formaba parte del cabildo de la ciudad de México, y había colocado en buena posición a sus hermanos Joaquín Alonso y Vicente, mientras se hacía cargo de la viuda Águeda y de las solteras Maria Catalina y Maria Josefa.

En tanto, su yerno Don Pedro Romero de Terreros, había fundado el "Sacro Real del Monte de Piedad de Animas" institución que sacó de los aprietos financieros a muchas personas, y ahora, él era conocido con el título nobiliario de "Conde de Regla".

Fueron en total nueve años los transcurridos, en los cuales, ella y su amante nunca faltaron a su encuentro en el interior de la gruta, en tanto, la habitación secreta, ya se había llenado de tantos tesoros y riquezas.

Pero por aquellos días, las habladurías de aquel romance de antaño se habían acrecentado. Hablaban de ese romance los criados de la hacienda y las gentes en el pueblo, y esas habladurías llegaron a oídos del superior del convento.

Muy a pesar de que la señora Condesa y el fraile Tomás sabían de aquellas habladurías, no les tomaron importancia.

Sucedió entonces, que estando ahí, en aquel sitio oscuro y solitario, juntando sus bocas con locura, y tocando sus cuerpos con ansiedad, cuando de pronto, un sonido proveniente de las profundidades desconocidas de la tierra, interrumpió su pasión abruptamente.

Enseguida, pudo percibirse un aire caliente rozando la piel de los ocultos amantes, y un olor fuerte de azufre agredió sus narices.

En aquel mismo instante, un miedo inmenso se apoderó de Doña María Magdalena Catalina y del fraile Tomás, y ambos se abrazaron aterrados, dirigiendo sus miradas hacia todas partes.

Seguros estaban ambos, de que era el mismo Satanás, que hacia acto de presencia ante ellos, para contemplar satisfecho y orgulloso, el gran pecado que consientes ambos cometían.

No quisieron Doña María Magdalena Catalina y el fraile aguardar en el lugar a que se les apareciera aquel que es llamado maligno desde los principios de los hombres, y con desesperación, emprendieron la huida llenos de espanto.

Tropezando con las rocas, y abrazados por un terrible escalofrió que recorría sus espaldas, se dirigieron a toda prisa hacia la salida de la gruta.

Salieron pues de aquel pasaje subterráneo, y cuando estuvieron en la capilla condal de la hacienda de la santa Catarina, las respiraciones agitadas y los corazones exaltados de ambos, comenzaron a regresar a sus ritmos normales.

Entonces, se alegraron grandemente la mujer y el fraile de saberse sanos y salvos, pero enseguida, sus rostros volvieron a palidecer al percatarse de la presencia del superior del convento, Fray Diego del Castillo, el cual, habiendo comprobado sus sospechas no dejaba de mirar a los amantes.

Y es que no era para menos la impresión del fraile superior del convento, ya que a causa de la prisa que les ocasiono el inmenso miedo que sintieron en el interior de la gruta, los dos amantes no se enteraron que iban sin sus ropas puestas, solo los paños menores cubrían sus cuerpos.

El Fraile superior de inmediato, exigió a Fray Tomás y a la señora Condesa de Miravalle, una explicación inmediata, ante lo que para él, ya no solo era una sospecha, sino que ya era una situación evidente.

¿Cómo te atreviste fraile, a faltarle al hábito Franciscano, cometiendo semejante acto?

¿Cómo fuiste capaz tú mujer, de condenarte nuevamente, a causa de tus bajos instintos?

Porque ya no habrá ahora ningún tipo de indulgencia celestial, que te guarde de las ardientes y eternas llamas del infierno, pues has cometido el mortal pecado, al ensuciarte con un hombre consagrado a Dios.

¡Oh María Magdalena Catalina! Si he callado obligadamente todo lo que se dice de ti en estas tierras cuando escribo correspondencia a las autoridades eclesiásticas en la ciudad de Valladolid, y también a la ciudad de México, solo ha sido porque yo tenía puestas todas mis esperanzas en ti, y quise creer muy erróneamente, que solo se trataban de habladurías y calumnias en tu contra.

Mas después de lo que esta noche he visto, convencido estoy que es cierto todo lo que de ti se dice.

Ahora, salgan ambos de esta capilla que es una de las casas del Señor, porque no son dignos de pisar su suelo y permanecer bajo su techo.

El fraile permanecía abrumado por la verdad descubierta, y sus manos temblaban de la rabia ocasionada por el pecado cometido, y del cual, había sido testigo.

Entonces, fray Tomas se acercó a la puerta de la capilla condal, la cual estaba cerrada, pero no atrancada.

Enseguida, aquel fraile pecador atrancó la puerta, y pudo verse a través de sus ojos lo que estaba pensado ya en el interior de su cabeza.

El fraile Diego del Castillo, comprendió lo que estaba por suceder, por lo que empuño el mariano rosario fuerte con ambas manos, y se arrodillo frente al altar de la capilla condal, consciente de que aquellos malévolos amantes, no le permitirían salir de ahí con vida.

Fray Diego, no dirigió más su mirada hacia ninguno de los dos amantes, y solo se enfocó en mirar con devoción, la imagen del Cristo crucificado que había en el altar, y exclamó una condena en contra de sus próximos agresores diciéndoles:

María Magdalena Catalina, las puertas del cielo no se abrirán para ti el día que mueras. Aun estando en vida, podrás tu conseguir una nueva absolución ante las autoridades eclesiásticas, para con ella, ocultar ante los hombres tus pecados, pero eso es solo un asunto terrenal mujer, porque yo en verdad te digo, que no te alcanzaran ni todo tu poder, ni toda tu fortuna, para comprar la verdadera indulgencia y el perdón eterno, que Dios nuestro Padre otorga.

¡Fray Tomas, pobre de ti frey Tomas! Pues el castigo que sufrirá tu alma al dejar tu cuerpo, de tan solo imaginarlo, me ocasiona un enorme espanto, porque tu alma está condenada al peor de los castigos celestiales: ¡La muerte eterna!

Estas palabras que pronunció el fraile Diego del Castillo a manera de condena, llegaron a lo más profundo de las conciencias de los pecadores.

Fray Tomás se mostró furioso y temeroso de lo que había escuchado, por lo que se acercó amenazante al fraile superior del convento, el cual, cerró sus ojos esperando el inminente final de su vida.

En el altar de la capilla condal, había un cáliz para la consagración de la sagrada hostia, hecho de oro macizo.

Fray Tomás, sabía que no existía otra opción para callar al fraile Diego del Castillo, y tomó el cáliz con firmeza con su diestra, y golpeó duramente la cabeza del viejo fraile en varias ocasiones, hasta arrebatarle la existencia.

Apenas murió el fraile, Fray Tomás pronunció hipócritamente las sagradas palabras del perdón de los pecados, mientras persignaba el cadáver:

Vaya manera del asesino Fray Tomás, de terminar con la vida de su superior. Sin ningún temor de Dios, lo mató frente al mismísimo altar del todopoderoso, y ante la mirada acusadora del hombre crucificado.

Doña María Magdalena Catalina, tuvo demasiado con aquellos acontecimientos, y sintió un temor inmenso por su alma a causa de las palabras dichas por el fraile que ahora yacía sin vida en el suelo de la capilla, y al mirar todo lo sucedido, rompió en un amargo llanto.

Fray Tomas reaccionó con enfado ante aquella debilidad femenina de la Condesa, y le dijo enérgicamente:

¡Calla mujer! Que no serán tus lágrimas capaces de ocultar su recién fallecido cuerpo.

En ese mismo instante, Doña María Magdalena Catalina, miró a Fray Tomás disimuladamente con asombro.

El fraile asesino, con desesperación, buscaba una solución en su mente respecto al cadáver, mientras la señora Condesa lo miraba temerosa de saber de lo que había sido capaz de hacer.

Entonces, aquel fraile malévolo, se despidió de la señora Condesa, e ingresó nuevamente en la gruta, aunque él, en su interior también sentía temor, debió luchar en contra de ese muy humano sentimiento, pues llevó sobre su espalda el cadáver del fraile superior del convento hasta la imponente gruta.

Aquel fraile maldito, llevó el cuerpo del fraile superior del convento, hasta el templo de Santiago Apóstol.

Y es que Fray Tomás no tenía otra opción, pues no podía desaparecer aquel cadáver.

Entonces, venciendo el miedo de ir en solitario, transitó por la gruta con el cadáver del fraile superior del convento sobre su espalda, dejando las gotas de la aun espumosa y fresca sangre por aquel trayecto, y con solo un candil en sus manos, apenas combatía la pesada oscuridad de la tenebrosa gruta, hasta que llegó a su destino.

Salió por la entrada a la gruta que está en el altar mayor del Templo, y tuvo el atrevimiento de dejar el cuerpo de Fray Diego del Castillo tendido frente al altar.

Esa noche, esa terrible noche, consiente fue la mujer de la peligrosidad de aquel hombre a quien amaba.

La noche que pasó sin conciliar el sueño, pareció ser eterna, porque estuvo temerosa de cualquier ruido proveniente del exterior, metida bajo las sabanas de su cama, tratando de esconderse muy inútilmente de ese juez, que todo lo ve y todo lo sabe.

¡Vaya situación tan complicada para su alma y su conciencia! Pues esa noche pareció haber abierto los ojos, después de haber permanecido ciega durante tantos años.

Porque en verdad ella amaba muy intensamente a Fray Tomás, pero este, parecía ni siquiera amarse a sí mismo.

Cuando amaneció, el fraile superior se encontraba sin vida frente al altar del Templo.

El escándalo entre los frailes no se hizo esperar, pero ante su vulnerable situación, dijeron que el fraile había caído de las escaleras y había muerto.

Y es que tenían que decir lo de la ficticia caída, de lo contrario, como justificarían ante los fieles que acudieran al funeral, aquella muy evidente herida que presentaba el cadáver en la cabeza.

Pero en el interior del convento, todos los frailes eran sospechosos por igual, y la incertidumbre y la desconfianza reinó desde aquel día en las celdas de cada uno de los hermanos Franciscanos, quienes consientes eran de que un asesino habitaba entre ellos.

Pero tuvieron que callar los frailes Franciscanos, ya que siendo el convento de Santiago Apóstol el último de los conventos que aun tenían a su cargo, y de descubrirse tan horrendo asesinato, les sería despojado inmediatamente.

El crimen del superior del convento quedo impune, y nadie en el pueblo de Santiago Tuxpan conocía la verdad que los frailes ocultaban.

Ante la situación, comenzó a temer la señora Condesa de Miravalle. Temía por su vida, porque aquel fraile a quien amaba, parecía ser uno de los más queridos emisarios de la muerte.

Acudió al funeral del superior del convento en el Templo de Santiago Apóstol, y no fue capaz de mirar al fraile sin vida, que estaba expuesto para que todos en el pueblo se pudieran despedir de él.

En medio del gentío, apareció el fraile Tomás, que miraba muy intensamente a la señora. Esa mirada tan profunda la incómodo en demasía, y no pudo mas permanecer en el Templo la señora Condesa, pues la culpa que sentía por aquel asesinato, no se lo permitía.

No se vieron hasta que el fraile superior fue sepultado, y cuando el momento de volver a verse llego. Para el fraile Tomás sucedió lo inesperado.

Cuando Fray Tomás llegó a su encuentro, él se comportó como si no hubiera sucedido nada.

El, entonces, trató de acercarse a ella para besar sus labios, pero la Condesa lo detuvo y le dijo:

Detén esas tus ansias mi muy amado fraile. Es esta nuestra cita cotidiana muy distinta a las demás.

Debo decirte yo, que si aún quedan restos de mis besos en los labios de tu boca, saboréalos muy bien, y que guarde muy celosamente tu memoria su sabor, porque nunca jamás habrás de volver a probarlos.

¡Ya ha sido suficiente el daño que hemos ocasionado a nuestros prójimos fraile!

¡Ya ha sido suficiente el daño que hemos ocasionado a nuestras almas!

Hoy, convencida soy que no tienes tú el mínimo temor de arder eternamente en los fuegos infernales. Mas yo si temo fray Tomás, y temo grandemente.

Esto ya ha sido demasiado, porque hoy mi alma sucia, me pide a gritos la purifiqué, y de seguir yo contigo mi muy amado fraile, en vez de purificarla, la seguiré ensuciando mas y mas hasta la putrefacción.

¡Lo siento fray Tomás! Pero ya estoy harta de pecar en demasía, mi alma ya no lo soporta.

¡Oh mi amado fraile! En el interior de tus ojos puedo ver la maldad infinita.

¿Cómo puedes pensar tú, que el alma que da vida a nuestros cuerpos, aun tiene espacio para ensuciarse con más pecados?

¡Ay de nosotros fray Tomás! Que estamos condenados por nuestros múltiples pecados.

¡Ay de nosotros! Pues no nos será suficiente otra vida, para poder saldar las deudas morales cometidas en esta vida.

Mas es este amor que me tiene atada a ti, el mismo amor que me condena y muy a diferencia tuya, temerosa soy yo del Señor Nuestro Dios, por lo que con el corazón en la mano, yo te diré una cosa:

Te voy a tener que dejar Fray Tomás, de lo contrario, no podre seguir viviendo.

Esta será la última vez que nos veamos fraile. Mas antes de que te vayas, dime tú ¿Cómo haces para no sentir culpas ni remordimientos? Yo, no puedo contener más tanta maldad cometida en el interior de mi pecho. Pero tu fray Tomás, no sientes nada, ni siquiera el más minúsculo de los arrepentimientos.

Fray Tomás guardó silencio ante aquella pregunta, y miró a la mujer con recelo.

En aquel momento la mujer le dijo:

No hay nada más que decir fraile, mejor, tratemos de olvidarnos, para poder vivir.

¡Vete fray Tomas! ¡Vete y nunca vuelvas!

En aquel instante, fray Tomás se dio cuenta que Maria Magdalena Catalina, en verdad estaba decidida a alejarlo de su vida.

Pero no habría de marcharse sin antes hablar todo lo que era necesario hablar, y es que en verdad, aquel fraile amaba a la Condesa.

Él, sorprendido por aquella decisión, le dijo a la mujer:

Condesa, por haberte amado, como te he amado, se que ha valido la pena condenarme.

Porque en numerosas ocasiones, he ensuciado mi alma, y he manchado mis manos con la espesa sangre por tu causa.

¡Ingrata mujer! Que por tu causa he sido lo que soy. Porque por ti mentí, falte a mi hábito, e incluso asesiné, todo por el amor que por ti sentí desde el primer día que te vieron mis ojos.

Y ahora, tú, me apartas de tu vida.

Que se haga como tú lo solicitas mujer. Pero he de decirte yo, que volverás a mí en pensamientos, todos los días y todas las noches que le queden por vivir a tu vida.

Porque he sido yo, el más grande amor que has tenido en tu vida.

¡Adiós mujer! Espero que encuentres el perdón solicitado a las autoridades celestiales.

Sí, se marchó fray Tomás muy sereno, porque él seguro estaba que la mujer que se quedó llorando inconsolablemente por causa suya, no sería capaz de aguantar su soledad, y entonces, le suplicaría volver a su lado.

Pero los días transcurrieron, y eso no sucedió. El fraile en tanto, fue quien no aguantó la soledad, y corrió desesperado una noche por la gruta.

Acudió al lugar donde acostumbraba a verse con Maria Magdalena Catalina, y su sorpresa fue mayúscula, cuando pudo ver a la mujer sentada llorando muy amargamente.

Entonces, se miraron muy tiernamente, y las lágrimas fluyeron también por los ojos del fraile.

Él, se acercó a ella muy lentamente, y cuando estuvieron de frente, juntaron sus bocas con desesperación en un profundo beso, que solo demostraba el gran amor que sentían el uno por el otro.

Se abrazaron y se dijeron un sin fin de veces cuanto se amaban, y ambos sentían que iban a morir en aquel momento por causa de tanto sentimiento.

Mas la mujer envuelta en lágrimas le dijo a fray Tomás:

¿Qué más quieres de mi fray Tomas? ¿Acaso no te has enterado que ya ha sido demasiado lo que he tenido que sufrir por amarte muy ciega y locamente?

¿Qué no ves que me encuentro completamente desgastada en cuerpo y alma?

¿Qué no te das cuenta que estas acabando conmigo muy lentamente?

Ya no pueden repararse los daños que has ocasionado a mi persona y a mi alma. Solo un montón de ruinas hay de mi ahora por tu causa.

Ahora, aléjate de mi fray Tomás. Porque ya me he decidido a despojarte de mis cariños y mis besos.

Fray Tomás aún llorando le dijo:

¿Por qué no quieres que compartamos nuestros destinos?

Ella le dijo:

A diferencia de los demás que se aman, nuestros destinos es no estar juntos. ¡Olvídate de mi fray Tomás!

Habló el fraile diciéndole:

¿Cómo me pides que te olvide mujer? ¿Cómo habría yo de poder hacerlo? Si eres el impulso que da fuerzas a mi corazón para latir, y de hacerlo como tú lo solicitas, entonces, moriré yo instantáneamente.

Ella le contestó:

¡Entonces, muere fray Tomás!

Y después de que hayas muerto, oraré día y noche al Dios Todopoderoso, para que me arrebate la vida a mí también.

Al fraile Tomás, aquella petición de su amada, le estaba atravesando como una espada el alma, entonces, el fraile abrió su boca y le dijo:

Existen muchas formas de crueldad, pero tú ejerces la más dolorosa de todas ellas, el desprecio.

Ella dijo:

No es el desprecio fraile, al contrario, es el amor que por ti yo siento, que he decidió dejarte. Porque de seguir juntos, nos seguiremos condenando a los eternos fuegos infernales.

Fray Tomás no pudo disimular más su enojo, y dijo:

Me iré como tú lo solicitas mujer, y yo, ordenaré a mi corazón seguir latiendo para que no muera, y entonces, tendrás la oportunidad de venir a mí, y en profunda reflexión, te arrodillarás y me pedirás un perdón desesperado, con tu rostro empapado en las saladas lágrimas, que abundantes brotaran de tus ojos hasta casi secarlos.

¡Volverás a mi te lo aseguro, porque tú, sin mí, no eres nada!

María Magdalena Catalina se armó de valor y le dijo al soberbio fraile:

¡Miserable asesino, que arruinaste mi vida! Vete antes de que siguiendo muy bien tus enseñanzas, arrebate la ultima vida que deseo arrebatar, la tuya.

El fraile Tomás después de escucharla decir aquellas últimas palabras, se marchó furioso por el oscuro pasadizo, dejando a Maria Magdalena Catalina en soledad.

Y no volvió a ella Fray Tomás desde aquel día, porque uno de los frailes del convento, denunció ante las autoridades el asesinato del fraile superior Diego del Castillo, que había quedado impune.

Como consecuencia, el convento tuvo que ser entregado al clero secular, y la orden les fue dada a los frailes Franciscanos de abandonar enseguida en convento de Santiago Apóstol.

La notica ocasionó el escándalo en el pueblo, pero era una orden que no podía ser revocada.

El convento de Santiago Apóstol era el último convento que permanecía en manos de los frailes Franciscanos, ya que todos los demás conventos a su cargo, habían sido entregados al clero secular desde muchos años antes.

Salió el último de los frailes Franciscanos un día de primavera del año de mil setecientos setenta y seis, ese último fraile era fray Tomás, de quien la señora Condesa ni siquiera se despidió.

Entonces, cuando supo de su partida, se sintió aliviada de que el fraile malvado se haya ido, porque ya no tendría que vivir con más miedo.

Acudió entonces al Templo de Santiago Apóstol y se arrodilló ante el altar mayor para agradecerle a Nuestro Señor Dios por aquella oportunidad que le estaba brindando de comenzar nuevamente.

Desde aquel día, de fray Tomás, no supo mas la señora Condesa, y desde aquel día también, se entregó a la oración en cuerpo y alma.

Y muy a pesar de que oraba día y noche, no podía dormir sola la Condesa, pues escuchaba cada noche, esas voces de quienes en complicidad con el fraile malvado había asesinado.

Arrepentida por sus actos, se lamento muy grandemente la Condesa, porque había sacrificado la convivencia con sus hijos por un mal amor.

Pero lo que más le lastimaba a la mujer, es que ya era demasiado tarde para pedirles un perdón.

Sí, era tarde para pedir un perdón a sus hijos, pero no era tarde para pedir un perdón al Señor Dios.

Acudió entonces a la capilla de la familia condal en San Victoriano para contemplar el cuadro de "Las animas".

Lo hizo porque debido a la gravedad y cantidad de sus pecados, sabía que era el purgatorio a donde aspiraba a ir su alma, pues el reino de los cielos ya lo había perdido.

Entonces, miró aquellas imágenes de las almas que cumplen su condena y pensó:

"Imponente y majestuoso lienzo, ventana humana del sufrimiento de las ánimas, que temerosas e inflamadas de tremenda angustia, purgan la condena justa"

"Castigo celestial de los actos impuros cometidos en vida, ahí en ese tenebroso sitio, orando día y noche, llenas son las animas, de arrepentimiento e infinita devoción, implorando con ruegos un perdón, aguardando siglos enteros en larga amonestación según sus culpas, privadas de ver la gloria que suponían inmediata a la muerte, con la firme esperanza de algún día ser llevadas, purificadas ya en su totalidad, a la casa de nuestro Padre, que misericordioso, les ha brindado una segunda oportunidad".

Todo esto pensaba Doña María Magdalena Catalina, mientras observaba el gigantesco óleo encomendado por su padre señor padre, el Segundo Conde de Miravalle, a Cristóbal de Villalpando Facichat, muchos años atrás.

Por esos días, descendió la señora Condesa a la gruta, y caminaba por el pasadizo, orando padres nuestros en silencio, en honor de los que había asesinado y sepultado ahí mismo.

Iba por la gruta en compañía de la criada Jacinta, cansada en cuerpo y alma, arrastrando su alma con la misma pesantez con la que arrastraba su elegante vestido.

Caminaba por la gruta en silencio Doña María Magdalena Catalina, despojada ya de toda su grandeza, y condenada a vivir serenamente en el muy obligado arrepentimiento, exiliada eternamente dentro de los muros de la hacienda de la santa Catarina en Santiago Tuxpan,

Hacienda donde recitaba una vez durante el día y otra vez durante la noche el mariano rosario, en un muy desesperado intento por limpiar su alma de toda la suciedad que la adornaba.

¡Pobre mujer tan llena de encanto!

¡Pobre mujer tan poderosa! Sometida ahora por sus propios temores.

¡Pobre mujer tan rica! Con oro y plata de sobra, pero con el mayor de todos los tesoros muy lejos de sus manos. "El amor y respeto de los hijos que le quedaban".

¡Pobre mujer tan desdichada! ¿Cómo pudo contener tanta pena acumulada en su corazón? ¿Cómo pudo contener tanta culpa acumulada en su consciencia?

¡Pobre María Magdalena Catalina! Dedicada en cuerpo y alma a la oración perpetua, preparándose así, para la muy temida muerte.

# Capítulo 23
## La visita de la muerte

Un año transcurrió desde la partida de los frailes Franciscanos del convento de Santiago Apóstol.

Un largo y pesado año, en los cuales, la señora Condesa, había terminado de envejecer.

Envejeció en el interior de su hacienda de la Santa Catarina, orando y pidiendo clemencia durante todos los días de aquellos años, buscando que el Señor Dios, le otorgara la indulgencia

Era un día de primavera del año de mil setecientos setenta y siete. El sol calentaba el cuerpo de una mujer vieja y desgastada.

Su mirada parecía estar perdida en el horizonte, mientras en sus manos, sostenía un Mariano Rosario, y con una voz muy baja, recitaba los misterios gozosos.

De pronto, a lo lejos, por la entrada de la hacienda pudo contemplar a un hombre que venía caminando lentamente en solitario.

Ella interrumpió sus rezos para poder mirarlo, y conforme el hombre se fue aproximando hacia las puertas de la hacienda, la mujer lo reconoció.

Envió enseguida y a toda prisa a la criada Jacinta para que le abriera de inmediato, mientras ella con paso cansado, ingresó a la estancia principal de la casa.

¿Quién era este hombre de misterio, que había venido tan discretamente hasta la hacienda de la Santa Catarina?

Sí, era el mismo que un año atrás se había marchado, y rompiendo una promesa, hecha y dicha por su boca el día de su partida, volvió a donde María Magdalena Catalina.

Ese hombre entonces, no podría ser otro más que Fray Tomás, porque habiendo abandonado el hábito franciscano, volvió a donde la Condesa.

Pero no volvía para vivir al lado de ella una vejez en penitencia y arrepentimiento.

Si no que volvía Fray Tomás movido por la ambición y la avaricia, pues él era la única persona, que además de Maria Magdalena Catalina y la criada Jacinta, que conocía el lugar secreto, donde en el muy oscuro y tenebroso pasaje subterráneo que recorre el pueblo de Santiago Tuxpan, se hallaban los inmensos tesoros que un día, el mismo ayudo a ocultar con sus propias manos.

Ingresó hasta la estancia principal de la casa de la hacienda aquel hombre, y se mostró ante la mujer, la cual, ya había mandado traer una botella de vino y dos copas.

La señora Condesa se puso de pie al verlo, y lo miró fijamente al rostro.

Su apariencia como hombre, distaba mucho de la apariencia de aquel fraile que ella había conocido.

Pues sus cabellos habían crecido, y su barba negra y bien tupida, apenas lo hacían reconocible.

Ninguno se dijeron nada, y permanecieron largos minutos mirándose muy fijamente.

Fue la señora Condesa la que rompió aquel silencio diciendo:

Han transcurrido muchos días desde tu partida, y durante todo ese tiempo, siempre tuve la seguridad de que volverías.

Ese día es hoy, y complacida y satisfecha me siento por poder mirarte nuevamente.

No sé si decirte Fray Tomás, o simplemente llamarte por tu nombre, pues como es muy evidente, ya no portas más tu hábito Franciscano.

Aquel hombre le contestó:

Puedes llamarme como tú quieras llamarme mujer, pues aunque no vista más mi Francisano hábito, seguiré siendo un fraile hasta el día de mi muerte.

Ella le dijo:

Fray Tomás te diré entonces, como siempre te he dicho.

Y bien fray Tomás, seamos ambos sinceros y no desperdicies más tu tiempo, haciendo un esfuerzo por convivir conmigo.

Habla de una vez por todas, y revela cuáles son tus intensiones fray Tomás.

Sí, te lo digo porque te conozco, y estoy ansiosa yo por conocer las verdaderas intensiones que te han traído hasta mi, desde no sé donde, después de tanto tiempo.

El fraile tomó la mano derecha de la mujer, se arrodilló ante ella, y enseguida le dijo:

¡María Magdalena Catalina! La mujer intuitiva de siempre. Tan altiva y altanera. No esperaba tales exigencias, en tan pocos minutos de conversación como tú lo has dicho, en tanto tiempo.

Hablare entonces, acerca de mis intensiones como tú quieres que lo haga.

No es más que con las intensiones de volver a verte, con las que he venido desde tan lejos.

Errante anduve en tierras extrañas, ocultando siempre que soy un fraile Franciscano, y así, de la misma manera he vuelto hasta Santiago Tuxpan, oculto de quienes me conocen, con el cabello largo, y la barba crecida como nunca antes, para no ser reconocido.

Arriesgándome a que algún curioso descubra mi verdadera identidad, y pronto de aviso en el Templo acerca de mi no muy grata presencia en el pueblo.

Largos han sido los días, pero más largas aun han sido las noches en las cuales, las horas parecieron hacerse más lentas caprichosamente, para atormentarme por haberme ausentado de tu lado de la manera como lo hice.

Mas ahora, he vuelto arrepentido y dispuesto a la humillación física y moral, porque no he podido vivir serenamente desde que se me partió el corazón en mil pedazos.

Solamente he venido aquí con humildad a ti, con la firme y única intensión, de que mis actos del pasado me sean perdonados.

Bien se que Dios no habrá de perdonar mis múltiples pecados mortales. Mas solo me conformo con que al menos tú me perdones,

¡Acepta que permanezca yo a tu lado hasta que mi alma abandone mi cansado cuerpo, Maria Magdalena Catalina!

¡Yo te lo pido, con el corazón en mis manos!

La longeva mujer guardó silencio ante aquella descabellada petición, y no soltó la mano del fraile en ningún momento mientras él habló.

Sorprendida y confundida aparentó estar en aquel momento, y las lágrimas se asomaron en sus ojos sin derramarse por sus rosadas mejillas.

Ella, entonces, con un nudo en la garganta, soltó la mano del fraile y se tocó fuertemente el pecho, justo ahí en el lugar donde estaba su corazón, y respiró profundamente con los ojos bien cerrados.

Entonces, miró al fraile y le sonrió muy tiernamente. Una sonrisa tan sincera y tan llena de significados escondidos, como nunca antes le había sonreído a nadie.

Así permaneció unos breves segundos, y después, se puso de pie mientras el fraile permanecía arrodillado frente a ella.

La anciana Condesa sirvió el vino en las copas, y entregó la suya a fray Tomás.

En aquel instante, el fraile se desmoronó en un muy bien fingido llanto. Convencido, satisfecho, y riendo por dentro, diciéndose a sí mismo que la humillación a la que se había auto sometido, bien había valido la pena.

Doña María Magdalena Catalina lo miraba derramar tal cantidad de lágrimas en silencio, que parecía estar convencida de sus palabras.

Sí, como si ese acto de sincero y dramático arrepentimiento, hubiera limpiado de su corazón y su mente, todo el daño ocasionado a su persona y a su alma por el fraile, que ahora, fingía muy bien estar arrepentido.

Ella habló, silenciando el llanto del fraile diciéndole:

¡Levántate ya Fray Tomás! Limpia esas saladas y abundantes lágrimas que fluyen por tu casi irreconocible rostro.

Ponte de pie, y no hables mas de ninguna de las cosas del pasado por ahora, que ya he escuchado demasiado, y el corazón esta latiendo en mi interior muy aceleradamente, y no quiero que sean estas fuertes e inesperadas emociones, las que terminen por arrebatarle el último aliento a mi cuerpo.

Hablare también yo muy sinceramente a ti fraile, así como tú lo has hecho.

Hay grandes abismos en mi interior fray Tomás. Abismos oscuros y profundos. Abismos que fueron ocasionados por haber permanecido tanto tiempo a tu lado.

Desde que te fuiste, huyó de mí la fatalidad, y vino a mí esa necesidad inmensa del casi eterno arrepentimiento, un arrepentimiento venido desde lo más profundo de mis entrañas.

Pase tantos años de mi vida intensamente amándote, y no me arrepiento de haberlo hecho, porque aunque siempre en todo momento me mentiste, yo viví felizmente engañada.

Pero ahora, eso es solo un buen recuerdo Fray Tomás, un buen recuerdo, que te confieso, ni siquiera hice el más mínimo de los intentos por borrarlo.

Después de todo, aunque lo nuestro terminó mal, terminó para bien.

Y mientras tú te encontrabas quien sabe dónde, yo, Fray Tomás, a diferencia tuya, permanecí en devota oración en interminables días y noches como hasta ahora. Todo por causa de las atrocidades y los numerosos crímenes que juntos cometimos.

Ahora, has tenido el atrevimiento tú, de venir a mí con la actitud de un hombre realmente arrepentido. Clamado amargamente, mojando tu rostro con las lágrimas que brotan de tus ojos, y con los lamentos de tu boca, implorando un perdón de mi parte.

Pero ¿Quién soy yo para otorgarte un perdón, mi extinto amante? Si ni el mismo Señor Nuestro Dios, es capaz de otorgarte tales créditos.

¡Oh Fray Tomás! Ese inmenso amor que hubo un día entre tú y yo. Aquel muy intenso amor, que como la más poderosa de las tormentas, arraso con la moral, con el pudor, con la vergüenza, y con el respeto.

Hoy Fray Tomás, hoy ese amor que estuvo tan lleno de batallas perdidas y ganadas, hoy no es más que un recuerdo en mi memoria.

Y la espada del rencor que un día tus manos y mis manos empuñaron, hoy son solo hojas de laurel.

Debo decirte que al final de lo nuestro, te temía grandemente, mas ahora, ya no te tengo el menor de los miedos.

Inofensivos somos el uno para el otro Fray Tomas. Sí, eso es lo que somos. Dos amantes, a los que el fuego se les extinguió, por haberlo atizado tan apresuradamente.

Ahora, te digo yo fraile, que en el ocaso de mi vida, no he de volver a cometer el error que cometí durante tanto tiempo. Ese error fatal, que resulto para mí el amarte.

Fray Tomás, furioso por aquellas palabras de rechazo, guardó silencio y permaneció sentado en su silla.

Aquel fraile malvado, viendo perdidas las esperanzas de envolver a la vieja Condesa con sus mentiras, abrió su boca y escupió como un monstruo toda esa inmundicia que guardaba en el interior de su alma.

Y es que de no ser aceptado por la mujer, el fraile tenía un plan alterno. Plan al que tuvo que acudir aquel día en el estancia principal de la hacienda de la Santa Catarina.

El fraile herido y lleno de rabia, transformó su rostro de arrepentimiento en un rostro de maldad suprema y le dijo a la mujer:

Tienes razón mujer, no sé qué es lo que he venido a hacer aquí, es evidente que tú ya no me amas.

Pero antes de la despedida, permíteme decirte las verdades de lo nuestro, verdades que tú no conoces.

Comenzare diciendo que desde el primer día que te vieron mis ojos, me propuse a que algún día habrías de ser mía.

Maldije día y noche ese hábito Franciscano que vestía, porque me impedía tenerte.

Luché duras batallas internas contra mí mismo por tu causa, y en todas fui derrotado.

Entonces, impotente de hacer algo por mí, endurecí mi corazón en contra del Señor mi Dios, y huyeron de mi todos los buenos sentimientos por causa de ese amor prohibido que me incendiaba el cuerpo y que me desgarraba el alma.

Busqué desesperado un cobijo y un consuelo, y lo encontré en el camino de la maldad.

Sí, porque me convertí en un hipócrita, en un perverso y demoniaco fraile, que no tenía en su corazón ningún buen sentimiento.

Entonces, traicioné, falté al secreto de confesión, engañé, mentí, y también asesiné.

Traicioné, porque aquellas cartas que en numerosas ocasiones le fueron enviadas a tu hijo José Justo, yo las envié.

Falté al secreto de confesión, porque cuando aquel joven Juan de Castañeda, me confesó muy profundamente arrepentido, su infidelidad con la joven María Rosetti, yo te lo dije.

Engañé, porque cuando la joven Maria Rosetti murió, tú creíste que tus azotes la habían matado, pero la verdad, es que yo estuve antes con ella, y le proporcione el veneno que acabaría con su vida.

Mentí, porque te dije en todo momento que te amaba, y no era cierto.

Asesiné, si, en incontables ocasiones. Primero, indirectamente al joven Juan de Castañeda, después, a la joven Maria Rosetti, también al señor Diego Soto, al capataz José de Castañeda, y a esos muchos esclavos y criados tuyos, a quienes en complicidad tuya, di una cruel y dolorosa muerte.

¡Esta es una confesión sincera y verdadera! Y ahora que conoces la verdad de todo, ódiame si quieres.

Ahora, me dispongo a marcharme para siempre de tu vida, porque es este día, la última vez que me han de ver tus ojos.

Impresionada por aquellas verdades, la señora Condesa tuvo ganas de arremeter en contra de aquel fraile, más prudente, serena y tragándose todos esos sentimientos encontrados, se limitó a decirle:

Nada de lo que me has dicho importa ahora fray Tomás, ya no. Porque yo he emergido de las cenizas, y he comenzado una vida nueva, una vida basada en el arrepentimiento.

Y si tú traicionaste, faltaste a tu secreto de confesión, engañaste, mentiste y asesinaste, esas son tus cargas morales y no las mías. Y que lo hayas hecho por amor o por otra cosa, ese es tu problema.

Porque fray Tomás, cada quien elige como condenarse, unos lo hacen por odio, otros por rencor, otros tantos como tú lo hacen por avaricia y por lujuria, y también hay los que como yo, se condenan por amor.

Levantó su copa Maria Magdalena Catalina, y brindó con el fraile diciendo:

Así fue nuestra historia fray Tomás, una transición de los deleites de la gloria, a los tormentos del infierno, y todo eso sucedió, en el interior de la gruta, que recorre subterránea el valle de Anguaneo.

El fraile malvado entonces contestó aquel brindis diciendo:

¡Dichosos todos aquellos que han de morir este día, porque se develaran para ellos los misterios del Señor!

Entonces, Doña María Magdalena Catalina, miró su copa ya vacía en su totalidad del vino dulce que acababa de beber, y comprendió de inmediato el significado que guardaban las palabras que el Fraile Tomás le había dicho.

Él, la miró perversamente a los ojos.

Ella lo miró también, y enseguida, se levantó de su silla, y solicitó a la criada Jacinta que la ayudara a ir a su habitación.

Apenas salieron ambas del estancia principal, el efecto del devastador brebaje que el fraile le había vertido muy mañosamente a su vino, comenzó a dejarse sentir sobre su fatigado cuerpo.

Entonces, la vista de Doña María Magdalena Catalina comenzó a nublarse, y la saliva comenzó a fluir en abundancia por su boca.

El satisfecho y asesino Fraile, le seguía despacio y en silencio, observando con agrado como estaba a punto de cumplirse su cometido.

Entonces, la señora Condesa se volvió hacia él, y deteniéndose en la pared para no caer al suelo, le dijo estas palabras:

Ya comienza a hacer efecto el poder del que aunque asesino, delicioso veneno que me has proporcionado.

¡Tenias que ser tu fray Tomás! Es así, y solo de esta manera como habrían de concluir mis días.

Los días de una vida larga, donde siempre ostente el lugar más alto y lo conseguí, sin importar sacrificar la moral, ni prostituir a ninguno de mis principios.

Ahora, serán breves los minutos en los cuales permanezca yo aquí en este mundo, lo sé pues siento mis entrañas hervir.

Mas por ahora he de decirte a ti fray Tomás, que satisfecho crees verme derrotada, pero has de saber que con el ultimo de mis suspiros, yo habré de salir victoriosa, porque tu provocando mi muerte, has terminado por redimirme ante el Señor mi Dios, de todos mis pecados y mis culpas, y entonces, sabrás que tú has sido derrotado, porque apenas el alma abandone mi cuerpo, vendrán para ti la soledad y el arrepentimiento.

Porque entenderás y razonaras, que has asesinado a la única persona que realmente te ha amado en este mundo, y que aun sin importarme lo que me has hecho, yo desde la otra vida ya te habré perdonado, y lo hare, porque te ame en vida, y me temo que lo seguiré haciendo a donde vaya después de la muerte.

Llegaron a la habitación principal y la mujer fue recostada en su cama por la aterrorizada criada Jacinta,

Continuó la Condesa hablando al Fraile diciéndole:

Ahora, el dolor es insoportable, mas en este mi lecho de muerte estoy tranquila porque tu estas a mi lado, mas acércate a mí y toma mis manos Fray Tomás, porque el final está cerca, puedo ver a la muerte que ha entrado a mi habitación, y se irá mi espíritu en un largo y desconocido viaje en su compañía.

Aprieta mis manos fuertemente Fray Tomás, pues ahora tengo miedo, y es preciso que estés cerca, sí, muy cerca, para así poder yo dirigir hacia ti mi última mirada, pues en breve ya no me será posible contemplarte, y quiero que lo último que yo contemple sean tus ojos.

En aquel mismo instante Fray-Tomás, arrepentido de lo que había hecho rompió en llanto, y su lamento pudo escucharse por toda la casa.

Él, invadido por la angustia dijo estas palabras:

¡Perdóname mujer! No sé qué es lo que he provocado, no sé qué demonio alcanzó mi pecho para invadir mi razón de tal manera.

Llorando y gritando de angustia, el fraile pedía disculpas a la mujer, que casi sin aliento, no dejaba de mirarlo.

Para aquel ingrato que parecía enloquecer, se había vuelto eterna la corta y cruel agonía de Doña María Magdalena Catalina, agonía que el mismo había provocado.

Entonces, él se postró a los pies de la mujer, esperando con gran temor el último aliento, el cual, no demoró un minuto más en salir acompañado de la roja y brillante sangre por la boca de la que en cama perdía la vida.

Más aun pudo pronunciar unas últimas palabras la moribunda dama, ella dijo:

¡Hoy, la noche será eterna, porque no habrá un nuevo amanecer para mi cansado cuerpo!

Entonces, iré al purgatorio a donde van las animas a purgar sus pecados y sus penas, y se acordara algún día el Señor de mí con misericordia.

Porque ¿Con quién se muestra bondadoso el Señor Dios? Si no es con quienes lo invocan

Porque el Señor Dios, que tiene el poder de purificar los pecados de un alma arrepentida y confesa ¿A quién perdonara los pecados, si no a los pecadores?

¡El, que bendice a los justos! Que su bondad descanse sobre los pecadores que se han arrepentido.

El rectificara los caminos de los que fueron pecadores y desean ser justos, y no permitirá que se desvíen mas.

Yo me iré de este mundo, pero la misericordia del Señor permanecerá por siempre.

¡Oh fray Tomás! Este es un sacrificio que tú has ofrecido al maldito que gobierna en el reino oscuro y desolado, que es el territorio infernal

¡Gracias te doy por consumar este acto fray Tomás! Acto que a mí me purifica, y a ti te condena.

Ahora, la palidez que le preside a la inminente muerte ha invadido mi rostro, y en breve, la sombra que fue mi alma, será luz, porque asesinándome Fray Tomás, me has otorgado el perdón.

¡Fray Tomás! Fue mi condena de muerte el haberte amado, y es amándote, como muero condenada.

En aquel momento, se extinguió la llama de la vida de la Doña Maria Magdalena Catalina, la Tercera Condesa de Miravalle.

El llanto de la criada Jacinta se desbordó en el momento mismo de aquella inesperada muerte, y sus gritos acusadores en contra del Fraile asesino, retumbaron por toda la casa.

La lluvia comenzó a caer en cantidad. Era como si las fuerzas de la naturaleza por medio del agua y los relámpagos, quisieran purificar los pecados de la mujer que recién había fallecido.

Ante tan oportuna tormenta, el miedo se apoderó de Fray Tomás, y sin saber cómo reaccionar ante el más doloroso de sus asesinatos, arremetió en contra de la criada Jacinta, su acusadora, silenciando su boca con sus propias manos muy violentamente.

Cuando la voz acusadora calló, el fraile salió corriendo de la habitación principal de la casa de la hacienda de la Santa Catarina.

Los criados lo vieron salir desesperado, y mirándose las manos sucias, por los asesinatos que había cometido.

Ninguno de ellos sabía lo que había sucedido, y nerviosos llamaban a la criada Jacinta con fuertes voces afuera de la habitación, pero Jacinta no les respondió, y ninguno de ellos se atrevía a mirar al interior.

Entonces, uno de ellos, haciendo uso de su juventud, se armó de valentía y asomó hacia aquella habitación.

Se volvió entonces a los demás criados y les dijo:

"La señora Condesa ha muerto"

Esa frase se repitió innumerables veces desde aquel momento de boca en boca por la hacienda de la Santa Catarina, y no fue impedimento aquel torrencial aguacero para que la noticia llegara al pueblo de Santiago Tuxpan de inmediato.

Aquella frase pronto fue muy distorsionada por las gentes que decían con asombro:

¡Ha muerto la tirana!

¡Ha muerto la perversa!

¡Ha muerto la opresora!

¡Ha muerto la adultera!

¡Ha muerto María Magdalena Catalina!

¡Ha muerto la Condesa de Miravalle!

Todos en el pueblo parecieron sentirse aliviados ante la noticia, y en la hacienda de la Santa Catarina no había ninguno ni ninguna que derramara una sola lágrima por su señora.

En medio de la tormenta, acudió a la hacienda Don Pedro Vargas Machuca para confirmar las habladurías. Él, fue quien dio fe de los fallecimientos, tanto del de la señora Condesa, como del de la criada Jacinta, y enseguida envió a un emisario con la correspondencia que contenía aquella muy terrible noticia a José Justo de Trebuesto, hijo de la difunta, y heredero del mayorazgo.

Don Pedro Vargas Machuca leyó el testamento tal y como se lo había solicitado la Condesa en vida, que apenas ella muriera, él lo leyera y cumpliera sus peticiones.

La primera de aquellas póstumas peticiones fue que apenas su arrepentida alma abandonara su deteriorado cuerpo, fuera preparada según la costumbre del embalsamamiento. Porque vanidosa, no quiso que su cuerpo permaneciera oculto bajo tierra, de esta manera, las personas podrían seguirla admirando eternamente tal y como era el día que murió.

Solicitó que fuese vestida no más de luto, sino con un vestido y un velo de encaje blancos, haciendo alusión a su alma purificada y arrepentida.

Sobre su cabeza, le fue colocada una diadema de brillantes, y sus orejas fueron adornadas con unos aretes largos y de oro macizo, sobre su cuello un collar de perlas, joyas que un día pertenecieron a su señora madre.

Fueron su compadre Don Pedro Vargas Machuca, y su amiga Maria Dolores Maya, quienes hicieron cumplir todas esas sus peticiones post mortem.

Vinieron de la ciudad de México sus familiares encabezados por José Justo. Águeda y sus hijos, la monja Maria Francisca, Joaquín Alonso, las señoritas Maria Josefa y Maria Catalina, así como también el soltero Vicente.

A pesar del irreversible distanciamiento que tuvieron, lloraron a su madre cuando la vieron sin vida.

Los funerales se llevaron a cabo en la hacienda de la Santa Catarina, en presencia de todos los nobles del pueblo y de los alrededores, estaban también los curas y vicarios del Templo, las autoridades del pueblo, así como también sus capataces, criados y esclavos.

En boca de todos estaban las palabras envenenamiento y asesinato. Pues no era ningún secreto que el Fraile endemoniado, había matado a la señora Condesa y a la criada Jacinta.

José Justo juró ante el cadáver de su madre encontrar a Fray Tomás y vengar su muerte, y a él se unieron en esta promesa Joaquín Alonso y Vicente.

La celebración de cuerpo presente fue en el Templo de Santiago Apóstol, donde cientos de veladoras fueron encendidas en su honor, y los canticos entonados durante misa, resonaron fuertes en las firmes paredes de cantera y leche.

Terminada la celebración, todos los miembros de la familia, acompañados por el cura del Templo, por Don Pedro Vargas Machuca y por doña Maria Dolores Maya, descendieron para colocar a la Tercera Condesa de Miravalle en la cripta condal, junto a sus abuelos, junto a su madre, y junto a su hermana.

Fue colocada la mujer embalsamada, bajando las escaleras, a un costado de ellas y del lado derecho, de pie y con sus manos firmes, vestida con un vestido blanco y un velo del mismo color, y con las joyas de su madre puestas, cumpliendo así, su última petición.

Y mientras el funeral concluía, Fray Tomás permaneció oculto en el mesón de "las animas"

El Fraile tenía solo dos opciones, morir con dignidad o huir como un cobarde asesino.

Si huía, el hijo mayor de la Condesa, no descansaría hasta en encontrarlo y destruirlo.

Si moría, todo habría sido en vano, pues ni un solo doblón ni real de oro y plata podría llevar a la siguiente vida.

En efecto, Fray Tomás nunca pensó con detenimiento las consecuencias que se avecinarían para él, al cometer tan imprudente acto.

# Capítulo 24
## Los tesoros escondidos

Ingresó fray Tomás al tenebroso espacio, donde la oscuridad es reina, solamente con un candil en su mano, y caminó a toda prisa con rumbo de la habitación del tesoro.

Dispuesto a sacar cuanto más pudiera, el fraile ya se imaginaba disfrutando de tan inmensas riquezas.

Pero cuando llegó a la habitación, sus ojos se abrieron grandes y ante lo que vio, su mente se trastornó.

Toda esa pétrea bóveda natural, que siempre estuvo repleta de oro, plata y muy valiosos objetos, estaba vacía ante sus expectantes ojos.

¡Vaya sorpresa se llevó! Una sorpresa inesperada que dio paso inmediato a la inmensa frustración.

Ingresó a la habitación secreta y encendió con prontitud los candiles que ahí había. Entonces, pudo contemplar una inscripción en la pared del fondo de la habitación.

La inscripción decía:

"Un tesoro será buscado, pero no será encontrado. Mas algún día, el tesoro será quien busque, y encontrara"

En aquel momento fray Tomás enfureció y no fue capaz de aplacar su ira. Golpeó con su mano una de las paredes de aquel sitio hasta sangrar.

Maldijo con grandes voces a Maria Magdalena Catalina, maldición que hizo un eco grande por los pasadizos de tan extensa gruta.

Entonces, comenzó el fraile a revolver sus pensamientos en el interior de su cabeza, haciéndose una y otra vez la pregunta obligada.

¿De quién de su máxima confianza se valió la señora Condesa, para sacar de aquella habitación secreta tan inmenso tesoro?

¡Oh María Magdalena Catalina! ¿Dónde habrás ocultado tan abundantes riquezas?

En la habitación secreta solo estaba aquella muy enigmática inscripción.

Pero ¿en donde pudo haber ocultado ese inmenso tesoro la anciana mujer?

Ni ella ni la criada Jacinta hubieran podido jamás trasladar tal cantidad de objetos. De haberlos movido de habitación en el mismo interior de la gruta ¿Cómo lo habría hecho?

Y en el muy remoto caso de haberlos sacado ¿Quién le habría ayudado?

En aquel momento, el fraile pensó que un solo hombre no hubiese podido extraer tan abundante tesoro por si solo sin pasar desapercibido.

Alguna señal debió haber dejado quien quiera que se o haya llevado de la habitación secreta, entonces, el fraile, caminó analizando el suelo de la gruta, buscando huellas o pisadas que me condujeran hasta el nuevo sitio de escondite. Pero el suelo de la gruta estaba liso, y el polvo parecía estar en su lugar.

No había rastro alguno de huellas o pisadas, no había señal de animal o transporte alguno que hubiera trasladado hacia un nuevo sitio aquel magnifico tesoro.

Fray Tomás furioso, parecía haber enloquecido, incluso llego a pensar que la Condesa en su afán por despojarlo de aquel tesoro, hubiera solicitado la ayuda al mismo Satanás.

Y fue tanta su desesperación, que el fraile ya comenzaba a sospecharlo.

Entonces, el fraile caminó desesperado hasta la entrada de la capilla condal, y cuando estuvo ahí, pudo ver numerosas huellas en el suelo.

Eran las pisadas de hombres y de mujeres, parecían recientes, entonces comprendió el fraile, que José Justo y sus hermanos habían estado ahí.

Pero aquellas huellas no se alejaron demasiado de la entrada, y parecían haber regresado sin permanecer en el lugar mucho tiempo.

Entonces, decidió internarse el fraile nuevamente en la gruta, caminó ahuyentando la oscuridad con su candil, y fue no muy lejos de la entrada de la capilla condal, donde pudo contemplar una inscripción en la pétrea pared.

Siguió el camino rumbo a la habitación secreta una vez más, y en el trayecto fueron apareciendo nuevas inscripciones.

Era la letra de Maria Magdalena Catalina la que estaba plasmada en las paredes de la gruta, incluso, su firma aparecía debajo de cada una de las inscripciones.

Pistas y más pistas, escritas en el trayecto que va hacia la habitación secreta, donde permaneció durante tantos años el incalculable tesoro de la Condesa.

Enseguida, comprendió el fraile lo que Maria Magdalena Catalina había hecho.

Aquellas inscripciones no eran más que los lugares donde muy probablemente la mujer repartió su inmenso tesoro.

Fray Tomás memorizó cada una de las inscripciones, y pudo descifrar los lugares a los que se referían.

La primera pista hacía referencia al cerro de la víbora, pues mencionaba las siguientes palabras:

"La carrera fue inesperadamente ganada por el águila, la serpiente, como siempre, fue la gran perdedora"

Se refería a ese cerro porque en aquel lugar se llevó aquella carrera de antaño, donde cuatro animales compitieron, para dar molde a la raza humana.

La segunda pista hacía referencia al cerro de Santiago Apóstol y decía así:

"Un hombre a caballo, petrificado cuida el valle"

Se refería a ese cerro porque las piedras y peñascos que lo coronan, parecen formar al Apóstol Santiago montando su caballo.

La tercera pista hacía referencia al cerro de la cruz y decía:

"Cruz que otorga la tranquilidad, cuando las gentes alzan su cabeza y la miran"

Se refería a ese cerro porque cuando se llevó a cabo el traslado del pueblo, los frailes Franciscanos colocaron en su cima una gran cruz de madera, para que otorgara protección al pueblo.

La cuarta pista hacía referencia al cerro de las varas en Santa Ana y decía así:

"La madre de la Santísima Virgen María, es vigilada por un anciano con vara en mano.

Se refería a ese cerro, porque la madre de la Santísima Virgen Maria, es la Santa Ana, y el cerro de las varas, se encuentra dando sombra a la hacienda que lleva por nombre Santa Ana.

La quinta pista hacía referencia al cerro de la cocina en el paraíso, y decía:

"Una piedra grande se calienta en el fogón"

Se refiere a la peña que está en el cerro de la cocina, y que se encuentra en el lugar que se llama "el paraíso".

Estas cinco pistas hacen referencia a cinco cerros que están en las propiedades del Condado de Miravalle en Santiago Tuxpan.

Cuatro de esos cerros circundan el valle de Anguaneo, el quinto, es uno que se encuentra camino al Agostadero.

La sexta pista hacía referencia a una cueva, a la cueva que se encuentra entre los árboles frondosos en el Agostadero, la pista dice así:

"Entre mugidos y un frio eterno, se halla entrada las profundidades de la tierra"

La séptima pista también se refería a otra cueva, a la de Huirunio, y decía así:

"Puerta grande y trasera, interior de espesa negrura, no son las entrañas de la tierra, si no las entrañas de un gigante"

Estas dos pistas se refieren a dos cuevas que se hallan en las tierras del Condado en Santiago Tuxpan, una está en el Agostadero bien oculta entre grandes y frondosos pinos, y la segunda cueva, se encuentra detrás del cerro de Hurunio, de esta se dice que su profundidad forma un espiral en el interior de dicho cerro, y no hay nadie que se haya atrevido a explorarla.

La octava pista se refería a la casa de los Condes de Miravalle, en el pueblo de Santiago Tuxpan, y decía:

"Morada grande y confortable, pero no habitada"

Se refería así a la casa Condal en el pueblo, y es que la señora Condesa prefería habitar la hacienda de la Santa Catarina para tener mayor privacidad.

La novena pista se refería a la misma hacienda de la Santa Catarina, y decía así:

"Casa materna, casa principal"

Se refería así a la casa de la hacienda de la Santa Catarina, lugar donde nació y murió su madre, casa que habitó Maria Magdalena Catalina durante su estancia en Santiago Tuxpan.

Hay una decima pista, la cual es la más sorprendente de todas, pero que analizándola muy cuidadosamente, hace referencia al altar mayor del Templo de Santiago Apóstol. La pista decía así:

"A los pies de un Señor sangrante y agonizante, mi diezmo, mi obra pía"

No es de quebrarse la cabeza que ese Señor sangrante y agonizante es el Señor del Hospital. Al referirse a un diezmo y obra pía, es de suponerse que una gran cantidad de oro y plata fue depositada debajo del altar Mayor, justo por donde se encuentra la entrada a la gruta.

Fray Tomás recorrió estos sitios en busca de aquel inmenso tesoro repartido. Pero nada en lo absoluto encontró.

Es por eso que el fraile llego a pensar, que en realidad, aquellas pistas eran más bien despistes.

Sí, un juego muy sucio y bien planeado por Maria Magdalena Catalina, quien suponiendo el proceder de su asesino, escribió esas pistas, haciéndole creer que en los lugares en ellas mencionados, aguarda el inmenso tesoro repartido.

Pero, y si, ¿en realidad lo hizo para que el buscara en vano, y se mantuviera alejado del verdadero lugar donde se esconde el tesoro?

Tratándose de una mujer como lo fue la señora Condesa, todo, todo se puede esperar.

Más por ahora, aquellas grandes cantidades de oro y plata, las pinturas, los candelabros, las armas, las estatuas indias, los muebles, las diademas, los anillos, las perlas, todos aquellos objetos que formaban el inmenso tesoro que había llenado casi por completo aquella habitación secreta, están desaparecidos.

Y aquella habitación que deslumbraba por sus riquezas, y que podía parecer la habitación de un mágico cuento, ahora luce fría y vacía.

Solamente la inscripción que escribió la Condesa en una de las paredes la adorna.

Fray Tomás se dio por vencido muy rápidamente en su búsqueda, y supo que había asesinado en vano a la única persona en este mundo que lo había amado.

Entonces, anduvo fray Tomás errante por el valle de Anguaneo, con la barba crecida y el cabello largo para no ser reconocido por las gentes del pueblo.

Llorando intensamente, y sintiendo a su corazón detenerse en numerosas ocasiones. Entonces, el sueño huyó de él, y los recuerdos en su mente, lo llevaron a sentir un muy tremendo arrepentimiento. Un arrepentimiento que lo llevó a tomar la trágica decisión de quitarse la vida.

Y es que ya nada quedaba para Fray Tomás en esta vida. Se había quedado sin Maria Magdalena Catalina, y también, sin el tesoro.

# Capítulo 25
## Nace una leyenda

Hospedado estuvo fray Tomás, en este mismo mesón de "Las Animas" hasta el día de su muerte.

¡Si buen hombre! Estuvo aquí mismo fray Tomás, hasta el último de sus días.

Y ese último día de fray Tomás buen hombre, es hoy.

Porque aquel fraile falto de vocación y de moral, que mintió, que rompió el secreto de confesión, que amó a una mujer con locura, y que asesinó, aun está con vida en el mesón.

El buen hombre abrió grandes sus ojos, y ante su mirada, aquel otro hombre extraño y misterioso, se despojó de su sombrero y le dijo:

¡Ante ti, el hombre malvado y merecedor de un infernal castigo!

¡Yo, soy fray Tomás!

Sí, yo soy aquel hombre, a quien Maria Magdalena Catalina amó y odió como a ningún otro.

Sí, porque un día fui yo su guía espiritual y confesor, convirtiéndome después en su más ardiente amante, y al final, en su asesino.

¡Yo soy aquel hombre, que más que un hombre, soy un fraile Franciscano!

Más no temas tú buen hombre, porque es preciso que termine con premura mi existencia, convirtiéndome yo, en una víctima más de mi locura.

Existe un dicho que pregona ¡Cada quien tiene lo que merece!

Pero yo buen hombre, merezco algo mucho peor.

Ahora, para mí, la esperanza se torna breve, pero antes de morir, tengo que confesarte yo, el porqué era mi necesidad contarte todo lo que te he contado.

Te lo he contado, porque mientras está, la verdadera historia de la vida de la Condesa sea recordada por tu mente y contada por tu boca, ella seguirá viviendo.

Y a quienes tu narres lo que yo te he narrado, tendrán la excelsa labor de transmitirlo de la misma manera como tú lo habrás hecho, y así, a través de los años y los siglos venideros debe hacerse, para que sea su alma absuelta por las generaciones venideras, y se conozca que fui yo, un fraile ambicioso y carente de fe, quien haciendo uso de su mente enferma, arrastró a María Magdalena catalina, a cometer todos los pecados que cometió, todos en nombre del amor.

Ahora yo, en el umbral de mi muerte, reconozco mi absoluta culpabilidad, tanto de lo que ella hizo por amor, como lo que yo hice por ambición.

Mas tú, desconocido y atento buen hombre, has recibido de mi propia boca, mi más grande herencia.

Una herencia que carece de todo valor material, pero que está llena en exceso de vivencias, que aportan a cualquier ser humano lo que no debe hacerse en vida.

Una historia que es una lección acerca del cómo debemos de vivir felices, sin ser dependientes de ninguna cosa vanamente material como lo son el oro y la plata.

Ahora tú, atento y buen hombre, rico eres por lo que te contado, y serás quien enriquezca a más de uno, replicando por los lugares a donde vayas, este mi relato.

Porque yo estoy en deuda con María Magdalena Catalina, por haberle quitado vanamente la vida. Mas cada que tú cuentes a cualquiera que quisieras contarle esta su historia, ella volverá a vivir.

Porque mientras ella siga viva en las memorias de los hombres, ella en verdad vivirá.

Y entonces, cada que su historia sea contada, ella caminara altiva y hermosa, arrastrando sus elegantes y pesados vestidos por la oscura gruta, en el interior de los pensamientos de los que atentos como tú, se imaginen a la mujer de excelso encanto.

Hoy, buen hombre, te he contado yo una gran historia, una historia que está destinada a ser leyenda.

Una leyenda, que de boca en boca alcanzara la inmortalidad.

Bebo entonces yo, del vaso que contiene en su interior al asesino, que ha de arrebatar mi vida.

Bebió fray Tomás aquel mortal vaso de vino, y dijo sus últimas palabras:

Ahora, que he bebido el venenoso vino, yo aguardo temeroso mi castigo eterno.

Se ha llegado el momento de que te marches a toda prisa buen hombre. Márchate y divulga por todas estas valerosas tierras, lo que esta madrugada de Agosto te he contado.

Cuenta la historia incontables veces, para que la señora Condesa viva. Sí, para que viva por siempre.

Ahora en mis oídos, suenan los ecos de la historia, y suaves rozan mi rostro, los vientos de una leyenda recién nacida.

¡Levántate buen hombre! Sal de este mesón, encuentra a quien quiera que sea, y cuéntale lo que te he contado.

En tanto, yo moriré en breve, pero María Magdalena Catalina, vivirá.

Cerró sus ojos fray Tomás y dijo:

Bienvenido sea el castigo eterno del cual soy bien merecedor. Regocíjense los ardientes infiernos, y que abran sus puertas de par en par, pues próxima esta mí llegada a la morada del dolor perpetuo.

# Referencias

COUTURIER EDITH. (1992). Ensayo de "Una viuda Aristócrata en la Nueva España del siglo XVIII": LA CONDESA DE MIRAVALLE, HISTORIA MEXICANA, EL COLEGIO DE MEXICO.

LÓPEZ MAYA ROBERTO. (1979). Monografías municipales del Estado de Michoacán, Tuxpan.

# Apéndice A

**Agostadero**.- Actual Agostitlan, Tenencia del municipio de Cd, Hidalgo Michoacán.

**Capellanía**.- La capellanía o beneficio eclesiástico es una "institución hecha con autoridad de Juez Ordinario y fundación de rentas competente con obligación de Misas.

**Clero Secular**.- En Iglesia católica, clero secular son los ministros religiosos, tales como diáconos y sacerdotes, que no pertenecen a ninguna orden religiosa.

**Compañía de Jesús**.- La **Compañía de Jesús** es una orden religiosa de la Iglesia católica fundada en 1534 por San Ignacio de Loyola. Los gobiernos ilustrados de la Europa del siglo XVIII se propusieron acabar con la Compañía de Jesús por su defensa incondicional del Papado, su actividad intelectual, su poder financiero y su influjo político. Los jesuitas fueron expulsados de los territorios de la Corona española a través de la Pragmática Sanción de 1767 dictada por Carlos III el 2 de abril de 1767.

**Compostela de indias**.- Villa de Santiago de Galicia de Compostela de Indias o simplemente Compostela, fue fundada por el explorador español Cristóbal de Oñate el 25 de julio de 1540.

**Doblón de Oro**.- fue una moneda de oro española que equivalía a dos escudos o 32 reales y pesaba 6,77 gramos. Originalmente el "Doblón" fue llamado así porque representaba un valor igual al de dos excelentes de oro, la moneda introducida en España desde 1497 por los Reyes Católicos, pero posteriormente el nombre de doblón se asignó a prácticamente todas las monedas de oro acuñadas en el imperio español que fuesen de valor igual o superior a dos escudos. Así, existieron el doblón de a cuatro (igual a cuatro escudos, que pesaba 13,5 gramos), o el doblón de a ocho (equivalente a ocho escudos, con un peso de 27 gramos).

**Huascazaloya**.- Actual Huasca de Ocampo, Hidalgo.

**Matlazahuatl**.- Epidemia que azotó las ciudades de la Nueva España entre 1737 y 1739. De acuerdo con estudios médicos recientes, esta epidemia guarda gran semejanza con el Tifo y la Peste, cuya transmisión al hombre sobrevenía por la picadura de piojos y las pulgas de la rata o los ratones.

**Mayoral**.- El mayoral es el responsable del manejo equino, compuesto por asnos, mulos y caballos. Es el equivalente al pastor para las ovejas y vaquero para las vacas.

**Mayorazgo**.- es una institución del antiguo derecho castellano que permitía mantener un conjunto de bienes vinculados entre sí de manera que no pudiera nunca romperse este vínculo. Los bienes así vinculados pasaban al heredero, normalmente el mayor de los hijos, de forma que el grueso del patrimonio de una familia no se diseminaba, sino que sólo podía aumentar.

**Obrajes**.- Era el nombre aplicado a diversos talleres productivos. En los archivos novohispanos su nombre se encuentra asociado a la producción de panocha, carnes y embutidos, tintes, tinturas y tejidos de lana y algodón, pero por la mayor importancia de los obrajes de tejidos, el concepto de obraje fue asociado a la producción textil.

**Obras pías**.- Instauradas en la Iglesia Católica, mediante las cuales el fundador, generalmente una persona acaudalada, dejaba en su testamento una cantidad de dinero que se ponía en renta para que con las ganancias se pagara la realización de un número determinado de misas por la salvación de su alma.

**Orden de la Santa Cruzada**.- La Orden de la Santa Cruzada fue instituida por los reyes de España, era un tribunal que concedía privilegios e indulgencias a quienes acudían a las guerras santas; en el caso de la Nueva España, la evangelización de los indios, y aquellos que no lo hacían daban a cambio limosnas y donativos.

**Orden Franciscana.-** La Orden Franciscana, cuyos miembros son conocidos como franciscanos, es una orden mendicante católica fundada por San Francisco de Asís en el año 1209. La Orden Franciscana en la Nueva España fue la primera y una de las más importantes órdenes que arribaron para adoctrinar, misionar, colonizar y enseñar a los indios. Su estancia se refleja en la arquitectura, en la educación y en las letras.

**Paseo del Pendón**.-Fiesta celebrada en la Nueva España para conmemorar la toma de la ciudad de Tenochtitlán. Se paseaba el pendón real por las calles de los pueblos y ciudades. Se celebraba el día 13 de Agosto.

**Real de Minas de Pachuca**.-Actual Pachuca, Hidalgo.

**Real del Monte.-** Actual Mineral del Monte, Hidalgo

**Reino de la Nueva Galicia**.- Pertenecía al Nuevo reino de Galicia durante la colonia. Comprendía los actuales estados de Nayarit y Jalisco.

**San Miguel Arcángel.-** Santo patrono de Púcuaro. Su fiesta se celebra el día 29 de Septiembre.

**San Victoriano de Cartago.-** Fue este Santo uno de los mártires en tiempo de Hunerico, rey de los vándalos, en África. Era Victoriano gobernador de Cartago. Su integridad y demás virtudes cristianas le hacían respetable y amado de todos, y hasta Hunerico le apreciaba, pero como arriano, no podía sufrir que Victoriano no lo fuera; y así dio un decreto de persecución contra todos los cristianos, en especial contra el procónsul de Cartago.

Este le respondió que estaba dispuesto a sufrir toda clase de tormentos antes de renunciar a la fe de su bautismo. Irritado el príncipe por tal respuesta, probó su valor con diferente e inauditas crueldades, que sólo sirvieron para recomendar más y más su fe y sus gloriosos triunfos. Y como una fiera, se enfurecía el tirano rey viendo a Victoriano lleno de alegría en medio de los tormentos, bendiciendo al Señor; y puestos los ojos en el Cielo, a fuerza de nuevos tormentos, terminó Victoriano su feliz carrera, con la corona del martirio, el 23 de marzo del año 484. Su fiesta se celebra el mismo día de su muerte.

**<u>Santa Maria de la Encarnación Jungapeo.</u>**- Actual Jungapeo, Michoacán de Ocampo.

**<u>Santiago Apóstol.</u>**- Santo patrono del reino de España. Su fiesta se celebra el día 25 de Julio.

**<u>Santiago Tuxpan</u>**.- Actual Tuxpan de las Flores, Michoacán de Ocampo.

**<u>Tequias.</u>**- Consistía en que el último costal de mineral que se subía el trabajador de la jornada lo dividía entre él y el dueño de la mina.

**<u>Reino de la Nueva Galicia</u>**.- Territorio que abarcaban la Provincia de Nueva Galicia (Nayarit y Jalisco), la Provincia de Los Zacatecas (Aguascalientes y Zacatecas) y la Provincia de Colima (Colima). El Reino de Nueva Galicia era uno de los dos únicos reinos autónomos dentro del Virreinato de Nueva España.

**<u>San Miguel Púcuaro</u>**.- Actualmente es una tenencia del Municipio de Jungapeo, Michoacán de Ocampo.

# Apéndice B

## El Condado de Miravalle

El Conde de Miravalle es un título nobiliario que corresponde a los descendientes del monarca mexica Moctezuma Xocoyotzin (Moctezuma II), por línea de su hija Isabel Tecuichpo. La rama mexicana conserva aún el patronímico Moctezuma, pero la española lo perdió hace mucho tiempo, asumiendo el nombre castellano, Condes de Miravalle, que actualmente residen en la ciudad andaluza de Granada.

Quien se considera como la descendiente en España de mayor influencia es María del Carmen Enríquez, actual condesa de Miravalle, y el futuro heredera del condado será Carmen Ruiz, con titulo emperatriz Moctezuma XIII, y seguidamente el infante Carlos Ortiz.

## Virreyes

**Fernando de Alencastre Noroña Y Silva. Duque de Linares, marqués de Valdefuentes y Virrey de Nápoles y de Cerdeña.**
13 DE Noviembre de 1710 a 16 de Julio de 1716

**Juan Antonio Vizarron y Eguiarreta. Arzobispo de México.**
17 de Marzo de 1734 a 17 de Agosto de 1740

**Pedro de Cebrián y Agustin. Conde de Fuenclara.**
3 de noviembre de 1742 a 09 de Julio de 1746

**Agustín de Ahumada y Villalón. Marqués de Las Amarillas.**
10 de Noviembre de 1755 a 05 de Febrero de 1760

**Joaquín Juan de Montserrat y Cruilles. Marqués de Cruilles.**
5 de octubre de 1760 a 24 de Agosto de 1766

**La Colonia Condesa de la Ciudad de México.**
Debe su nombre a Maria Magdalena Catalina Dávalos de Bracamontes y Orozco, Tercera Condesa de Miravalle.

**José Sarmiento y Balladares, Conde de Moctezuma y de Tula de Allende.**

**Juan Ortega y Montañez. Arzobispo de México y Michoacán.**
04 de Noviembre de 1701 a 27 de Noviembre de 1702

**Francisco Fernandez de La Cueva y Cueva. Duque de Alburquerque, Marquez de Cuellar.**
27 de Noviembre de 1702 a 13 de Noviembre de 1710

**Manuel de Escalante Colombres y Mendoza**
31 de mayo de 1704 a 15 de mayo de 1708

## Obispó de Michoacán

**Pedro Anselmo Sánchez de Tagle**
26 de Septiembre de 1757 a 27 de Mayo de 1772